Une mystérieuse concubine

Sous l'emprise du chevalier

LINDA SKYE

Une mystérieuse concubine

Traduction française de
FLORENCE BELLOT

Les Historiques

HARLEQUIN

Collection : LES HISTORIQUES

Ce roman a déjà été publié en 2015

Titre original :
UNVEILED FOR THE PERSIAN KING

HARPERCOLLINS FRANCE
83-85, boulevard Vincent-Auriol, 75646 PARIS CEDEX 13
Service Clients — www.harlequin.fr
ISBN 978-2-2805-0996-1 — ISSN 1159-5981

Édité par HarperCollins France.
Composition et mise en pages Nord Compo.
Imprimé en juin 2024 par CPI Black Print (Barcelone)
en utilisant 100% d'électricité renouvelable.
Dépôt légal : juillet 2024.

FSC
www.fsc.org
MIXTE
Papier issu de sources responsables
FSC® C159065

Pour limiter l'empreinte environnementale de ses livres, HarperCollins France s'engage à n'utiliser que du papier fabriqué à partir de bois provenant de forêts gérées durablement et de manière responsable.

1

Myrine résista à l'envie de remuer sous les nombreux voiles qui dissimulaient son corps avec art. Une brise nocturne soulevait occasionnellement quelque pan de la luxueuse étoffe qui l'enveloppait, mais elle était trop légère pour la soulager de la chaleur résiduelle du soleil d'été ou de celle qui émanait des centaines de Perses festoyant dans le somptueux palais. Elle se força à rester impassible quand un Perse manifestement éméché s'approcha d'elle pour l'envelopper d'un regard lubrique. Il ne pouvait distinguer grand-chose sous les voiles délicats, mais de toute évidence, il en avait assez vu pour s'échauffer. Titubant, il s'approcha encore plus près, mains tendues prêtes à arracher ses voiles. Un coup violent porté par l'un de ses gardiens renvoya l'homme à bonne distance.

— On ne touche pas à cette femme, gronda le gardien d'une voix sévère.

Quand le fêtard ivre se mit à ricaner et revint à la charge, le gardien croisa les bras sur sa poitrine nue et musculeuse.

— Par ordre du roi, ajouta-t-il en le foudroyant du regard.

Hébété, son agresseur potentiel sembla tout de même réfléchir. Puis, après avoir avalé une longue goulée de sa flasque de vin, il finit par s'éclipser en marmonnant des jurons en perse. Le gardien se tourna alors vers Myrine.

— Toutes mes excuses, ma noble dame, dit-il avec un accent prononcé. Nous autres Perses célébrons avec des chants et du vin, mais l'esprit de la fête en rend certains imprévisibles.

Myrine murmura son assentiment, tout en fronçant les sourcils. Hélas, après cette nuit, elle ne serait plus jamais une noble dame, songea-t-elle en poussant un long soupir. Seulement, elle était bien forcée de reconnaître que les Perses avaient le droit de faire la fête, en particulier ce soir-là.

Le roi Darius, le nouvel empereur de Perse, venait de regagner son palais après avoir soumis les Scythes, une tribu belliqueuse qui n'avait jamais été conquise auparavant. En dépit de la férocité de ses membres au combat, Darius avait sans aucun mal écrasé leur rébellion, annexé leurs terres à l'empire perse qui s'étendait sans cesse et exigé des rétributions matérielles. Les Scythes, son peuple, avaient été réduits en esclavage. En conséquence, une délégation de la noblesse scythe chargée de cadeaux avait accompagné le roi conquérant dans la ville royale de Susa, prête à jurer allégeance à l'empire perse en tant que loyaux sujets, lors d'un somptueux banquet.

Myrine jeta un coup d'œil rapide aux Scythes qui s'apprêtaient à être présentés à la cour de Perse. Chacun d'eux était vêtu de la tenue traditionnelle, rehaussée de bijoux raffinés uniques à leur contrée... qu'ils ne possédaient plus. Ils se tenaient raides comme des piquets, poings serrés. Tout comme elle, ils savaient ce qu'ils avaient à faire en dépit de leur humiliation. Les nobles formaient une longue file devant elle, entrecoupée de coffres remplis d'or et de bijoux précieux destinés au dais du roi.

Et elle était la dernière de la procession, cela allait de soi... Car quel meilleur symbole de servitude ou de reconnaissance poignante de la défaite ? La fille unique du roi déchu en hommage, pour le bon plaisir du conquérant, bien évidemment !

Folle de rage, Myrine se mordit la lèvre. L'ordre ne venait même pas du roi Darius. Non, c'était le roi Scylas de Scythie lui-même qui avait estimé nécessaire d'offrir sa fille en sacrifice.

Un grand cri s'éleva derrière les lourdes portes en chêne qui fermaient la salle de banquet. Des bruits de percussions, de la musique et des rires s'insinuaient dans le couloir dallé de marbre où elle attendait, et Myrine comprit que son tour viendrait bientôt. Elle tenta de réprimer les gouttes de transpiration qui menaçaient de couler sur son front. Etre dégoulinante de sueur ne ferait pas son affaire. Il fallait qu'elle se montre fraîche, calme et posée. Elle bougea légèrement pour s'éventer sous les fines couches de gaze de sa tenue. Chaque voile translucide avait été subtilement arrangé pour couvrir et aguicher à la fois, n'offrant que le vague aperçu d'une rondeur sensuelle ou d'un fragment de peau nue.

Le battement des tambours s'intensifia.

Les quatre gardiens torse nu qui l'entouraient prirent leur position, et ajustèrent quatre tringles de bois entre leurs épaules. Ils libérèrent d'un geste vif les draperies de soie qui y avaient été enroulées. La lourde soie forma un carré parfait autour d'elle, une flamboyante prison dorée et écarlate. Tout était prêt pour son entrée spectaculaire.

Au moment où les pulsations des tambours atteignirent leur paroxysme, les majestueuses portes de chêne s'ouvrirent.

Myrine attendit que la foule se calme. Puis les tambours commencèrent à rythmer une marche très lente, et la procession s'avança. Elle calqua ses pas sur la cadence, en mesurant bien leur longueur pour rester au centre de sa cage de soie. A travers les tentures épaisses elle entendait les cliquetis des pièces au fur et à mesure que les coffres du trésor étaient déposés aux pieds de leur nouvel empereur. Elle capta aussi les murmures des spectateurs sur son passage lors de sa progression vers l'entrée de la salle.

Puis la voix de son roi résonna tout à coup dans la salle. Elle s'arrêta aussitôt. Le moment était venu. Il faudrait être forte.

— Enfin, grand roi Darius, annonça le roi Scylas, voici un dernier présent, que vous pourrez user à votre guise et pour votre bon plaisir. Pour vous prouver notre loyauté absolue et totale à l'empire, je vous offre...

Il ménagea une pause pour plus d'effet dramatique.

— ... ma fille, la princesse Myrine de Scythe !

Les draperies tombèrent sur le sol dans un bruit de froufrous, révélant à tous sa silhouette voilée. Dans le silence qui s'ensuivit, Myrine s'avança en ondulant sensuellement des hanches, et posa un genou à terre devant le roi. Quand le roi Scylas lui lança un regard insistant, elle se releva en tournoyant avec souplesse. Ses voiles un instant écartés offrirent un aperçu de ses longues jambes. Le moment était venu de captiver le conquérant. Elle commença à danser devant le dais, en décrivant des figures complexes qui mettaient en valeur ses formes sveltes.

Fasciné, le roi Darius se redressa sur son trône, sans quitter des yeux cette beauté qui ondulait devant lui. Ce spectacle valait bien plus que tout l'or et les objets précieux offerts en hommage par les Scythes. Ces présents n'avaient bien sûr rien de négligeable. Ils étaient la preuve de la servitude de ce peuple, dont ses magasins étaient toujours prêts à recevoir les nouveaux butins. Mais en réalité, que représentaient quelques coffres d'or de plus pour un royaume déjà opulent ?

En revanche cette femme, cette princesse déchue... son entrée spectaculaire l'avait captivé. Ses voiles avaient beau la couvrir des pieds à la tête, ils ne cachaient rien de la sensualité de sa silhouette. Quand elle virevolta il aperçut ses mollets joliment galbés. Et quand elle se rejeta en arrière les bras levés, les voiles glissèrent légèrement pour découvrir son ventre plat couleur d'albâtre. Au moment où elle roulait des hanches d'un mouvement séducteur en rythme avec les tambours, le tissu s'entrouvrit sur une cuisse longue et veloutée.

Puis elle commença à ôter ses voiles.

Darius serra involontairement les poings en observant la femme les retirer un à un avec de gracieux mouvements de ses poignets frêles. Chaque voile qui tombait révélait une beauté incomparable, en une séduction lente qui accélérait les battements de son cœur et contractait son sexe de désir. Il y eut d'abord ses bras, longs et souples, décorés de simples bracelets ajustés. Puis les rondeurs somptueuses de sa poitrine qui palpitaient sous un bustier de soie rouge. Elle dévoila son nombril un instant plus tard, offrant aux regards une taille fine et ondulante. Ensuite elle se débarrassa de ceux qui cachaient ses jambes élancées, pour ne garder que deux panneaux d'étoffe fixés à une ceinture taille basse ornée de pierres. A chaque nouvelle figure de danse, ils voletaient autour de ses cuisses fuselées en ondoiements provocants.

Darius avait certes vu bon nombre de danseuses dénudées parader dans sa salle de banquet en bien des occasions, mais jamais il n'avait assisté à pareille démonstration de grâce, féminité et sensualité réunies en une seule femme. Ses mouvements incroyablement souples et agiles, et la façon aguichante dont elle laissait deviner sa nudité promettaient d'infinis plaisirs. Darius se pencha vers elle et appuya son menton sur son poing serré en essayant de cacher la lueur avide dans son regard. Surtout, ne pas montrer au roi déchu des Scythes combien il appréciait cet ultime cadeau... Cela ne lui serait en aucun cas bénéfique.

Pour le final, après un saut et un salut appuyé, elle ôta le voile devant son visage et exécuta une dernière pirouette avant de s'arrêter, les bras levés au-dessus de la tête avec un déhanchement suggestif. Un murmure de stupeur traversa alors la salle.

En plus de sa performance très osée, Myrine avait révélé son incomparable beauté diaphane, et les vainqueurs en étaient subjugués. Darius se pencha en avant, finalement bien incapable de dissimuler son intérêt. A la différence des femmes perses, la princesse scythe était pâle, avec des lèvres d'un rose corail et des yeux bleu ciel. Et pour couronner le tout, elle arborait une crinière de longues boucles dorées qui cascadaient dans son dos.

D'un geste instinctif, Darius lui fit signe de s'avancer. Elle baissa les yeux et gravit lentement les treize marches de marbre jusqu'à son trône, avant de mettre un genou à terre devant lui, tête inclinée. Scylas, qui se tenait une marche plus bas que sa fille, fit de même.

— Etes-vous satisfait de notre présent, roi Darius ? s'enquit-il à voix basse.

Sans même jeter un regard à ce dernier, Darius leva le menton de la jeune fille avec son index, et prit un moment pour étudier les traits délicats de son visage, très doux, presque enfantins. Un front pur, des sourcils au tracé élégant, de longs cils au-dessus de pommettes hautes, et un petit nez ravissant assorti de lèvres pleines.

— Montre-moi tes yeux, dit-il doucement.

Myrine leva la tête avec hésitation vers le roi, et parvint, grâce à des années de pratique, à cacher le frémissement qui la parcourut.

Aucun doute : l'homme devant elle était un vrai chef.

Si on lui avait demandé de désigner le roi de Perse parmi une foule d'anonymes, elle n'aurait, à coup sûr, pu confondre le roi Darius avec aucun autre. Même assis et détendu, il émanait de lui une aura de pouvoir et de privilèges, et une détermination rigide ainsi qu'une autorité impitoyable. Ses iris étaient couleur de miel foncé, son regard à la fois exigeant et calculateur. Elle se sentit piégée, désarmée, mais se refusa à se recroqueviller sous ses yeux pénétrants.

Il avait la beauté du diable : mâchoire carrée, peau dorée et cheveux bouclés d'un noir brillant. Ses larges épaules étaient dissimulées sous une veste de soie au col rigide, incrustée de pierres précieuses. Ouverte sur le devant, elle révélait son torse musclé et sa peau hâlée par le soleil du désert. Il portait un pantalon de soie blanche très simple resserré aux chevilles, et des chaussures richement ornées à la mode perse.

Myrine comprit sur-le-champ à qui elle avait affaire. Le roi de Perse avait beau être un jeune monarque, il n'était pas de ceux que l'on prenait à la légère. En dépit de cette jeunesse, son assurance rappelait ses victoires dans d'innombrables batailles, et ses yeux étincelants trahissaient une passion farouche, une maîtrise de soi et une froide ambition.

Voici donc à quoi ressemble un conquérant, songea-t-elle.

Quant à Darius, il se contenait pour ne pas se perdre dans les profondeurs bleutées des yeux de cette femme, et faire fi de la tension lancinante qui croissait à son entrejambe. Il se composa avec soin une expression imperturbable tout en étudiant la princesse déchue. Elle était encore plus intrigante vue de près. Jamais il n'avait admiré pareils yeux. Soulignés de khôl noir ils ressortaient sur son visage pâle tels de lumineux bijoux. Une astuce de maquillage sans doute pratiquée par un eunuque expérimenté, une ruse de plus pour tenter de le séduire. Tout en la dévisageant il se laissa aller à imaginer ces yeux de rêve se brouiller d'extase quand il plongerait dans son corps exotique pour y prendre son plaisir, encore et encore. Elle crierait dans une langue étrangère, louant ses qualités de monarque et ses talents d'amant. Il la ferait se languir de ses caresses, désirer ses lèvres et le supplier de mettre fin à cette tension insupportable entre ses draps de soie. Puis, enfin, après l'avoir totalement conquise, il rêverait de sa chair délicieuse et la couvrirait de présents et d'affection.

Non.

Il secoua légèrement la tête, et débarrassa son esprit de ces pensées lascives.

Il ne pouvait pas, et ne serait pas distrait de cette manière.

— Relève-toi, Myrine de Scythe, lui ordonna-t-il d'une voix douce, cependant inflexible.

Myrine obéit aussitôt, et se leva en un mouvement fluide. Darius se tourna alors vers le roi des Scythes, qui attendait en retenant son souffle.

— Tes cadeaux ont l'heur de me plaire, ancien roi, approuva Darius avec nonchalance. Tu peux te relever.

— Je suis honoré, grand conquérant, dit Scylas en se redressant. J'espère que ma fille saura vous satisfaire selon votre gré.

Darius inclina la tête pour prendre acte.

— Oui, voilà un superbe cadeau, ma foi, proféra une voix sifflante de l'autre côté de l'estrade.

Les deux monarques se tournèrent brusquement. Le vizir, un vieillard à l'échine courbée, s'avançait vers le trône. Il se rafraîchissait négligemment avec un éventail décoré de plumes de paon, ses petits yeux ronds brillant d'une joie mauvaise. Il savourait sa nouvelle chance d'humilier plus encore cet adversaire vaincu, qui avait été source de grande frustration lors du règne du prédécesseur de Darius.

— Puis-je faire une suggestion, seigneur Darius ? s'enquit-il avec une révérence.

— Parle, Araxes, répondit Darius avec un signe de la main.

Araxes lança un regard rusé à Scylas, assorti d'un rictus sardonique.

— C'est un geste réellement noble, en vérité, d'offrir une princesse scythe comme esclave sexuelle, commença Araxes, mais comment être certains qu'une telle femme plaira à notre seigneur, dont les goûts sont des plus... raffinés ?

— Seriez-vous en train de comparer ma fille à du bétail... ou à une marchandise ? se mit à bredouiller Scylas, soudain écarlate.

— Eh bien, répliqua Araxes tout en continuant à s'éventer paresseusement, n'est-elle pas censée satisfaire les appétits d'un roi ? Comment saurons-nous si elle est... adéquate ? Ou même pure ? ajouta-t-il d'un ton lubrique.

Scylas se mit à suffoquer, et devint cramoisi jusque dans le cou. Darius haussa un sourcil et se tourna vers son vizir.

— Ne t'abaisse pas à tourmenter notre hôte, Araxes, le coupa-t-il froidement. Que suggères-tu ?

— Mon seigneur, répondit le vizir en s'inclinant jusqu'à la taille, je vous suggère humblement d'essayer cette femme vous-même. Examinez-la bien avant de l'ajouter à votre harem. Nous ne voudrions pas souiller votre cour de récréation, voyez-vous.

— Osez-vous proposer qu'il la prenne ici même, rétorqua Scylas, l'air horrifié. Devant ses invités ? Vous oseriez plonger dans la honte une princesse de Scythie ?

Darius prit aussitôt un air implacable.

— Et tu oserais objecter aux règles de l'empire auquel tu appartiens désormais, Scylas de Scythe ? le défia-t-il. Rappelle-toi qu'elle n'est plus princesse. Tu me l'as toi-même offerte en cadeau pour mon bon plaisir.

Scylas trembla sous son regard sans pitié, et recula tête basse. Darius reporta son attention sur la jeune femme. Elle se tenait raide comme une statue, les yeux respectueusement baissés, sans rien laisser voir de ses émotions. Si elle avait peur, elle savait visiblement le dissimuler. Seuls ses poings serrés témoignaient d'une certaine nervosité.

Il aurait pu l'obliger à se dénuder et l'exposer à tous les

regards, en une magistrale démonstration de force et de pouvoir. Après tout, il avait entendu parler de rois se livrant aux plaisirs de la chair sur d'éventuelles concubines au vu et au su de toute leur cour. Mais cela lui semblait vain de dégrader pareille femme après la danse provocante qu'elle venait d'offrir quelques instants plus tôt. Il n'avait aucun désir de briser cette créature ni d'irriter encore plus le roi vaincu par ces actes. Sa décision prise, il se leva alors de son trône pour s'avancer au bord de l'estrade.

— Peuple de Perse ! lança-t-il d'une voix grave qui résonna aux quatre coins de la salle, admirez les présents d'un peuple conquis, de l'or pour notre ville et du plaisir pour votre roi !

Un salut unanime s'éleva de la foule.

— Continuez à célébrer ! s'écria-t-il. Buvez, réjouissez-vous, car ce soir j'ai ajouté leurs terres à notre empire. Et je prendrai leur princesse pour mon propre usage.

Les musiciens commencèrent aussitôt à jouer et une file de danseuses se mit à circuler dans la foule. Rires et cris de liesse remplirent de nouveau la salle. Darius regarda Araxes et Scylas.

— Descendez de mon estrade, ordonna-t-il d'un ton sans appel.

Ils inclinèrent la tête et descendirent les marches à reculons. Darius retourna vivement prendre place sur son trône de marbre, et claqua des doigts en direction de ses eunuques.

— Baissez les rideaux.

D'épais rideaux en velours violet furent aussitôt tirés pour entourer l'estrade, occultant ainsi complètement le trône aux regards. Les bruits de la fête y parvenaient désormais étouffés par les lourdes draperies.

Le conquérant et son cadeau vivant étaient seuls à présent.

Darius se cala en arrière sur son trône, et étudia la femme qui n'avait pas bronché d'un millimètre depuis qu'il lui avait ordonné de se relever. Immobile, elle attendait.

— Alors, la Scythe, demanda Darius sans une once d'amabilité, parles-tu notre langue ?

— Qui ne parle pas la langue des Perses ? répliqua-t-elle sans le regarder, puis elle ajouta « mon roi » après quelques instants.

Darius esquissa un petit sourire affecté. Il y avait donc un tempérament de feu sous cette façade docile.

— Tu la parles assez bien pour être insolente, me semble-t-il ?

— Je la parle assez bien pour être comprise.

La réplique, teintée d'effronterie, le fit sourire davantage. Elle avait une voix douce et haut perchée, et son accent étranger conférait une mélodie unique à ses paroles. Mais il y avait quelque chose de suave dans son ton qui le surprit agréablement.

Intéressant.

— Alors tu comprends aussi pourquoi tu es ici ? demanda-t-il pour changer de sujet.

A ces mots elle leva enfin la tête. L'expression de ses yeux était éloquente : elle comprenait parfaitement sa position. Il attendit tout de même sa réponse, désireux de l'entendre de sa bouche.

— Je suis un présent, dit-elle doucement après un long silence. Destiné à votre bon plaisir.

— C'est exact, dit Darius en s'enfonçant dans son trône. Et ta nouvelle position te plaît-elle, princesse de Scythie ?

Elle haussa un sourcil et pencha la tête de côté.

— Je ne suis plus une princesse, comme vous l'avez précisé, répliqua-t-elle avec calme. Et je ne suis pas ici pour mon propre plaisir mais pour le vôtre... *mon roi.*

— Ainsi, continua Darius sur un ton faussement léger, tu sais pourquoi j'ai fait tirer les rideaux ?

Myrine s'efforça de réprimer les tremblements de ses jambes, consciente de la façon intense dont il la détaillait. Et contrairement à son habitude elle baissa les yeux.

— Je ne prétends pas deviner les pensées d'un roi, répondit-elle.

— Oh ! allons, fit-il mine de la gronder, ce genre de discours ne te va pas. Et pas de petits jeux avec moi, ajouta-t-il, nettement moins jovial.

Piquée au vif par cet avertissement, Myrine leva aussitôt les yeux vers lui.

— Je m'excuse, mon roi, dit-elle avec condescendance, je n'ai pas l'habitude des hommes qui se soucient de prêter l'oreille aux pensées de leurs femmes.

— Bien des choses vont te paraître inhabituelles dans mon royaume, dit Darius. Mais tu n'as pas encore répondu à ma question.

— Vous avez prévu de m'examiner pour décider de mes aptitudes à être votre esclave sexuelle, répondit Myrine, faussement désinvolte.

Darius lui fit signe de se taire et secoua la tête.

— Pourquoi être si crue, ma chère ? s'indigna-t-il en plissant les yeux. Tu as mal compris mon intention. Les rideaux ont été tirés pour préserver ta modestie autant que ma propriété. Mais, oui, en effet, j'aimerais voir ce que mes batailles m'ont rapporté.

Il leva la main et lui fit signe d'approcher.

— Alors je t'en prie, montre-moi ce que tu as à offrir.

Myrine considéra le roi. Il était rusé, c'était évident. Et même si elle avait entendu parler de son impitoyable sauvagerie au combat et de sa poigne de fer pour réduire ses ennemis à l'obéissance, il ne semblait pas diriger son peuple ou ses vassaux récemment conquis avec cruauté. Il s'était montré juste et posé avec son père et son vizir, faisant preuve de modération et d'un contrôle de lui-même exceptionnel. Elle était même surprise qu'il lui parle avant de jouir d'elle, et stupéfaite de cette petite joute verbale. Ses manières courtoises, pour le moins troublantes, l'obligeaient à changer de stratégie pour l'approcher. Il semblait s'intéresser à son royaume, plutôt qu'imbu de son pouvoir.

Darius le Grand, en vérité…

Myrine réfléchit à toute vitesse pour échafauder un plan. Elle aussi avait une mission à accomplir, et tout son entraînement l'avait préparée à ce moment. Elle rejeta la tête en arrière pour étirer son cou, et commença. Elle s'avança hardiment jusqu'à ce que ses jambes se retrouvent presque entre les genoux écartés de Darius. Puis elle leva les bras, entrelaça ses doigts et s'inclina d'avant en arrière tout en remuant les épaules pour faire bouger ses seins d'une manière aguichante. Les bras toujours levés elle garda le buste droit et imprima des cercles sensuels à ses hanches, tout d'abord lentement, puis en petits mouvements rapides. Ensuite elle lui tourna le dos, sans cesser d'onduler sur le même rythme.

En dépit de sa parfaite maîtrise de lui-même, Darius sentit son sexe se raidir aussitôt à cette vision. Cette danse était complètement différente de la précédente. Alors que cette dernière avait été toute en lente séduction, celle-ci était ouvertement provocatrice. Myrine se mit à bouger sur place, et baissa les hanches jusqu'à effleurer ses cuisses, puis se releva aussitôt, mimant l'acte sexuel d'une manière ensorcelante. Elle était si proche de lui qu'il sentait son odeur suave, et ses boucles soyeuses frôler sa poitrine nue. Cette proximité était à la fois grisante et insoutenable.

Comme mus par une volonté propre, ses doigts vinrent se poser sur les hanches de la princesse, et il les laissa courir le long de ses jambes. Après une charmante pirouette, elle prit ses mains dans les siennes pour en presser les paumes contre l'arrière de ses cuisses. Puis elle les guida sur son corps et lui fit palper toutes ses courbes tandis qu'elle continuait à danser devant lui. Avec un gémissement contenu, il l'attira sur lui, de sorte qu'elle se retrouva à califourchon. Toujours en rythme, elle frotta sa poitrine contre son torse, tout en se pressant contre son membre durci.

— Tu sembles avoir bien trop d'expérience en tout cela, souffla Darius en mêlant ses doigts à ses longs cheveux.

— Les femmes scythes ne sont pas comme les femmes perses, chuchota-t-elle en lui mordillant le bout de l'oreille.

Elle lui lâcha la main afin de pouvoir se pencher en avant, et posa les paumes sur ses genoux. Il l'attira contre lui et elle se cambra afin de lui offrir une vue splendide sur sa poitrine rebondie. Ses lèvres s'égarèrent à la limite de son bustier et il se mit à planter de fiévreux baisers à pleine bouche sur ses rondeurs. Myrine plongea une main dans ses épais cheveux noirs et l'attira contre elle en encourageant ses caresses avec de petits soupirs pour décupler la passion du roi.

Darius sentit un feu se répandre depuis son bas-ventre jusqu'à la moindre veine de son corps. Il mourait d'envie de déchirer ce qui restait de ses légers vêtements, de la presser contre le marbre froid de son trône, d'enrouler ses doigts dans ses étranges cheveux dorés et de la prendre jusqu'à ce qu'ils soient tous deux rassasiés. Fasciné par l'exotisme de la jeune femme, la pâleur de son teint, le bleu clair de ses yeux et la soie dorée de sa chevelure, autant que par l'expression lascive de son désir, il savoura le goût et le velouté de sa peau. Il se sentait devenir incandescent, et à cela, il n'y avait qu'un remède.

Se libérer. Sans plus attendre.

Mais cette pensée l'arrêta net dans son élan. Où était passée sa maîtrise de lui-même ? Comment avait-il pu se laisser ainsi submerger par son désir envers elle ? C'était tout bonnement inconcevable.

Darius se leva brusquement. Le regard de nouveau froid et distant, il l'écarta de lui avec soin. Puis, au plus grand étonnement de Myrine, il se dirigea vers le bord de l'estrade.

— Rideaux ! aboya-t-il avec rudesse.

Les draperies furent relevées en un éclair, révélant le roi et sa nouvelle acquisition avec leurs vêtements en désordre. La foule rugit de contentement : c'était exactement ce qu'elle voulait voir.

— Cette femme scythe est acceptable, annonça Darius. Je la prends donc comme concubine. Jamshid, dit-il en se tournant vers un serviteur, conduis-la au harem.

Ce dernier la prit par le coude et la guida doucement pour descendre les marches de l'estrade. Quelque peu choquée par son renvoi brutal, elle se laissa entraîner, et s'arrêta seulement quand Scylas se leva pour lui prendre le bras.

— Bien joué, ma fille, lui souffla-t-il. Maintenant, fais en sorte que je sois fier de toi.

Il la relâcha sur ces mots, mais pas avant de lui avoir déposé quelque chose de froid au creux de la main. Myrine résista à la curiosité de découvrir ce que c'était jusqu'à ce que Jamshid lui ait fait traverser la foule avec prévenance et qu'elle se retrouve dans le couloir dallé de marbre. Elle s'autorisa alors un discret coup d'œil sur ce que Scylas lui avait donné.

Trois longues épingles à cheveux en or.

Elles étaient superbes, d'une facture exquise. A leurs extrémités, un motif de fleurs en boutons d'où se balançaient de minuscules chaînes ornées de rubis. Elles seraient spectaculaires dans sa coiffure, mais leur dessein n'était pas seulement de rehausser sa beauté. Leurs bouts pointus avaient été enduits de poison.

C'étaient là les armes d'une meurtrière.

2

Myrine était troublée.

Elle vivait au harem du palais depuis près d'un mois, mais le roi n'était jamais venu, pas même une fois, ni pour elle, ni pour une autre femme. Pourtant celles-ci ne manquaient pas. Pourquoi ne piochait-il pas dans sa collection de femmes personnelle, comme la plupart des hommes de pouvoir semblaient volontiers s'y livrer ! Cette absence prolongée rendait les femmes encore plus hostiles.

De toute évidence, la majorité des concubines étaient malveillantes et manipulatrices, sans même parler de leur cruauté les unes envers les autres. Elles étaient surtout perses, filles de nobliaux ou de prêtres rivalisant d'influence. Quelques-unes, étrangères comme elle, étaient bien trop souvent victimes de harcèlement et de mauvais tours.

Les eunuques faisaient de leur mieux pour les empêcher de se tourmenter entre elles, mais à quoi bon ? Etait-il seulement possible de déjouer les machinations d'une femme ?

La concubine la plus haut placé avait essayé de coincer Myrine dans un recoin sombre en se targuant de son statut particulier avant de s'apprêter à la dépouiller de ses bijoux. Bien décidée à ne pas se laisser faire, Myrine avait répondu par une grande claque sur la figure. Farida avait couiné et juré tout en se roulant par terre telle une enfant, mais par bonheur Jamshid, témoin de la scène, avait pris parti pour Myrine. A la suite de quoi elle était devenue presque invincible : une étrangère à la beauté unique qui savait se défendre en perse, et n'avait pas peur de répliquer. Et que Jamshid, lui-même eunuque étranger originaire d'Ethiopie, se soit pris d'une affection particulière pour elle facilitait grandement les choses. Il lui procurait les huiles aux parfums les plus raffinés, les plus beaux vêtements et le meilleur maquillage.

Cependant elle s'était sentie très seule ces dernières semaines, et n'avait réussi à glaner que de maigres informations chez les concubines étrangères.

Le roi ne venait presque jamais au harem.

Certaines concubines n'avaient jamais connu d'intimité avec lui.

Certaines ne l'avaient vu qu'une fois, et toujours à une certaine distance.

En résumé, malgré sa décadence, la vie dans le harem du palais semblait surtout ennuyeuse. Myrine soupira en s'adossant contre les coussins de soie, et laissa courir ses doigts à la surface d'un des bassins intérieurs. Les eunuques avaient organisé une sorte de goûter au jardin pour les concubines, ce qui se traduisait dans les faits par la mainmise des nobles perses sur les gâteaux, et la mise à l'écart des étrangères et des roturières qui erraient sans but au fond du jardin.

Mais Myrine ne se préoccupait pas de ce genre de trivialités.

Vivre dans un palais, porter de beaux vêtements et déguster des plats délicieux : qu'aurait-elle pu demander de plus à la vie ? Dans un soupir, elle laissa machinalement traîner ses doigts sur les trois épingles empoisonnées dans ses cheveux. Comment accomplir ce pour quoi elle avait été envoyée, sans un seul instant seule avec le roi ? Si elle échouait, tous ses efforts seraient vains.

Des bruits de gong retentissants interrompirent sa rêverie. Tous les eunuques furent aussitôt sur le qui-vive, et toutes les concubines se bousculèrent pour prendre des poses sur les tapis luxueux. Le gong n'avait encore jamais sonné ainsi depuis son arrivée au harem, mais elle se doutait de ce que cela signifiait.

Le roi allait les honorer de sa visite.

Elle quitta vite ses coussins et s'agenouilla pour plaquer son front contre le sol. Elle s'y était prise juste à temps, car le roi pénétrait dans la salle centrale du harem, accompagné de deux serviteurs qui portaient des éventails en plumes. Il s'arrêta devant un banc de bois sculpté au milieu de la salle, où il s'assit avant de congédier ses serviteurs.

— J'ai le sentiment que cela fait trop longtemps que je n'ai pas mis les pieds ici, annonça le roi Darius. Levez-vous, et divertissez-moi, je ne serais pas contre un peu de compagnie.

Les femmes s'exécutèrent à l'unisson, chacune adoptant sa stratégie personnelle pour attirer et retenir l'attention du roi. Farida fut bien évidemment la première à revendiquer une place aux pieds de Darius, et en profita pour lui effleurer les mollets de ses longues boucles brunes. D'autres se mirent à se trémousser autour de lui en faisant virevolter leurs vêtements, tels des papillons. Certaines se contorsionnaient même sur le sol dans les positions les plus improbables, pour démontrer leur souplesse, tout comme des marchands vantant leurs produits dans la rue.

Mais Myrine comprit aussitôt ce que les autres refusaient d'admettre : leur roi s'ennuyait. Ses yeux avaient beau parcourir la salle, son regard était distant, et l'expression de son visage impassible. Elle connaissait cet air. C'était celui d'un homme qui avait des affaires plus pressantes que cela à régler.

Vraiment, se dit-elle, *est-il tellement dévoué à son empire qu'il renoncerait à quelques instants de plaisir charnel avec des femmes consentantes ?*

Eh bien, elle connaissait une manière infaillible de se faire remarquer parmi toutes ces femmes qui se disputaient les faveurs d'un homme perdu dans ses pensées : feindre l'indifférence.

Lentement, elle se mit alors à arpenter le fond de la salle, en roulant à peine des hanches, toute en grâce féline. Elle laissait balancer ses bras avec naturel, et se fit un point d'honneur à ne pas regarder en direction du roi. Ses foulards rouges voletaient autour d'elle pendant sa déambulation, et elle vit du coin de l'œil que cette couleur avait attiré l'attention de Darius. Sans changer d'allure, sans regarder derrière elle, elle continua sa progression jusqu'au bout de la salle. Il ne la quittait pas des yeux, elle en était certaine. Souriante, elle se mit à danser. Elle se mouvait avec lenteur, comme sur le rythme d'une musique qu'elle était seule à entendre. Et quand elle se retourna elle garda les yeux fermés, comme perdue dans son monde. Elle se mit à se caresser, imitant les gestes d'un amant. Elle écarta lascivement les lèvres et les humecta du bout de sa langue, puis plaqua les mains sur ses seins et rejeta la tête en arrière, en roulant des hanches.

Le roi Darius la regardait fixement, pétrifié par le spectacle d'une femme se donnant du plaisir sans lui accorder la moindre importance. Et dire qu'à peine quelques instants plus tôt, il comptait les minutes, se demandant combien de temps il lui faudrait encore rester au harem avant de retourner lire des traités, approuver des plans de construction et inspecter ses troupes. S'il était venu, c'était uniquement pour rassurer ses conseillers, inquiets de le voir si peu se rendre au harem. Les concubines n'avaient rien de déplaisant, certes, mais il avait tant d'autres choses à faire !

Seulement voilà, contre toute attente, tous ses devoirs de roi s'étaient envolés de son esprit dès l'instant où sa nouvelle concubine s'était mise à danser. Il ne l'avait pas quittée des yeux tandis qu'elle faisait le tour de la salle, et depuis, impossible de détacher son regard.

Comme il aurait voulu être ces mains qui glissaient sur cette chair douce ! Comme il aurait voulu que ces lèvres charnues, humides et parfaites s'entrouvrent sous sa langue !

Soudain il coupa court à ces fantasmes.

Pourquoi s'en tenir à l'imagination ? Il était le roi, et elle était sienne.

Il se leva brusquement, sans prêter attention aux autres concubines. Puis il traversa la salle en seulement quelques secondes. La femme aux cheveux dorés, dont les yeux étaient encore clos, eut l'audace de lui tourner le dos au moment où il arrivait devant elle. Piqué au vif, il planta les mains sur ses hanches pour la faire se retourner.

— Tu es Myrine de Scythie, si je me souviens bien, murmura-t-il à son oreille.

— Mon roi, répondit-elle en ouvrant paresseusement les yeux, sans lui faire face pour autant, et sans cesser de se déhancher.

Darius l'imita en passant un bras autour de sa taille pour la bloquer contre lui. Elle leva les bras au-dessus de sa tête et se cambra, adossée à sa poitrine. Elle oscilla alors pour se presser contre son entrejambe, lui arrachant un gémissement.

— Tes talents ne cessent de me surprendre, souffla-t-il en frôlant son cou de ses lèvres.

Myrine se retourna dans ses bras, et enroula une jambe autour de sa taille. Elle se cramponna à ses épaules et commença un lent mouvement de va-et-vient contre lui.

— J'ai bien d'autres talents qui risquent de vous plaire, mon roi, murmura-t-elle avec un ronronnement séducteur qui lui laissa un souffle chaud sur la joue.

— Une proposition fort tentante, marmonna-t-il tout en lui caressant l'arrière des cuisses, la rapprochant ainsi de lui.

— Je suis ici pour votre seul plaisir, mon roi, déclara-t-elle en se reculant brusquement, avant de plonger dans une profonde révérence.

Darius eut l'impression d'être totalement démuni au moment où elle se détacha de lui. Un besoin lancinant, désespéré, brûlant, avide, l'envahit tout entier. La sensation était si intense qu'elle en était presque douloureuse. Tant pis pour les affaires du royaume, il se permettrait cette unique faiblesse.

— Myrine, fille de Scythe, ordonna-t-il d'une voix rauque, tu visiteras ma couche ce soir.

— Ce soir, mon roi ? rétorqua-t-elle en s'avançant pour effleurer sa poitrine nue du bout des doigts. Je suis prête maintenant.

Darius haussa un sourcil face à cette audace qui avait soulevé une vague de petits cris choqués des concubines. Il lui prit le visage de ses mains, et approcha sa bouche de son oreille.

— Maintenant, ma chère ? répéta-t-il, sur un ton de défi.

— Oui, mon roi, répondit-elle en glissant les mains sur son ventre musclé.

— Ici ?

— Où vous le désirerez, mon roi.

Darius eut un petit rire amusé. Il glissa les doigts dans les cheveux de Myrine et lui tira doucement la tête en arrière afin de croiser son regard aguicheur. Elle débordait de désir, il était affamé de plaisir : pourquoi ne pas profiter du feu tant qu'il était encore ardent ?

— Très bien, dit-il avec un sourire sensuel, avant de faire demi-tour pour se diriger vers la sortie de la salle. Suis-moi dans mes appartements, concubine royale Myrine !

Myrine inclina la tête, savourant cette première étape de la victoire. Mais elle résista à son envie de sourire et lui emboîta le pas. Dans les couloirs aux arches voûtées de l'intérieur du palais, elle observa le jeu des muscles de ses épaules pendant qu'il avançait devant lui. Sa démarche était raide et sa musculature saillante : c'étaient là celles d'un homme qui n'avait pas pour habitude de laisser ses bas instincts le dominer. Il était de toute évidence absorbé par son règne, et se tenait à l'écart des plaisirs simples pour se consacrer aux besoins de son peuple. Elle connaissait bien ce genre de personnage : une fois libéré des contraintes qu'il s'imposait, il se livrerait sans retenue aux plaisirs de la chair. Elle pourrait facilement l'amener au paroxysme de la passion, le satisfaire en tout point, et ensuite... Ensuite, elle profiterait de le savoir perdu dans les affres de l'extase pour accomplir sa mission. Puis elle s'éclipserait, et irait demander sa récompense au roi Scylas.

Tout se mettait en place à la perfection.

Quand ils arrivèrent devant une imposante porte voûtée, deux gardes se précipitèrent pour ouvrir les doubles battants donnant sur d'impressionnants appartements. Les murs étaient décorés de gravures raffinées et de panneaux de soie. Des colonnes sculptées entouraient un lit luxueux couvert des soies les plus fines et de coussins moelleux. Darius murmura quelques instructions à ses gardes, tout en lui faisant signe de s'avancer. Elle pénétra dans la pièce et en admira la magnificence.

Le bruit des portes qui se refermaient la fit sursauter, et elle se retourna pour regarder l'empereur.

— Que penses-tu de ma chambre, Myrine ? s'enquit-il en se dirigeant nonchalamment vers une table où avait été déposée une flasque de vin des meilleurs crus.

— Elle conviendrait aussi bien à un roi qu'à des dieux, répondit-elle avec un aimable sourire.

Darius émit un petit rire sans joie après avoir pris une gorgée de vin.

— La flatterie ne convient pas à ces lèvres, ironisa-t-il d'un ton jovial. Tu es bien plus intéressante que cela.

— Vous vous trompez, mon roi, minauda-t-elle avec coquetterie, je ne suis qu'une simple jeune fille.

Darius reposa son calice et s'adossa contre une colonne, en croisant les bras sur sa poitrine.

— Les mensonges ne conviennent pas non plus à tes lèvres, ma chère.

Myrine sourit. Elle monta sur le lit en soutenant le regard fier de Darius, et rampa à quatre pattes vers le milieu, très lentement, lui offrant ainsi une vue spectaculaire de ses formes voluptueuses. Puis elle regarda par-dessus son épaule, s'agenouilla et commença à dégrafer son bustier.

— Et qu'est-ce qui conviendrait à mes lèvres, mon roi ? demanda-t-elle en jetant son vêtement par terre.

Darius eut soudain la bouche sèche. Il ne voyait pour le moment que son dos, mais il devinait la courbe de ses seins dans l'ombre. Elle croisa les bras sur sa poitrine, puis se retourna pour s'étendre sur les coussins.

— Je peux penser à beaucoup de choses qui leur conviendraient, répondit-il, soudain fiévreux, et ce ne sont pas des paroles.

Myrine éclata d'un rire perlé. Elle se redressa et décroisa les bras, libérant ainsi ses seins.

— Allez, mon roi, l'invita-t-elle avec coquetterie, laissez-moi vous montrer le savoir-faire de mes lèvres.

Darius n'eut nul besoin de se faire prier. En quelques pas à peine il avait traversé la pièce et grimpé sur le lit. Myrine se releva pour l'accueillir, et insinua ses mains sous sa veste de soie. Puis elle la dégagea doucement de ses épaules et appliqua des baisers légers sur sa mâchoire, puis jusqu'au creux de son cou. Avec un gémissement, il plongea les mains dans sa chevelure. Les lèvres douces de Myrine descendirent un peu plus bas, et sa langue se mit à dessiner les reliefs de son torse musclé. Il gémit encore quand les dents de la jeune femme frôlèrent le bout de son téton lors de sa lente exploration. Quand il sentit son souffle frais sur sa peau moite, il lui fut impossible de se contenir.

Il se débarrassa de sa veste et plaqua la jeune femme sur le matelas. Là, il s'immobilisa une fraction de seconde avant de plonger ses yeux brillants de désir dans les siens. Visiblement surprise par leur changement soudain de positions, elle entrouvrit les lèvres. Ses cheveux dorés, qui auréolaient son visage délicat tels des rayons de soleil, accentuaient la pâleur de son teint ivoire.

— Tes lèvres sont divines, chuchota-t-il avant d'y poser sa bouche pour les entrouvrir et caresser sa langue de la sienne.

Avec son pouce, il se mit à titiller la pointe de son sein, jusqu'à la faire se cambrer. Alors qu'il se positionnait entre ses jambes écartées, elle initia avec ses hanches un mouvement circulaire, tout contre lui. Ce délicieux frottement lui déchaîna les sens, à tel point qu'avant même de s'en rendre compte, elle avait interverti leurs positions pour le chevaucher. Allongé sur le dos, il la regarda se balancer au-dessus de lui avec avidité, les bouts de ses seins érigés suivant le rythme qu'elle imprimait. Il enfonça les doigts sur ses hanches et se cramponna à sa ceinture, avec la ferme intention de déchirer les pans de fine étoffe qui les séparaient encore. Son autre main se plaqua sur sa nuque pour l'attirer dans un autre baiser brûlant.

C'est le bon moment, songea Myrine.

Embrumée de plaisir, elle tenta de garder à l'esprit qu'une meilleure chance que celle-ci ne se représenterait peut-être jamais. Ici, dans l'intimité des appartements de Darius, elle n'avait plus qu'à enfoncer l'une de ses épingles empoisonnées dans son bras, et s'éclipser discrètement par la fenêtre pour disparaître de Perse pour toujours, avec l'aide de Scylas.

Mais elle gémit alors que l'extrémité du membre de Darius s'appuya contre son sexe, lui envoyant des décharges de plaisir dans le bas du ventre.

Ce serait vraiment dommage, déplora-t-elle.

C'était un bon roi, un puissant monarque. Un amant expert, et il était tout à fait possible qu'il soit le meilleur des hommes qu'elle ait rencontrés.

Mais c'est maintenant ou jamais, songea-t-elle, assombrie.

Elle n'avait pas le choix. Sa vie à elle aussi était en jeu.

Déterminée à exécuter son plan, elle leva les bras et passa les mains dans ses cheveux, feignant l'extase. Puis, sans cesser de se balancer contre lui, elle retira lentement une des épingles de sa coiffure.

Encore quelques secondes...

— Grand roi Darius ! cria alors une voix affolée.

Myrine s'arrêta aussitôt et Darius la saisit par la taille pour l'allonger sur le lit.

— Qu'y a-t-il ? s'écria-t-il, exaspéré. Tu oses m'interrompre ? Tu veux donc mourir ?

— Mais mon roi, continua la voix, vous m'avez ordonné de vous prévenir dès que les éclaireurs reviendraient !

— C'est le cas ?

— Oui, mon roi, répondit le messager derrière les portes closes. Ils ont ramené leurs blessés avec eux, comme vous l'avez exigé.

Darius se mit à genoux, les yeux toujours mi-clos, assombris par la passion, le souffle court. La peau moite de ses caresses, Myrine se plaqua contre lui.

— Qui les a accueillis ? demanda-t-il encore.

— C'est moi, mon roi.

Myrine reconnut la voix du vizir Araxes.

— Et dis-moi, Araxes, reprit Darius sans quitter des yeux le corps de Myrine, dans quel état sont-ils ?

— Si je pouvais entrer, mon roi, suggéra le vizir, je vous ferais un rapport complet.

Darius soupira et tenta de calmer son désir. Il se pencha sur Myrine et lui appliqua un baiser presque chaste sur le front.

— Je n'en ai pas terminé avec toi, ma concubine, grommela-t-il d'un ton frustré avant de s'écarter pour descendre du lit.

Après avoir ramassé les vêtements de Myrine épars sur le sol, il les lui lança.

— Rhabille-toi, dit-il.

Il attendit qu'elle remette rapidement ses vêtements, puis se tourna vers les portes.

— Entre, vizir Araxes ! ordonna-t-il, et fais-moi ton rapport.

Myrine venait de terminer d'agrafer son bustier quand les portes s'ouvrirent. Araxes fit irruption, flanqué d'un très jeune serviteur qui s'empourpra aussitôt.

— Toutes mes excuses, mon roi, pour vous avoir dérangé à un moment aussi inopportun, commença Araxes en jetant un rapide coup d'œil à Myrine.

— Continue, vieil homme, exigea Darius avec un signe de la main.

— Les éclaireurs du nord sont revenus, et ils ont ramené près d'une douzaine de blessés ou de mourants.

— Où sont-ils ?

— Aux portes du palais inférieur.

— Fais-les emmener à l'infirmerie que j'ai construite le mois dernier, ordonna Darius en remettant sa veste. Je vais venir superviser leur traitement moi-même.

— Dois-je faire venir les prêtres, mon roi ?

— Les prêtres ? s'étonna-t-il en regardant son vizir d'un air interloqué. Pour quoi faire ? Pour qu'ils les assomment avec leurs prières ? Non, dit-il avec un signe de tête, envoie ton jeune garçon chercher les apothicaires et les médecins.

— Blasphème, ô mon seigneur et grand roi ! gémit Araxes.

Combien de temps allez-vous encore vous obstiner dans cette voie ?

— Jusqu'à ce que nous comprenions comment soigner nos hommes plutôt que de les regarder mourir en marmottant des prières, répliqua-t-il avec sévérité. Maintenant, fais ce que je te dis, vieil homme.

Après un soupir exagéré, Araxes envoya son messager d'un signe de la main. Il se retourna pour regarder son roi d'un air déterminé.

— Je vais aller superviser leurs progrès, dit Darius en s'éloignant. Renvoie ma concubine au harem.

Il s'arrêta pour adresser un sourire charmeur à Myrine.

— Mais tu viendras à moi ce soir, ma chère, et nous terminerons ce que nous avons commencé.

Myrine hocha la tête, muette de saisissement. Sur ces mots le roi s'éloigna d'un pas martial, la laissant seule avec Araxes.

— Oh ! que les dieux aient pitié de nous ! se lamenta ce dernier en chevrotant d'une voix désespérée. Que ne ferait notre empereur pour le bien de ses gens !

Puis, après une courte pause :

— Viens, dit-il à Myrine d'un ton sec, je vais te raccompagner au harem.

Myrine se leva pour suivre le vizir. Elle était stupéfaite : un roi qui rendait visite à de simples soldats mourants ? Et avec la volonté de les soigner ? Jamais elle n'avait entendu parler de ce genre de monarque. Intriguée, elle fut tentée d'obtenir quelques informations.

— Mon seigneur grand vizir, s'aventura-t-elle d'une toute petite voix, que sont les apo... ?

Elle s'arrêta en feignant de ne pas savoir le nom, et le vizir soupira de condescendance.

— Les apothicaires, mon enfant, termina-t-il pour elle. Notre roi a créé un corps d'apothicaires et de médecins.

— Pourquoi ? demanda-t-elle innocemment.

— Il rêve de trouver comment guérir les maladies, combattre les poisons et soigner les blessures, répondit Araxes avec un claquement de langue désapprobateur. Ces gens pratiquent... comment dit-il, déjà ? Ah, oui... la médecine. Il rejette les prières des prêtres et songe même à partager cette prétendue médecine avec le petit peuple !

Elle s'apprêtait à en demander davantage, mais il s'arrêta brusquement pour se retourner et lui brandir un doigt menaçant.

— J'en ai trop raconté, dit-il, visiblement contrarié, et tu en as trop entendu. Rappelle-toi bien cela, la Scythe, tu n'es plus une princesse, et même si tu l'étais encore, ta vie ne serait pas épargnée si tu laissais un seul mot de tout cela franchir tes lèvres !

L'air fâché, Araxes reprit vivement sa marche. Myrine le suivit avec un peu moins de hâte.

Non, songea-t-elle, angoissée, *je ne suis pas une princesse.*

Seul Scylas connaissait ses véritables origines, et il ne les révélerait jamais. Et par malheur, lui seul pouvait la libérer de ses liens. Quel dommage... Après tout ce qu'elle venait d'entendre, le roi Darius semblait un bien meilleur roi que Scylas ne le serait jamais.

Le cœur lourd, elle se perdit dans ses pensées : avait-elle choisi le mauvais roi ?

3

Darius était furieux. Juché sur son trône, il peinait à dissimuler son énervement croissant sous un masque froid d'indifférence. Contre sa volonté, ses conseillers avaient insisté pour qu'il tienne ce banquet, et il avait été contraint de divertir ses dignitaires haut placés. Quelques-uns d'entre eux étaient installés sur des coussins disposés en un vaste demi-cercle au pied de son estrade, entourés de plats de fruits secs et de mets raffinés fumants. Les plus belles femmes de son harem avaient été choisies pour danser devant les invités, en gage de bonne volonté et de générosité.

Et pourquoi tout cela ?

Pour impressionner Atossa, la fille à marier de Cyrus, un homme aux richesses indécentes, doté d'un immense pouvoir militaire. Darius grinça des dents. Un mariage politique était bien la dernière chose dont il avait besoin, d'autant plus qu'Atossa était réputée pour user de son influence afin de se mettre en avant et recueillir des faveurs. C'était une infatigable manipulatrice, et il ne pouvait pas se permettre de l'introduire à sa cour, encore moins de la prendre pour épouse !

Alors qu'elle servait du vin aux invités, Myrine risqua un coup d'œil vers le dais royal. Bien qu'assis à côté d'une très belle femme, le roi Darius arborait un air sinistre, bouche pincée. Elle étudia discrètement sa compagne. Atossa incarnait l'essence même de la beauté perse : boucles noires lustrées, grands yeux en amande, nez fin et délicat. Quand elle souriait ses lèvres écarlates révélaient des dents d'un blanc éclatant. En somme, l'épouse idéale pour un roi.

Cependant Darius semblait contrarié au plus haut point.

Atossa se pencha pour murmurer quelque chose à l'oreille du roi, la main délicatement posée sur son avant-bras, et Myrine ressentit un violent pincement dans sa poitrine. Un pincement étrange, dont elle ne comprit pas la nature. Quoi qu'il en soit, l'invité ivre qu'elle était en train de servir mit fin à ses interrogations en la saisissant brutalement par le bras.

Jamshid intervint aussitôt.

— Vous pouvez admirer, mais vous ne pouvez pas toucher les concubines, dit-il en s'interposant. Elles sont la propriété exclusive de sa majesté.

L'homme éclata d'un rire bruyant avant d'applaudir.

— Dance, chuchota Jamshid à Myrine, afin de le distraire.

Myrine posa prestement son plateau et se leva. Elle recula de quelques pas et se mit à danser. Tout d'abord avec lenteur, en se hissant sur la pointe des pieds pour virevolter en cambrant le dos avec élégance. Elle s'étira vers le haut, mains levées vers le plafond en levant une jambe parfaitement droit devant elle. Quelqu'un s'exclama quand elle se laissa partir tête en arrière tout près du sol, exécutant un mouvement qui défiait la gravité. Ses doigts touchèrent le sol et elle fit une pirouette en arrière, avant d'atterrir en grand écart. Puis elle se releva en un éclair et recommença une nouvelle série d'acrobaties.

Toutes les conversations avaient cessé, et tous les yeux étaient braqués sur cette concubine qui dansait. Darius jeta un coup d'œil oblique à Atossa : elle aussi était fascinée par la représentation stupéfiante de Myrine. Il dut reconnaître qu'il était lui-même peu satisfait de ce spectacle, destiné à surprendre et étonner plutôt que susciter le désir.

— Une étrangère ? murmura Atossa sans quitter Myrine des yeux.

A son corps défendant, Darius se hérissa en entendant son ton dédaigneux.

— Une nouvelle addition à mon harem, dit-il après un instant. Une ancienne princesse.

— Vous possédez une remarquable collection de femmes, déclara Atossa avec froideur. N'y a-t-il aucune limite à votre richesse ?

Darius entrevit là l'occasion de repousser les avances d'Atossa.

— J'ai prévu de passer la soirée au harem, répondit-il, levant négligemment sa main en faisant semblant d'inspecter ses ongles. Peut-être aimeriez-vous visiter le palais intérieur. Je souhaite me retirer tôt.

— Bien sûr, mon roi.

Darius leva alors la main pour mettre un terme à la fête.

— Concubines royales, annonça-t-il, dame Atossa et moi allons nous promener dans le palais intérieur. Ensuite j'ai prévu de passer la nuit avec l'une d'entre vous, aussi préparez-vous sur-le-champ.

Une vague de gloussements féminins traversa la salle et les concubines prirent aussitôt congé des hôtes qu'elles servaient. Elles passèrent les portes de la salle de banquet en se bousculant, et Myrine fut happée dans le courant. Dès qu'elles pénétrèrent au harem les eunuques se mirent au travail. Les concubines se battaient à qui obtiendrait leur attention : maquillage, vêtements, parures, ornement du lit dans leurs chambres, tout avait soudain caractère d'urgence.

— Viens, Myrine, la pressa Jamshid, j'ai préparé les meilleures huiles et les plus beaux fards pour toi.

Elle le suivit dans sa suite, où elle se soumit avec obéissance à ses petits soins. Après quelques minutes à peine elle fut encore plus resplendissante qu'elle ne l'était déjà, un soupçon de rouge sur ses joues, un trait de khôl sombre autour de ses yeux bleus et un peu de rose corail sur ses lèvres pulpeuses. Elle revêtit une tenue qui consistait en tout et pour tout en quelques voiles de tissu arachnéen drapés autour de ses hanches et de ses seins. L'étoffe moulante cachait à peine sa nudité.

— Va, maintenant, ordonna Jamshid, je vais préparer ta chambre au cas où Sa Majesté te rendrait visite.

Myrine se dépêcha de se rendre dans la cour principale du harem où attendaient déjà la plupart des concubines. Le gong retentit et elles se prosternèrent toutes aussitôt, au moment où Darius fit son entrée, Atossa à son bras.

— Eh bien, dit Darius en se tournant vers elle, qu'en pensez-vous ?

Atossa haussa les épaules en toisant les femmes qui, à l'avenir, risquaient de lui ravir l'affection du roi.

— Ma collection vous plaît-elle ? insista-t-il. Peut-être aimeriez-vous m'aider à choisir mon esclave sexuelle pour la nuit ?

A ces mots, Atossa se tourna vers lui et prit un air hautain. Darius eut un sourire affecté.

— Relevez-vous, mes concubines, ordonna-t-il. Mon invitée aimerait vous voir.

Atossa s'écarta du roi et déambula dans la cour en s'arrêtant de temps à autre pour inspecter les concubines comme on le ferait devant un étal de fruits au marché. Elle marqua une pause devant Farida et lui leva le menton avec un doigt, puis lui fit tourner la tête de gauche à droite. Même si Farida semblait flattée, il était évident qu'Atossa avait tout simplement choisi une version plus pâle et moins remarquable d'elle-même. Farida était belle, certes, mais ses cheveux étaient moins soyeux, et sa peau moins dorée.

— Celle-ci semble assez plaisante, décréta-t-elle sur un ton léger en se retournant pour regarder le roi.

Myrine se força à rester impassible. Toutes ses manœuvres précédentes auraient été vaines si Darius en choisissait une autre.

Mais nul lieu de s'inquiéter, comprit-elle très vite.

— Et ma nouvelle acquisition ? demanda-t-il en faisant signe à Myrine, qui leva la tête. Celle-ci promet une expérience plus… exotique, ne croyez-vous pas ?

Atossa fronça le nez en signe de mépris.

— Je n'ai pas de goût pour les choses étrangères, répliqua-t-elle.

Darius se dirigea vers Myrine et plaça sa main sous son menton pour présenter son visage et ses yeux à la lumière.

— Mais moi, si, rétorqua-t-il d'un ton léger. En fait, je trouve cette chair étrangère fort plaisante, à la vérité. Qu'en pensez-vous, Atossa ? Ne devrais-je pas la désirer ?

— Ce n'est pas mon rôle de dire au roi ce qu'il devrait ou non désirer, répondit aussitôt Atossa avec condescendance.

Darius prit alors un regard impitoyable.

— Bien dit, dame Atossa, lança-t-il avec un timbre plus grave de mauvais augure. Maintenant retirez-vous, et répétez cela mot pour mot à votre père. Je suis certain que vous comprendrez ce que je veux dire.

Atossa cilla, et se raidit. Son cou commença à s'empourprer de rage. Narines palpitantes, elle inclina la tête.

— Je transmettrai le message à mon père, mon roi, dit-elle d'une voix presque tremblante.

Puis elle tourna les talons et quitta le harem.

— Vous êtes toutes congédiées pour ce soir, soupira Darius en faisant signe aux serviteurs d'emmener les concubines dans leurs quartiers.

Myrine s'apprêta à faire de même, mais le roi la rattrapa par le bras.

— Pas toi, dit-il en l'attirant contre lui. Il nous reste des choses à terminer, il me semble.

— Oui, mon roi, répondit Myrine en baissant la tête.

— Conduis-moi à tes appartements, ordonna-t-il, d'une voix légèrement voilée.

Myrine le guida dans les couloirs du harem jusqu'à sa suite. Jamshid les attendait pour les accueillir. Il présenta au roi un plateau en argent avec une boisson fraîche avant de tirer les lourdes tentures qui les isoleraient. Darius sirota lentement l'eau sucrée au miel tout en faisant le tour de la chambre de Myrine. Elle était loin d'être aussi opulente que la sienne, mais de toute évidence, elle avait été favorisée par les eunuques : les tapisseries de luxe et les soieries ne manquaient pas.

— Je vois que tu t'es bien adaptée, commença-t-il d'un ton sec.

— Et vous êtes fatigué, mon roi, susurra-t-elle en guise de réponse. Venez, je vais arranger cela.

Darius eut un léger sourire et s'allongea sur un tas de coussins disposés çà et là sur un matelas près du sol.

— Toutes les femmes scythes sont-elles aussi effrontées ? demanda-t-il.

— Non, pas toutes, répondit Myrine en s'installant derrière lui pour lui ôter doucement sa veste.

Après s'être huilé les mains, elle commença à lui masser les épaules, d'abord du bout des doigts puis en accentuant la pression de plus en plus fort jusqu'à le faire gémir de satisfaction. Elle descendit dans son dos, appuyant là où les muscles étaient contractés.

— Tu es unique en ton genre, admit Darius avec admiration.

Tout comme tu es un roi singulier, se dit-elle.

Jamais jusqu'ici elle n'avait vu un roi traiter un problème politique avec tant d'adresse, ni traiter ses esclaves avec autant de douceur. Elle n'avait connu que des hommes égoïstes, peu soucieux des conséquences de leurs actes, sans compassion. Mais cet homme... cet homme était différent.

Elle glissa les mains de ses épaules à sa poitrine, tout en le massant avec expertise. Puis elle approcha ses lèvres de son cou et commença à suivre le tracé de ses veines du bout de la langue.

Darius suffoqua quand elle mordilla doucement son omoplate. Il fit volte-face, et elle tomba en arrière dans les coussins. Il l'emprisonna alors entre ses bras et ses jambes. Puis il s'approcha doucement et déposa de brûlants baisers le long de sa gorge. Le regard embué de désir, il approcha les doigts de ses seins, et déchira brutalement le voile qui les recouvrait, lui arrachant un gémissement. Comme c'était bon de sentir cette bouffée d'air frais sur sa poitrine... Il la prit alors dans ses bras et couvrit ses courbes de baisers, avant de prendre le bout de son sein dans sa bouche. Quand il se mit à alterner mordillements et légères caresses de sa langue, elle ne put retenir un cri de plaisir.

— Mon roi, murmura-t-elle.

— De quoi as-tu besoin, ma très chère ? demanda-t-il en relevant la tête pour plonger son regard dans le sien.

— Je voudrais...

Elle fut interrompue quand il lui pinça le bout de son autre sein et le fit rouler entre son pouce et son index.

— C'est ça que tu voudrais ? la taquina-t-il en serrant plus fort.

Myrine répondit par un long soupir et s'arqua sur les coussins pour enrouler ses jambes autour des hanches du roi. Elle imprima un mouvement de va-et-vient contre son membre érigé, impatiente de soulager cette tension à laquelle lui seul pouvait mettre fin. Darius éclata d'un rire sensuel.

— Petite créature avide ! murmura-t-il en glissant la main dans son entrejambe.

Myrine se tortilla de plaisir sous cette délicieuse torture. Elle enfonça ses ongles dans ses omoplates, et quand il retira sa main elle s'écroula sur les coussins, haletante.

— Nous sommes loin d'avoir terminé, l'avertit Darius avec un grand sourire.

— C'est exact, approuva-t-elle à bout de souffle.

Elle plongea ses doigts dans la chevelure de Darius et l'attira vers elle pour un lent baiser, tout en commençant à défaire les liens de son pantalon. Quand il s'ouvrit, son sexe en jaillit aussitôt. Elle le prit dans sa main et le caressa d'une main experte. Il se mit à gémir et lui ôta les quelques voiles qui lui recouvraient la taille. Mais quand, folle de désir, elle esquissa le geste de le guider en elle, il se recula légèrement pour la regarder dans les yeux.

— Non, pas tout de suite, fit-il d'une voix rauque, je veux te voir quand nous nous unirons.

Il la prit par le cou et la bloqua doucement sous lui. Toujours sans la quitter des yeux il se pencha vers elle jusqu'à ce que leurs visages se touchent.

— N'oublie jamais cet instant, Myrine de Scythie, dit-il tout bas, son souffle lui effleurant les cils.

Alors seulement il s'enfouit en elle, pour la posséder tout entière. Myrine haleta de plaisir, mais Darius ne la lâcha pas et ne la laissa pas détourner les yeux. Il lui prit une jambe dans le creux de son bras, et se retira, pour aussitôt revenir profondément en elle. Elle ne put retenir un cri tant il lui procurait de plaisir. Il se mit alors à plonger en elle encore et encore, avec un abandon sauvage. Perdue dans ces sensations charnelles, elle n'entendait plus que le bruit de leurs corps qui se heurtaient, de leur respiration saccadée.

Cependant, à travers ce nuage de sensualité brûlante, elle se souvint vaguement de sa mission. Le moment était parfait.

Pour cela, elle devait se placer au-dessus de lui.

Elle planta ses ongles dans les épaules de Darius et le bascula pour qu'il soit allongé sur le dos, dans les coussins de soie. Posant alors les mains sur sa poitrine, elle se balança sur lui à un rythme frénétique. Il lui saisit les hanches, mâchoire serrée.

Transportée de plaisir, elle rejeta la tête en arrière, et pendant un bref instant oublia tout son plan. Son esprit et son corps étaient en désaccord. Elle devait à tout prix résister au besoin impérieux de connaître l'extase sur le corps magnifique du roi.

Jamais je n'ai connu pareille jouissance, pensa-t-elle, désespérée. Mais elle n'avait pas le choix.

Les yeux fermés, elle s'apprêta à prendre une épingle empoisonnée dans ses cheveux. Son avenir était en jeu, et il fallait qu'elle aille jusqu'au bout, sans cela elle perdrait bien plus que quelques minutes de plaisir charnel.

Mais Darius se releva sur ses coudes et prit un de ses tétons durcis entre ses dents. Tantôt il le caressait sensuellement de la langue, tantôt il tirait dessus très doucement. Dans un cri de surprise et de plaisir mêlés, elle lâcha ses épingles.

Arrête! cria-t-elle intérieurement alors que l'exaltation de la passion lui brouillait de nouveau les idées.

Darius laissa courir ses doigts le long de sa poitrine jusqu'à ses hanches. Elle se mit à frissonner, animée par un instinct sauvage, alors qu'il accordait son rythme en elle aux caresses de sa bouche et de ses doigts. Toutes ces attentions la faisaient trembler d'extase, mais aussi de crainte. Aucun homme ne l'avait conduite vers ces sommets, aucun n'avait jamais réussi à avoir raison de son corps.

Cela ne pouvait pas durer. Cela devait cesser au plus vite.

Dans un ultime effort désespéré pour se contrôler, elle tâtonna dans sa coiffure, reprit les épingles dans sa main, puis les serra de toutes ses forces. Une simple égratignure, et sa mission serait accomplie. Une seule petite égratignure ! Ce n'était tout de même pas bien difficile... Il lui suffisait de faire taire ce tumulte qui se déchaînait en elle !

Soudain, Darius l'empoigna fermement par les hanches et la fit s'enfoncer toujours plus profondément sur lui. Les veines des muscles de ses bras saillaient dans son effort, et sa poigne l'obligeait à se mouvoir plus vite et plus fort qu'elle ne l'avait jamais fait. Toute pensée rationnelle l'abandonna alors que chaque mouvement de Darius lui faisait graduellement perdre pied. Elle se mit à pousser des cris rauques, et laissa tomber les épingles dorées derrière elle sur le matelas. Celles-ci disparurent dans l'amas de coussins, totalement oubliées dans ce déchaînement de passion.

Les doigts de Darius s'enfoncèrent dans ses hanches lors de son dernier assaut, et tous deux se laissèrent emporter par un orgasme fulgurant. Epuisés et comblés, ils se séparèrent avant de s'écrouler enlacés sur les draps de soie. Un instant avant qu'elle ne plonge dans le sommeil, Darius laissa courir son doigt sur son bras.

— Ne t'endors pas, ma douce, murmura-t-il affectueusement.

— Allez-vous m'empêcher de dormir ? demanda-t-elle d'une voix léthargique.

— Pensais-tu vraiment avoir rempli ton devoir aussi vite ? répondit-il d'une voix sensuelle.

— Aussi vite ? marmonna-t-elle, incrédule. Avez-vous encore de la force pour continuer ?

— Oserais-tu douter de ma virilité, concubine ? demanda Darius avec un sourire sardonique. A moins que tu ne craignes de ne pouvoir me satisfaire...

A ces mots elle se redressa aussitôt, piquée par ce ton de défi.

Tant pis pour l'assassinat, se dit-elle. Si elle pouvait capturer son attention dans ce jeu de sexe et de désir, elle l'aurait ensuite à sa merci à tout moment, et pourrait porter le coup fatal après avoir profité pleinement de ses… talents.

Cet homme avait osé douter de ses prouesses sensuelles, et elle avait fermement l'intention de lui prouver qu'il avait tort.

Mais alors qu'elle entreprenait de lui démontrer toute l'étendue de sa science, elle ne prêta aucune attention au bruit des tentures que l'on relevait. Si elle avait à peine tourné la tête, elle aurait repéré l'intrus qui venait d'en voir assez pour déjouer ses plans.

4

Myrine se faufilait en silence le long des couloirs dallés de marbre en suivant furtivement le roi. Tel un fantôme dans l'ombre elle évitait sans encombre les regards inquisiteurs des gardes et la curiosité des serviteurs. Heureusement pour elle, l'écrasante chaleur de midi du désert rendait les gens léthargiques. Mais elle avait du chemin à parcourir, et à mesure qu'elle approchait de son but, elle laissa son esprit divaguer vers les plaisirs charnels de la nuit précédente.

Le jeune roi avait donné le meilleur de lui-même et ils avaient partagé leur connaissance des jeux de l'amour lors d'une bataille torride qui avait duré jusqu'aux premières lueurs de l'aube. Quand ils s'étaient enfin séparés, épuisés et comblés, elle n'avait même plus eu la force de relever la tête, et encore moins d'envisager une tentative d'assassinat. Elle avait dormi profondément pour la première fois depuis une éternité, sans même être réveillée par les odeurs de la collation du milieu de matinée. Le soleil était presque au zénith quand elle avait réussi à rassembler assez de forces pour se laver et s'habiller.

Elle avait été troublée de ne pas retrouver ses épingles à cheveux dans l'amas de coussins répandus sur son lit, mais après avoir surpris des rumeurs selon lesquelles le roi rendait visite à ses soldats dans la cour du palais, elle avait décidé d'abandonner sa recherche afin de glaner des informations sur la routine du monarque.

Elle s'était donc éclipsée du harem et se dirigeait discrètement vers la cour. Des bruits de chariots, d'animaux et des cliquetis de métal lui indiquèrent qu'elle n'était plus très loin. Dissimulée derrière un grand pilier, elle jeta un coup d'œil à la cour. Un véritable chaos. Des nuages de poussière entouraient les animaux, les chariots et les hommes en armure qui se suivaient en file indienne. Des cris gutturaux et des ordres fusaient de-ci de-là depuis les divers pavillons qui donnaient sur la cour.

Mais une seule voix l'intéressait, et celle-ci couvrait sans peine toutes les autres.

Elle regarda dans la direction de cette voix claire de baryton, et ouvrit de grands yeux, stupéfaite.

Le roi de Perse était torse nu, vêtu d'un simple pantalon et de sandales. Le seul indice de sa royale condition était le bracelet en or à motifs complexes qui encerclait son biceps. Myrine l'observa disparaître dans un pavillon et le suivit en se baissant, de piliers en statues. Elle s'arrêta derrière une colonne en marbre pour scruter sa séduisante silhouette.

Le roi Darius était penché sur un soldat blessé, flanqué de deux hommes âgés chargés de fioles diverses et d'un plateau d'instruments. La transpiration perlait sur son front tandis que, d'une main sûre, il appliquait un baume sur une blessure affreusement infectée, les yeux brillants de détermination. Il parlait bas, d'une voix calme et douce. Après avoir terminé avec un bandage, il se lava soigneusement les mains dans un bol d'eau et passa au soldat suivant.

Mue par son instinct, Myrine le suivit, une foule de questions se bousculant dans sa tête. Que faisait donc un roi aussi puissant parmi ses soldats-paysans ? Incapable de le quitter des yeux, elle était frappée par sa concentration. Soudain, avant qu'elle ne puisse réagir, il leva les yeux et son regard tomba directement sur elle. Elle resta un instant pétrifiée, puis se retira vite derrière un pilier pour tourner les talons et s'enfuir sans bruit dans les ombres d'un couloir.

Mais trop tard.

Une main ferme la saisit par le bras, l'obligeant aussitôt à faire volte-face, en la plaquant contre une large colonne. Essoufflée et cramoisie, elle se retrouva face au regard furibond de Darius.

— Que fais-tu en dehors du palais intérieur, ma concubine? demanda-t-il en la maintenant contre la colonne.

— Mon roi, je voulais seulement voir votre travail, bredouilla-t-elle d'une voix un peu tremblante.

— Mon travail? s'étonna-t-il en haussant un sourcil. Et pourquoi une concubine s'intéresserait-elle au travail du roi?

Il leva la main et suivit de ses doigts le contour de son visage.

— Pourquoi quitterait-elle le harem pour aller dans la cour, alors que c'est strictement interdit?

Myrine déglutit nerveusement. Elle n'avait ni arme ni excuse. A moins que...

— Vous avez parlé de médecins et d'apothicaires, dit-elle avec de grands yeux pour plaider sa cause. Je voulais seulement les voir.

— Vraiment? s'enquit-il en fronçant les sourcils.

— Oui, mon roi, répondit Myrine en feignant l'intérêt. L'art de guérir est très intrigant.

— Tu veux apprendre la médecine? lui demanda Darius sur un ton soudain juvénile.

Quoi qu'il lui en coûtât, elle parvint à soutenir le regard du roi. Certes, guérir les gens était une chose réellement fascinante, mais c'était bien la dernière de ses priorités en ce moment.

— Oui, souffla-t-elle en glissant les mains sur les avant-bras de Darius.

Il lui saisit les cuisses et la souleva toujours adossée au pilier, de sorte qu'elle fut obligée d'enrouler ses jambes autour de sa taille pour garder l'équilibre. Elle lui passa les bras autour du cou et il la serra contre lui, effleurant sa bouche de ses lèvres.

— Comme c'est plaisant, murmura-t-il, une femme sincèrement intéressée par la science.

— Je ne suis qu'une humble servante qui désire plaire à son roi, répliqua-t-elle.

Darius insinua ses mains sous sa jupe en mousseline. Enivrée, elle se mit à lui mordiller l'oreille.

— Et comment pourrais-je ignorer une telle femme, grommela-t-il en commençant à se mouvoir contre elle, alors qu'elle s'est donné tant de mal pour satisfaire son roi ?

Il fit remonter ses doigts vers le haut de ses cuisses, jusqu'à son sexe. A cet instant, elle crut défaillir. Sans pitié, il s'y attarda et, le souffle court, elle finit par s'abandonner à cette délicieuse caresse.

Soudain il s'écarta et Myrine faillit tomber par terre, totalement incrédule. Elle leva les yeux vers lui, presque blessée de frustration. L'ombre de Darius la toisait. Il la dévisageait, les yeux dévorés de désir.

— Un peu plus, et toute la cour t'aurait entendue, lâcha-t-il sans ménagement.

Vraiment ? songea-t-elle, honteuse. Avait-elle perdu tant que cela le contrôle d'elle-même ?

— Viens, ordonna Darius en lui tendant la main, je vais me retirer immédiatement dans tes appartements. J'aimerais pratiquer certaines des... techniques que tu m'as montrées la nuit dernière.

Sans se faire prier, elle lui prit la main pour se relever. Il l'entraîna dans le dédale des couloirs, après avoir glissé son bras sous le sien — une démonstration d'affection qui la laissa sans voix.

— Ainsi, dit-il d'une voix douce, tu veux réellement apprendre la médecine ?

— Vraiment, répondit-elle.

— Si cela te plaît, suggéra-t-il, je pourrais te permettre d'assister mes médecins et mes apothicaires. J'insisterai pour que tu te couvres des pieds à la tête, bien sûr, mais tu apprendrais à soigner les blessures simples.

— Vous m'accorderiez cette liberté, mon seigneur ? demanda-t-elle, incrédule.

Darius haussa une épaule.

— Tel est mon bon plaisir, répondit-il avec simplicité.

Ils firent le reste du trajet jusqu'au harem en silence. Myrine n'en revenait pas. L'opportunité qui s'offrait à elle était tout simplement inespérée ! Un roi permettrait-il réellement à une concubine d'apprendre entourée d'hommes ? Tiendrait-il sa promesse ?

Pendant un instant elle s'autorisa à rêver à ce que pourrait être sa vie si elle était une simple concubine à la cour du roi Darius, sans tenter de lui ôter la vie.

Je pourrais être heureuse, reconnut-elle. *Et peut-être...*

Il y avait tant de scénarios envisageables... Des scénarios qui n'impliqueraient ni sa mort ni celle de Darius. Mais la réalité, malheureusement, était bien trop cruelle. Si elle abandonnait sa mission, Scylas ne manquerait pas de revenir pour la tuer ou la dénoncer au roi. Ah, si seulement elle pouvait trouver un moyen de retourner le roi contre Scylas... Peut-être alors pourrait-elle se prémunir de ce genre d'attaque.

En plantant simplement quelques germes de doute...

Mais oui ! Elle pourrait confier à Jamshid que Scylas avait tenté de la convaincre de tuer le roi. Ce genre de confidence serait sans aucun doute transmis au roi sur-le-champ. Scylas serait incriminé, et elle passerait pour une héroïne. Un plan tortueux commença à prendre forme dans son esprit.

Oui, se persuada-t-elle avec un léger sourire, il y avait de l'espoir.

Quand ils arrivèrent à l'entrée du harem, Jamshid se matérialisa en silence, visiblement interloqué.

— Prépare les appartements de cette concubine pour notre arrivée, ordonna Darius, je veux être seul avec elle.

Jamshid répondit par un hochement de tête et se précipita tandis que le couple pénétrait dans la salle centrale du harem. Ils furent accueillis par les murmures de surprise des eunuques et des concubines, qui ouvrirent grand les yeux. Elle n'eut aucun mal à deviner les interrogations de toute l'assistance : comment la concubine étrangère avait-elle réussi à rencontrer le roi en dehors du sanctuaire du palais intérieur ? Comment avait-elle réussi à capter son attention deux jours d'affilée ?

Darius et Myrine allaient se retirer dans sa suite quand

Farida fit irruption dans la salle. Echevelée, des traces de khôl partout sur le visage et sa tenue dans le plus grand désordre.

— Mon roi, gémit-elle avec désespoir, j'ai de bien tristes nouvelles !

Darius s'arrêta net.

— Parle, femme, ordonna-t-il. Quel genre de nouvelle pourrait donc m'intéresser en cet instant ?

— Je suis bien malheureuse de devoir être la porteuse de telles nouvelles, qui sont si horribles ! continua Farida en déchirant ses vêtements.

— De quoi s'agit-il donc ? s'emporta-t-il, de plus en plus impatient. Parle une bonne fois pour toutes, femme !

— Mon roi, reprit Farida d'une voix suraiguë, c'est mon triste devoir de dénoncer l'une de vos concubines, qui est une mystificatrice et une meurtrière : Myrine de Scythie !

Darius eut aussitôt l'air furieux. Ses yeux couleur de miel s'assombrirent de rage.

— Tu oses accuser ma concubine favorite ? cria-t-il en s'avançant vers Farida d'un pas menaçant.

— La preuve, mon roi ! s'exclama celle-ci en présentant ses mains devant elle, sans réussir à cacher tout à fait son sourire de triomphe derrière ses larmes.

Myrine sentit son cœur la lâcher. Pétrifiée, elle crut que son sang se transformait en glace.

Farida tenait dans ses mains trois épingles dorées.

5

— Ces ornements pour les cheveux, des preuves ? railla le roi, sans se départir de son air menaçant.

— O bon roi Darius, confessa Farida en feignant le remords, j'ai observé cette étrangère dévergondée. Elle ne quitte jamais ces épingles. Et la nuit dernière, quand elle vous divertissait dans sa chambre, je l'ai vue brandir les pointes de ces épingles vers vous !

Les genoux tremblants, Myrine serra les poings de toutes ses forces, jusqu'à enfoncer ses ongles dans ses paumes. Par bonheur sa robe de soie ample cachait ces deux indices de son effroi. Elle s'obligea à respirer calmement, certaine que les battements frénétiques de son cœur pouvaient être entendus de tous.

Qu'est-ce qui l'attendait, maintenant ? La torture ? L'exécution ?

— Tu as espionné ? accusa Darius, furieux. Tu as grandement dépassé tes attributions, femme !

— Je n'ai rien vu d'autre que l'éclat meurtrier de ses yeux quand elle a brandi ces épingles pour vous frapper, mon roi ! se défendit Farida désespérément. Si vous voulez bien prendre la peine de les examiner, je suis certaine que vous découvrirez que ce sont des armes !

Darius tendit impérieusement la main, et Farida y déposa les trois épingles incriminées avec précaution. Il les prit avec impatience, et présenta chacune d'elles à la lumière. Myrine l'observa tandis qu'il les manipulait, évaluait leur poids et inspectait leur ornement. Puis il les plaça devant son nez et en renifla les extrémités effilées. Enfin, il referma sa main dessus et foudroya Farida d'un œil noir.

Myrine retint sa respiration.

Farida, elle, se retenait visiblement de sourire.

Alors Darius exhala un grand soupir.

— Tu as commis une terrible erreur, Farida de la maison des Otanes, déclara-t-il gravement. En complotant contre une rivale tu t'es condamnée toi-même.

— Mais mon roi, bredouilla Farida, devenue blême, ne vous ai-je pas sauvée des griffes de cette meurtrière ?

Darius secoua la tête, de plus en plus sombre.

— Cesse de calomnier ma concubine favorite, menaça-t-il.

— Mais...

Le roi lui présenta les trois épingles dorées.

— Voilà ta vraie nature et ta fausseté révélées au grand jour, déclara-t-il avec sévérité, car ces ornements ne sont pas des armes. Mais un cadeau fait à la concubine Myrine.

Celle-ci ferma les yeux.

Oui, songea-t-elle avec désespoir, *un cadeau de Scylas*.

Farida n'avait plus qu'une annonce à faire, et la ruse serait démasquée. Le roi était sur le point d'apprendre que Scylas voulait sa mort...

Mais Darius n'avait pas terminé.

— Oui, un cadeau, continua-t-il face à une Farida stupéfaite, un cadeau de ma part.

Farida manqua s'étrangler. Myrine, elle, sentit sa tête tourner et chancela.

— Tu conviendras donc, conclut Darius, qu'il est impossible que ce soient les armes d'un assassin. A moins que tu ne me soupçonnes de vouloir me suicider.

— Mon roi, plaida Farida en se prosternant au sol, vous savez sans doute que je ne me souciais que de votre sécurité, et...

— C'est trop tard, la coupa le roi d'un ton implacable, je ne t'estime plus digne d'être ma concubine.

— Mon roi..., supplia-t-elle.

— Emmenez-la, ordonna-t-il. Qu'elle retourne dans la maison de son père.

Il baissa les yeux sur la forme prostrée à ses pieds, qui avait commencé à sangloter.

— Sois reconnaissante, ajouta-t-il avec douceur, j'aurais pu te faire fouetter et exécuter pour cette impudence. Mais je ne fais que te répudier.

Alors que les eunuques emmenaient Farida, Darius se tourna vers Jamshid.

— Jamshid, lui ordonna-t-il, escorte Myrine à mes bains, et ne la quitte pas des yeux jusqu'à mon arrivée.

— Oui, mon roi, répondit-il en s'inclinant.

Myrine se laissa conduire dans le palais, à peine consciente du monde qui l'entourait. La tête lui tournait toujours, et elle était obligée de cligner des yeux, éblouie par des taches blanches devant elle.

Que venait-il de se passer ?

Darius savait très bien qu'il ne lui avait pas donné ces épingles. Et il venait de mentir sciemment.

Mais pourquoi ?

Cette question ne cessait de la hanter alors qu'elle tentait de rester calme, et d'empêcher ses jambes de se dérober sous elle. Ce fut donc une surprise quand elle se retrouva dans les bains, au milieu d'un épais nuage de vapeur qui l'empêchait de bien y voir. Elle regarda partout autour d'elle. La pièce était immense, et pas un seul serviteur en vue. Plusieurs vastes bassins rectangulaires occupaient la salle à des niveaux successifs, reliés les uns aux autres par de petites cascades de filets d'eau. La vapeur s'élevait en volutes capricieuses, tapissait les murs et lui envahissait la gorge.

— Tu as mis plus longtemps que je ne l'aurais cru, l'interpela une voix profonde depuis le centre du bassin principal.

Elle sursauta et plissa les yeux à travers la vapeur. Le roi était dans l'eau jusqu'à mi-taille.

— Viens à moi, ma concubine, ordonna-t-il d'un ton chargé de sous-entendus.

Elle s'approcha du bassin et s'arrêta juste au bord.

— Entre dans l'eau, dit-il.

Elle déglutit avec angoisse et laissa glisser sa robe à terre avant de pénétrer dans l'eau chaude. Lentement, elle s'approcha du roi avant de s'arrêter devant lui.

— Dis-moi, Scythe, quelle était ton intention réelle quand tu es venue en Perse ? lui demanda-t-il en détachant chaque mot.

— Mon roi...

Il la fit taire en prenant son menton entre ses doigts pour lui lever la tête et la scruter intensément.

— Choisis bien tes mots, Scythe, ce seront peut-être tes derniers.

— J'ai été conduite ici par Scylas, le roi de Scythie, répondit doucement Myrine, pour séduire le roi de Perse.

Elle se tut et détourna les yeux avant de reprendre.

— Et le tuer ensuite.

— C'est bien ce que je pensais, dit-il en la relâchant.

— Mon roi, demanda-t-elle alors, si vous saviez la vérité quand Farida m'a accusée, pourquoi n'avez-vous pas simplement...

— Tu n'es pas autorisée à me poser des questions, Scythe, l'interrompit Darius. Tu dois seulement répondre aux miennes. Pourquoi ne m'as-tu pas tué quand tu en avais l'occasion ? Les opportunités d'utiliser tes épingles empoisonnées n'ont pourtant pas manqué.

Elle se mordit la lèvre, hésitante.

— Parce que je n'ai pas pu, dit-elle avec calme.

— Balivernes !

— Non ! se défendit-elle d'une toute petite voix. J'ose avouer qu'au début, c'était tout simplement à cause du plaisir que nous avons pris ensemble. Mais après... j'ai fini par perdre tout désir de vous tuer. Vous êtes bon pour les petites gens, bon envers moi ! Je voulais seulement rester...

— Mensonges ! accusa Darius. Que sait une femme de la noblesse des petites gens ? Pourquoi s'en soucierait-elle ?

— Je suis plus commune que vous ne le croyez, rétorqua-t-elle avec véhémence. Et j'ai vu votre bonté envers vos esclaves et vos soldats. Jamais auparavant je n'avais entendu parler d'un roi qui visitait ses hommes mourants ! Ou qui aurait proposé à une femme de s'éduquer !

A ces mots, Darius plissa les yeux et la regarda attentivement.

— Es-tu vraiment une princesse de Scythie ? Ou est-ce là aussi un mensonge ? l'interrogea-t-il d'un ton sec.

— Oui, mon roi, c'est un mensonge, confessa-t-elle dans un murmure à peine audible. Scylas m'a découverte dans un bordel de luxe. Je devais être formée pour devenir l'esclave sexuelle d'un dignitaire haut placé quand il m'a choisie. Seul Scylas connaît mes origines : je ne suis pas la fille d'une de ses nombreuses concubines.

— Et que t'a-t-il promis en récompense ?

— De l'or, avoua-t-elle. Et le montant de la rançon pour me libérer du bordel.

Darius la regarda, fou de rage, la mâchoire crispée.

— Comme c'est généreux de ta part ! dit-il sur un ton sarcastique. Sacrifier ta liberté pour le bien du petit peuple de Perse et son si bon roi ! Est-ce là vraiment la raison pour laquelle tu m'as épargné ?

Myrine sentit les sanglots monter en elle.

— Qu'importe, dit-il d'un air las en pressant une main sur son front. Une vie pour une vie. Tu as épargné la mienne, j'épargnerai la tienne. Tu vas être renvoyée sur-le-champ. A partir de maintenant, tu es seule, livrée à toi-même.

— Roi Darius..., commença-t-elle.

— Tais-toi ! cria-t-il, à moins que ce ne soit pour expliquer la vraie raison pour laquelle tu ne m'as pas tué quand tu l'aurais pu. Je ne veux rien entendre d'autre sortir de ta bouche.

Myrine se décomposa. Elle leva les yeux et croisa le regard de braise du roi. Incapable de retenir plus longtemps ses larmes, elle les laissa couler sur ses joues.

— Je n'ai pas pu vous tuer, lâcha-t-elle complètement découragée, d'une voix brisée, parce que vous m'avez fait éprouver des choses que je n'avais jamais ressenties. Vos caresses m'ont embrasée. Vous savez donner du plaisir, sans vous contenter d'en prendre, ajouta-t-elle en se détournant. J'ai osé espérer une nouvelle vie à vos côtés, pas seulement d'oisiveté et de luxe, mais riche des connaissances que j'aurais acquises. J'ai osé espérer qu'avec vous... je pourrais être libre.

Elle posa sa main à plat sur la poitrine de Darius, et il sentit son pouls affolé à travers sa paume. Elle avait peur, elle était seule, et il ne pouvait se résoudre à la haïr. Certes, elle avait été un instrument destiné à lui nuire, mais avait-elle vraiment eu le choix dans toute cette histoire ? Les hommes de pouvoir s'étaient toujours servis des belles femmes comme armes. Elle n'avait été rien d'autre qu'un pion dans le jeu d'un autre roi, un pion qui avait osé rêver d'évasion.

Quand elle leva de nouveau les yeux, Darius y lut tout l'espoir qu'elle avait d'être comprise.

Elle était si belle...

Dans un élan de désir plus fort que tout le reste, il l'embrassa et la serra étroitement contre lui en étouffant sa frêle silhouette entre ses bras puissants. Elle lui rendit alors son baiser avec la même passion, et suffoqua quand il essaya de la serrer encore plus fort. Il parcourut fiévreusement son corps de ses mains avides, et elle enfonça ses ongles dans son dos en essayant de garder son équilibre dans l'eau savonneuse. Puis, reprenant sa respiration, il lui prit le visage dans les mains et se recula légèrement pour regarder ses yeux emplis de ferveur.

— Mon roi, dit-elle, si seulement je n'étais pas née scythe, je vous aurais bien servi.

Cette déclaration était si simple, si honnête, si vraie...

— Une dernière fois, murmura-t-il d'une voix rauque, je te conduirai à l'extase une dernière fois avant de te renvoyer pour toujours.

Darius gémit et la souleva par l'arrière de ses cuisses afin qu'elle passe ses jambes autour de sa taille. Elle commença à bouger contre lui, déjà haletante de désir.

— Je vous en prie, supplia-t-elle en l'embrassant sur les tempes.

De ses doigts experts, Darius trouva l'endroit qui la fit aussitôt gémir et se tortiller contre lui. Elle poussa un cri quand il les enfonça en elle. Il ne subsistait que la triste et amère vérité entre eux désormais, et leur union n'en était que plus désespérée. Poussés par les circonstances ils déversèrent émotion pure et désir dans chaque caresse, conscients que ce plaisir, ils le partageraient ensemble pour la dernière fois.

— S'il vous plaît, mon roi, prenez-moi, le supplia-t-elle.

— Comme tu voudras.

Il la reconduisit vers le bord du bassin où l'eau était moins profonde et la lâcha pour la laisser glisser contre lui. Quand elle fut adossée au muret du bassin, il la couvrit de baisers passionnés, auxquels elle répondit en passant la jambe autour de ses hanches. De son bras il lui entoura la taille et se pencha pour lui embrasser les lèvres.

— Souviens-t'en, chuchota-t-il, c'est toi qui l'as demandé.

Il s'enfonça en elle d'un seul mouvement de hanche avec une lenteur insupportable. Il se retira ensuite complètement et répéta sa danse très lente jusqu'à ce qu'elle le supplie d'accélérer, les poings serrés de frustration. Alors il la retourna et elle s'arcbouta contre le rebord du bassin. L'agrippant par les hanches il plongea en elle par-derrière avec force, et donna à son va-et-vient un rythme fiévreux, auquel Myrine répondait avec des cris résonnant en écho sur les murs de marbre. Remontant les mains de son ventre, il les referma sur ses seins et la bloqua contre lui, la faisant ainsi se cambrer en arrière, ses cheveux répandus dans l'eau entre eux. En la maintenant ainsi fermement, il s'enfonça en elle toujours plus vite, son ardeur décuplée par les gémissements de Myrine.

La jeune femme sentit son monde se dilater puis se contracter jusqu'au point où ce ne fut plus qu'une sensation unique, quand un million de petites décharges de plaisir se propagèrent dans tout son corps. Elle se haussa pour passer son bras autour du cou de Darius et tourna la tête en arrière pour l'embrasser. Quelque chose se serra dans son ventre, puis se dénoua brutalement, la faisant crier dans la bouche du roi.

Darius accéléra ses poussées une fois encore, la menant jusqu'à la jouissance. Et quand elle atteignit le paroxysme du plaisir il enfouit son visage dans son cou et se laissa exploser en elle.

Emprisonnée dans ses bras, elle était incapable de bouger. Quand ils eurent tous deux cessé de trembler, il se retira et la relâcha doucement, pour s'asseoir avec elle dans l'eau chaude. Myrine s'installa entre ses jambes croisées, le souffle toujours aussi léger et rapide que les battements d'ailes d'un papillon. Darius lui caressa les cheveux, attendant lui aussi que ses sens s'apaisent.

Cela leur parut des heures avant qu'ils n'émergent du bassin et demandent des vêtements. Quand Myrine enfila une robe de soie, Darius prit Jamshid en aparté pour lui murmurer des instructions à l'oreille. Avait-il toujours l'intention de la renvoyer en vie, ou avait-il changé d'avis ? Elle n'aurait su le dire. Mais, quoi qu'il arrive, elle ne pouvait absolument rien y faire désormais. Aussi se contenta-t-elle d'attendre, les yeux dans le vague.

Quand Darius revint vers elle, il plongea son regard dans le sien, et lui fit part de sa décision.

— Tu dormiras au harem cette nuit, annonça-t-il. Demain, avant le lever du soleil, Jamshid t'enverra dans le désert avec une flasque d'eau et un manteau. Et tu ne reviendras jamais ici, sous peine de mort.

Myrine sentit sa gorge se serrer. Darius déposa un baiser doux-amer sur son front, avant de lui prendre la joue dans sa main, en une caresse étonnamment douce.

— Bonne nuit, ma concubine, et adieu, chuchota-t-il.

6

Il faisait nuit noire, mais Myrine était habituée aux ténèbres.

Elle s'était faufilée dans la chambre du roi Darius et, sans un bruit, le regardait dormir. Elle effleura ses boucles sombres, l'arête de son nez, le contour de sa joue et la ligne de sa mâchoire afin de graver son image dans sa mémoire.

Elle n'attendrait pas le matin.

Dès que tout était devenu calme, elle s'était éclipsée du harem avec la ferme intention de s'enfuir avant l'aube. Mais avant cela il fallait qu'elle voie une dernière fois l'homme qui l'avait bouleversée.

Bonne nuit, mon roi, et adieu, articula-t-elle silencieusement.

Elle s'apprêtait à ressortir par la fenêtre, mais s'arrêta quand un bruit étrange attira son attention. Elle se raidit, soudain parcourue de frissons et, effrayée, écarquilla les yeux à la lueur du clair de lune.

Un grognement sourd se fit entendre dans le couloir, suivi d'un bruit de chute. Puis les portes de la chambre s'ouvrirent lentement.

— Je me disais bien que je te trouverais ici.

Une silhouette qu'elle connaissait bien émergea de l'ombre. Elle ouvrit la bouche, prête à crier.

— Ce n'est pas la peine, Myrine, la rabroua Scylas à voix basse. Les gardes devant la porte sont morts, et le temps que les autres arrivent, il sera trop tard.

Il approcha du lit sans se presser, regarda Darius qui dormait toujours profondément, et claqua la langue.

— J'aurais dû me douter qu'envoyer une femme faire un travail d'homme serait voué à l'échec, dit-il avec regret. Tu n'as pas pu, n'est-ce pas ?

Horrifiée, Myrine vit Scylas brandir une copie conforme de ses épingles et la lever au-dessus de la tête de Darius.

— Je suis donc forcé de terminer le travail moi-même.

— Non ! hurla-t-elle.

Son cri réveilla brutalement Darius, qui esquiva de justesse l'épingle. Celle-ci s'enfonça dans le matelas, où se trouvait son bras un instant plus tôt. Mais il n'eut pas le temps de se relever. Scylas le plaqua sur le lit avec un genou sur sa poitrine, approchant une deuxième épingle de son cou.

— Tu n'as pas l'air surpris, fit remarquer Scylas en découvrant son expression de défi. Ah ! Je vois que notre jeune Myrine a fini par tomber folle amoureuse de toi ! Elle t'a sans doute déjà tout révélé.

— Je vous en prie, ne faites pas ça, roi Scylas, supplia-t-elle.

— Pauvre écervelée ! gronda Scylas. Cela serait arrivé, que tu le fasses ou pas. C'est un jeu d'enfant de démasquer une prostituée qui se fait passer pour une princesse.

— Quoi ? fit-elle, stupéfaite.

Scylas gloussa sèchement.

— Tu as vraiment cru que j'allais te rendre ta liberté quand tout serait terminé ? Ou que, si tu t'enfuyais, il serait épargné ? ajouta-t-il avec un rictus condescendant. Tu n'es qu'un pion interchangeable, Myrine, rien de plus.

Il contempla un instant Darius, qui bouillonnait de rage.

— Entre monarques, j'imagine que l'on se comprend, ajouta-t-il à son intention.

— Tu n'as rien d'un monarque, lança Darius avec mépris. Tu ne mérites même pas de gouverner des cochons.

— Oh ! pourquoi tant de haine ? répliqua Scylas, faussement blessé. Mais puisque Myrine ne comprend rien, je me sens obligé de l'éclairer.

Il se tourna vers elle, qui était devenue blême, et secoua tristement la tête.

— Pauvre petite Myrine, dont le destin est de mourir pour son pays.

Comment cela ? De quoi parlait-il ? Cela ne faisait en rien partie de leur plan...

— Je... je ne comprends pas, bredouilla-t-elle. Vous m'avez promis la liberté.

— Et tu as toujours cru aux promesses des hommes, Myrine ? la reprit Scylas. Si tu avais fait ton travail correctement et tué ce jeune freluquet qui se prend pour un grand roi, j'aurais laissé les Perses te retrouver, te juger et t'exécuter en tant que régicide. Tout le monde sait que ces épingles ne te quittent pas, et tout le monde aurait compris leur rôle dans la mort du roi. De plus, qui prêterait réellement foi aux dires d'une concubine étrangère ?

— Mais je ne l'ai pas tué, murmura Myrine.

— Ce qui nous amène à la situation dans laquelle nous nous trouvons présentement, où je suis forcé d'intervenir pour faire le travail à ta place, dit Scylas d'un air ennuyé.

— Vous ne pouvez pas faire ça !

— Oh ! si, je le peux, et je vais m'en donner à cœur joie ! s'écria Scylas. Ensuite je te tuerai, et je laisserai les gardes trouver vos corps demain matin. Qui sait quelles conclusions on en tirera ? Mais quelle importance ? Ce roi que voilà sera mort.

Sur ces mots, il sourit d'un air satisfait.

— Mais ne t'inquiète pas, ma chère, la rassura-t-il. Tout ce que j'ai à faire, c'est l'égratigner à peine. Le poison le tuera sur-le-champ. Il ne souffrira pas. Toi, en revanche..., ajouta-t-il après un court instant.

Puis Scylas ne se fit plus attendre. Les yeux révulsés de rage destructrice, il brandit la seconde épingle.

Myrine eut l'impression que le temps venait de se suspendre. Elle vit briller le poison à la pointe de l'aiguille — Darius ne pourrait esquiver à temps la piqûre mortelle. Dans un geste désespéré, elle se jeta en avant au moment où Scylas frappait, et réussit à dévier sa main de son poignet, qui envoya l'épingle cliqueter sur le sol. Quand Scylas plongea pour la récupérer, Myrine saisit celle toujours plantée dans le matelas. Elle l'empoigna fermement avant que Scylas ne bondisse sur elle par-derrière pour l'entraîner dans une lutte qui ne dura que quelques secondes. Myrine réussit à se mettre à genoux sur Scylas et, de toutes ses forces, plongea l'épingle dans sa poitrine. Elle l'immobilisait toujours quand il s'écroula sur le sol, mort sur-le-champ, une expression étonnée sur le visage.

— Myrine ! cria Darius avec angoisse.

Elle eut tout juste le temps de le voir bondir de son lit vers elle. Soudain elle sentit tout son corps s'engourdir. Elle voulut se relever, mais sans succès. Tout s'obscurcit devant elle. Ce n'est qu'en tombant sur le côté qu'elle remarqua un détail sur son avant-bras.

Une longue éraflure irrégulière courait de son poignet à son coude.

L'autre épingle...

Horrifié, Darius s'agenouilla auprès d'elle pour la prendre dans ses bras. Myrine ne voyait plus qu'une forme floue, et son corps pesait comme du plomb. Elle sentait à peine la chaleur du corps de Darius contre elle. Elle aurait voulu lui toucher le visage, mais se rendit compte que son esprit ne commandait plus ses gestes.

Mon roi, ces larmes sont-elles pour moi ? songea-t-elle.

Darius se mit à hurler pour demander de l'aide, de quiconque, gardes, apothicaires, mais elle l'entendit de très loin. Elle crut entendre le mot « médecin », mais tout se brouillait de plus en plus. Elle réussit à vaguement bouger les lèvres, mais aucun son n'en sortit. Darius la berçait et pressait son visage contre le sien.

— Ne t'avise pas de mourir ! la menaça-t-il.

Elle l'entendit le répéter inlassablement. Puis elle sombra dans les ténèbres.

7

Darius se renfonça dans son fauteuil, et frotta ses yeux fatigués. Des rouleaux de parchemin qu'il n'avait pas encore lus étaient proprement empilés sur son bureau. Il soupira et jeta par terre la missive qu'il venait de lire. Une réclamation ennuyeuse que lui adressait un noble de haute lignée, qu'il était donc impossible d'ignorer. Avec un nouveau soupir, il se leva pour aller à la fenêtre. Là, il ferma les yeux et laissa la brise aride du désert le purifier de ses pensées.

Sa concubine-meurtrière avait disparu du palais depuis des mois. Elle lui avait sauvé la vie, et il avait fait le vœu de sauver la sienne. Il l'avait donc confiée aux soins de ses meilleurs médecins. Sa guérison avait été lente, mais encourageante, jusqu'au jour où elle avait brutalement disparu. Les médecins n'avaient pas la moindre idée de l'endroit où elle était allée. Un jour elle gisait dans son lit, sa vie ne tenant plus qu'à un fil, et le lendemain elle avait disparu sans laisser de traces.

S'était-elle enfuie ? Ses conseillers s'étaient-ils discrètement débarrassés d'elle ? Tout ce qu'il espérait, c'était qu'elle soit saine et sauve. Il l'espérait de tout son cœur.

Des coups frappés à la porte interrompirent le cours de ses pensées.

— Entrez ! ordonna-t-il.

— Mon roi, annonça Araxes, voici un nouveau projet, que j'aimerais vous voir approuver.

— Ajoute-le aux autres que je dois examiner, dit Darius avec un geste pour le congédier.

— Mon roi, insista Araxes en lui tendant le parchemin. C'est de la plus extrême urgence — cela concerne votre sécurité. Vous venez à peine d'échapper à un complot très intelligemment mené pour vous tuer. Qui sait quand il y en aura un autre ?

Darius se tourna pour scruter son vizir attentivement. Il haussa les sourcils quand il vit la silhouette d'un serviteur vêtu de noir derrière son conseiller. Il prit la feuille de parchemin des mains d'Araxes en haussant les épaules, et la parcourut rapidement.

— J'imagine que c'est là le garde du corps personnel que tu as recruté ? lui demanda Darius en regardant le serviteur du vizir derrière lui.

— Oui, mon roi, confirma Araxes. Un garde entraîné. Parfaitement formé aux arts du combat et à l'espionnage furtif, il a déjà prouvé sa valeur.

— Très bien, dit Darius avec un bâillement fatigué, je remettrai ma sécurité entre les mains de ce... garde.

— Merci, mon roi.

Araxes tourna les talons sur ces mots et quitta la pièce, laissant Darius examiner son nouveau serviteur. Il tourna autour de lui en essayant de distinguer les traits de la personne dissimulée presque entièrement par le fin tissu noir qui l'enveloppait. Puis il s'arrêta et tapota son menton avec un doigt. Il y avait décidément quelque chose de très étrange chez cette personne.

— Tu es très frêle pour un guerrier, dit-il. Et petit.

— Oui, répondit une voix étouffée sous le voile.

— On pourrait presque dire que tu es très... féminin.

— Je l'espère bien.

Troublé, Darius plissa le front.

— Pardon ?

Il s'avança brusquement pour arracher le voile qui couvrait le visage du garde. Une masse de cheveux blonds s'en échappa aussitôt, et une paire d'yeux bleu scintillant se braqua sur lui.

— Myrine, souffla-t-il, incrédule.

— Oui, mon roi.

— Comment… ?

— Araxes m'a fait sortir de l'infirmerie, expliqua-t-elle en souriant. Il m'a donné le choix : l'exil, ou cette nouvelle tâche. J'ai choisi de rester à vos côtés en tant que garde du corps.

Darius la serra dans ses bras de toutes ses forces.

— Bien, murmura-t-il, c'est bien.

Myrine lui caressa doucement les bras, et remarqua qu'il s'appuyait fortement contre elle.

— Qu'est-ce qui vous épuise tant, mon roi ? demanda-t-elle.

— Mes conseillers ne cessent de me harceler, répondit-il d'un ton las en enfouissant son menton contre son épaule.

— Dans quel but ? insista-t-elle en caressant son bras du bout des doigts.

— Ils veulent que je prenne une épouse, marmonna-t-il, morose. A vrai dire, ils voudraient que ce soit Atossa.

— Oh ! elle ! dit-elle simplement.

— Oui, elle, grommela Darius.

Myrine enroula les bras autour de son cou.

— Alors, dit-elle à voix basse, laissez-moi vous aider à oublier vos ennuis, mon roi. Après tout, c'est mon travail de vous protéger de tout ce qui pourrait vous blesser.

Elle commença par de petits baisers légers, parcourant son visage de ses lèvres douces. Quand elle l'entraîna dans un long baiser sensuel il posa les mains sur ses hanches. Elle passa les siennes dans son dos pour le masser de ses doigts habiles. Darius fit remonter ses mains vers ses seins, et en effleura un de son pouce, lui arrachant un petit cri. Il s'écarta légèrement pour goûter la peau douce de son cou. Ivre de désir, Myrine passa une jambe autour de la hanche du roi, qui se frotta contre elle sans retenue. Elle ne put réprimer un long gémissement de plaisir.

— Pourquoi ne pas renoncer à cette nouvelle attribution pour une position plus prestigieuse ? suggéra Darius en lui caressant le sein.

— Et quelle serait-elle, mon roi ? demanda-t-elle.

— Epouse royale, dit-il en lui mordillant le cou. Si je te prends pour épouse, ils oublieront Atossa pendant un bon moment.

— Et retourner au harem ?

Myrine se mit à rire jusqu'à ce que Darius pince le bout de son sein érigé.

— Je préférerais ne pas l'envisager, mon roi, ajouta-t-elle.

— Tu oses refuser cet honneur ? la taquina-t-il en la poussant habilement pas à pas vers son lit.

— Oui, je refuse, fit-elle en le chevauchant aussitôt dès qu'ils s'écroulèrent sur la couche. De plus, en tant que garde du corps personnel, j'ai le devoir de passer chaque nuit dans votre chambre.

Elle se mit à ôter lentement ses vêtements d'un air lascif.

— Et chaque nuit je vais m'assurer de vous... protéger, précisa-t-elle.

Darius grommela des paroles inintelligibles alors qu'il la caressait puis la saisissait fermement pour l'embrasser.

— Oui, j'imagine que c'est acceptable, dit-il, mais je ne renoncerai pas pour autant à l'idée de faire de toi une épouse royale.

— Je suis certaine que vous mettrez en œuvre toutes sortes de manières de me convaincre, murmura Myrine en se pressant contre lui avec la même avidité que la sienne, entreprenant de lui ôter ce qu'il lui restait de vêtements. Mais je ne me laisserai pas facilement convaincre. Je crois que je préfère rester votre garde du corps.

— Très bien, soupira Darius en lui caressant le buste, je laisserai le sujet de côté pendant un moment, à une seule condition.

— Laquelle, mon roi ?

— Ne dis plus un mot et montre-moi tes talents les plus raffinés, demanda-t-il avec un sourire entendu. De ceux qui nous laissent moites et épuisés.

— Viens, mon roi, dit-elle d'une voix ensorcelante, il y a encore bon nombre de mes talents secrets que je n'ai pas partagés avec toi.

Sous le soleil du désert, un roi et la concubine qui l'avait conquis se fondirent l'un dans l'autre dans un déchaînement de passion. Leurs rires et gémissements de plaisir résonnèrent dans les dédales des corridors de marbre jusqu'au coucher du soleil, puis jusqu'à l'aube, porteuse de nouvelles aventures pour tous deux.

HELEN DICKSON

Sous l'emprise du chevalier

Traduction française de
PIERRE ALEXIS

Les Historiques

HARLEQUIN

Titre original :
THE DEVIL CLAIMS A WIFE

Ce roman a déjà été publié en 2018.

1

On racontait partout que Guy St. Edmond était la progéniture du diable. On racontait qu'il était haut comme un arbre et pouvait tuer un homme d'un seul coup de son épée. Des rumeurs encore plus terribles circulaient sur son passé plein d'ombres : Guy St. Edmond corrompait les âmes innocentes, mangeait la chair de ses victimes et dévorait tout ce qu'il trouvait sur son chemin.

De combat en combat, il menait chaque fois ses troupes à la victoire. Le roi et les guerriers les plus endurcis du pays lui manifestaient leur respect et le consultaient pour connaître son avis.

Lorsque Jane fêta ses dix-sept ans, à Cherriot Vale, Guy St. Edmond était déjà devenu une légende. Il se colportait que jamais il n'avait subi la moindre défaite, même lors d'une escarmouche. Son nom était synonyme de victoire et un autre bruit se propageait : on prétendait qu'il lui suffisait de paraître à l'horizon pour que l'ennemi s'enfuie à toutes jambes.

À la simple mention de son nom, ajoutait-on, les petits enfants, terrorisés, se cramponnaient à leur mère et se réfugiaient dans ses jupes. Malgré cela, du moins pour autant que Jane le sût, personne n'avait encore osé se confronter directement à lui pour essayer de faire la part des choses entre ce qui relevait de la réalité et ce qui relevait de la légende.

Voilà ce à quoi songeait Jane tandis que, le cœur battant, envahie par la peur, elle jetait un coup d'œil à travers le feuillage pour regarder passer le spectre démoniaque de celui qui était l'un des chevaliers préférés du jeune roi Edward. Bien sûr, il n'était pas impossible que Guy St. Edmond fût tout ce que l'on relatait de lui. Cela dit, et de curieuse manière, personne n'avait jamais révélé combien il était beau — d'une beauté dévastatrice — ni que quelque chose, en lui, intriguait et attirait tous les regards féminins. Comment réussissait-il à être tout cela à la fois ? Cela venait-il des guerres qu'il avait traversées ou était-ce tout simplement sa nature ?

Un mélange de pouvoir, de danger, de vitalité et de hardiesse se dégageait de son physique imposant tandis qu'il avançait en tête d'un petit groupe de chevaliers et d'écuyers dont certains arboraient sa livrée rouge et noire. À en croire les vêtements pleins de poussière et les visages striés de saleté et de sueur, la totalité des membres de la troupe arrivaient de fort loin.

Dans un bruit infernal duquel se détachait le tintement des harnais, de majestueux chargeurs arrivèrent au galop, formant à leur passage un nuage de poussière et semblant à peine réels dans cette petite clairière où personne n'aurait imaginé les voir apparaître un jour. Mais Guy St. Edmond n'avait-il pas le droit divin de surgir où il le voulait ? N'était-il pas le comte de Sinnington, lord du château de Sinnington ? Ne disposait-il pas du pouvoir absolu de récolter tous les biens et tous les revenus provenant des terres de son domaine ?

Une dizaine de cavaliers se trouvaient là, mais Jane n'éprouvait pas la moindre envie de poser son regard ailleurs que sur l'impressionnante silhouette chevauchant le destrier noir qui leur ouvrait la voie. Car cet homme, à l'allure conquérante sur son cheval de guerre, possédait la plus large carrure qu'elle ait jamais vue et un regard sauvage, ce qui apportait un complément parfait à ses manières altières et nobles, à sa façon de porter la tête haute et de poser un regard fier sur ce qui l'entourait. Ses bottes de cuir étaient incrustées d'argent, une épée et une dague pendaient à son ceinturon.

Oui, le comte, âgé d'une trentaine d'années, était impressionnant, et ce n'était pas seulement sa taille et son étonnante musculature qui captaient l'attention et le distinguaient des autres cavaliers, mais aussi l'intelligence qui émanait de lui. En effet, il semblait capable de se servir de sa raison aussi bien que de son épée. Tout en lui disait qu'il était sous contrôle absolu. Du moins était-ce ce que ressentait Jane, qui n'était sans doute pas la mieux placée pour juger, elle qui le voyait pour la première fois et ne l'avait encore pas entendu prononcer un mot.

Comme s'il se sentait observé, Guy St. Edmond tira sur ses rênes. Contraint de s'arrêter, son cheval se cabra sur ses jambes tandis que, derrière lui, les autres cavaliers pilaient brusquement dans un bruit de métal et lançaient des jurons. Le hasard voulut que le groupe se trouvât alors tout près de l'endroit où se dissimulait Jane.

Le soleil créait des puits de lumière entre les grands arbres et se faufilait doucement dans la clairière. Comme Guy St. Edmond se rapprochait, Jane le dévisagea depuis sa cachette. Sa chevelure d'un noir profond était indisciplinée et formait des boucles à la naissance de son cou. Aux endroits que la barbe épargnait, la peau de ce grand guerrier avait la couleur du bronze, et son regard évoquait, sous certains angles, celui du faucon. Sa tunique et ses jambières de cuir mettaient en valeur ses membres puissants et son large torse. Il arborait un blason sur son tabard.

Soudain, il se retourna sur sa selle pour dire quelque chose à ses hommes. La plaisanterie qui, en réponse, fusa de la bouche de l'un d'eux le fit éclater d'un rire profond qui plut terriblement à Jane. Un frisson la parcourut. À l'évidence, le redoutable comte de Sinnington avait le sens de l'humour. Comme il se tournait vers la lumière, ses yeux lui apparurent, l'espace d'une seconde, dans tout leur éclat. Étaient-ils vraiment aussi gris et lumineux qu'elle crut le remarquer ?

Ce fut alors que les enfants, qui jouaient jusque-là en silence dans le petit bois de derrière, mais avaient vraisemblablement terminé leur partie de cache-cache, s'ébrouèrent en faisant un peu de bruit. L'oreille tendue et le corps en alerte, Guy St. Edmond changea imperceptiblement d'attitude. Son rire se troubla et ses yeux se plissèrent tandis qu'il cherchait à déterminer ce qui se passait. En l'observant, Jane comprit qu'il possédait le don d'évaluer très vite n'importe quelle situation.

Dans l'instant, les petits surgirent sans méfiance à découvert et pilèrent d'un air terrifié en apercevant les cavaliers. La seconde d'après, ils se précipitaient dans les jupes de Kate, la fidèle servante de Jane, qui les escortait. La jeune femme referma les bras sur eux et les tint étroitement serrés. Blanche, la toute jeune sœur de Jane, demeura muette et paralysée par la peur. Alfred n'était guère plus vaillant. Bien que légèrement plus âgé que Blanche, le petit frère de Jane restait pétrifié et regardait autour de lui avec effroi. Mais, en apercevant Guy St. Edmond, il tendit le cou presque malgré lui et essaya timidement de mieux le voir.

En partie sous l'effet de la peur, en partie parce qu'elle était inquiète pour les enfants, Jane émergea de l'ombre pour s'arrêter non loin de son frère et de sa sœur, ramassés sur eux-mêmes.

Elle se tenait droite dans ses jupes d'un vert myrte, soulignées à la taille par des rubans de même ton, et qui venaient frôler ses pieds chaussés de sandales en cuir brun. Elle leva les yeux vers Guy St. Edmond, faisant abstraction de tout ce qui n'était pas lui, cet être différent des autres qui chevauchait à la tête de ses dix guerriers.

En tant que fille de Simon Lovet, négociant anglais en tissus, et jeune sœur d'Andrew Lovet, tué dans la bataille menée pour défendre la cause des Lancaster et la légitimité du roi Henry, Guy St. Edmond allait, à n'en pas douter, la considérer comme une félonne.

Mais Jane, aujourd'hui fatiguée par les perpétuels conflits qui troublaient la tranquillité du pays, ne se sentait redevable de loyauté qu'envers elle-même et sa famille. Elle resta immobile, attendant que Guy St. Edmond s'exprime tandis que la terreur hurlait par tous les pores de son pauvre corps tremblant.

Baignant dans le parfum entêtant des trèfles et celui des fleurs en bourgeon, accompagné par les trilles du merle qui chantait à tue-tête dans les frondaisons, Guy mena sa monture vers la fille qui le fixait. Dans son regard, il lut de l'intérêt, de l'incertitude, du soupçon, de l'effroi mais — Dieu soit loué — pas de crainte.

Comme il arrêtait son cheval devant la jeune femme, il eut tout à coup l'impression que le souffle lui manquait. Un désir aussi impérieux qu'inattendu monta en lui. Ses yeux verts braqués sur lui, elle ne bougeait pas et poursuivait sa contemplation. Décidément, cette fille était un pur ravissement, le printemps incarné.

Ce n'était pas par bravade que Jane ne manifestait pas sa crainte, c'était parce qu'elle était une Lovet et qu'à ce titre aucun homme ne pouvait faire naître ce sentiment chez elle. Son père, sa mère et son frère Andrew, aujourd'hui décédé, lui avaient si souvent inculqué ce précepte qu'elle avait fini par l'adopter.

Elle avait touché ce guerrier, elle le savait. Et c'est tout de suite qu'elle l'avait remarqué. Cette certitude fit monter son appréhension. Que faisait-elle là, devant cet homme fascinant et doté d'un magnétisme fou, cet homme dont le regard direct et confiant lui faisait battre le cœur plus vite même si son affolement n'était peut-être pas tout à fait sans rapport avec son effroi...

Pour le moment, il gardait les yeux rivés dans les siens et, dans son visage mangé par une barbe de plusieurs jours, son regard flambait comme du charbon en fusion. Il était dur et insondable comme s'il la soupçonnait de détenir un secret dont il voulait absolument s'emparer. Autre chose étrange qui ne laissait de la stupéfier : il la considérait comme si tous deux se connaissaient depuis toujours et ce regard la déstabilisait de manière inouïe. Mais, involontairement, Guy St. Edmond l'empêchait de dévier le sien. Bien sûr, la pudeur aurait voulu qu'elle baissât les paupières, mais elle n'en faisait rien et restait là, le dos bien droit, étonnée par son propre comportement. Celui d'une jeune fille ignorante ? Peut-être. Quoi qu'il en fût, elle ne pouvait plus ni bouger ni même détourner la tête.

Guy n'était pas très sûr de la conduite à adopter. Soit, dans cette région isolée de Cherriot Vale, cette fille n'avait jamais entendu dire qu'il était l'incarnation du diable, soit elle manquait trop de compagnie masculine pour s'arrêter à cela. En même temps, son air était trop candide pour attester de la dernière supposition. Au point que, d'une étrange façon, Guy s'en trouva touché. En fait, et d'une manière un peu fantasque, il avait l'impression de se trouver devant l'un des plus beaux spécimens semi-sauvages peuplant cette petite clairière verdoyante, devant l'un des rares animaux de la forêt qui ne connaissaient pas encore assez le monde pour en avoir peur.

Cette créature était d'une innocence absolue.

Faisant parcourir à son cheval l'espace qui les séparait, Guy se mit à le faire tourner autour d'elle et il sentit un sourire poindre sur son visage tandis qu'il l'examinait, à vrai dire un peu comme un animal à la foire.

Son regard gris erra, approbateur, sur la silhouette délicate, s'arrêta sur la rondeur des seins et la finesse de la taille avant de revenir aux tresses couleur de miel qui s'échappaient du chapeau de velours vert. Il détailla ensuite le nez spirituel qui dénotait une personnalité espiègle et curieuse, les lèvres pleines et légèrement entrouvertes qui sous-entendaient des secrets et, lorsque sa langue se glissait entre elles, une belle sensualité. Le menton, remarqua-t-il, n'était ni fuyant ni saillant mais volontaire sans que cela fût excessif. La peau était d'un blanc laiteux et lumineux. Quant aux yeux verts, plonger dedans était plus qu'une tentation tant ils donnaient envie de s'y perdre pour toujours, tant ils étaient illuminés de l'intérieur et appartenaient déjà à la femme qui se profilait derrière le visage d'une candeur encore enfantine.

Cette fille était décidément la plus ravissante créature qu'il lui eût été donné de voir depuis longtemps.

— Bien, bien... Qu'avons-nous là ? murmura-t-il tout en continuant à la regarder.

Sans se détourner, le regard vert vacilla toutefois un peu, semblant à la fois intéressé par la situation et peut-être aussi intimidé par cette impressionnante stature que Guy savait avoir héritée de son père.

— Je ne mords pas, assena-t-il avec un petit sourire cynique.

— Vraiment ? répondit la jeune fille. J'ai pourtant souvent entendu dire le contraire...

Guy St. Edmond accueillit sa repartie avec un franc éclat de rire tandis que, toujours perché sur son noir destrier, il continuait à former des cercles autour de la jeune fille, qui semblait déjà regretter son impulsivité, ce dont il se rendit compte quand il capta son regard. Malgré les efforts visibles qu'elle fournissait, il vit une légère rougeur lui gagner les pommettes. Sans baisser les yeux, elle exécuta une révérence avec grâce. Puis, sans doute pour tenter de dissiper un peu la peur que continuaient à l'évidence de ressentir les enfants qui l'accompagnaient, elle esquissa un sourire qui découvrit des dents très blanches avant de déclarer d'une voix parfaitement audible :

— Je suis Jane Lovet, fille de Simon Lovet, négociant en tissus fins, ici même, à Cherriot Vale.

— Et, si je ne m'abuse, père d'un lancastrien, compléta Guy sur un ton qui donna à Jane l'impression que son sang se figeait. Vous et votre famille, partagez-vous les préférences de votre frère, Jane Lovet ? Malgré ce qui lui est arrivé, êtes-vous tous lancastriens ? Êtes-vous restés fidèles au roi Henry ?

Jane continuait à le fixer. À Londres, tous les commerçants étaient yorkistes et soutenaient le jeune et intelligent roi Edward. Elle savait aussi que, pour sa part, son père ne songeait qu'à gagner de l'argent pour sa famille, qu'il n'avait aucun avis sur ce qui opposait les lancastriens aux yorkistes et ne penchait pour aucun des deux camps. Pour autant, il n'avait jamais pu pardonner à Andrew d'avoir soutenu Henry, qui avait d'ailleurs fini par se mettre à dos la majorité des commerçants.

— Le soutien qu'Andrew a, à l'époque, apporté au roi Henry est un fait que l'on ne peut nier, répondit-elle. Mais, en ce qui concerne mes parents, ils ont aujourd'hui accepté la gouvernance du roi Edward.

Guy St. Edmond hocha la tête.

— Choix sensé dans la mesure où, même si Henry avait décidé de poursuivre le combat, il n'aurait de toute façon plus le pouvoir de lever une armée digne de ce nom.

— C'est aussi ce que j'ai entendu dire. Sans compter qu'Edward a récemment épousé une veuve désargentée du camp adverse, une femme dont le propre père s'était battu contre lui. De cette façon, notre famille est assurée de sa clémence...

Les yeux de Guy se plissèrent et fixèrent le visage que Jane avait levé vers lui sans hardiesse mais sans timidité non plus. Le regard du guerrier contenait à la fois de la colère et de la stupeur, mais aussi de l'admiration pour le courage provocant qu'elle affichait.

— Vous parlez avec audace, Jane Lovet, mais dans l'avenir je vous conseille de faire attention à ce que vous direz. Habitez-vous dans les environs ?

Jane acquiesça de la tête.

— Dans la maison de maître, au bout du village, tout près de la rivière.

— Alors, nous sommes voisins.

Le regard de Guy venait de se poser sur Alfred, Blanche et la jolie Kate, qu'il étudia pendant quelques instants.

— Ces personnes sont-elles de votre famille ? demanda-t-il à Jane.

Celle-ci considéra le trio. Pour ses treize ans, Alfred, tout comme son père, était déjà grand. Quant à Blanche, elle poussait tranquillement comme une fillette de dix ans. Entre eux, la ressemblance était indéniable. Les deux enfants partageaient les mêmes expressions, ainsi que les mêmes cheveux châtain clair et les mêmes yeux verts mouchetés de brun.

— Kate est ma servante, répondit-elle. Alfred, mon petit frère, et Blanche, ma petite sœur. Allez-vous résider longtemps au village, sir ?

— Pour connaître la réponse, répondit Guy avec hauteur, il faudra attendre un peu.

Mais sa moue arrogante disparut quand il se pencha vers Jane et lui posa sa longue main en coupe sur la joue tandis que, du bout des doigts, il lui effleurait la tempe et la naissance des cheveux.

— Jamais je n'ai vu un visage aussi honnête... Ni un regard aussi peu inquiet, dit-il comme s'il se parlait à lui-même. N'avez-vous donc pas peur de moi, douce Jane ?

Jane savait qu'elle aurait dû reculer et reprocher à Guy St. Edmond sa familiarité déplacée. Au lieu de cela, sans se départir de son flegme apparent, elle supporta, imperturbable, contre sa chair, le contact de ses doigts et leur chaleur.

— Aurais-je une raison d'avoir peur de vous, sir ?

— Peut-être... Savez-vous qui je suis ?

— Dans la région, tout le monde sait qui vous êtes.

— Voulez-vous me dire comment une telle chose est possible alors que cela fera bientôt dix ans que personne ne m'a vu par ici ?

Jane le considéra fixement pendant plusieurs secondes, incapable de proférer une parole. Son soulagement fut vif lorsqu'il ôta sa main et se redressa sur sa selle. Ses regards avaient beau être insolites, ils n'étaient pas ce qu'il y avait de plus important chez lui. Depuis un moment, elle remarquait surtout son côté impitoyable et sans compromis, qui, mêlé à sa force physique, faisait de lui l'aventurier que tout le monde craignait, le joueur qui remportait victoire sur victoire. Oui, en dépit de sa qualité de noble, il était libre de toute contrainte, sans liens et sans obligations.

— Vous êtes Guy St. Edmond, comte de Sinnington, déclara-t-elle en guise de réponse, et vous êtes sur le point de vous installer au château de Sinnington. Cela fait des semaines que les gens d'ici ne parlent que de cela.

Guy St. Edmond souleva un sourcil et inclina la tête de façon à pouvoir la fixer dans les yeux. Dans l'instant, Jane se sentit captive de son regard indéchiffrable. Puis, alors que tous ceux qui les entouraient semblaient continuer à se comporter de manière normale, Jane eut le sentiment extravagant qu'elle et Guy St. Edmond se retrouvaient soudain isolés et seuls au monde. Bien que cette sensation ne lui fût pas du tout habituelle, quelque chose de très profondément enfoui en elle identifia la lueur qui scintillait au fond des yeux gris perle. À l'évidence, Guy St. Edmond partageait la même impression.

— Puisque nous allons résider non loin l'un de l'autre, Mistress Lovet, dit-il, j'attends avec impatience le moment de vous revoir. Votre beauté et votre grâce ne m'ont pas échappé, pas plus que les indices d'autres vertus plus secrètes. Mais dites-moi... devrais-je connaître d'autres choses à votre sujet ?

— J'ignore ce que je pourrais vous répondre, sir, sauf que je vais bientôt me marier et qu'après les épousailles je quitterai le village pour aller m'installer dans la famille de mon époux, qui habite le bourg voisin.

Guy se trouvait tellement sous le charme de Jane que cette précision lui causa une déception à laquelle il ne s'était pas du tout préparé. Et ce fut parce qu'il considérait la jeune fille avec attention qu'il réalisa le changement qui se produisit alors en elle : l'exaltation qui l'avait habitée jusqu'à cet instant la quitta d'un seul coup pour être remplacée par un regard de complète désolation, le genre de regard capable de briser le cœur le plus dur. Qu'est-ce qui pouvait bien l'accabler à ce point chez l'homme qu'elle s'apprêtait à épouser ?

— Vous allez vous marier ! s'écria-t-il sans la quitter du regard. Dans ce cas, il faudra que je félicite votre promis pour l'excellence de son choix.

Si la beauté de Jane l'avait frappé dès le premier instant,

maintenant qu'il la voyait de près, quelque chose de très particulier en elle l'impressionnait davantage : une sorte de valeur intérieure qu'il ne s'attendait pas à découvrir. Pour autant, il n'était pas question de laisser cette jeune fille deviner ce qu'il ressentait. Aussi fut-ce plutôt sur le ton de la moquerie qu'il ajouta avec un sourire railleur :

— Oui, cet homme a vraiment beaucoup de chance d'avoir pu demander la main d'une femme aussi merveilleusement belle que vous, et j'imagine sans peine les ardents soupirants qui vont se retrouver tout languissants à la pensée de ce qu'ils auront perdu. Pour ma part, je n'oublierai pas d'offrir à la fiancée que vous êtes un cadeau que je ferai personnellement livrer à la maison de votre père.

— Merci, dit Jane d'une voix soudain timide, c'est très attentionné de votre part, mais je... je ne peux vraiment pas accepter.

— Un refus risquerait d'offenser le comte, intervint alors le cavalier le plus proche de Guy sur un ton jovial.

Cédric était un grand et solide écuyer avec, en guise de cheveux, un épais chaume blond qui réclamait, et de toute urgence, une bonne taille.

D'une manière générale, l'aspect de ce bienveillant géant évoquait davantage l'ours que l'homme. Avec gentillesse, il considéra Jane de la tête aux pieds avant de déclarer d'une voix paresseuse :

— Quand une jolie fille attire l'œil de Guy St. Edmond, celui-ci peut avoir pour elle des gestes grandioses !

Un clin d'œil complice vers Guy appuya sa phrase. Puis il ajouta :

— À présent, Guy, il faudrait avancer. Nous chevauchons depuis si longtemps que mon ventre crie famine. Je n'ai rien avalé depuis mon malheureux bacon de ce matin !

Les autres cavaliers accueillirent sa complainte avec un grand rire. En effet, l'appétit gargantuesque de Cédric faisait entre eux l'objet d'intarissables plaisanteries.

— Alors, ne te laissons pas mourir de faim ! répondit Guy

d'un air faussement inquiet, et reprenons notre chemin sans plus attendre !

À cette injonction, les hommes firent pivoter leur monture. Comme, pendant l'opération, la sienne se dressait sur ses pattes arrière et relevait haut celles de devant, Guy tourna la tête vers Jane pour la considérer une dernière fois.

Fut-ce à cause de la journée particulièrement chaude, du soleil qui dardait ses rayons dans la clairière ou du merle qui poursuivait sans discontinuer son chant délicieux ? Toujours est-il qu'en plongeant dans les profondeurs du regard gris perle de Guy St. Edmond Jane eut, pour la seconde fois, l'impression que le temps se suspendait.

— Nous nous reverrons, Jane Lovet, déclara le comte. N'ayez aucun doute là-dessus. Je saurai personnellement y veiller.

Jane sentit sa bouche devenir sèche tandis qu'une alarme retentissait au plus profond d'elle-même, accompagnée de sensations curieuses qu'elle n'avait jamais éprouvées auparavant mais qui envahissaient son corps, prenaient le contrôle de sa personne, l'affaiblissaient et la laissaient en fin de compte sans défense.

Recouvrant ses esprits, elle rassembla les connaissances dont elle disposait sur l'homme qui se tenait en face d'elle.

Lui revint d'abord en mémoire qu'elle avait plus d'une fois entendu dire que c'était Guy St. Edmond lui-même qui avait prononcé la peine de mort contre Andrew, son frère bien-aimé, après qu'il avait été fait prisonnier à la bataille de Towton en 1461... L'un des presque trente mille hommes à avoir été abattus ce jour-là. Elle recula d'un pas, le cœur cognant si fort dans sa poitrine qu'elle s'en sentit presque mal. Pour n'en rien laisser paraître, elle carra les épaules sans laisser voir l'effort que cela lui demandait et fixa Guy St. Edmond avec intensité.

— Vous vous oubliez, sir. Nous revoir de la façon dont, me semble-t-il, vous le laissez entendre serait parfaitement déplacé.

Lui adressant un sourire moqueur, le comte lui répondit

d'une voix aux intonations devenues soudain étrangement tentatrices :

— « Déplacé » ? Pourquoi ? Cela aurait-il quelque chose à voir avec le fait que vous me prenez pour un barbare ?

— Je vous ai dit que j'allais me marier, sir. Mais même si cela n'avait pas été le cas, poursuivit-elle sans comprendre qu'elle s'engageait à la vitesse de l'éclair dans un chemin dangereusement inexploré, votre réputation vous a précédé. D'après ce que l'on entend dire, vous êtes la progéniture de Satan et tout le monde — adultes comme enfants — a peur de vous. Pendant des années, des rumeurs ont circulé selon lesquelles tuer était pour vous un plaisir, regarder les autres souffrir, un autre... et c'était sur votre ordre que mon frère avait été exécuté.

Comme Guy St. Edmond ne répondait rien, Jane frémit et sentit son sang se glacer.

— Puisque vous semblez en savoir tellement à mon propos, dit-il enfin sur un ton d'une douceur inquiétante, je ne m'étonne plus d'être *persona non grata* auprès de tant de gens qui ne me connaissent pourtant pas.

— Disons alors, répliqua Jane sur un ton laconique, qu'au cours de toutes les batailles auxquelles vous avez participé la chance a toujours été de votre côté...

Guy l'examinait d'un regard tranquille et attentif tout en s'efforçant de garder sous contrôle sa monture rétive.

— J'ai autant de chance à la guerre qu'en amour, douce Jane, repartit-il, et cela fait si longtemps que je guerroie que toutes ces rumeurs peuvent être en partie justifiées. Le fait de tuer est capable de transformer des hommes, bienveillants à l'origine, en barbares. Cependant, ajouta-t-il, les yeux brillant dans la lumière chaude et les lèvres s'étirant en un sourire paresseux, même si, au lieu de rentrer des champs de bataille, je revenais de la cour du roi, je ne pense pas que mon attitude envers vous aurait été très différente.

Comme les yeux gris du comte se posaient non sans audace sur ses lèvres, la colère s'empara de Jane. Levant le nez, elle lui jeta un regard hautement désapprobateur.

— Vous dépassez les limites de la convenance, sir ! Ainsi que je viens de vous le répéter, je suis sur le point de me marier et de quitter le village.

Un étrange sourire tordit les lèvres de Guy. La colère de Jane lui paraissait si justifiée qu'il l'approuvait en secret. Car cette rage prouvait que Mistress Lovet avait du caractère... et était déterminée à repousser ses avances. Avec toute autre femme, il se serait juste senti provoqué et aurait mécaniquement relevé le défi. Mais la rebuffade de Jane, effectuée avec l'intrépide fierté et l'authenticité qui semblaient la caractériser, l'atteignait de plein fouet et le blessait profondément. Au point d'éveiller en lui un certain sentiment de danger.

Les occasions qui lui donnaient envie d'inciter une femme à changer d'avis étaient rares. Il n'en restait pas moins qu'il avait l'habitude d'obtenir ce qu'il voulait ! Et, s'il voulait revoir Jane Lovet, il la reverrait...

Comme il se penchait vers elle, Jane vit passer au fond de ses yeux un éclat qu'elle eut du mal à définir. Celui d'un brusque appétit, peut-être... Ou l'émotion incontrôlée d'un être mourant de faim qui passe devant un banquet. Pas question pour autant de céder. Pas plus que la coquetterie, la peur n'avait d'emprise sur elle. Simplement, à son âge, elle refusait que la puissance et l'énergie d'un homme plus âgé comme le comte de Sinnington se concentrent sur elle.

Guy St. Edmond l'observait, la tête légèrement inclinée sur le côté. Lentement, ses lèvres se retroussèrent tandis que son regard quittait les yeux de Jane et descendait lentement le long de son corps, avec un plaisir que révélait un sourire de plus en plus appuyé. Quelques instants après, il revint au visage de Jane, capta de nouveau ses yeux et, tendant la main vers elle, lui caressa la joue du bout des doigts.

Quand il reprit la parole, ce fut d'une voix solennelle à l'intonation basse et ardente.

— Vous êtes très belle.

Il avait murmuré ces mots, semblant à la fois envoûté et gêné.

Après une pause imperceptible, il ajouta sur le même ton :

— Je me souviens de votre père et de votre mère. Je les connais depuis que je suis petit. Écoutez ce que je vais vous dire et ne doutez jamais de ma parole, douce Jane, car je vous la donne en gage : vous pouvez vous reposer tranquille, nous nous reverrons. À ma demande. Cela, je vous le promets.

Jane le considéra, atterrée de réaliser qu'il pensait chaque mot qu'il venait de prononcer. L'espace d'un instant, les yeux gris perle prirent une expression sauvage. Elle se mordilla la lèvre. Que ce lord tout-puissant éprouvât pour elle un désir si évident était aussi fascinant que terrorisant. Source de confusion à tous les niveaux, inconnu et intrigant, Guy St. Edmond représentait pour elle une menace encore indéfinissable. Pour autant, elle savait déjà, et de manière certaine, qu'elle était sa proie, qu'il avait l'intention de la séduire, de la déshonorer, et que rien ne le dissuaderait de tenter sa chance, pas même le fait de savoir qu'elle allait se fiancer avec un autre.

Oui, il était très clair que Guy St. Edmond ne manifesterait pas la moindre pitié à son égard et repousserait quiconque tenterait de se placer en travers de son chemin.

Mais elle ne le laisserait pas faire. Incapable de supporter plus longtemps le regard tentateur auquel il la soumettait, elle baissa les yeux et lui dédia une petite révérence en guise d'adieu. Avec un grand rire, Guy St. Edmond talonna de ses éperons les flancs de son cheval, qui fit demi-tour, et s'élança à la suite de ses compagnons.

Jane attendit qu'il ait disparu de sa vue pour se tourner vers Kate. Sa fidèle servante retrouva subitement l'usage de la parole :

— Eh bien ! Jamais je n'aurais cru… Le comte de Sinnington ! Il sait y faire, non ?

— Oh oui… ! Il sait très bien y faire, comme tu dis. À présent, venez tous les trois. Nous allons jouer à colin-maillard. Et c'est moi qui mettrai le bandeau.

Bien décidée à ne pas laisser sa rencontre avec Guy St. Edmond gâcher la fin de son après-midi, Jane extirpa le bandeau de la poche d'Alfred et se le noua autour des yeux.

Quand la partie commença, elle s'y plongea tout entière. Pas question de rentrer dès maintenant au manoir. À mesure que les enfants se laissaient prendre par le jeu, l'interlude qui l'avait tant effrayée s'éloignait de son esprit. Les petits gloussaient et piquaient des fous rires tout en effectuant de brusques bonds en arrière ou des pas de côté pour essayer d'éviter les mains chercheuses de leur grande sœur. Quant à Jane, ses rires n'en finissaient plus tandis qu'elle prétendait ne pas pouvoir situer sa jeune sœur ni son jeune frère, pourtant très repérables tant ils étaient bruyants.

De son côté, Guy s'était accordé une minute d'arrêt pour se retourner. Le spectacle qu'il surprit alors de loin entre Jane et les petits l'enchanta : triomphe de l'innocence et de la grâce, qui, il le savait, resterait gravé dans sa mémoire et à l'abri de son cœur. Quand, après avoir piqué son cheval des éperons, il reprit sa course, le rire de Mistress Lovet, aussi joli que le tintement d'une clochette, résonnait encore à ses oreilles.

Du tronc d'arbre sur lequel elle s'était installée comme sur un siège, Kate suivait le jeu des petits dont elle avait la charge. Son regard glissa vers Jane. Pour l'avoir vue grandir, la servante connaissait bien la fillette qu'elle avait été, entêtée, pugnace et audacieuse, bien entourée par sa famille et surtout par une mère très aimante. Oui, Jane avait été une petite fille lutine, cultivant les rires et la joie de vivre avec ses farces incessantes.

Reportant ensuite son regard sur Alfred et Blanche, Kate fronça les sourcils. Ils avaient quitté la maison dans de beaux vêtements propres qu'il était désolant de voir maintenant souillés. Leurs chaussures étaient éraflées, Blanche avait des feuilles et des brindilles plein les cheveux tandis que les chausses d'Alfred étaient déchirées. À leur retour, songea Kate, ils allaient se faire vertement réprimander par leur père... Sauf s'ils réussissaient à se faufiler en silence dans l'escalier pour monter se laver avant d'être attrapés. Décidément, il était temps de rentrer.

— Jane ? appela-t-elle en se levant, nous devons y aller, maintenant ! Assez joué pour aujourd'hui. Votre mère a bien insisté pour que vous rentriez à l'heure.

Après avoir ôté le bandeau de ses yeux, Jane adressa un rire plein de sympathie à sa servante, sa bien-aimée Kate, qui la connaissait comme nulle autre et veillait à ses besoins avec une affection jamais démentie.

— Vraiment, Kate ! Nous devons déjà partir ?

— Oubliez-vous que vous allez bientôt vous fiancer et qu'énormément de choses restent à faire ? Votre mère a le bout des doigts à vif à force de coudre votre robe pour qu'elle soit prête à temps.

Ce rappel fut douloureux pour Jane. Bientôt, en effet, elle devrait s'occuper au quotidien du fils du marchand de tissus qu'elle s'apprêtait à épouser. Cette tâche deviendrait sa vie, emplirait son esprit et toutes ses journées. Elle prit une profonde inspiration. Bientôt, certes, mais pas tout de suite ! Et, malgré ses efforts pour repousser ses drôles de pensées, elle ne put s'empêcher de se demander à quoi ressemblerait son existence si, à la place de Richard, elle devait épouser un homme comme Guy St. Edmond.

Non qu'elle pût entretenir sérieusement l'idée de se marier avec un autre que Richard... Pour aider sa famille, elle s'était en effet engagée à accorder sa main à cet homme, et il n'était pas question de revenir sur sa parole. Même si les conséquences de son acte promettaient de lui être pénibles.

Son éducation lui avait appris à trouver sa place. Pendant

longtemps, elle avait voulu défier les règles que les hommes cherchaient à imposer aux femmes et suivre son propre destin. Et, lorsqu'elle avait compris qu'aux yeux de sa famille sa valeur résidait surtout dans le fait d'être une *fille à marier*, elle n'avait pas vraiment été surprise mais son amertume n'en avait pas été moins forte.

Confiante en la sagesse intrinsèque de ses parents, Jane était pourtant restée optimiste quant à son avenir et n'avait pas mis leur jugement en doute... Du moins pas avant ce jour, alors même que la célébration de ses fiançailles n'était plus qu'une question de jours et que son regard s'était posé sur le beau visage de Guy St. Edmond.

Comme Guy regardait au loin, un léger sourire étira ses lèvres. Son domaine était enfin en vue. Sa tête se tourna immédiatement dans la direction de la propriété et ce fut d'une voix tranquille qu'il déclara :

— Regarde, Cédric... le château.

— Quel joli domaine... Tu le regardes comme si tu n'y avais encore jamais posé les yeux.

— Cela faisait en tout cas longtemps que je ne l'avais pas vu. Huit ans pour le moins... Depuis que mon père est mort et que mon frère s'est fait tuer à St. Albans. L'idée d'y revenir était restée ancrée dans ma tête, mais le roi avait sans cesse besoin de moi ailleurs, ce qui a finalement peut-être été une bonne chose. Ma participation à toutes ces batailles m'a en effet permis de me constituer une fortune qui évitera à mes fils de devoir gagner leur vie à la seule force de leurs muscles et en répandant leur sang comme je l'ai fait.

— Tu en as donc fini avec les combats...

— J'aime à penser que j'ai récemment guerroyé sur mon dernier champ de bataille et pourfendu les murs de mon dernier château, répondit Guy d'une voix que la détermination rendait encore plus ferme que d'habitude. Dieu du ciel... Il me sera si bon de disposer enfin d'un vrai foyer, d'un lit chaud où je pourrai passer toutes mes nuits, et si agréable de trouver de la bonne nourriture dans mon assiette !

Tout en parlant, Guy ne quittait pas des yeux Cherriot Vale et s'abreuvait de son incroyable beauté. Située à une vingtaine de miles au nord de Londres, elle formait un endroit fertile dont les collines étaient, dans leur partie supérieure, nappées de forêts ou de champs et, dans leur partie inférieure, couvertes de jardins potagers ainsi que de vergers plantés de poiriers et de pommiers. En tout, le vaste fief de Guy comprenait quatre villages dont deux visibles depuis la vallée. Une rivière y coulait paresseusement, dessinant ses méandres à l'intérieur de la ville de Cherriot, si pittoresque avec sa rue principale, son pont de pierre qui enjambait le cours d'eau et ses locaux industriels qui en longeaient les quais. Tanneries, scieries, manufactures et abattoirs, ce lieu grouillait de vie. De la fumée s'échappait de milliers de cheminées, et de minuscules silhouettes, vaquant à leurs affaires, serpentaient dans les rues. C'était sur le haut plateau surplombant cette scène pastorale que s'élevait le château de Sinnington, avec ses tourelles dressées vers le ciel, ses hauts murs épais et ses six tours aux arrondis gracieux, qui le délimitaient.

Plus les guerriers approchaient du château, moins Guy parvenait à contenir son excitation. On l'attendait, se dit-il en remarquant les sentinelles, en nombre particulièrement élevé, qui gardaient les grilles.

Les cavaliers s'engagèrent sur le pont qui enjambait les douves.

— Il me semble que voilà l'endroit idéal où installer et élever ces enfants que tu comptes avoir un jour, remarqua Cédric avec un regard appréciateur autour de lui.

— Il me faut pour cela trouver la femme susceptible de les porter, repartit Guy avec une ardeur qui ne pouvait laisser à son ami aucun doute sur son sérieux. À partir du moment où cette femme pourra me donner de beaux fils, qu'elle soit jolie ou non n'aura d'ailleurs pas d'importance.

— Ne te reste donc plus qu'à dénicher la demoiselle…

Guy regarda fixement devant lui sans répondre. Cela faisait

des mois que la conscience d'un vide profond, d'un trou béant dans son existence le poursuivait et le tourmentait. Mais il l'avait volontairement ignoré. Sans doute parce que, pendant très longtemps, ce sentiment avait évoqué en lui le souvenir douloureux d'Isabel Leigh, une impitoyable sorcière qui ne connaissait que l'ambition et la cupidité. Au début, la beauté brune d'Isabel l'avait tant ensorcelé que, lorsqu'elle l'avait trompé avec un autre, il s'était senti abasourdi, à deux doigts de perdre le contrôle de lui-même. Aussi s'était-il très vite fermement juré de ne plus jamais se laisser subjuguer de la sorte par aucune femme. De cette façon, il ne connaîtrait plus ni tromperie ni déception. Au fil du temps, néanmoins, telle une faim inconnue, l'envie d'avoir des fils s'était peu à peu immiscée en lui, avant d'occuper dans son esprit une place de plus en plus importante. Peut-être parce que, si sa fortune pouvait rivaliser avec celle de ses amis aristocrates, il n'avait, contrairement à la grande majorité d'entre eux, pas d'héritiers à qui la léguer. S'il mourait brusquement — risque que, compte tenu de sa manière de vivre, il ne pouvait éloigner —, tout ce pour quoi il avait œuvré et s'était battu disparaîtrait avec lui et serait perdu d'irrémédiable manière. Cependant, vouloir des héritiers signifiait se marier, et cette perspective le tentait si peu que, depuis des années, il n'avait cessé de la repousser. Car comment et où trouver la femme qui serait d'accord pour porter ses enfants tout en acceptant de le laisser libre ?

Sans que Guy l'ait désiré, l'image de Jane Lovet s'imposa soudain à son esprit. À mesure que lui revenait le moment exquis où elle lui avait adressé ce sourire qui naissait toujours lentement sur ses lèvres avant de s'y épanouir pleinement, il sentit son expression s'adoucir et son regard se faire presque tendre. C'était comme si on avait tout à coup ouvert un volet devant lui et que le soleil s'était engouffré à l'intérieur de sa demeure.

Il se prit à sourire. Cette manière dont elle lui avait résisté... en le regardant bien en face avant de lui débiter ses quatre vérités avec une franchise dont la plupart des hommes n'auraient pas été capables.

Avec elle, c'était évident, tout pouvait arriver. La marque du destin était inscrite sur son front, sans aucun rapport avec sa beauté ni la subtilité qui émanait d'elle. En la regardant, on songeait tout de suite à l'amour fou, à l'amour brûlant. En même temps, c'était une jeune fille bien élevée qui tendait vers des besoins *décents* comme celui de réaliser un mariage honorable. Or, c'était une chose qu'il ne pouvait lui offrir. Sortir de son propre cercle pour poser les yeux sur une demoiselle sans le sou, fille d'un négociant en tissus et issue d'une classe inférieure, signifierait pour lui la mort sociale. Restait la possibilité d'en faire sa maîtresse... Il plissa les yeux tandis que son esprit se remettait en marche.

À quoi bon essayer de comprendre pourquoi Jane Lovet se montrait aussi inflexible ? C'était simplement ainsi... En tant que comte de Sinnington et après toutes les batailles qu'il avait menées, il avait besoin de se reconstruire. En général, les hommes dans sa situation contractaient des mariages avantageux dans le seul but de fonder une dynastie, tout en menant en même temps leur vie privée à leur guise comme ils menaient leurs affaires, et l'amour n'entrait pas en ligne de compte dans tout cela. De toute façon, Guy avait depuis bien longtemps décidé que les peines de cœur méritaient tout juste d'être réservées à ceux qui avaient besoin de compensations pour meubler le vide de leur existence.

— Cédric..., dit-il soudain à son ami, Mistress Lovet est fort jolie. Que penses-tu d'elle ?

Tout en lui jetant un coup d'œil entendu, Cédric rit de bon cœur. Sans le moindre doute, il avait compris avec précision ce à quoi Guy faisait allusion, et ce fut sans la moindre gêne qu'il répondit :

— Mistress Lovet n'est pas quelqu'un de banal, je te le concède. Cela dit, je pensais que tu pouvais rechercher auprès d'elle un peu d'amusement, sans plus... Oui, c'est une jeune créature étrangement fascinante, mais elle n'est pas ton genre.

Pendant un court instant, Guy se sentit ennuyé par la réflexion de son écuyer et ami. Surtout alors que lui revenait en mémoire l'exubérance de sa dernière relation avec l'une des ladies les plus hédonistes et les plus rapaces de la cour, qui l'avait clairement encouragé à la poursuivre de ses assiduités. Mais dans le cas qui occupait son esprit à cet instant, comme il n'avait jamais fréquenté de jeune fille vierge, il pouvait seulement imaginer les plaisirs que lui procurerait le fait de laisser sa marque sur un territoire encore inexploré, en éprouver dès à présent quelques sensations et les sentir lui chatouiller les reins.

— Tu as parfaitement raison, Cédric, repartit-il, Jane Lovet n'est pas du tout mon type de femme. Mais, comme on dit, avec l'âge, les goûts changent parfois.

— C'est sûr, mais, si tu veux prendre femme, il te faudra veiller à en choisir une qui te permettra de conclure des alliances intéressantes et de nouer d'importantes relations. Or, Mistress Lovet se révèle n'être que la fille d'un modeste négociant en tissus.

— Ainsi vont les choses..., répliqua Guy, sachant pertinemment que Cédric avait très bien exprimé le fond du problème mais que, dans son propre esprit, l'image de Jane Lovet était encore trop fraîche pour qu'il pût en parler avec simplicité, et trop troublante pour qu'il pût faire preuve du détachement nécessaire.

Néanmoins, Cédric le connaissait assez bien pour suivre le fil de sa pensée. Aussi Guy ne fut-il pas étonné quand celui-ci reprit avec un petit sourire :

— N'ai-je pas de plus entendu dire que Mistress Lovet allait en épouser un autre ?

« En épouser un autre » ? Guy préféra ne pas relever.

— En effet, répondit-il avec une certaine hauteur. Son mariage est apparemment prévu. Pour autant, je me réserve le droit de la poursuivre autant que je le désirerai.

— Même en sachant que, par le passé, son frère a soutenu les Lancaster ?

— Comme tu viens de le dire, Cédric, tout cela appartient

au passé. Pour ma part, je prie plutôt le ciel pour qu'après un nombre incalculable de batailles la paix s'installe pour de bon dans notre pays et qu'Edward demeure le roi d'Angleterre pendant de longues années. De mon côté, cela me permettra de profiter enfin de l'un des plus grands plaisirs de l'existence, celui d'avoir une maîtresse aussi délicieuse que Jane Lovet, ce qui ferait de ma vie quelque chose de sacrément plus agréable que ce qu'elle a été jusqu'ici.

Cédric avait remarqué à quel point Guy s'était enthousiasmé en parlant de Jane Lovet et la manière dont son regard s'était éclairé du même feu très doux que la première fois qu'il l'avait aperçue. Mais comment l'attirerait-il dans son lit ? Son maître possédait tout ce que les autres hommes convoitaient : le charme, la richesse et la capacité de plaire à n'importe quelle lady. Oui, Guy St. Edmond pouvait, sans exagération, se vanter de séduire toutes les femmes qu'il voulait puisque jamais aucune ne le repoussait.

C'était aussi un combattant sans pareil, un soldat sous contrôle permanent n'ayant jamais recours à la violence gratuite et dont les attaques ne tendaient pas à servir des fins personnelles mais découlaient d'un sens aigu de la justice. Planificateur lucide et ingénieux, militant infatigable, il restait cependant un compagnon gai, drôle et sans prétention, un ami fidèle et loyal. Ces qualités demeuraient avant tout celles d'un guerrier car Guy était fait pour le combat et ne pensait à rien d'autre. C'était du reste pour cette raison qu'il faisait partie intégrante du Conseil du roi Edward. Voilà pourquoi les puissants barons le considéraient soit comme un ami potentiel et plein de ruse sur lequel ils pourraient compter en cas de crise, soit comme un homme dont ils auraient d'abord à se méfier s'ils se retrouvaient compromis dans une affaire susceptible de causer un quelconque préjudice au roi.

Depuis quelque temps, pour sa part, Cédric voyait son ami tel qu'il était : un homme de trente ans que la mort de son frère avait accablé, qui était épuisé par les guerres, et que ses pensées poussaient vers une existence plus douce englobant les joies de la chasse ou de la fauconnerie, vers la paix, vers la musique et vers l'amour.

Suivi de ses cavaliers, Guy se dirigea vers le mur d'enceinte extérieur tout en jetant un coup d'œil aux gens du château qui patientaient pour souhaiter la bienvenue à leur lord de retour chez lui après une absence de plusieurs années. Il répondit à leurs saluts par de petits hochements de tête sans pouvoir cependant oublier qu'ici pas un homme, pas une femme ni un enfant n'ignorait la terrible réputation qu'il avait acquise en France.

Il prit un moment pour regarder autour de lui. Le château avait été construit contre le mur d'enceinte intérieur au centre duquel se trouvait le puits qui approvisionnait tout le monde en eau. Au rez-de-chaussée du bâtiment se trouvaient le grand hall, les étables, la cuisine, les aires de stockage et les logements que se partageait une vaste communauté d'humains et d'animaux.

Guy et ses cavaliers sautèrent au bas de leur monture et tendirent les rênes aux garçons d'écurie qui se précipitaient déjà vers eux pour s'en saisir. Quand le groupe fit son entrée dans le grand hall, tous les serviteurs s'inclinèrent très bas. La chaleur et les marques de bienvenue en son château de Sinnington revigorèrent Guy tout autant que le fumet de la viande qui rôtissait en cuisine. Tout à coup, il se sentait se détendre et se relâcher. Après tant d'années passées sur les champs de bataille à guetter ce qui se produisait autour de lui et à demeurer sans cesse sur le qui-vive, il allait enfin pouvoir se libérer de ses tensions et les remplacer par un authentique sentiment de bien-être.

La maison Lovet était un grand bâtiment, pour moitié de briques et pour moitié de bois, très luxueux avec ses vitres en verre aux fenêtres. Tapis et tapisseries décoraient ses couloirs aérés et ses salons. À l'extérieur, entre la maison et la rivière, s'étendaient les jardins bien soignés que Margaret Lovet avait piqués de roses parfumées partant à l'assaut du treillage et où les paons exhibaient leur magnifique plumage, comme autant de lords vaniteux.

Margaret, dont le plus grand plaisir était de dorloter ses enfants, de veiller sur eux et de les chérir, était une femme élégante, charmante, sachant composer. Sa voix était douce, légèrement plaintive, et son sourire, patient. En un mot, c'était une lady parfaite, celle que Jane avait, toute sa vie, essayé d'imiter. Grâce à elle, la maison était parfaitement entretenue et les servantes, tout comme les serviteurs, lui étaient tout dévoués. C'était aussi la lady la plus généreuse de Cherriot Vale et son hospitalité à l'égard des pauvres gens était bien connue.

Après avoir jeté un bref regard dans le grand sous-bois où son père œuvrait et entreposait sa marchandise, Jane arriva chez elle et chercha tout de suite à repérer sa mère. Un joyeux groupe de femmes se trouvait rassemblé là au milieu d'une quantité impressionnante de tissus : brocarts de Milan, velours de Venise et soies les plus fines — provenant de Lucques, en Italie —, d'une qualité incomparable et faisant l'objet d'un commerce considérable. Grâce au soin de ces femmes, ces tissus se retrouveraient bientôt assemblés, tressés et brodés de fils de soie d'une inimitable finesse.

De fait, rien ne plaisait davantage à Jane que de toucher ces tissus somptueux, destinés, fallait-il l'espérer, à plaire à des personnes riches quand l'activité de son père reprendrait. Or, ce serait sûrement le cas une fois qu'elle aurait épousé Richard.

Elle découvrit finalement sa mère dans le salon, devant la fenêtre ouverte sur la rivière sans fin qui serpentait vers l'ouest. Penchée sur son ouvrage, le visage tranquille et serein, Margaret apportait la dernière touche à la robe que Jane porterait le jour de ses fiançailles. En la voyant si concentrée, Jane eut l'impression que, sur la robe, sa mère brodait ses propres pensées.

Son entrée dans la pièce fit lever les yeux de Margaret et amena sur ses lèvres un gentil sourire de bienvenue.

— Ah, Jane ! Je suis contente de te voir ! J'aurais d'ailleurs préféré que tu rentres à la maison plus tôt. John, le père de Richard, est passé nous voir dans l'après-midi.

— Vraiment ? Pour quelle raison ?

— Richard doit se rendre en Italie plus tôt que prévu. De fait, une fois que vous serez fiancés, il faudra que le mariage ait lieu au plus vite, et il devra donc être avancé.

Le cœur de Jane dégringola dans son estomac. Cela faisait maintenant des semaines qu'il avait été décidé que son promis parte sous peu pour la métropole commerciale de Florence en compagnie d'un groupe de marchands.

— Mais... Avancé de combien de temps ?

— La cérémonie devra être célébrée moins de deux semaines après les fiançailles.

Jane regarda sa mère d'un air incrédule tandis que la panique montait en elle.

— Vous ne parlez pas sérieusement... Le mariage devait se tenir six semaines après les fiançailles. Et il y a tant à faire... C'est trop rapproché. Jamais nous ne pourrons être prêtes à temps !

— Ce sera pourtant inévitable, repartit simplement Margaret en reprenant sa tâche. Richard veut te voir installée chez son père avant son départ. Mais, entre l'aide que tu pourras m'apporter et celle de Kate, je suis sûre que nous y arriverons. Ceci dit, nous n'avons plus un instant à perdre.

Comme elle relevait les yeux, Margaret dut remarquer la soudaine pâleur de Jane et suspecter son malaise.

— Jane... Tu as toujours l'intention d'épouser Richard, n'est-ce pas ?

Sans lui laisser le temps de répondre, sa mère poursuivit :

— Tu sais combien je t'aime, ma chérie ! Si tu étais opposée à ce mariage, je le comprendrais fort bien, mais...

— Je ne pense pas que père se montrerait aussi compréhensif que toi sur le sujet, l'interrompit Jane. À ses yeux, mon opinion ne compte absolument pas.

Pas plus, songea-t-elle en même temps sans le dire, *que celle de Margaret*. Le père de Jane n'avait d'ailleurs pas toujours traité sa femme avec beaucoup de gentillesse. Au point que Jane ne se rappelait pas l'avoir entendu demander à sa femme son avis sur quoi que ce fût. Soumise, Margaret n'était pas une femme volontaire, mais survivait fort bien ainsi.

À l'inverse des autres membres de sa famille, Andrew n'avait, lui, jamais eu peur de son père. Pour l'avoir souvent frappé, celui-ci s'était pourtant toujours imaginé que son fils lui obéirait avec la docilité requise et le seconderait plus tard dans ses affaires. Mais cela n'avait pas été le cas. Très vite, Andrew avait nourri une autre ambition, toute personnelle, celle de poursuivre une carrière militaire qu'il avait du reste ensuite servie avec la fermeté nécessaire.

Aussi, quand le jeune homme avait commencé à soutenir la cause des Lancaster et pris les armes pour la défendre, son père avait-il été fou de rage. Le regard mauvais, il avait hurlé à son fils des insultes, et ses malédictions s'étaient répandues dans toute la maison.

Lorsque ces souvenirs resurgissaient à la mémoire de Jane, elle essayait désespérément de les refouler tout en fermant fort les paupières et en serrant les poings. Mais sans succès.

De tout temps, la plus grande peur de Master Lovet avait été de voir péricliter son affaire. Aussi, chaque fois que cette menace semblait se préciser, perdait-il immédiatement ses moyens et sa raison.

Malgré son attachement pour lui, Jane ne pouvait se résoudre à excuser un comportement qu'elle jugeait impardonnable. Que la déception et le ressentiment aient rendu son père à moitié fou ou qu'il fût à la fois maître de la maison et seul détenteur de l'autorité, pour elle, rien ne justifiait qu'il se conduisît de la sorte.

— Ton père fait juste ce qui lui semble être le mieux pour toi, déclara sa mère afin de défendre son mari. Tu dois te marier car les circonstances le réclament. Et puis Richard a tellement envie de t'épouser !

Margaret s'interrompit pour libérer un soupir accablé, secoua la tête et reprit :

— Ainsi que tu ne l'ignores pas, la conjoncture a été très... difficile ces derniers temps et les ventes de tissu s'en sont énormément ressenties.

Jane préféra garder ses pensées pour elle. Dans quelque ville que ce fût, personne ne pouvait conclure la moindre affaire sans appartenir à une guilde et bénéficier du respect de ses membres. Or, si le commerce de son père avait périclité et que sa place au sein de la guilde s'était fragilisée, ce n'était pas tellement à cause de « la conjoncture », ainsi que l'affirmait sa mère, mais plutôt et en grande partie en raison du soutien qu'Andrew avait apporté au roi Henry au lieu de suivre Edward. Oui, depuis cette époque, toute sa famille vivait dans l'humiliation de la régression qui la touchait de plein fouet. Aussi, le fait de savoir aujourd'hui que leur fille s'apprêtait à épouser le fils d'un important et respecté conseiller de la guilde faisait, aux parents de Jane, l'effet d'un baume.

— Se rendre compte que tu allais devoir partager les sinistres retombées de cette infortune a été extrêmement dévastateur pour ton père, tu sais, poursuivit Margaret dans une ultime tentative pour justifier l'impitoyable décision que celui-ci avait imposée à sa fille aînée. Nous l'avons tous deux compris en voyant que l'on ne pourrait t'attribuer la dot importante sur laquelle nous comptions au départ, et qu'à cause de cela les hommes éligibles les plus honorables et susceptibles de t'apporter la position et la sécurité que tu mérites porteraient leur attention ailleurs. Tout cela explique donc pourquoi la réalisation de cette union est, aux yeux de ton père, aussi importante qu'une victoire remportée sur un champ de bataille. N'oublie pas que, pour John Aniston, ton mariage avec son fils est une façon de réhabiliter ton père. En effet, grâce à cette union, celui-ci a bon espoir de calmer l'ire de la guilde et de recouvrer à la fois le statut et le respect qui lui reviennent de droit. Ensuite, peut-être que son commerce redeviendra enfin aussi prospère que par le passé.

Jane prit une profonde inspiration. Qu'un père sacrifiât sa fille pour pouvoir réaliser son ambition était, à ses yeux, tout à fait contre nature. Mais elle se garda bien de le dire. Toute sa vie, elle avait entretenu l'espoir d'avoir un jour la liberté de choisir elle-même son mari. Hélas, quand ce moment se présentait, c'était son père qui prenait la décision à sa place. « Une bonne alliance », comme il se plaisait à le répéter. Sauf que Richard était justement la dernière personne qu'elle aurait elle-même choisie pour époux. Si au moins elle avait pu le considérer de manière plus positive, son mariage lui aurait semblé moins redoutable. Mais Richard ne ressemblait en rien à l'idée qu'elle se faisait d'un mari... Ni d'un amant.

Malgré ses efforts, elle était incapable d'effacer l'image qui s'était gravée dans sa mémoire la dernière fois qu'elle avait vu Richard. Master Lovet et sa femme l'avaient invité à dîner en compagnie d'autres membres de la guilde. Pour l'occasion, le père de Jane avait fait servir un repas somptueux dans le but évident d'impressionner les conseillers présents à cette soirée. Mais Jane n'avait pas eu besoin de tout le dîner pour deviner que jamais elle ne pourrait aimer Richard. Pas de la façon dont une femme devait aimer son mari. Elle le supporterait, voilà tout, sans même peut-être pouvoir prétendre plus.

En effet, lorsqu'elle l'avait regardé dans les yeux, qu'y avait-elle trouvé ? Ni amour, ni réconfort, ni rire, ni sentiment de se sentir épaulée. En fait, Richard lui avait juste répondu par un regard vicieux tout en essayant de lui saisir le genou sous la table. Elle avait alors eu l'impression que la fine couche de courtoisie et de politesse qui le recouvrait s'était dissoute dans le brandy.

Richard était le fils de John Aniston, qui ne pouvait rien refuser à son aîné. Comme le cadet des Aniston dirigeait l'affaire de tissus, Richard avait pu se voir autorisé à poursuivre son rêve en devenant d'abord écuyer d'un noble du Wiltshire puis en faisant son service militaire sur le champ de bataille où son adresse et sa bravoure lui avaient valu la reconnaissance de ses supérieurs. Son ambition était de devenir chevalier. Mais tous les écuyers n'accédaient pas à ce statut...

Puis, un jour, il y avait eu des problèmes chez son maître. Personne ne savait exactement ce qui s'était passé, mais on soupçonnait Richard d'être impliqué dans l'histoire, ce qui lui avait coûté d'être renvoyé. C'était en grande souffrance qu'il avait dû rentrer chez lui pour rejoindre son père et son frère dans l'affaire de tissus paternelle. Mais, si la fabrication d'étoffes n'avait pas longtemps retenu l'intérêt de Richard, sa grande ambition, celle de devenir chevalier, de monter à cheval, de chasser, de manier l'épée et de participer à des combats, ne s'était pas éteinte.

C'était un peu plus tard que le père de Richard avait offert une somme importante à Simon Lovet afin d'obtenir la main de Jane pour son fils. En même temps, il lui avait garanti que Richard avait été renvoyé de chez son maître pour une raison futile du niveau de celles touchant tous les jeunes hommes du même âge d'un caractère un peu trop exubérant. Considérant Richard comme un parti valable, Master Lovet avait alors estimé qu'il n'existait aucune raison de l'écarter et qu'une telle union ne pouvait que relever le niveau financier de la famille.

Il avait alors convoqué Jane pour lui faire part de sa décision en présence de Margaret. Jane avait alors compris que, pour sauver sa famille, elle était condamnée à abandonner tout espoir d'épouser un jour l'homme qu'elle aimerait. Son estomac s'était crispé de douleur à l'idée de remettre son corps et son existence tout entière entre les mains d'un homme dont, d'instinct, elle se méfiait. Malgré cela, misérablement résignée à son destin, elle avait relevé la tête et affronté avec courage le regard de sa mère.

— Je vous en prie, lui avait-elle déclaré, ne vous inquiétez pas. Tout va se passer pour le mieux et les temps difficiles que vous vivez en ce moment seront bientôt oubliés. Je vais bien sûr épouser Richard, c'est décidé.

Tout en parlant, elle s'était intérieurement dit que la fierté et le soulagement qui venaient alors de se peindre sur le visage de sa mère rendaient sans aucun doute son sacrifice utile.

2

Dès le lendemain, Jane se retrouvait en présence de Richard, qui rentrait d'une longue chevauchée avec son père. Il avait enduit sa barbe rebelle d'huile et coupé court ses cheveux, ce qui lui donnait l'air dur. Visiblement soucieux de son apparence, il arborait des vêtements et des accessoires à la fois élégants, bien coupés et de grande qualité.

Jane leva les yeux vers son visage aux traits épais. Grand et de large carrure, il n'était pas déplaisant à regarder. Mais son caractère hargneux et querelleur tout autant que sa nature agressive pointaient sous la surface. Sans parler de son laxisme, de sa paresse et de sa cupidité, qui lui posaient problème sur problème. Quant à son manque de maîtrise de soi, elle faisait le désespoir de ses parents. C'était d'ailleurs dans l'espoir de parvenir à y remédier que son père avait eu l'idée d'arranger une union avec Jane, façon comme une autre d'assigner à son fils quelqu'un qui l'obligerait à accomplir ce qu'il était incapable d'effectuer tout seul.

Richard était ravi de devoir épouser Jane et, en attendant, d'être installé à côté d'elle au moment des repas. De cette manière, il avait tout loisir de la regarder pendant qu'elle mangeait. Chaque fois qu'elle se penchait, il lorgnait dans le décolleté carré de sa robe et fixait ses seins.

Du reste, son sang bouillait dans ses veines chaque fois qu'il songeait à ce moment plus si lointain où il lui ordonnerait de retirer ses vêtements et de rester nue devant lui. Il observerait alors ses seins et les caresserait dans leur magnifique entièreté.

Lorsque Richard lui proposa une promenade, Jane espéra que son père refuserait d'accorder sa permission, mais, à sa grande déception, il s'empressa d'accepter.

Avant que la jeune femme ait eu le loisir d'émettre la moindre protestation, Richard lui avait saisi la main. L'air arrogant et un sourire sournois aux lèvres, il l'entraîna dehors.

En un rien de temps, les jeunes gens laissèrent la maison derrière eux et, presque aussitôt, Richard déclara à Jane combien il était heureux que la date de leur mariage ait été avancée et à quel point il avait hâte qu'arrive le jour de leurs fiançailles. Le silence complet qu'elle observa durant cette confidence le dérangea d'autant moins qu'il ne parut même pas le remarquer.

Ce fut ensuite le sujet de son voyage en Italie que Richard aborda avant de lui préciser que, pendant son absence, on se montrerait aux petits soins pour elle chez son père. À son retour, ils auraient leur propre maison et il monterait sa propre entreprise… avant de reprendre, peut-être, celle de son père.

Le soleil était brûlant, la chaleur, insupportable, et Jane aurait donné n'importe quoi pour pouvoir repousser la main moite à la mollesse écœurante qui emprisonnait la sienne. Elle s'efforça néanmoins d'en endurer le toucher… Comme elle devrait bientôt endurer des contacts plus intimes.

Ils avançaient depuis un certain temps sur un sentier menant vers la forêt et n'étaient plus du tout à portée de vue du village quand, cessant soudain de marcher, Richard se tourna vers elle.

Nerveuse et incertaine, Jane le regarda, soudain consciente de ce subit et inexplicable arrêt ainsi que de l'isolement des bois tout proches.

— Je pense que nous avons marché assez loin, Richard, dit-elle. Nous devrions rentrer, à présent.

— Non, pas encore. Pas alors que je vous ai enfin toute à moi.

Il la fixait avec une impudente admiration, le regard errant sur ses lèvres roses puis glissant vers ses seins. Aussitôt, Jane releva son châle afin d'en recouvrir son cou et ses épaules nues, tout en sentant que ses joues étaient devenues brûlantes sous le regard lubrique dont Richard la couvait.

Il rit avec douceur.

— Vous êtes une sorcière, Jane. Faut-il que vous m'ayez jeté un sort pour que je ne puisse plus penser à autre chose qu'à vous… Voulez-vous bien m'embrasser afin de prouver votre affection pour votre futur mari ?

Jane recula d'un pas pour créer un minimum d'espace entre eux.

— Ce n'est ni le moment ni l'endroit pour s'adonner à ce genre de privautés. Regagnons ma demeure.

Elle avait répondu avec une sorte de désespoir tranquille qui sembla contrarier Richard. Ce fut pourtant sans se décourager qu'il reprit sa tentative de l'enjôler.

— Si fière…, murmura-t-il avec un sourire tout en lui passant les doigts sur la joue.

Bien que Richard fronçât les sourcils en la sentant tressaillir à son contact, cela ne l'empêcha pas de poursuivre :

— Et si belle… Si belle ! Ne vous regimbez pas, Jane, vous n'avez rien à craindre.

Ce disant, il avait tendu la main pour faire glisser le châle qu'elle avait remonté sur ses épaules.

— Non, Richard, rétorqua-t-elle, en retenant le fragile vêtement avec une farouche détermination.

— Ce n'est pas bien, Jane, de provoquer de cette façon l'homme que je suis.

— Mon intention n'est pas de vous provoquer.

Les yeux perçants de Richard se plissèrent.

— Je veux bien le croire car, à l'évidence, vous ignorez la folle promesse qui se cache au fond de votre regard. Mais Dieu sait si vous êtes femme à faire perdre la raison à un homme. Je vous veux. Vous me rendez fou avec votre beauté dévergondée.

— « Dévergondée » ? répéta Jane. C'est donc ce que vous pensez de moi ?

De honte, ses joues, qui avaient recouvré un instant leur pâleur, redevinrent aussi rouges que les coquelicots de juin.

— Votre impatience ne vous fait pas honneur, reprit-elle. Vous ne devez pas essayer de devancer nos vœux de mariage. Au contraire, vous devez respecter mon souhait et attendre que nous soyons officiellement unis.

Richard la saisit par le menton et lui fit lever la tête pour l'obliger à le regarder.

— Inutile d'avoir l'air aussi inquiète, je ne vais pas vous faire de mal. Vous n'avez rien à craindre. Si nous nous enfonçons dans les bois, personne ne viendra nous trouver.

Malgré son inexpérience, la désinvolture dont Richard faisait preuve parut immédiatement excessive à Jane, comme si elle était le fruit d'une trop grande pratique.

— S'il vous plaît, Richard, laissez-moi partir, ramenez-moi chez moi.

— Je vais le faire. Bientôt...

Il retira la main qui lui tenait le menton et caressa sa joue brûlante.

— Ôtez votre main, s'il vous plaît, reprit-elle. Que faites-vous exactement ?

— J'inspecte la marchandise.

— Pas avant que nous ne soyons mariés, riposta Jane sans relever l'indélicatesse de la réponse.

Richard haussa les épaules.

— Nous priver l'un de l'autre pendant encore plusieurs jours sera aussi contraignant que la cérémonie de mariage elle-même. Dans ces conditions...

— Dans ces conditions, l'interrompit-elle, vous pouvez bien patienter quelques jours de plus...

Le jeune homme rit doucement, le regard lourd et empli de convoitise. Tout se passait comme si la résistance de Jane ne faisait que l'exciter davantage. Un sourire de méchante séduction sur les lèvres, il se pencha vers elle pour l'embrasser. Mais, anticipant son geste, elle avait détourné la tête la seconde d'avant. Ce qu'il avait à l'esprit ne provoquait en elle que choc et révulsion. Quant au sentiment répugnant qui se cristallisait au creux de son estomac, il était d'autant plus pénible et difficile à combattre qu'il lui rappelait avec une évidence terrible qu'une fois qu'elle serait mariée avec Richard elle n'aurait plus aucun droit de se soustraire à son désir.

— Venez, Jane... Jeune fille de glace, être intouchable, pourquoi vous effaroucher de la sorte ?

La voix de Richard était moins enjôleuse, plus impatiente. Quand il rit de nouveau, ce rire contenait un écho mauvais. Mais Jane le perçut à peine tant elle cherchait éperdument le moyen de détourner son futur mari de son but.

— Je ne peux vous arracher à mes pensées, reprit-il, telle une litanie. La douleur que me cause le désir que j'éprouve pour vous me rend fou.

Tout en parlant, il tentait de réduire, centimètre après centimètre, l'espace qui les séparait encore. Comme Jane reculait au fur et à mesure, il sourit et se plaça brusquement en travers, de manière à l'empêcher de manœuvrer pour le contourner ou lui échapper.

— Bon Dieu, mon gars, retentit alors une voix non loin d'eux, la lady a dit non ! Allez-vous la forcer alors qu'elle est de toute évidence non consentante ?

Richard pivota brutalement sur ses talons, furieux bien sûr de l'interruption, tandis que Jane, au contraire, levait la tête pour chercher son sauveteur des yeux.

Le comte de Sinnington venait de s'interposer entre eux, sa belle bouche étirée dans une moue dédaigneuse, ses cheveux noirs emplis de lumière.

Ses paupières battaient vite, comme, sembla-t-il à Jane, chaque fois que la colère le gagnait.

Les bonnes raisons pour s'impliquer dans ce qui était en train de se passer ne manquaient pas à Guy St. Edmond. En effet, bien que son cynisme dépassât son idéalisme, les brutes l'insupportaient. Or, il lui avait été facile de comprendre que, si quelqu'un n'intervenait pas pour aider la jeune fille, l'homme la prendrait de force. Malgré tout, la situation lui semblait étrange tant il n'était pas du genre à se précipiter à la rescousse des demoiselles. Pour autant, après avoir secoué son hébétude, Guy se sentait ravi d'avoir fait une exception et d'avoir joué, en l'occurrence, le rôle du chevalier à l'armure étincelante. Lorsqu'il reconnut Jane, l'identité de l'agresseur s'imposa à lui comme une évidence et sa colère lui parut encore plus justifiée.

Il posa tour à tour les yeux sur le visage rougi de la jeune fille, sur son assaillant en sueur, puis reprit d'une voix d'un calme mordant :

— Vous n'avez donc jamais non plus appris à vous retenir ?

Ses yeux revinrent sur la demoiselle. Il la regarda repousser une mèche de ses longs cheveux couleur de miel. Celle-ci rejoignit la belle chevelure qui luisait sur ses épaules gracieuses. Remarquant en même temps que les yeux verts brillaient de fureur, il s'arrêta de respirer. Son trouble était si grand qu'à l'intérieur de lui tout sembla se figer. Et soudain une douleur inattendue se propagea dans sa poitrine. Comme Jane Lovet était belle ! Belle à faire mal, belle à pleurer. Oui, sa beauté était si aveuglante qu'il eut le pressentiment qu'elle était l'une de ces femmes exceptionnelles pour lesquelles les guerres éclataient et les hommes se suicidaient, mais qui apportaient rarement le bonheur à ceux qui les aimaient.

À la pensée de ce que le rustre qui l'accompagnait aurait pu lui faire subir, la colère le consuma.

Très vite, sa rage céda la place à un autre sentiment, sombre et dangereux, différent. Il réalisa que l'expression de son visage avait dû tellement changer que les histoires effrayantes qui circulaient sur lui ne devaient plus sembler aussi difficiles à croire. Sur le pâle visage de Jane passa d'ailleurs une profonde inquiétude tandis que ses yeux verts mouchetés de brun paraissaient deux fois plus grands. Ils le fixèrent avec une gratitude si passionnée qu'il dut se battre contre lui-même pour contrôler la fureur qui s'emparait de lui lorsqu'il songeait aux minables tentatives de cette brute d'Aniston pour attirer cette beauté dans ce bois douteux.

— Merci, sir, dit Jane en lui dédiant un sourire reconnaissant pour l'avoir aidée à se débarrasser de Richard et à échapper à ce qu'il avait en tête.

Oui, quoi que Richard ait voulu lui faire subir, elle éprouvait une gratitude infinie pour celui qui lui avait épargné cette épreuve. Sa bouche était devenue toute sèche et son cœur battait encore à tout rompre tant elle avait eu peur. Pendant un temps qui lui parut durer une éternité, elle resta immobile, incapable de bouger. Sa coiffure retombait sur son visage en formant une ombre dont elle se servit pour se dissimuler ou du moins tenter de dissimuler ses réactions. Quand elle eut enfin recouvré la maîtrise de soi, ce fut pour adopter une attitude beaucoup plus dégagée.

— Êtes-vous blessée ? s'enquit Guy St. Edmond.

La meilleure réponse qu'elle parvint à lui faire fut de secouer la tête de manière négative. Dieu, que cet homme était beau, se dit-elle. Son teint, sa large carrure, la senteur boisée qui s'échappait de lui, sa voix à la profonde résonance qui la faisait vibrer...

Guy se tourna ensuite vers Aniston et, lorsqu'il prit la parole, sa voix eut cette fois les intonations terribles de la rage contenue.

— Ainsi, vous êtes Richard Aniston... Ce même Aniston qui fut l'écuyer de Lord Lambert et qui résida dans son foyer du Wiltshire.

L'air méfiant, Richard fronça les sourcils et passa, mal à l'aise, d'un pied sur l'autre, sans cesser de scruter l'impressionnante silhouette de Guy St. Edmond.

— Comment le savez-vous ?

— Je m'applique à savoir qui sont les gens qui habitent sur mon domaine, répondit Guy d'une voix basse et sur un ton édifiant, tout en tâchant de maîtriser sa colère. Il est clair que la lady ne partage pas votre convoitise. Qu'aviez-vous donc l'intention de lui faire ? De la traîner dans la forêt et d'abuser d'elle ?

Se fût-il agi d'une autre personne que le comte de Sinnington, Richard aurait rétorqué sur le même ton. Mais, étant donné la situation, l'indignation faussement vertueuse dans laquelle il avait commencé à se draper laissa place à un coup d'œil malveillant. S'il se faisait un ennemi du comte, pensa Jane, il risquerait de le payer cher...

— La lady va bientôt devenir ma femme, riposta Aniston de manière volontairement laconique.

— C'est vrai, confirma Jane. Nous devons nous marier sous peu.

— Ouais, insista Richard, les bras raidis sur les côtés et les poings serrés. Mistress Lovet s'est engagée à m'offrir sa main. Je ne vois donc aucun mal à vouloir embrasser ma future femme.

— Au regard de la réaction de la lady, vous feriez mieux de reconsidérer la situation, repartit Guy. Ou du moins d'apprendre à traiter votre promise avec plus de respect.

Il tourna la tête vers Jane.

— Venez. Je vais vous escorter jusque chez vous.

— Merci, sir, mais ce n'est pas la peine, répondit Jane, que l'embarras faisait rougir.

Quelle piètre image elle devait donner d'elle-même, avec ses cheveux ébouriffés et ses yeux brillants !

— Même si, ajouta-t-elle très vite, je suis sûre que mon père serait enchanté que vous l'honoriez de votre visite.

— Je suis heureux de me savoir le bienvenu en votre demeure. Venez, il faut que vos parents sachent ce qui vient de se passer. Le fait qu'Aniston doive devenir votre mari n'excuse en rien son comportement de rustre agressif.

Jane jeta à Guy un regard alarmé.

— Non, s'il vous plaît, ne dites rien à mes parents ! Cela les... bouleverserait inutilement. De plus, l'affirmation de Richard est juste : nous allons très bientôt nous marier et il ne m'a pas fait de mal.

Sans regarder Aniston, qui la fixait avec un mécontentement ostensible, elle poursuivit :

— Il s'agissait juste d'une tentative amoureuse. Rien de plus.

Semblant ne pas vouloir insister, Guy prit son parti.

— Très bien, mais, à mon avis, votre futur mari ne mérite ni votre loyauté ni votre considération.

Sur ces mots, il quitta son cheval et escorta Jane à pied sur la courte distance qui la séparait encore de la demeure familiale.

Durant le trajet, Jane jeta un coup d'œil à son fiancé. Son air, tandis qu'il considérait le comte, disait clairement qu'il avait des envies de voir couler le sang. Ce n'était d'ailleurs pas la première fois qu'elle surprenait cette expression sur son visage quand quelque chose l'empêchait d'agir comme bon lui semblait. Et elle détestait cela plus que tout. Sans un mot, Richard la fixa avec un calme glacial.

La frayeur s'empara d'elle lorsqu'elle découvrit la colère contenue dans les méchants yeux bleus qui posaient sur elle un regard venimeux. Comme si Richard voyait et comprenait à quel point elle se sentait soulagée que Guy St. Edmond fût arrivé à temps pour la sauver de sa convoitise.

Juste avant qu'elle ne détourne les yeux, Aniston lui lança un nouveau regard, qui contenait, cette fois, la promesse funeste de conséquences ultérieures. Depuis qu'ils s'étaient rencontrés, Richard était demeuré sous contrôle en attendant — c'était évident — le bon moment. Mais, après ce qui s'était passé, Jane n'ignorait plus que sa fureur l'attendait au tournant. Or, sachant à présent de quoi cet homme était capable, elle était terrifiée par cette pensée. Oui, si Richard laissait exploser sa rage, elle n'aurait d'autre choix que celui de céder. Après quoi elle deviendrait sa prisonnière pour le restant de son existence.

Son soulagement avait été infini quand, empreint de colère froide, Guy St. Edmond s'était porté à son secours. Si immense que jamais, elle le savait, elle n'oublierait son geste. Oui, elle resterait à jamais reconnaissante qu'il l'ait ainsi sauvée. En outre, elle était stupéfaite par la facilité avec laquelle il avait maîtrisé la situation. Croisant soudain son regard, elle sentit des picotements lui parcourir la colonne vertébrale, exactement comme le jour où elle avait, pour la première fois, posé les yeux sur lui. Que lui arrivait-il ? Étaient-ce la détresse et le désespoir que son prochain mariage avec Richard faisait naître en elle qui la rendaient aussi vulnérable ? Pourquoi ne pouvait-elle ressentir seulement de la gratitude à l'égard de Guy St. Edmond ?

Enfin, la demeure de ses parents se trouva en vue. Son père se tenait devant la porte. À la vue de l'illustre visiteur, qu'il reconnut apparemment immédiatement, Simon Lovet s'inclina profondément. Son envie de recouvrer son statut social d'avant aux yeux des habitants de Cherriot était tel, se dit Jane, qu'il était prêt à s'humilier et à faire semblant d'oublier que Guy St. Edmond était responsable de la mort de son propre fils. Quand son père se redressa, Jane observa son visage étroit et ses paupières à présent plissées par un sourire. Le fait était chez lui si rare qu'elle en resta un instant interloquée.

— Sir Guy, dit Simon, soyez le bienvenu chez nous. Oui, vous êtes vraiment le bienvenu à Lovet Hall !

Le visage de Guy demeura sans expression lorsque son regard se posa sur Simon Lovet.

— J'espère que vous allez bien, Master Lovet. Cela fait longtemps...

— En effet, milord. Nous avons été affligés d'apprendre la perte de votre frère à St. Albans. Ces dernières années ont été dures pour nous tous. De notre côté, nous pleurons encore la disparition de notre fils et ceci après avoir beaucoup pâti du soutien qu'il a apporté à Henry.

Guy prit une voix un peu désabusée quand il répondit :

— J'imagine. Du reste, à dire vrai, je ne comprends pas que l'on puisse penser du mal de vous quand vous pleurez la mort de votre fils. En revanche, j'y parviens sans peine au souvenir de votre manque de jugement lorsque vous l'avez autorisé à soutenir les Lancaster.

— Mais je n'ai pas... Je veux dire...

Avec un geste de la main, Guy répliqua très vite :

— Oubliez tout cela, Master Lovet, et dites-moi plutôt ce qu'il en est aujourd'hui. Vous montrez-vous loyal envers le roi Edward ?

Simon rencontra son regard. Il éprouvait un indicible plaisir à la visite que le comte lui rendait chez lui. Malgré tout, il n'en restait pas moins fier de son fils, même si celui-ci avait, à l'époque, et à tort, soutenu les lancastriens.

— Je ne puis renier l'histoire de ma famille, dit-il. Andrew s'est toujours comporté en tant que sujet loyal du roi Henry... Comme je le ferai vis-à-vis du roi Edward, dont j'accepte la gouvernance en n'espérant rien d'autre que de pouvoir vivre en paix. Nous sommes tous anglais et, à ce titre, ne devons pas nous diviser.

— Vous parlez de raison, Master Lovet. Et ceux qui ont combattu Edward constateront d'eux-mêmes qu'il sait se montrer juste dans la victoire.

Guy St. Edmond posa ensuite sur Jane un regard admiratif.

— C'est votre fille qui m'a invité à vous rendre cette visite. Comment aurais-je pu résister à sa demande ? C'est une belle jeune fille qui, si j'ai bien saisi, va se marier sous peu.

Simon sourit, soulagé qu'aucune maladresse n'ait été commise.

— Bien que peu d'hommes parviennent à ignorer Jane, dit-il, ses fiançailles avec Richard Aniston sont, en effet, imminentes.

Le visage de Guy s'assombrit tandis qu'il fixait l'agresseur de la jeune fille.

— C'est ce que j'ai cru comprendre.

— En effet ! confirma Simon avec enthousiasme. Le père de son fiancé est John Aniston, un respectable conseiller affilié à la guilde des négociants en tissu. Avez-vous entendu parler de lui ?

— Son nom ne m'est pas inconnu, mais nous ne nous sommes encore jamais rencontrés.

— Eh bien, entrez, à présent, je vous en prie ! J'aimerais

vous présenter ma femme. D'ailleurs, il se trouve que Master Aniston est justement venu parler avec nous des fiançailles de son fils et de notre fille.

Comme un jeune valet s'approchait de lui pour saisir les rênes de son cheval et l'emmener aux écuries, Guy remarqua au même moment l'une des servantes qui, un seau d'eau à la main, l'observait avec intérêt. Une créature délicieuse aux cheveux auburn et à la silhouette avenante. Lorsqu'elle réalisa qu'il la regardait, ses yeux s'écarquillèrent. Puis elle baissa les paupières d'un air incertain et se sauva presque en courant sans se soucier de l'eau qui, à chaque foulée, se renversait sur ses chevilles.

Guy laissa aller un soupir et pinça les lèvres.

Et voilà..., songea-t-il. *Une autre fille que je terrorise.*

À l'évidence, sa terrible réputation l'avait, comme d'habitude, précédé.

N'oubliant visiblement pas sa position et l'importance que revêtait pour lui sa visite, Simon Lovet recula pour permettre à Guy de le précéder dans l'entrée.

— Désirez-vous un verre de petite bière ? demanda le maître de céans. Ou, si vous préférez, nous pouvons aussi vous proposer un très bon vin français.

— De la bière, s'il vous plaît, répondit Guy. La chaleur est excessive aujourd'hui et chevaucher donne soif. J'étais justement en train de me familiariser avec Cherriot Vale quand j'ai rencontré Jane et... Master Aniston qui se promenaient dans la forêt.

Ce disant, il n'accorda à Richard, qui restait planté à côté de lui, qu'un coup d'œil superficiel.

Ce fut à ce moment que la mère de Jane apparut dans le hall. Suivie par John Aniston, elle lui adressa une profonde révérence.

— Sir Guy, vous êtes le bienvenu dans notre foyer. Mon mari vous a-t-il offert un rafraîchissement ?

— Sir Guy voudrait un verre de bière, Margaret, répondit Simon. Pouvez-vous lui en faire apporter un ?

Margaret partit s'occuper de la question sur-le-champ et son mari présenta John Aniston à Guy. Richard marmonna alors quelques mots incompréhensibles et, après un dernier regard furibond à sa promise, disparut pour aller passer sa rage sur quelque malheureux.

Guy constata à cet instant que, éblouis par leur illustre visiteur et par le symbole que représentait sa visite chez eux, les parents de Jane ne remarquaient même pas que quelque chose de grave se passait entre leur fille et Richard.

Lorsque Guy St. Edmond fut installé sur la chaise la plus luxueuse, Margaret lui tendit un verre de bière.

— C'est notre meilleure ! précisa-t-elle, le visage lumineux, avec l'espoir, pensa aussitôt Jane, que les dissensions soient pardonnées, qu'elles appartiennent bientôt au passé et que ce rapprochement avec le comte de Sinnington affermisse la position de son mari à l'intérieur de la communauté comme parmi les membres de la guilde. Les choses allaient-elles enfin finir par s'arranger pour eux ? Ce fut sa prière silencieuse.

La remarque fière de Margaret fit rire Guy, qui tourna la tête pour partager sa gaieté avec Jane. Quand leurs regards se rencontrèrent, elle retint sa respiration. Impossible de trouver la moindre chose à dire. Cet homme possédait une telle présence qu'elle en avait le souffle coupé. De plus, rien dans son expression ne permettait de deviner à quoi il pensait. Pour autant, elle ressentait la force de son regard de la même façon que s'il l'avait touchée avec ses yeux. Décidément, se dit-elle, être observée avec une telle insistance ne lui laissait d'autre choix que de soutenir le regard de celui qui la fixait, malgré ses efforts pour tenter de l'ignorer. Tandis que ses parents et son futur beau-père se mettaient à deviser tout en jetant de fréquents coups d'œil à Guy, elle resta face à lui à le considérer sans un mot.

Quand le verre de bière de l'invité d'honneur fut vide, celui-ci se dressa sur ses pieds.

— Merci pour votre hospitalité. À présent, je dois y aller.

— Ce serait un grand plaisir pour nous si vous restiez partager notre repas, déclara Margaret avec l'espoir non dissimulé qu'il accepte son offre.

— Merci, répondit Guy, c'est très généreux de votre part, mais je dois me remettre en route.

Sans insister, Simon et sa femme le raccompagnèrent jusqu'à la porte. Jane les suivit lentement, ralentissant le mouvement de manière inconsciente. Sur le seuil, Guy se retourna, lui saisit la main et l'attira vers lui. Inclinant sa belle tête brune, il lui imprima un baiser dans la paume de la main. Son odeur légèrement épicée monta aux narines de Jane au moment où il posait les lèvres sur sa peau. Elle sentit une douce chaleur la parcourir et remarqua que les cheveux noirs de Guy bouclaient à la naissance de son cou. Sans un mot, il leva les yeux vers elle et lui replia les doigts comme si cela allait permettre au baiser qu'il venait de lui donner de s'incruster dans sa paume.

— Cela a été un plaisir de vous revoir, Mistress Lovet, dit enfin Guy tout en fixant le visage fasciné de la jeune fille.

Lors de leur première rencontre, il avait immédiatement envisagé de faire de Jane sa maîtresse… Même si l'idée de déflorer une personne élevée dans de doux principes et sur le point de se marier ne faisait pas du tout partie de son code de l'honneur. Par la suite, la jeune fille n'était restée que l'objet délicieux de ses pensées lascives. Jusqu'à cette scène dans les bois… Car, en la voyant assaillie et sur le point de se faire prendre de force dans la forêt par l'homme même qu'elle devait épouser, un être odieux et violent à la réputation détestable, qui ne lui était d'ailleurs pas inconnu même s'ils ne s'étaient jamais rencontrés, il avait senti quelque chose basculer brusquement. Oui, Jane lui avait alors inspiré de la compassion. Le fait d'avoir assisté à sa détresse et à sa souffrance avait déclenché en lui une certaine tendresse et un besoin de protection dont il ne se pensait pas doté.

Pour avoir vu le monde, Guy savait en effet que, parfois,

le désespoir et le désarroi obligeaient les gens à se conduire d'une manière qu'ils n'auraient autrement même pas songé à considérer. Peut-être Jane était-elle désespérée ? Ou peut-être en plein désarroi... Si, après avoir enquêté plus avant sur sa situation exacte, il découvrait que ce que lui avait dit Cédric était juste, à savoir qu'elle consentait à sacrifier son bonheur pour rendre à sa famille son bien-être d'autrefois, il espérait amener Simon Lovet à refuser de faire aboutir le mariage dès qu'il apprendrait qui était vraiment l'homme qu'il voulait faire épouser à sa fille.

Quant aux conséquences que cette annulation pourrait avoir sur Aniston, il s'en moquait éperdument. Elles ne le concernaient pas. Ce fourbe ne valait pas qu'il lui porte la moindre considération.

Après s'être incliné une dernière fois devant Jane puis devant ses parents, Guy pivota sur ses talons, passa la lourde porte qui protégeait l'entrée de la maison et s'éloigna dans la lumière.

Jane le regarda monter sur son cheval et partir au trot. Comme les passions des hommes pouvaient être violentes ! Et comme elle le découvrait soudainement ! L'heure qui venait de passer resterait toujours pour elle celle qui l'aurait éveillée à la force de leurs pulsions et de leurs émotions.

Remarquant l'air profondément concentré de Jane qui suivait des yeux la silhouette du comte de Sinnington déclinant à l'horizon, Margaret marcha jusqu'à sa fille sans cesser de l'observer.

— Sir Guy t'a porté une grande attention, Jane, observa-t-elle d'une voix tranquille. Mais ne te laisse pas tourner la tête pour autant.

La jeune fille dirigea son regard et son visage brûlants vers elle.

— J'espère que vous ne pensez pas que...

Margaret sourit. Pour autant, le petit pli qui s'était creusé entre ses yeux ne disparut pas.

— Je ne pense rien. Laisse-moi juste t'inculquer un petit peu de la sagesse dont on manque naturellement à ton âge... Un homme n'est pas qu'un beau visage et un large torse. Songes-y, ma chérie, et ne l'oublie pas quand tu croiseras de nouveau le comte de Sinnington...

Le regard de Jane se perdit encore une fois vers l'endroit où avait disparu la longue silhouette. Les effluves de la délicieuse senteur de Guy St. Edmond, discrètement épicée, continuaient de flatter ses narines. L'espace d'un très court instant, son imagination lui fit voir les yeux gris perle passer devant les siens et lui exprimer ce que les belles lèvres sensuelles n'avaient à l'évidence pas l'habitude de dire. Puis apparut l'image de son visage aux joues que la barbe avait commencé à envahir. La dernière vision fulgurante qu'elle eut de Guy fut celle du regard intense qui plongeait dans le sien. D'un seul coup, l'image disparut.

Un peu plus tôt, dans la forêt, ces yeux avaient possédé la profondeur furieuse d'un ciel de tempête. Puis il y avait eu ce moment où elle les avait vus se poser sur ses lèvres et changer tout à coup. Pourtant, au lieu de la rassurer, l'indéfinissable transformation qui s'était alors opérée en Guy l'avait fait paraître plus menaçant que jamais. Sans doute à cause de sa barbe. Sans elle, il ressemblait sûrement à n'importe quel homme. À moins que... Non, probablement conservait-il toujours son air inquiétant et procurait-il toujours le même sentiment de danger. Cette impression venait aussi de sa très haute taille et de sa carrure. Sans parler de ses étranges yeux gris perle.

Jane ferma les paupières pour chasser ses pensées et, en les rouvrant, se reprocha aussitôt les méandres inutiles qu'elles suivaient.

— Vous n'avez pas besoin de vous inquiéter, mère, dit-elle

enfin avec un pauvre sourire. Avec son exécrable réputation, jamais le comte de Sinnington ne pourra m'intéresser.

De retour dans son château, Guy St. Edmond, le front plissé, traversa le grand hall à longues enjambées et à vive allure.

Il trouva Cédric assis devant le feu, les pieds reposant sur l'un des rondins de bois, une chope de bière à la main. S'arrêtant devant son ami, il l'observa avec attention puis se planta sans un mot devant le feu et regarda les flammes d'un air absent. Son corps était tendu, ses mâchoires se serraient.

— Alors ? dit enfin Cédric. Tu as visiblement une idée en tête, toi. Le mieux serait peut-être de l'exprimer.

La réponse ne se fit pas attendre.

— Il me la faut. Je suis décidé à faire de Jane Lovet ma maîtresse.

Cédric le considéra pendant quelques instants tandis que la main qui avait commencé à porter sa chope à ses lèvres s'immobilisait à mi-hauteur.

— Et bien sûr, reprit-il, tu t'imagines qu'elle va consentir à te céder avant de tomber dans ton lit sans émettre la moindre objection...

— Pourquoi pas ? riposta-t-il.

— Pourquoi pas, en effet ? Surtout à l'heure où tout le voisinage est sur les charbons ardents et n'attend plus qu'une chose : le mariage entre Mistress Lovet et Master Aniston...

Guy balaya la raillerie de son écuyer d'un geste de la main.

— Nous savons tous deux ce que vaut Aniston et ce dont il s'est rendu coupable. Il devrait d'ailleurs s'estimer heureux d'être encore de ce monde. Alors, en toute franchise, je m'en fiche complètement.

— Tu veux dire des ragots ? s'enquit Cédric d'une voix mesurée. Ou de Richard Aniston ?

Comme il ne répondait pas, Cédric se pencha en avant et reprit sans ambages :

— Quelles sont tes raisons — autres que celles qui tombent sous le sens — de vouloir cette donzelle ?

Il libéra un petit rire avant d'ajouter :

— Ne t'étais-tu pas interdit d'avoir de nouveau le cœur brisé par une fille ?

Guy jeta un regard glacial à son ami.

— Depuis quand l'amour a-t-il quelque chose à voir avec le désir ? L'amour n'a pas de consistance, alors qu'au moins le désir est clair et net. L'amour n'est qu'un mot inventé par les bigots.

Cédric éclata de rire.

— Parole d'authentique débauché ! J'aurais ajouté « peu favorable au mariage» si je ne savais pas que tu cherchais à prendre femme.

Toujours insensible aux railleries de son ami, Guy déclara seulement :

— Je veux Jane Lovet pour moi et j'ai cessé d'essayer de comprendre les raisons qui me poussent à cela. Je la veux et c'est une raison suffisante.

— Tu me pardonneras quand même de trouver ta décision quelque peu hâtive, remarqua Cédric avant d'avaler une longue gorgée de bière.

Après quoi il reprit :

— Si tu veux mon avis, tu ferais mieux de faire preuve de prudence.

Guy hocha la tête avec fermeté.

— C'est bien mon intention : veiller à ne provoquer aucun remous...

Il marqua une pause avant de reprendre avec un petit sourire :

— ... Surtout quand on sait à quel point le fait d'approcher avec douceur et lenteur un animal craintif peut accomplir des miracles. Et comme je pense que les femmes ressemblent à de petits animaux craintifs...

Cédric se dit que son ami avait parlé avec la confiance pleine d'arrogance d'un homme habitué aux victoires et persuadé de ne jamais pouvoir perdre.

Sur cette envolée, Guy quitta le hall, le laissant le suivre d'un regard à la fois stupéfait et inquiet. Un moment après, pourtant, Cédric se dérida, commença à sourire et finit par rire à gorge déployée.

— Que Dieu lui vienne en aide, gloussa-t-il enfin.

C'était la première fois, depuis qu'Isabel Leigh avait volé le cœur de son ami avant de le tromper avec un autre homme, qu'une femme prenait Guy St. Edmond au piège.

Avec un regard dans la direction où celui-ci venait de disparaître, il leva sa chope bien haut et déclara avec un large sourire :

— À ton futur bonheur...

Jane adorait passer, à intervalles réguliers, un peu de temps dans l'église St. Peter, qui rayonnait avec bienveillance sur la ville endormie de Cherriot.

C'était là, installée un moment à genoux, qu'elle confiait tous ses espoirs, ses peurs et ses chagrins aux saints qui, elle n'en doutait pas, la guidaient et la protégeaient. La consolation que lui procuraient ces instants, alors qu'elle se trouvait enveloppée par les senteurs d'encens et de cire chaude dissipées par les cierges, et bercée par les prières murmurées par quelques autres fidèles, était pour elle source d'un grand réconfort.

Aujourd'hui était un jour ouvré, aussi l'église était-elle calme, offrant une intimité qui faisait défaut le dimanche, quand l'endroit était saturé de paroissiens. Les trajets que Jane effectuait jusqu'à l'église étaient les seuls qu'elle était autorisée à exécuter sans chaperon, et elle se sentait en sécurité entre ses murs.

Elle marcha jusqu'à la statue de la *Vierge blessée*, s'agenouilla sur l'un des prie-Dieu placés à côté, s'inclina et posa la tête dans ses mains. L'instant d'après, ses doigts se mettaient à égrener le chapelet, et ses lèvres, à chuchoter une prière. Par cette prière, enfouie au fond de son cœur depuis des mois, elle suppliait que survienne le miracle qui la délivrerait de ce mariage avec Richard. Mais les miracles étaient rares et elle ne l'ignorait pas... Aussi demanda-t-elle ensuite à Dieu de bénir sa future vie conjugale... Au moins, se disait-elle avec une lucidité terrible, il s'agissait là de quelque chose de sûr qui l'aiderait à dépasser l'anxiété qu'elle ressentait à l'idée d'épouser un homme qu'elle connaissait à peine et qu'elle était quasiment sûre de ne jamais pouvoir apprécier.

Au fond de l'église, la porte s'ouvrit et se referma. Une ombre se déplaça puis des pas d'homme se rapprochèrent avant de s'arrêter derrière elle. Jane ne les reconnut pas. Il ne s'agissait pas d'un serviteur car l'inconnu portait à ses chaussures des éperons qui tintaient à chaque pas. En jetant un très rapide coup d'œil en biais, Jane réalisa qu'en l'occurrence il s'agissait de bottes, qu'elles étaient tachées de boue, que les éperons étaient d'argent et qu'ils scintillaient dans la lumière filtrant à travers les vitraux.

Ce fut alors que, dans un choc, elle réalisa à qui ces bottes appartenaient. L'intrus n'était ni ami ni ennemi. Ce n'était pas non plus un étranger. C'était le seigneur du domaine. Tandis que la prudence et la convenance lui dictaient de s'éloigner sans tarder, quelque chose d'autre, de beaucoup moins clair, la retint sur son prie-Dieu. Quel étrange pouvoir possédait donc cet homme pour être capable de la faire chanceler intérieurement de la sorte ? À sa seule vue, toute femme non mariée serait déjà partie pour courir se réfugier chez elle. Mais Jane demeurait tétanisée.

Il vint s'agenouiller à son côté, baissa la tête et recouvrit son visage de ses mains. Mais il s'agissait d'une attitude de pure convenance car elle savait qu'il ne priait pas. La tête de Guy St. Edmond était discrètement tournée vers elle et il l'observait avec l'audace que lui conférait la certitude de ne pas être surveillé. Cependant, Jane resta penchée sur son prie-Dieu, avec l'espoir que ce comportement le découragerait et le pousserait à partir.

Elle retint sa respiration. Le silence dura. Au bout d'un très long moment, incapable de supporter davantage cette situation impossible, Jane leva bravement la tête et rencontra le regard gris. Un nouveau choc terrible la saisit. Si Guy St. Edmond semblait aussi sûr de lui et tendu que d'habitude, son expression était différente. Sans doute parce que sa barbe avait disparu. Ce changement lui donnait l'air tellement plus jeune que Jane ne put dissimuler sa stupéfaction. Un à un, elle discerna ses traits : il avait les mâchoires carrées, et sur son menton légèrement pointu se trouvait une fossette. Ses lèvres étaient bien dessinées, sensuelles, et s'étiraient sur les côtés. Quant à ses grandes paupières, il semblait qu'elles ne se soulèveraient jamais assez pour pouvoir dévoiler totalement la beauté des yeux qu'elles abritaient.

Ce fut alors qu'elle entendit la belle voix profonde murmurer :

— Pardonnez-moi de venir interrompre vos prières, mais je vous ai vue entrer ici et il se trouve que je voulais vous parler.

Le souvenir qu'elle gardait du toucher à la fois soyeux et viril de Guy, lorsqu'il lui avait saisi le menton — qu'elle n'éprouverait malheureusement plus jamais —, suffit à dissiper l'irritation que Jane ressentait à avoir été dérangée dans ses prières. Lorsqu'elle y resongea, son cœur s'affola et son corps fut parcouru d'une délicieuse excitation. Son envie de connaître le plaisir que pourrait lui apporter le contact d'une peau masculine lui était subitement devenu urgente.

— Vous voudrez bien m'excuser, répondit-elle, mais je ne parviens pas à comprendre pourquoi vous souhaitez tant me parler. À vrai dire, vous devez être tellement pris depuis votre retour chez vous que j'imaginais que vous aviez oublié jusqu'à mon existence.

Guy pencha la tête vers Jane. La douce odeur de violette qu'elle exhalait l'emportait sur celle de l'encens régnant à l'intérieur de l'église.

— Non, répondit-il, je ne l'ai pas oubliée. Tout comme je n'ai pas oublié ce qui s'était passé dans la forêt.

En un mouvement souple, il se mit debout, lui saisit la main et la fit se lever. La robe qu'elle portait formait un contraste saisissant avec les murs couleur du temps qui l'entouraient. D'un magnifique rouge foncé, elle était ceinturée à la taille, et la laine fine dont elle était tissée moulait les petits seins ronds et les hanches aux courbes délicieuses. Vraiment, se dit Guy à cet instant, on aurait dit une parfaite statue de la Tentation.

Comme Jane levait la tête pour le regarder dans les yeux, il annonça :

— Je ne puis rester longtemps. Accompagnez-moi à l'extérieur, nous pourrons parler.

Et, sans attendre sa réponse, il la prit par la main pour l'entraîner vers la porte.

Une fois qu'ils furent dehors, il l'attira dans la partie ombragée du jardin, derrière l'église. Dans l'instant, ils se retrouvèrent dissimulés à la vue des passants éventuels et protégés par une épaisse futaie d'ifs.

Jane n'aurait pu dire quelle sensation l'emportait en elle : la honte de se sentir aussi embarrassée ou le plaisir fou de se trouver ainsi près de Guy. C'était comme si, jusque-là, elle ne s'était jamais trouvée en présence d'un homme. Oui, Guy St. Edmond lui brouillait tant l'esprit qu'elle perdait toute clarté de jugement.

Levant la tête avec l'espoir qu'il ne verrait pas l'effet extraordinaire qu'il exerçait sur elle, elle s'appliqua à froncer les sourcils.

— Était-il nécessaire de m'arracher à la chaleur de l'église pour m'emmener dans cet endroit froid et humide ? l'interrogea-t-elle.

— Je voulais vous parler seul à seule. Or il y a moins de risques pour que nous soyons interrompus ici qu'à l'intérieur.

Sur ce, Guy souleva un sourcil et marqua une imperceptible pause avant de demander :

— Quelque chose déplairait-il à ma lady ?

Pendant un moment, Jane réfléchit sur la réponse à apporter. Sa fierté lui interdisait de reconnaître combien elle appréciait qu'il perturbe ses pensées, ou de convenir que sa sérénité et son calme apparents dissimulaient en fait des émotions très fortes dues à leur seul rapprochement. Tout en essayant de ne pas remarquer combien Guy était beau dans ce pantalon qui gainait ses longues jambes et combien lui seyait sa tunique noire brodée de fils d'or à la coupe impeccable, elle se prépara à faire face aux moqueries dont elle s'attendait à être l'objet. Mieux valait attaquer qu'attendre de devoir se défendre. Ainsi sa faiblesse ne serait-elle pas révélée. Du reste, comment savoir si Guy ne profitait pas de sa confusion pour se jouer d'elle et s'amuser à ses dépens ? Cette possibilité piqua son orgueil et elle eut soudain l'impression que, depuis le début, il avait pris sur elle une réelle avance...

— Faites-moi part de ce que vous avez à me dire sans attendre, s'il vous plaît, le pria-t-elle. Il faut que je prenne le chemin du retour. Chez moi, ma mère doit déjà m'attendre.

Maintenant que Guy avait Jane pour lui tout seul, il n'était pas du tout pressé de s'en séparer. Du regard, il frôla la silhouette joliment galbée avec une franche admiration. La brise légère jouait avec les petites mèches couleur de miel qui, détachées des longues tresses, lui frôlaient le visage. Elle prit un instant pour les remettre sagement en place sous sa coiffe. À cause de ses bras relevés, le corsage de sa robe remonta légèrement, mettant en valeur, au-dessus de sa ceinture, la finesse de sa taille.

Au cours de ses lointains voyages, Guy avait connu beaucoup de femmes et s'était toujours appliqué à choisir celles qui correspondaient le mieux à ses goûts. Son expérience était donc assez grande pour qu'il lui fût difficile d'admettre que la créature délectable qu'il considérait avec tant d'attention dépassât, de loin, tous les souvenirs qu'il conservait au fond de son cerveau.

Depuis qu'il avait réintégré son château de Sinnington, en avait longuement traversé les couloirs et parcouru les pièces, l'envie de recouvrer un peu d'ordre et de quiétude s'était imposée à lui. L'époque où il était un petit garçon pleurnicheur que sa mère avait éloigné du château dans le but d'en faire un chevalier était révolue depuis longtemps. Aujourd'hui, il était un homme puissant qui n'avait besoin de personne. Maintenant qu'il avait construit son existence exactement comme il la voulait, il n'avait aucune intention de s'en remettre à une femme qui, comme la précédente, risquait de se montrer orgueilleuse, égoïste et, en fin de compte, capable de perturber sa vie.

Il secoua la tête. Ce n'était pas juste de penser cela. Jane Lovet n'était ni orgueilleuse ni égoïste. Bien au contraire, elle était adorable et vertueuse. Et, ainsi qu'il avait pu l'entendre dans le sous-bois, son rire était si contagieux qu'en l'entendant, il avait tout de suite envie de sourire. De plus, son désir d'elle était si ardent et désespéré que tout son corps tendait vers ce besoin.

Néanmoins, si ces brûlantes pensées régnaient dans un coin de son esprit, il n'était pas question pour lui de s'y arrêter une seule seconde. Cela aurait en effet signifié que son implication vis-à-vis de Jane répondait à autre chose qu'à une simple pulsion physique. Or il refusait d'envisager ce genre de possibilité.

Consciente de la façon dont Guy l'examinait, Jane pencha la tête sur le côté pour le sortir de son hébétude.

— Ne me regardez pas comme cela, s'il vous plaît. N'avez-vous pas plutôt une bataille à aller mener ou quelque chose d'approchant ?

Un sourire toucha les lèvres de Guy.

— Toutes mes excuses, dit-il, je n'avais pas l'intention de vous fixer de la sorte. Pour répondre à votre question, à moins que le roi ne fasse appel à moi, apprenez que j'en ai fini avec les batailles. Et croyez-moi, Jane, les joutes et les combats de la guerre ne me manqueront pas.

— Pardonnez-moi mais, puisque vous êtes un soldat renommé

avec la réputation d'aimer verser le sang et d'être aussi méchant que Satan en personne, je trouve votre affirmation difficile à croire. Vous étiez-vous donc rendu à l'église pour vous repentir de vos péchés ?

Cette fois, le sourire de Guy se transforma en un petit rire presque doux tandis que son regard capturait celui de Jane et le retenait prisonnier. Très vite, elle sentit ses joues devenir brûlantes...

— Si c'était la raison que vous venez d'invoquer qui m'avait poussé à me rendre à l'église, j'aurais dû y rester jusqu'à l'apocalypse et même au-delà.

Il soupira.

— Enfin... Je ne suis pas le seul à vivre dans le péché. De même qu'il n'y a rien d'extraordinaire pour un soldat à poser un jour son épée. Un combattant décide souvent de renoncer à sa vie faite d'assauts pour quémander le pardon de ses fautes. Mais qu'en est-il de votre famille, douce Jane ? Votre propre frère n'était-il pas un ardent défenseur de la cause des Lancaster ? N'a-t-il pas guerroyé pour cela ?

La tristesse embruma le regard de Jane et, tandis que son cœur se faisait lourd au rappel de son frère si sauvage, ce fut d'une voix à la fois amère et accusatrice qu'elle reprit la parole :

— Il n'est un secret pour personne qu'Andrew était un homme de cavalerie et un lancastrien, et qu'après avoir été fait prisonnier il a été condamné à mort... Sur votre ordre, je crois.

Les yeux de Guy se plissèrent tandis que ses mâchoires se serraient. Il ne nia pas.

— La guerre n'est jamais honorable, Jane. Votre frère était un homme courageux, je n'en doute pas, et il a accompli son devoir tel qu'il le concevait... Comme l'ont d'ailleurs accompli, ce jour-là, plusieurs centaines d'autres hommes à Towton.

— C'est en effet ce qu'il a fait, répliqua Jane sans se troubler. Vous avez beau le considérer comme un traître, c'était mon frère bien-aimé et il manque terriblement à toute notre famille.

— J'ai, tout comme vous, perdu mon frère aîné, dit Guy. Aussi puis-je compatir à votre deuil. Mais la vie doit continuer et le temps est venu pour moi de songer à mon avenir. Je suis revenu dans mon foyer pour y rester, pour diriger mes pensées vers des aspects plus souriants de l'existence… et pour avoir une femme dans mon lit.

Le front de Jane s'empourpra.

— Avez-vous une lady en tête ?

Les yeux gris se plantèrent dans les siens tandis que Guy St. Edmond répondait d'un air implacable :

— Oui, vous.

3

L'espace d'un instant, le cerveau de Jane se vida de toute sa substance.

— Moi ? dit-elle enfin dans un petit rire nerveux, très choquée par la réplique de Guy St. Edmond. Mais c'est ridicule. Et complètement impossible.

Son interlocuteur plissa de nouveau les yeux. L'instant d'après, il reprenait la parole d'une voix feutrée qui dissimulait mal sa farouche détermination.

— Dois-je comprendre que vous refusez la proposition que je vous fais de devenir ma maîtresse ?

Jane eut l'impression d'avoir été touchée par le carreau d'une arbalète tiré à bout portant. Sa réponse fusa :

— Vous m'insultez, sir ! Jamais vous ne me convaincrez de venir dans votre lit. Et vous n'y parviendrez pas non plus par la force. Je ne serai pas votre maîtresse.

— Si, Jane. J'en fais le serment ici même.

Un engagement pareil, alors qu'ils se trouvaient tous deux derrière l'église, était d'une arrogance si incroyable que Jane n'arrivait même pas à la mesurer. Les émotions qui se bousculaient en elle étaient trop nombreuses et trop fortes pour qu'elle pût bouger. Mais soudain son expression se figea et elle sentit un frisson la parcourir.

— De quelle façon comptez-vous y parvenir ? demanda-t-elle. Me l'ordonnerez-vous comme si c'était votre droit ?

— Non, Jane. Je vous le demande simplement.

Remarquant certainement ses traits tendus, il ajouta :

— Vous paraissez affligée...

— *Affligée !* répéta-t-elle en écho sur un ton mordant tandis que, la fureur s'emparant d'elle, le rouge gagnait ses joues, son front et ses oreilles. Mais... Ne comprenez-vous donc pas que je suis tout sauf *affligée* ? Que je suis, au contraire, pleine de colère ?

— Si, je comprends parfaitement, répondit-il sur un ton qui se voulait courtois. J'imagine en effet sans peine qu'une jeune femme ne puisse se décider à franchir un tel pas sans éprouver un peu d'appréhension. Pour autant, il ne faudrait pas que vous perdiez le sens de la mesure...

S'il essayait de la rassurer, il se trompait du tout au tout en pensant y parvenir de cette manière. Et son erreur était à la hauteur de sa morgue.

— Mais de quel « sens de la mesure » parlez-vous ? s'écria-t-elle. Du mien ? *Vous* me proposez de devenir *votre* maîtresse et vous avez l'audace de me dire que *je* perds le sens de la mesure ! Qui tentez-vous de mystifier ?

Elle avait parlé avec une force et une colère terribles en réalisant pleinement et dans toute son humiliante clarté ce que Guy St. Edmond attendait d'elle.

— Vous savez très bien, poursuivit-elle sur le même ton, que ce n'est pas votre réputation qui se retrouvera en miettes mais la mienne.

Les muscles du visage de Guy se tendirent, balayant toute douceur de son trop beau visage. Ce fut sur un ton calme et définitif qu'il déclara :

— Les gens penseront ce qu'ils voudront.

— C'est facile à dire, dans votre position ! Quelle est la véritable raison qui vous pousse à chercher à m'imposer cela ? Est-ce que vous me voulez ? Ou souhaitez-vous rappeler à mon père où se trouve sa place et mieux affirmer votre pouvoir de lord sur vos serviteurs ? Qu'attendez-vous de moi ? Supposez-vous vraiment que je vais m'exécuter face à une demande pareille ? Quelle que soit la réponse que vous puissiez apporter à ma question, rien ne justifie votre attitude ! Vous n'êtes qu'un scélérat, un odieux sournois au comportement déshonorant, totalement inacceptable et outrageant ! Vous ne m'utiliserez pas de la manière dont vous projetez de le faire. Le monstrueux égocentrisme qui est le vôtre et que vous venez de révéler par votre conduite me dégoûte !

À peine eut-elle terminé qu'elle ressentit une joie profonde à avoir pu jeter à la tête de cet homme insensible ses sentiments les plus intimes tels qu'ils lui venaient à l'esprit, sauvages et confus. Eût-il voulu l'écorcher vive qu'il ne l'aurait pas fait davantage souffrir.

Guy haussa un sourcil sardonique au-dessus d'un œil moqueur.

— J'ai l'intention de vous avoir, Jane.

— Comment ? En me violant ? Car ce n'est que de cette façon que vous pourrez... *m'avoir,* comme vous dites, sachez-le ! Sachez aussi que je lutterai de toutes mes forces contre vous. Oui, milord, vous pouvez compter sur moi pour cela. Non seulement votre attitude est insultante à mon égard, mais en plus elle vous déshonore. Je ne m'attendais pas à ce que vous revendiquiez de quelconques droits sur moi, surtout avec un cynisme pareil. Si je faisais ce que vous me demandez, la honte et l'humiliation s'abattraient non seulement sur moi, mais aussi sur Richard et sur ma famille. Votre arrogance est hallucinante. J'ignore la raison exacte pour laquelle vous agissez ainsi, mais quelle qu'elle soit, je sais qu'à partir de maintenant il m'importera peu que l'on vous considère comme le lord le moins honorable de la chrétienté.

Comme Guy approchait, elle détourna la tête sans le regarder.

— Si mon intention n'a jamais été de vous insulter, dit-il, en revanche, concernant votre futur mari, c'est une autre affaire...

— Les sentiments que j'éprouve pour Richard me regardent, repartit Jane d'une voix atone. Je ne peux pas être... Non, je *ne serai pas* votre amante ni quoi que ce soit. Non seulement ce que vous me demandez de faire serait un grave péché, mais je ne déshonorerai pas Richard ni mes parents de cette manière éhontée.

— Je crois que votre père et moi pourrions parvenir à une entente.

Jane sentit ses yeux étinceler de rage à cette remarque.

— Suis-je une esclave que l'on vend ou que l'on troque à son gré ? Dès que vous n'avez rien à perdre, vous devenez d'une désinvolture qui vous arrange bien ! Vous seriez prêt à me prendre juste pour assouvir votre désir et m'abandonneriez quand je me retrouverais enceinte.

Hors d'haleine, elle s'interrompit pour reprendre sa respiration et secoua la tête avec colère.

— Vous êtes comme les autres hommes qui se croient tout permis et libres de réaliser leurs caprices.

— Libre ! répéta Guy avec une note de dérision au fond de la voix. Non, Jane, je ne suis pas libre !

Se penchant vers elle, il haussa le ton de manière sensible comme si ce qu'elle venait de dire l'avait froissé.

— Apprenez de plus que, si vous attendiez un enfant, je ne vous abandonnerais pas. Pensez-vous donc que je vous accorde si peu de valeur que je ne me préoccuperais pas de votre état ?

Jane le dévisagea. Guy St. Edmond était décidément ignominieux.

— Est-ce ce à quoi vous aspirez ? Me voir déshonorée ?

— J'espère que cela n'arrivera pas.

— Vous savez que cela finirait par arriver. Ce qui signifierait pour moi que, pendant tout le reste de mon existence, je dépendrais de la manière dont vous décideriez de me traiter. Je serais une femme déchue, impure aux yeux de tous. Voilà ce que vous me demandez d'envisager comme avenir et la raison pour laquelle vous ne méritez pas le moindre respect.

— Peut-être avez-vous raison. Mais je crains d'avoir du mal à me sentir en paix loin de vous. Du reste, vous êtes parfaitement consciente de l'effet que vous produisez sur moi. Sans doute savez-vous reconnaître le désir dans les yeux d'un homme...

Jane le considéra fixement tout en se demandant comment il se permettait de lui parler avec autant d'assurance. Comme s'il la croyait vraiment incapable de lui résister. Pourtant, ses dernières affirmations durent l'atteindre plus qu'elle ne l'aurait cru car elle sentit une émotion étrange lui gonfler la poitrine. Presque en même temps, il se mettait à parler d'une voix brusque et chaude, impérieuse et tendre. Décidément, elle devait lutter d'urgence contre la fascination de plus en plus forte qu'il exerçait sur elle.

— Si vous avez besoin d'une maîtresse, déclara-t-elle alors, il vous faudra chercher ailleurs.

— Sauf que je n'ai aucune envie de chercher ailleurs...

Sur cette assertion, il lui saisit la main et, du bout des doigts, commença à tracer des lignes au creux de sa paume. La réponse immédiate que sembla lui renvoyer la main de Jane le fit sourire.

— Voyez-vous avec quelle facilité je parviens à vous toucher ? murmura-t-il. Avec quelle témérité vous m'approchez, de plus en plus, comment j'arrive à vous attirer à moi puis à vous taquiner, ou comment je vous frôle les doigts comme s'ils étaient les cordes d'un luth ?

L'intimité procurée par le contact et la voix de Guy, la comparaison que celui-ci venait d'établir entre lui et un joueur de luth ou elle et un instrument de musique lui procurèrent autant d'excitation que de gêne.

— Vous vous moquez de moi...

Il eut un rire fort à la mesure de sa haute taille. Mais cela ne l'empêcha pas de répondre :

— Ah, Jane, je ne plaisante jamais sur des sujets aussi sérieux...

— Comme vous êtes impatient ! répliqua-t-elle. Mais, même si cette impatience vous rend direct et spontané, elle ne change rien au problème qui nous préoccupe. Ainsi que je vous l'ai déjà dit tout à l'heure, je ne serai pas votre maîtresse. Cherchez ailleurs.

— Pourquoi devrais-je faire cela quand j'ai devant moi la perfection absolue ? Ma chère Jane, vous êtes ce à quoi n'importe quel homme seul et éloigné de chez lui se prend à rêver au tout petit matin. Si, il y a des années de cela, j'avais pu enrichir de votre souvenir le contenu de mon cœur, il m'aurait sûrement nourri de l'espoir dont j'ai tant eu besoin à certains moments.

Jane lui lança un regard sceptique.

— Les mots coulent de votre bouche comme le miel, milord, et cela me rend doublement méfiante. Je ne représente rien à vos yeux. Vous ne me connaissez pas. Nous sommes deux inconnus l'un pour l'autre. Depuis notre rencontre, je n'ai cherché ni à capter votre regard ni à vous plaire en aucune façon. Alors pourquoi agissez-vous ainsi ?

Guy haussa les épaules.

— Pour plusieurs raisons dont certaines que j'ai moi-même du mal à comprendre. En ce qui concerne les plus lisibles, disons que vous avez attiré mon attention, que vous avez excité ma compassion à l'égard de votre situation et m'avez intéressé à vos besoins.

— Et c'est pour cela que vous voudriez faire de moi votre maîtresse..., murmura Jane d'une voix narquoise.

— Oui, Jane. Pour cela et aussi parce que vous demeurez depuis assez de temps dans ma tête pour que j'aie envie de faire évoluer la situation.

Elle eut un rire franchement amusé.

— Eh bien... Si c'est ainsi que vous entendez courtiser la lady sur laquelle vous allez bientôt jeter votre dévolu, permettez-moi de vous dire que vous n'avez aucune chance...

— Non ?

— Non. De toute façon, d'après ce que je connais déjà de vous, je dois dire que je ne serais pas le moins du monde étonnée si vous chargiez la lady en question sur votre épaule comme un vulgaire paquet pour l'enlever. Ni, au cas où elle ne se laisserait toujours pas faire, que vous la couchiez sur vos genoux et lui administriez une correction, histoire de lui apprendre à mieux se soumettre. Et de manière définitive.

Pour une raison ou pour une autre, ces paroles allumèrent dans les yeux de Guy une lueur moqueuse. Ses paupières se plissèrent.

— Faites attention à ce que vous dites, Jane. Vos paroles pourraient me donner des idées... J'ai à l'évidence commis une erreur de jugement sur vous, je le reconnais. Sans doute due à toutes ces années que j'ai passées à guerroyer. Au cours de mon enfance, j'ai à peine vu mes parents. À mes sept ans, ils m'ont envoyé vivre dans une famille de nobles qui résidait dans le Hertfordshire. Là, je suis devenu page et j'ai servi les lords et les ladies du domaine. Mais j'ai aussi appris à me battre. À quatorze ans, j'ai accédé au rang d'écuyer, et à vingt et un, à celui de chevalier. Vous voyez, tant d'années de ma vie ont été consacrées à la conquête que j'ai aujourd'hui beaucoup de choses à apprendre quand se présente à moi la question très délicate de devoir faire la cour à une femme. Sur un champ de bataille, en effet, les occasions de rencontrer des ladies sont rarissimes...

— Dans ce cas, peut-être feriez-vous mieux de chercher une épouse plutôt qu'une maîtresse. Une épouse satisferait en effet mieux vos besoins basiques tout en vous donnant des héritiers.

— C'est tout à fait mon intention.

— Les nobles n'ont-ils pas pour tradition de choisir leur femme avec, entre autres critères de choix, celui de conclure des alliances intéressantes ?

— C'est exact. Or, je suis le dernier de ma lignée et n'ai ni frères, ni sœurs, ni neveux à qui léguer mes biens. Pour cette raison, il va me falloir épouser une femme qui me donnera des fils à qui je pourrai transmettre mon domaine ainsi que mon nom.

— Tâche pour laquelle la fille d'un marchand de tissus ne saurait convenir..., termina-t-elle à sa place avec un rire moqueur. Cela dit, il semble vous avoir échappé que mon futur mari pourrait ne pas prendre très bien le fait que sa femme soit en même temps la maîtresse d'un autre homme... Tout noble soit-il.

Guy considéra fixement Jane.

— Vous n'avez pas envie d'épouser Aniston, je le lis dans vos yeux. Ce n'est pas vous qui dirigez votre vie, n'est-ce pas, douce Jane ?

— Quelle femme peut le faire ?

Guy fit mentalement le point. Jane venait d'aborder un aspect important du problème. La maison dans laquelle elle vivait était une belle demeure, sa famille était unie et tout le monde l'aimait. Mais le prix à payer pour tout cela était que son existence lui échappait. C'était son père, et lui seul, qui faisait la loi. Il commandait et elle devait obéir. Comme presque toutes les jeunes filles dans sa situation.

— Se débarrasser d'Aniston est très faisable, déclara-t-il sans la moindre gêne. Et dans ce cas vous pouvez être sûre que je ne deviendrais pas son double. Quant à lui, il saura se remettre de sa déception.

— Je crains que ce ne soit vous qui soyez déçu, sir, repartit Jane sur un ton sec.

— Vraiment ?

Guy avança d'un nouveau pas dans sa direction en la regardant bien en face.

— Malgré mes efforts, dit-il, je n'arrive pas à comprendre de quoi le ciel a voulu me récompenser en faisant apparaître dans ma vie la plus belle jeune fille qu'ait jamais contemplée mon regard.

Bien qu'elle se sentît bouillir, Jane feignit d'être parfaitement sous contrôle.

— À tout le moins, déclara-t-elle, vous êtes né avec l'art de manier le compliment, sir. Mais, puisqu'il n'est personne ici que vous risquiez d'impressionner, autant garder vos précieuses paroles pour quelqu'un d'autre que moi. Quelqu'un qui aura envie de les écouter...

Comme Guy avançait encore dans sa direction, elle prit conscience que, peu à peu, sa voix se faisait plus douce et plus basse. Ils étaient à présent presque l'un contre l'autre et elle sentit un frisson de velours lui parcourir la colonne vertébrale.

— Êtes-vous bien sûre de me connaître assez pour savoir

qui je cherche à impressionner ? demanda-t-il en s'arrêtant devant elle.

— Je ne désire pas vous connaître, sir.

— Ah, repartit Guy avec, au fond de la voix, une intonation amusée qui n'échappa pas à Jane. Dans ce cas, douce Jane, je garderai mon pauvre jugement pour moi et m'autoriserai juste à m'interroger sur la raison qui a bien pu vous pousser dans une église presque vide quand, à votre place, la plupart des fiancées se prépareraient au mariage et se laisseraient aller à de douces rêveries. Étiez-vous venue y chercher un réconfort divin pour les événements qui vont bientôt advenir dans votre existence ?

— Votre connaissance intime des fiancées m'étonne et m'émerveille..., riposta Jane, caustique. En ce qui me concerne, il se trouve que je me rends souvent à l'église lorsqu'elle est assez tranquille, pour pouvoir y prier en toute sérénité.

— Dans ce cas, la jeune femme que vous êtes et qui aime tant passer son temps à genoux aurait peut-être intérêt à reconsidérer sa vocation et à devenir nonne plutôt qu'épouse.

— Dans mon enfance, on m'a plus d'une fois reproché d'être désobéissante et trop volontaire. À cause de cela, j'ai justement peur de ne jamais pouvoir devenir une nonne comme il faut. En outre, il n'y a rien d'étrange pour une fiancée à se montrer nerveuse à mesure que la date de son mariage approche. La meilleure réponse que je puisse donner à ma nervosité est de l'assumer au mieux. Cela étant dit, chacun sait que le mariage est toujours cause d'une heureuse anticipation...

À mesure que Jane parlait, ses phrases sonnaient de plus en plus faux à ses oreilles. Au point même de la choquer. Pour autant, il n'était pas question de reconnaître, devant Guy St. Edmond, l'étendue de son désespoir. Son avenir ne lui inspirait pas le moindre rêve de bonheur, et bientôt ce serait sûrement encore pire. Néanmoins, jamais elle ne renoncerait à défendre les vestiges de son orgueil bafoué.

Guy arqua un sourcil.

— Ai-je bien entendu « heureuse anticipation » ? Pardonnez mon impertinence, Jane, mais il me semble me rappeler que, la dernière fois que je vous ai vue avec Aniston, il était sur le point de vous agresser. Cet événement participe-t-il à votre *heureuse anticipation* ? Ou commettrais-je une nouvelle erreur de jugement ? Lorsque je vous ai entendue le repousser dans la forêt, peut-être n'aviez-vous pas besoin que l'on se porte à votre secours ? Peut-être auriez-vous apprécié la grossièreté et la rudesse de ses appétits ?

Comme Guy faisait suivre sa déclaration d'un nouveau petit pas en avant, Jane se tendit davantage. Décidément, il était plus que temps pour elle de prendre congé de ce diable. Rien, du reste, ne l'en empêchait ! Si… À l'intérieur d'elle-même, quelque chose la retenait de partir. La présence de Guy à cinquante centimètres lui faisait battre le cœur encore plus vite…

Elle étouffa un soupir tremblé. Que se passait-il en elle ? S'il était un moment où se montrer prudente était plus que jamais de rigueur, c'était bien celui qu'elle était en train de vivre.

Les yeux baissés, elle répondit :

— Encore une fois, ce qui s'est passé hier nous regarde, Richard et moi. Et, si nous avons des différends quant à notre façon d'appréhender certaines situations, nous saurons évoquer le problème pour en venir à bout.

Toute trace de moquerie quitta aussitôt le visage de Guy. Les yeux gris devinrent aussi froids et durs que le granit. Sa colère se remit brusquement à sourdre et ce fut sur un ton glacial qu'il repartit :

— Des différends quant à votre façon d'appréhender certaines situations ? Dites-moi, Jane, Aniston vous a-t-il déjà menacée de coups ? Et, s'il ne l'a pas fait, ne vous êtes-vous jamais sentie en danger face à sa violence ?

La détermination de Jane à rester calme était absolue. Tant pis si l'effort qu'elle devait s'imposer pour y parvenir lui coûtait très cher. Le comportement de Richard dans la forêt l'avait affligée et sa hantise en songeant à ce qu'il lui ferait subir lorsqu'ils seraient mariés était effroyable. Cependant, elle savait ce mariage si important pour son propre père que, devant Guy St. Edmond, elle n'avait d'autre choix que de défendre son futur époux.

Elle haussa les épaules d'un air quelque peu détaché.

— Non. Je pense juste que, dans la forêt, Richard s'est montré trop impatient. Pour lui, quand deux personnes sont fiancées, c'est comme si elles étaient mariées. Et il n'est pas le seul à penser de la sorte.

À peine eut-elle terminé sa phrase qu'elle vit la colère de Guy St. Edmond monter d'un cran.

— C'est malheureusement ce genre de raisonnement qui amène bien des fiancées à être déjà enceintes lorsqu'elles prononcent leurs vœux devant le prêtre. Pour ma part, je trouve, au contraire, que certaines choses valent la peine d'être attendues.

— Le fait de dire cela quelques minutes seulement après avoir annoncé que vous vouliez que je devienne votre maîtresse serait savoureux s'il ne faisait pas de vous un hypocrite, rétorqua Jane, coupante.

Guy eut une petite grimace.

— Cela m'arrive parfois de l'être.

— Quand cela vous arrange.

Sans lui laisser le temps de riposter, Jane enchaîna :

— Hier, vous avez laissé entendre que vous connaissiez Richard. J'aimerais en savoir plus.

— Je fréquentais Lord Lambert. C'était un bon ami à moi. Ensemble, nous avons mené plusieurs batailles. Or, Aniston était écuyer chez lui. Même si lui et moi ne nous sommes jamais rencontrés, je le connaissais donc par ouï-dire.

— Je vois. Mais pourquoi parlez-vous de Lord Lambert au passé ? Que lui est-il arrivé ?

— Il n'a pas survécu longtemps à la mort tragique de Lucy, sa fille bien-aimée.

— Je suis désolée, dit Jane avec sobriété en décidant de ne pas s'aventurer plus loin sur un sujet aussi privé.

Sauf si... Son regard pénétra dans celui de Guy.

— Richard est-il impliqué dans ce qui est arrivé à la fille de Lord Lambert ?

Guy secoua la tête.

— Je ne peux pas dire. Mais vous devez comprendre mon inquiétude.

— Je... tiens vraiment à Richard, déclara Jane en désespoir de cause, mais sur un ton trop hésitant pour être convaincante.

Des larmes, qu'elle repoussa aussitôt, lui montèrent aux yeux. La jeune fille qu'elle était encore aurait voulu courir se réfugier chez elle et se jeter sur son lit en pleurant. Mais elle ne pouvait se comporter ainsi. À l'inverse de sa petite sœur, Blanche, elle n'était pas capable d'éclater de rire ou de fondre en larmes comme bon lui semblait.

— Et, s'il vous plaît, ajouta-t-elle, ne me parlez plus comme vous le faites depuis tout à l'heure car je ne vous écouterai plus.

— Bon sang, Jane, je ne suis pas un monstre ! Préférez-vous vraiment dispenser à ce rustre grossier, à cette brute sans grâce, les douces joies de la vie conjugale que considérer ma demande ? Êtes-vous folle ? Aniston s'apprête à s'approprier ce que je veux, et faire le silence sur le problème ne le rendra pas moins grave. Oubliez-vous qui je suis ? Avec qui vous êtes en train de traiter ? Ne comprenez-vous pas que, comme je suis le lord de ce domaine, aucun homme vivant sur mes terres ne peut marier sa fille sans mon autorisation ? Que j'ai le droit absolu d'interdire votre mariage avec Richard Aniston ?

Jane pâlit tandis que ses yeux s'écarquillaient de désarroi.

— Vous feriez cela ?

— Il est en mon pouvoir d'agir ainsi... À condition que je le désire et le décide.

Furieuse, elle le considéra au fond des yeux.

— Comment pouvez-vous même concevoir de faire quelque chose d'aussi vil ? Vous avez le droit de diriger vos soldats comme vous l'entendez, sir, mais ces manières ne s'appliquent pas à moi... En outre, comme vous le remarquiez tout à l'heure, il vous reste presque tout à apprendre sur l'art de courtiser les femmes.

On n'aurait pu mieux dire, songea Guy en se demandant où était sa place. À Cherriot, les habitants ne ressemblaient en rien aux chevaliers et aux écuyers auprès desquels il avait passé le plus clair de sa vie. Ni à lui-même, qui était aussi un soldat. Son monde s'édifiait sur des principes clairs et simples : le courage était une vertu qui n'avait que deux issues, la vie et la mort. Ce qui en effet ne lui avait guère laissé, au cours de ses pérégrinations, le moindre temps libre pour apprendre l'art de faire la cour. Pour autant, cela ne l'avait jamais dérangé. Depuis Isabel, ne s'était-il pas juré de ne plus jamais ressentir la moindre émotion pour une représentante de la gent féminine ?

Les femmes se sentaient souvent attirées par lui parce que, tout en donnant beaucoup de lui-même, il savait conserver ses distances. C'était sa manière de garder le contrôle sur son existence. Et ainsi qu'il aimait se comporter.

Du moins jusqu'à sa rencontre avec Jane Lovet…

Oui, depuis ce jour, il n'ignorait pas que rien ne pourrait lui apporter plus de satisfaction que de s'unir à cette jeune fille dont le charme et la beauté l'avaient déjà complètement séduit.

— Richard et moi nous marierons, résuma Jane sans faire de concession en passant devant lui, la tête haute. C'est définitif et irrévocable.

À l'évidence, se disait Jane, Guy St. Edmond ignorait que le mariage avait été avancé. Avant qu'il le découvre, elle serait unie à Richard, ce qui mettrait un point final à l'affaire.

— À présent, ajouta-t-elle, excusez-moi, mais je n'ai plus rien à vous dire.

Guy la saisit par le bras.

— Venez, je vous raccompagne chez vous.

— Non, dit-elle en se libérant. Je ne veux pas que l'on nous voie ensemble. Les gens vont gloser, ce qui ne serait souhaitable ni pour vous ni pour moi.

Bien qu'elle n'ait jeté de regard à Guy qu'au moment de

s'éloigner, ni la curieuse lumière qu'elle surprit au fond de ses yeux ni son sourire indéfinissable ne lui échappèrent.

Elle n'avait aucune idée de ce qui se cachait derrière sa réaction, mais un fait était sûr : l'étrange comportement du comte venait de faire monter sa colère au point de tout à fait éclipser sa tristesse.

Si Cédric ou l'un des chevaliers avaient été là pour surprendre ce dernier regard, ils auraient pu dire à Jane qu'il portait le présage de ce qui allait suivre, et leur explication l'aurait rendue encore plus furieuse qu'elle ne l'était. Car c'était le regard qu'avait toujours Guy St. Edmond quand il s'apprêtait à participer à une bataille avec la victoire en seul point de mire, sans que rien ne puisse le décourager.

Guy St. Edmond, ce sensuel arrogant, venait de décider que rien ni personne ne se placerait sur le chemin de son désir.

Dissimulé aux regards derrière un grand if, Richard bouillonnait. Il avait suivi toute la scène sans rien perdre, depuis le moment où Jane et Guy St. Edmond étaient sortis ensemble de l'église jusqu'à leur séparation. Son envie de donner une leçon au lord de Cherriot Vale était immense. Mais à quoi bon prendre des risques ? Dans quelques semaines, après avoir épousé et possédé Jane, il ferait apporter chez St. Edmond un message lui rappelant que cette femme lui appartenait, qu'il l'avait épousée devant Dieu et devant les hommes, que lui seul avait le droit de la toucher comme et quand il lui plairait, et que personne ne pouvait lui contester ce droit.

Inconsciente du regard de Richard qui suivait chacun de ses gestes, Jane s'éloigna de l'église, bousculée par un vaste tourbillon d'émotions. La proposition que lui avait faite le comte de devenir sa maîtresse l'affectait plus qu'elle le lui avait laissé deviner. Se sauvant du naufrage qu'il venait de provoquer, mourant d'envie d'être seule pour pouvoir réfléchir à l'incroyable tour que prenaient les événements, elle se précipita chez elle et fila directement dans sa chambre. Heureusement, elle ne rencontra personne.

Alors qu'elle était assise devant la fenêtre, son calme lui revint graduellement. Pour la première fois de sa vie, elle découvrait qu'elle possédait un pouvoir suffisant pour déranger un homme aussi désagréable mais également, oh, oui..., aussi séduisant que le comte de Sinnington. Bien sûr, la tentation bien naturelle d'utiliser ce pouvoir était grande, mais saurait-elle le faire tourner à son avantage ?

Le comte s'était présenté à elle comme une sorte de planche de salut. Peut-être l'était-il, mais même... En cédant à sa demande, ne se retrouverait-elle pas plongée dans un brasier infernal ? À Cherriot Vale, tous les habitants la considéreraient aussitôt comme une dévergondée, une débauchée. Elle ne pourrait plus fréquenter les autres femmes ni la bonne société. On ne faisait pas impunément fi de la moralité qui régissait la vie du domaine en s'affichant avec un homme qui, de plus, n'appartenait pas au même rang social.

Pour sa part, Richard possédait une personnalité pour le moins contestable, excessivement dominatrice et agressive. Or, Jane connaissait l'agressivité des hommes pour avoir souffert de celle de son père. À cause de lui, elle avait depuis longtemps décidé de ne pas vivre, comme sa mère l'avait fait, sous le joug d'un mari despotique qui l'obligerait à se soumettre sans discuter, d'après d'injustes préceptes selon lesquels un homme devait être le seul maître chez lui, obéi, servi quelles que soient les circonstances, et, si ce n'était pas le cas, avoir le droit de recourir à tout moyen pour y parvenir.

Guy St. Edmond, de son côté, était un guerrier brutal qui avait, à en croire la réputation qui le précédait partout, le sang de milliers de gens sur les mains. En même temps, il était sans aucun doute le plus beau des deux hommes et le plus troublant. Jamais les sensations sauvages que Jane éprouvait en sa présence ne la traversaient lorsqu'elle se trouvait en celle de Richard. Ce dernier ne lui inspirait rien que peur et répulsion. L'espace d'un instant, elle s'autorisa même à se demander ce qu'elle ressentirait si elle donnait libre cours à ses pulsions de désir pour Guy St. Edmond. Le frisson qui parcourut son corps lui apporta immédiatement la réponse qu'elle cherchait. Mais comment admettre que cet homme pût la mener à de tels extrêmes ? Et pourtant, quand elle songeait à la réaction ardente et inexplicable que le lord faisait naître en elle chaque fois qu'elle se trouvait en sa présence et qui, en cet instant même, la perturbait tant, à quoi d'autre qu'au désir aurait-elle pu l'attribuer ?

Quoi qu'il en fût, comment, à présent, supporter l'idée d'épouser Richard Aniston ?

Sa réflexion fut rapide et, quand elle se leva enfin, ce fut avec l'impression de renaître après un douloureux et étrange processus de gestation. Tout doucement, l'idée, qu'elle s'était si difficilement imposée, d'une vie commune avec Richard s'écroulait.

Brusquement, l'image de son père s'imposa à son esprit. Son cœur partit au galop et ses joues devinrent brûlantes. Il ne fallait surtout pas songer à lui ni à la colère qui l'avait saisi le jour où Andrew lui avait annoncé qu'il partait se battre pour défendre la cause des Lancaster. De la même façon, il allait se montrer fou de rage. Et alors ? Ce n'était pas par dévouement pour sa fille qu'il avait arrangé ce mariage avec Richard Aniston mais, tel l'homme dominateur, cruel et manipulateur qu'il était, par dévotion envers lui-même. Un long soupir échappa à Jane. Sa décision était prise. À partir de maintenant, elle serait aux commandes de son destin. Et, malgré sa hantise de devoir se confronter à son père, elle savait que cette décision était la bonne. De toute façon, jamais elle n'aurait supporté de vivre avec un homme comme Richard Aniston.

Afin de ne pas inquiéter ses parents et de disposer d'un minimum de temps pour bien s'imprégner de la décision qu'elle venait de prendre ainsi que des implications qu'elle ne manquerait pas d'avoir sur sa vie future, et parce qu'elle voulait nourrir encore un peu son secret dans son for intérieur, Jane décida d'attendre vingt-quatre heures pour le révéler.

Elle n'avait pas prévu que Richard viendrait lui rendre visite dès le lendemain.

Il se présenta en milieu de matinée. Elle se trouvait seule dans le salon. Après que le domestique eut introduit le visiteur dans la pièce, ce fut avec une confiance tranquille qu'elle le regarda approcher. Pourtant, elle ne fut pas longue à remarquer que quelque chose avait changé en lui et qu'il se comportait de manière plutôt... insolite. Et que ses yeux brillaient d'un éclat inhabituel.

Bien qu'elle sentît ses cheveux se hérisser sur sa nuque, elle s'efforça de demeurer calme. L'instant de la confrontation approchait et, déjà, un sentiment de soulagement naissait en elle à la pensée qu'elle n'épouserait pas cet homme. De son côté, il n'avança pas vers elle. Son visage était blanc et il semblait batailler contre quelque tourment intérieur.

En dépit de la répugnance que lui inspirait son visiteur, le sourire de Jane ne la quitta pas. Elle se savait éblouissante dans son habit vert émeraude au corsage bien ajusté et à la jupe évasée. Encore que, comme d'habitude, tout cela passerait inaperçu pour Richard, qui, de toute façon, paraissait ne s'intéresser qu'à ce que les habits dissimulaient.

Quand elle quitta son siège devant le feu, elle vit que Richard parvenait à peine à maîtriser le regard de folle convoitise qui se posa tour à tour sur ses seins et sur sa taille, mis en valeur par la robe. Mais, se ressaisissant soudain, il se redressa, tandis que dans ses yeux naissait une lueur dure qui chassa celle de convoitise.

— Richard ! s'écria-t-elle. Vous me trouvez seule chez moi aujourd'hui. Mes parents sont partis en visite chez mon oncle et ma tante. Mais je suis contente que vous soyez là. J'ai… quelque chose à vous dire qui ne peut attendre.

— Comme c'est étrange, repartit Richard, tandis qu'une colère subite et terrible faisait rougir son visage blanc. J'ai moi aussi quelque chose à vous dire… espèce de catin !

Jane le fixa, interdite par ce qu'elle venait d'entendre.

— Quoi ?

— Espèce de catin ! répéta-t-il. Inutile de me prendre pour un imbécile !

Déstabilisée par l'insulte, Jane fit un pas en arrière.

— De quoi parlez-vous ?

— Comme si vous ne le saviez pas, répondit son visiteur en lui jetant un regard accusateur. À peine ai-je le dos tourné que je vous retrouve avec quelqu'un d'autre… Sinnington, pour être précis.

Le visage de Richard était maintenant cramoisi. Il approcha et planta ses yeux dans ceux de Jane.

— Je vous ai vue avec lui, hier, derrière l'église. J'ai vu que vous vous étiez pomponnée comme une prostituée pour mieux lui faire les yeux doux et minauder avec vos petits sourires alléchants.

— Moi ? Mais… Je n'ai jamais fait cela ! s'écria-t-elle, à la fois indignée par les mensonges de Richard et choquée par ce qu'impliquaient ses fausses allégations.

— Il a posé les mains sur vous, je l'ai vu de mes propres yeux ! Comme j'ai vu votre réaction de délurée !

Elle le fixa.

— Vous nous avez espionnés alors que la bienséance eût exigé que vous fassiez connaître votre présence. C'est mal, Richard.

— Quoi ? demanda-t-il dans un ricanement. J'aurais osé gâcher votre petit tête-à-tête !

— Il ne s'agit pas de ce que vous pensez.

— Mes yeux m'auraient donc trompé ? riposta-t-il avec hauteur.

— Vous avez vu ce que vous *vouliez* voir. En réalité, le comte était juste venu passer un peu le temps. Je…

Jane s'interrompit et prit une profonde inspiration comme pour se préparer à une bataille.

— Je me suis souvent interrogée sur le fait d'avoir accepté de vous épouser, Richard. Aujourd'hui, je préfère en finir. J'annule notre mariage. Je ne me lierai pas à un homme que je n'aime pas... Un homme dont je sais que je ne pourrai jamais l'aimer. Ma décision de rompre était prise avant que vous n'arriviez. J'ai l'intention d'en parler à mes parents à leur retour. Ensuite, mon père voudra sûrement vous voir en privé.

— C'est donc ainsi que vous voyez les choses, ricana Richard avec dédain. Apparemment, Sinnington vous a bien tourné la tête. Si vous croyez qu'il va vous épouser, détrompez-vous et rappelez-vous plutôt que, s'il fréquente le roi d'Angleterre, ce n'est certainement pas pour épouser la fille d'un misérable marchand d'habits ayant, qui plus est, rallié le camp de son ennemi. Si jamais Sinnington se marie, ce sera avec l'une des plus grandes ladies de la cour royale.

Jane pâlit.

— Vous en avez dit assez. Je pense que vous feriez mieux de vous en aller.

— C'est ce que j'allais faire. Pensez-vous vraiment que je veuille rester près d'une femme dont les mains se sont posées sur Sinnington ? Il vous a dit qu'il vous aimait, c'est cela ? Et vous avez été assez sotte pour le croire ? Ha !

Il pouffa en la chargeant d'un regard insultant avant de poursuivre :

— Ou alors il vous *aime* comme il aime toutes les femmes qu'il met dans son lit. Et elles se comptent par centaines ! Très vite, il vous quittera pour un nouveau joli minois. Et que se passera-t-il, alors ? Eh bien, je peux vous le dire : le soir même, il vous aura oubliée !

Jane était à présent hors d'elle.

— Comment osez-vous ? Comment osez-vous insinuer que...

— J'ose, Jane, gronda Richard d'un air sauvage tout en s'approchant d'elle sans cesser de la menacer du même regard mauvais. Oh ! oui, j'ose car, après tout, ne deviez-vous pas devenir ma femme ? Sinnington va vous mettre dans son lit et, quand vous aurez satisfait ses besoins, il vous passera à l'un de ses soldats, comme il le fait avec toutes ses catins. Les hommes de son espèce n'épousent pas leurs catins. Et quand vous en serez arrivée là, alors, par le ciel, je vous jure que je vous ferai payer ce que vous me faites en ce moment. Je vous retrouverai quand vous aurez le dos au mur et qu'il ne vous restera qu'une personne vers qui vous tourner : moi.

Sa menace déclencha en Jane un long frémissement glacé. Elle commença à trembler de peur tandis que son cœur se mettait à cogner sourdement. Les gestes de Richard avaient pris un aspect intimidant qu'elle détesta car ils s'apparentaient à de la prédation. Elle recula d'un pas, soucieuse de créer plus d'espace entre eux. Mais il avança aussitôt tandis qu'au sol son ombre le précédait, menaçante.

Jane serra les poings. Il ne fallait à aucun prix laisser voir à Richard qu'elle avait peur. Autrement, c'était la meilleure façon de l'inciter à aller encore plus loin.

À plusieurs reprises, la lubricité de cet homme l'avait inquiétée et fait souffrir. Mais sa violence était un aspect de sa personnalité qu'elle découvrait seulement aujourd'hui... et à laquelle elle ne voulait plus jamais être confrontée. Ce fut ce qu'elle se dit en songeant, avec une terreur rétrospective, qu'en l'épousant elle n'aurait peut-être pas survécu à ses assauts.

— Vous m'avez ridiculisé, siffla Richard entre ses dents tout en s'approchant d'elle, le visage déformé par la colère. Vous pouvez d'ailleurs vous féliciter d'être la première à y être parvenue. Et la dernière... Méfiez-vous, Jane, vous vous êtes peut-être laissé aveugler par Sinnington, mais, si vous devenez sa catin, ce sera votre famille qui paiera les pots cassés. Car vous aurez déshonoré à la fois votre maison et votre nom. Pensez-y quand vous serez couchée près de lui !

Outragée par les accusations et les insultes de Richard, Jane détourna la tête et les yeux. Qu'il fût en colère était compréhensible, mais le ton et les mots qu'il employait étaient inacceptables. En tout état de cause, comment pouvait-il imaginer un seul instant qu'une attitude pareille pourrait la faire changer d'avis ? Elle avait grandi en sachant à quoi ressemblerait sa vie d'adulte et — mis à part le fait que le choix de son mari dût revenir à son père — en avait accepté le principe. Pour autant, elle était la fille d'un homme d'affaires qui l'avait emmenée sur les marchés de Londres où la valeur d'un commerçant se mesurait par rapport à la quantité de commérages qu'il suscitait. Et, depuis, elle savait avec quelle facilité le scandale détruisait tous ceux auxquels il s'attaquait.

Heureusement, dans la mesure où elle n'avait pas l'intention de céder aux exigences de Guy St. Edmond, la honte, au moins, ne serait pas au rendez-vous. La gorge serrée, elle redressa la tête avec, au fond du regard, l'éclat étincelant de la colère qu'elle s'efforçait de contenir.

— Vous vous trompez, Richard. L'idée de devenir la maîtresse du comte de Sinnington m'est totalement étrangère. À présent, je n'ai plus rien à ajouter, sauf que je suis désolée que les choses aient tourné de cette façon.

— « Désolée » ! Vous êtes *désolée* ?

— Oui... Oui. Jamais je n'ai voulu vous blesser. Simplement, après avoir longuement réfléchi, j'ai pris ma décision en toute connaissance de cause. Et maintenant, conclut-elle avec calme mais fermeté, je répète que vous devriez vous en aller.

À sa grande surprise, au lieu de se lancer dans la longue diatribe qu'elle redoutait, Richard tourna les talons et partit. Tout en restant sous le choc de cet esclandre imprévu, Jane se sentit profondément soulagée qu'il fût enfin terminé, et tranquillisée de pouvoir considérer son avenir avec la certitude que Richard n'en ferait pas partie.

Le cœur empli d'appréhension, Jane attendit ensuite le retour de ses parents sans se faire d'illusion sur le fait que son père allait condamner en bloc son attitude.

Ils rentrèrent plus tard que prévu alors qu'elle se promenait dans la partie du jardin qu'elle préférait, à l'endroit où la rivière dessinait de jolis méandres à travers les arbres.

Sa mère lui jeta un regard anxieux en la rejoignant et l'attira sur le banc qui se trouvait à côté d'elle.

— Que se passe-t-il, mère ? demanda Jane. Ne vous sentez-vous pas bien ? Vous êtes si pâle !

— Nous... Ton père et moi... venons de rencontrer Richard. Il nous a raconté qu'il t'avait rendu une visite au cours de laquelle tu lui avais fait part de ta décision de rompre vos fiançailles. Il a dit que tu ne voulais plus l'épouser ! Dis-moi que ce n'est pas vrai, Jane ! Qu'il s'agit d'une erreur !

Jane baissa la tête quelques instants avant de la relever et de regarder sa mère dans les yeux, se trouvant incapable de lui dissimuler la vérité.

— C'est vrai, mère, j'ai changé d'avis. Je ne peux pas. Pardonnez-moi, mais il m'est impossible d'épouser Richard. Je refuse de me dévouer à un homme que je ne peux estimer.

— Mais... Cela n'a aucun sens ! Tout est prêt pour tes fiançailles ! Ton père l'a... très mal pris, il est... extrêmement en colère. La période actuelle n'est pas bonne. Les affaires vont mal. En... En fait, elles ne pourraient guère être plus mauvaises.

— Je sais, mère, et j'en suis désolée. Sincèrement désolée. Je suis aussi consciente que ma décision va vous faire tous les deux souffrir, mais je ne puis épouser cet homme.

— Les conséquences de ta décision vont être rapides et irrévocables, poursuivit Margaret sur un ton plus calme. John Aniston va très vite devoir prendre ses distances vis-à-vis de ton père. À cause de cela, ton père va devoir supporter l'hostilité des autres membres de la guilde. Au cours des réunions, ceux-ci vont le regarder de travers, et tu imagines aisément combien vont l'affecter les coups d'œil interrogateurs et curieux dont ils vont l'accabler, voire leurs airs stupidement amusés, comme si ses malheurs n'étaient qu'une façon comme une autre de nourrir leurs ragots, eux qui sont si avides de la misère des autres...

— J'espère honnêtement qu'il n'en ira pas ainsi, répondit Jane dans l'espoir d'apaiser un peu l'anxiété de sa mère.

Margaret laissa échapper un soupir terrible.

— Bientôt, tout le monde saura que la ruine de ton père est inévitable. Pour ma part, je ne vois qu'un miracle pour nous sauver de notre présente infortune.

Un nœud se forma dans la gorge de Jane, si serré qu'elle eut l'impression qu'elle ne pourrait plus jamais respirer de manière normale. Ses yeux, qui, un moment plus tôt, étaient encore secs, se mirent à la piquer douloureusement.

— Je vois à quel point tout cela vous perturbe, mère, dit-elle d'une voix calme malgré son affliction et son désir urgent de trouver une bribe d'espoir pour adoucir un avenir qui s'annonçait pénible. J'aimerais vraiment pouvoir vous aider afin d'inverser l'ordre des choses.

Comme son père pénétrait dans le jardin, elle l'aperçut du coin des yeux et se tourna bravement vers lui. Lèvres serrées et regard rageur, il les rejoignit toutes les deux.

Pendant la demi-heure qui suivit, Jane dut subir ses accusations, supporter la véhémence de ses reproches et l'entendre répéter à l'envi qu'elle était misérable, ingrate et folle.

Le soupir qu'elle délivra quand il fut parti était à la mesure de son soulagement. À aucun moment son père n'avait manifesté d'inquiétude pour l'avenir de sa fille, son bien-être ou son bonheur. Mais aurait-elle pu attendre autre chose de sa part ?

Ce fut juste après cette dure journée que le pire advint.

Richard alla raconter partout que c'était lui qui avait annulé ses fiançailles avec Jane après qu'elle avait attiré sur elle l'attention du comte de Sinnington et qu'il l'avait mise dans son lit.

Quand la nouvelle parvint à la maison Lovet, Jane ne put, cette fois, contenir son émoi. Elle versa des torrents de larmes, qui roulèrent le long de ses joues tandis qu'elle tentait de soutenir le regard de sa mère. Les deux femmes se trouvaient seules dans la chambre de Jane.

— Comment a-t-il pu oser raconter de telles ignominies et me diffamer de la sorte ? s'écria-t-elle entre deux sanglots.

Comme il vous l'a dit lui-même, c'est moi qui ai refusé de me fiancer avec lui ! Et la raison de ce refus est très simple : je ne puis supporter cet homme.

Ses épaules étaient encore secouées par les pleurs quand elle ajouta :

— À quoi rime une telle accusation ? Quelle raison peut la justifier ?

Avant de parvenir aux oreilles de Simon Lovet, la nouvelle avait eu le temps de se répandre dans Cherriot Vale et même au-delà. Après avoir déversé sa colère sur sa fille, Simon sombra dans une sorte de stupeur hébétée qui fit craindre le pire à Jane. Elle pensa alors qu'il allait être victime d'une attaque. Il demeurait tétanisé, le regard absolument vide et fixe tandis que ses lèvres soudées ne laissaient plus passer le moindre mot. Bien que Jane niât de manière catégorique les racontars de Richard et rappelât qu'il avait lui-même déclaré que c'était elle qui avait rompu, Simon gardait les traits tendus ainsi qu'un regard froid et accusateur. À l'évidence, il était convaincu que la rumeur contenait quelque vérité et qu'il ne faudrait pas longtemps pour que tout le monde traitât sa fille de débauchée et de catin.

Tout cela faisait tant souffrir Jane qu'elle avait l'impression d'avoir été entraînée par un raz-de-marée qui ne lui laisserait aucun moyen de réchapper de la noyade. Puis, alors que ses pensées se tournaient toutes seules vers Guy St. Edmond, elle se retrouva dans la situation plutôt vexante de se demander comment il allait réagir à l'accusation de Richard et jusqu'où irait sa fureur. Quoi qu'il en fût, le moment où elle devrait l'affronter serait, à n'en pas douter, particulièrement pénible. Maintenant qu'elle le connaissait mieux, elle se doutait qu'il ne manifesterait à son égard que mépris et dédain.

Jane ne s'était pas trompée. L'homme qui arriva quelques heures plus tard à la maison Lovet, et dont la haute silhouette vêtue de noir traversa le hall, n'avait plus grand-chose à voir avec le comte très empressé, peut-être un peu amoureux, qu'elle avait rencontré à l'église seulement cinq jours plus tôt.

Ce fut cet étranger distant et glacial qui lui accorda à peine un rapide coup d'œil juste avant de se diriger vers Simon Lovet et de lui accorder toute son attention.

4

Lorsque la rumeur avait atteint Guy, une colère terrible, la plus forte qu'il eût jamais éprouvée, s'était emparée de lui. En apprenant ce dont on l'accusait, il avait eu l'impression de voir parader sous ses yeux une sorcière dotée d'un visage d'ange qui avait éclaté du même rire délicieux qu'elle avait eu dans le sous-bois. À cause de son envie folle de faire de Jane sa maîtresse, il était tombé dans un horrible piège.

De son côté, après avoir fait tout le mal qu'il pouvait, Aniston avait disparu. Ce qui valait aussi bien car si Guy avait pu lui poser la main dessus, cela aurait été avec une grande joie qu'il lui aurait tranché la gorge. Oui, sur le coup, sa rage n'aurait pas connu de bornes et il aurait été capable de faire n'importe quoi. Mais à présent sa fureur s'était transformée en un calme… non moins dangereux.

Son regard s'arrêta sur Master Lovet.

— Vous connaissez la raison de ma venue, dit-il froidement.

— En effet, milord, répondit avec raideur Simon, tout en se disant qu'en s'y prenant bien il pourrait tirer son épingle du jeu.

Le premier choc passé, Simon Lovet avait en effet reconsidéré tout ce qui était advenu et avait réalisé qu'il eût été bien stupide de ne pas en profiter pour tourner la situation à son avantage. Le comte de Sinnington était un homme à la fois riche et titré. À dire vrai, c'était même l'un des hommes les plus puissants du pays. Et après tout, pensait Simon, le rôle de comtesse de Sinnington conviendrait parfaitement à Jane. Bien mieux que celui d'épouse du fils d'un marchand de tissu. Néanmoins, mieux valait ne pas perdre de vue que le comte de Sinnington était aussi un homme fier et orgueilleux, un guerrier qui avait gagné la confiance du roi. À ce titre, il aurait par conséquent été à la fois malvenu et imprudent de remettre en question son honneur ou sa probité.

— Cependant, reprit Simon, vous auriez pu vous épargner le désagrément d'une visite. Il était de toute façon dans mon intention de passer vous voir en votre château.

Guy eut un geste vif de la main tout en ripostant sur un ton sec :

— Je vous aurai donc évité de devoir le faire.

— Pouvons-nous vous offrir un rafraîchissement ?

— Non, merci. Je ne suis pas venu pour tenir une aimable conversation.

Tout en parlant, Guy avait posé sur Jane un regard intense.

Entourée par ses deux parents, celle-ci avait l'impression d'être une gamine et se sentait percluse de honte. Pourtant, chaque fois que le regard fier de Guy se portait sur elle, un étrange plaisir, fort et dérangeant, se répandait au fond de son ventre. Au moment où elle avait revu son visage, elle avait su qu'elle était de nouveau victime de la satanique séduction du lord. Donnant l'impression qu'il voyait à travers elle, il la considérait d'un air dur, de la même façon que celle dont il devait jauger ses hommes. Oui, il la testait, et elle le comprit tout de suite. Ses yeux la transperçaient tel l'acier d'une épée.

Il lui fallut recourir à tout le courage qu'elle possédait pour soutenir ce regard glacial. Pas de tendresse sur le visage du comte. Comme si, pour lui, tout était décidé d'avance. Comme si pas plus que les autres elle ne pouvait se permettre de garder le moindre secret pour lui.

Plus que jamais il ressemblait à un conquérant, et sa confiance en lui paraissait ne pas connaître de bornes. Jane en fut très effrayée, surtout au moment où il darda le regard dans le sien et se mit lentement à le fouiller. L'éclat de ce regard la surprit. Comment avait-elle pu l'oublier ? D'une inexplicable manière, il possédait le pouvoir de lui vider l'esprit de toute pensée.

Soutenir l'extraordinaire regard gris... Ce fut tout ce qu'elle parvint à faire pour affronter le défi silencieux que Guy lui lançait et ne pas courir chercher refuge dans la solitude de sa chambre.

— Ma femme et moi sommes bien conscients que la situation requiert que nous apportions tout notre soutien à notre fille, reprit Simon, dont l'expression peinait maintenant à dissimuler l'hypocrisie.

Ses yeux s'étaient plissés, ses lèvres s'étiraient en un petit sourire. Il semblait prêt à bondir.

— Elle nous a raconté ce qui se dit à présent à Cherriot Vale depuis que vous vous êtes vus tous les deux : comment vous aviez eu l'intention de la déshonorer en faisant d'elle votre maîtresse et comment elle avait rompu ses fiançailles avec Master Aniston. Puis la façon dont celui-ci avait retourné la situation pour faire peser toutes les charges sur elle... et sur vous. Je n'apprécie guère les comportements primaires, sir, surtout quand ils menacent la stabilité de ma famille.

Guy arqua un sourcil moqueur.

— *Comportement primaire*... J'espère sincèrement que, dans votre bouche, cette remarque concerne Aniston, Master Lovet.

— Pardonnez ma hardiesse, mais, pour moi, l'accusation peut concerner tout homme approchant une jeune fille non mariée dans l'intention de la séduire. J'attendais mieux de vous, milord. Votre attitude a été celle d'un jeune écervelé et non celle d'un émérite chevalier du royaume.

— Je suis tout à fait d'accord. Et, pour ce que cela peut valoir, je regrette ma conduite. J'aurais dû vous consulter d'abord sur le sujet.

— En effet... Même si, en tant que père, j'aurais repoussé votre requête de manière pure et simple. À présent, vu la façon dont Richard a répandu sa rumeur à Cherriot Vale, tout le domaine méprise ma fille pour un acte répréhensible qu'elle n'a pas commis. Aux yeux de tous, elle s'est rendue coupable de l'impardonnable : s'être donnée à un homme qui n'est pas son mari. J'évolue dans le respect d'un certain code moral, sir. Or, vous l'avez réduit en miettes en exposant Jane au scandale.

— Si certaines personnes se croient autorisées à crier au scandale parce qu'une femme discute avec un homme à l'extérieur de l'église, alors elles doivent aller se faire examiner par un médecin, repartit Guy avec froideur.

— Pas quand la jeune lady en question se trouve être ma fille. À cause de votre acte, vous l'avez compromise. Avec toutes les conséquences ultérieures que cela comporte...

À ces mots, Guy ne put conserver son attitude jusque-là relativement réservée. Abandonnant son air nonchalant, il avança d'un pas et rugit :

— J'ai fait *quoi* ?

— Vous avez tenté de séduire une jeune personne issue d'une famille décente et respectable à la sortie d'une église.

— Je n'ai rien fait de tel. Jane a parlé avec moi de son plein gré. N'est-ce pas le cas ? demanda-t-il avec force en tournant la tête vers la jeune fille tout en préférant oublier qu'il avait, en effet, essayé de la séduire...

Avant d'arriver à la maison Lovet, la pensée du tort que les ragots allaient causer à Jane ne l'avait guère traversé. Aussi n'avait-il préparé ni explications ni justifications pour essayer de se défendre auprès de Master Lovet. Du reste, comment l'aurait-il pu ?

Cette affaire navrante le ramenait néanmoins à sa propre insensibilité quant à la manière dont il avait traité la gentille et belle Jane.

— Ma fille avait bon espoir de réaliser un joli mariage, exposa Simon avec fureur. Or, à cause de cette affaire, sa réputation est détruite. En quelques instants, elle est devenue une paria au sein même de sa communauté.

Le visage de marbre, Guy répondit avec franchise :

— Vous savez, Master Lovet, je trouve quand même stupéfiant qu'à part une poignée d'amis, plus vous et votre fille, presque tous les gens qui m'approchent sans me connaître aient peur de moi. Devant cet état de fait, je puis seulement conjecturer que la vaillance, ou appelons cela une forme de témérité, s'est transmise de père en fille. Que voulez-vous exactement de moi ?

Apparemment sûr de savoir comment abattre ses cartes, Simon se mit à le fixer, le regard luisant d'excitation.

— Il est possible que vous n'appréciiez pas la suggestion que je vais vous faire. Pour être honnête, je ne suis moi-même pas très à l'aise avec cette proposition. Cependant, aucun autre moyen ne me semble à même d'arrêter la rumeur épouvantable qui va presque sûrement ruiner la réputation de ma fille. Comme vous le savez, il existe de multiples façons invisibles de persécuter quelqu'un. Les suppositions hasardeuses et autres hypothèses du même acabit, les ragots et les insinuations perfides peuvent tout aussi bien détruire une vie en lui infligeant des dégâts définitifs. À cause de tout cela, je m'estime en droit de vous demander réparation de toute manière imaginable. Parmi elles, une seule me semble susceptible de protéger Jane et de lui éviter de devoir entrer au couvent pour y demeurer jusqu'à la fin de ses jours.

— Laquelle est-ce ?

— Le mariage. Oui, un mariage entre elle et vous serait un excellent compromis.

La réponse de son interlocuteur ne prit pas Guy au dépourvu. Pendant un certain temps, cette idée l'avait lui-même traversé... avant qu'il ne la rejette dans l'espoir de trouver une solution mieux à même de résoudre le problème. Les traits tendus, sa colère sous contrôle, il considéra longuement Simon, tourna ensuite les yeux vers Jane, avant de fixer à nouveau son père.

— C'est une suggestion bien audacieuse que vous faites là, Master Lovet. De plus, si j'épousais Jane, cela ne servirait qu'à accréditer encore plus largement, dans Cherriot Vale, les rumeurs que vous estimez si dommageables pour elle.

Poussée au-delà des limites de la raison par ce que venait de dire son père, sachant qu'il était assez calculateur pour travailler à faire basculer la situation à son avantage et honteuse jusqu'au plus profond d'elle-même de ses spéculations, Jane avança, le corps raide, les poings serrés. Son père se souciait donc si peu d'elle qu'il défendait l'idée qu'elle épouse l'homme qui, selon toute vraisemblance, était responsable de la mort de son propre fils ! Et cela dans le simple but de servir ses intérêts, d'améliorer sa situation financière au-delà du possible, sans tenir compte d'aucun autre critère.

— Non ! parvint-elle à crier malgré sa gorge nouée.

Décidément, tout se déroulait de manière pire, bien pire que ce qu'elle avait craint.

Posant les yeux sur Guy, elle ajouta :

— Je vous en prie, croyez-moi, je ne savais rien de tout cela. L'idée d'un mariage entre nous est grotesque. Je ne veux pas vous épouser.

Elle vit alors le visage de Guy se transformer en un véritable masque de cynisme.

— Vous avez tout à fait raison, repartit-il sur un ton sarcastique. Cette idée est parfaitement grotesque.

Jane perçut l'insulte dans sa remarque énoncée de manière doucereuse, et faillit s'étrangler de chagrin. Rassemblant toutes ses forces, elle ajouta :

— Il est de plus impensable que je puisse ne serait-ce que considérer l'éventualité d'épouser l'homme sur la décision duquel mon frère a été privé de la vie. Je préférerais encore me perdre aux yeux de tous que de consentir à devenir votre femme.

— Jane, dit alors sa mère en prenant la parole pour la première fois, nous n'avons ni trace ni preuve de la manière dont Andrew est mort. Et je pense que ce n'est pas le moment d'en parler.

Simon acquiesça de la tête.

— Ta mère a raison. Le moment est mal choisi pour aborder le sujet, et il est vrai que les rapports de l'époque concernant la disparition de ton frère prêtaient à confusion.

Jane resta sans voix, stupéfaite par la mauvaise foi de ses parents. Si ce n'était pas le moment de parler de l'assassin indirect d'Andrew, quand le serait-ce ? Comment ses parents pouvaient-ils insister pour qu'elle se marie avec le meurtrier — même présumé — de leur fils ?

— Je ne peux épouser l'homme dont les mains sont sans doute entachées du sang d'Andrew, décréta-t-elle, intraitable.

Le regard que Guy posa sur elle fut dur, et l'étrange sourire qu'il émit fit apparaître une rangée de dents très blanches qui contrastaient avec sa peau basanée.

— Je suis content que nous soyons d'accord, Jane, déclara-t-il. Cela dit, vous devriez tenir compte de ce que dit votre mère. À mon avis, ce n'est en effet pas le moment de parler de votre frère. Pour ma part, j'ai toujours su que, le jour où je déciderais de me marier, ce serait de la façon dont je l'entendrais, avec la femme de mon choix, et non pour des raisons diverses n'ayant rien à voir avec moi.

— Vous n'avez donc pas l'intention de réparer les torts que vous avez fait subir à ma fille..., constata Simon Lovet avec froideur.

Guy posa un long regard sévère sur Simon. Au cours de son existence, il avait toujours effectué ses choix librement. Et aujourd'hui, même s'il désirait ardemment apaiser ses appétits en compagnie de Jane Lovet, il ne pouvait pour autant accepter sans réagir de se soumettre à la volonté de ce trop ambitieux marchand de tissus.

— Non, répondit aussitôt Jane à sa place, son petit menton relevé et les épaules rejetées en arrière en manière de défi.

Tournant les yeux vers Guy, elle ajouta :

— Je comprends votre réticence à m'épouser, sir. De la même façon que je souhaite que l'on comprenne la mienne.

— Fais silence, Jane, ordonna son père avec un calme glacial avant de décocher une fois de plus un regard totalement déterminé à Guy. Et j'apprécierais que vous vous adressiez à ma fille avec davantage de respect, sir, lui lança-t-il.

Guy autorisa un faible sourire à accompagner ses excuses.

— Après tant d'années passées à guerroyer, je crains de devoir redécouvrir l'art de la galanterie.

— Je gage en effet, reprit Jane sans se départir de son regard fier, que l'on ne devait pas souvent se pencher sur le problème à l'intérieur de vos campements.

D'un coup d'œil cinglant, son père l'intima une nouvelle fois au silence.

— Vous avez parfaitement raison, Mistress Lovet, répondit Guy. Les ladies qui infiltraient les rangs de nos campements n'étaient pas de celles dont vous auriez envisagé de faire la connaissance.

Piquée par la réplique, Jane le regarda bien en face.

— Vous n'êtes pas irréprochable dans cette affaire, vous savez. C'est vous qui êtes venu me chercher tandis que, de mon côté, je n'avais rien demandé et n'ai jamais agi de manière susceptible de vous encourager. J'ai ensuite immédiatement refusé le marché que vous me proposiez. Pourtant, à cause de cette discussion, tout le monde me méprise aujourd'hui. À présent, allez-vous oser me dire que j'ai eu tort de vous repousser ?

Guy resta tout d'abord sans voix. Le raisonnement de Jane était juste. L'indéniable vérité que contenait son accusation le frappa même avec plus de force qu'il n'aurait voulu l'admettre. En même temps, parce qu'elle n'aurait plus à partager son existence avec Aniston, Guy se sentait un peu moins coupable. Car, auprès d'Aniston, sa vie aurait *de toute façon* été un insupportable fardeau.

Soudain lui revinrent en mémoire les souvenirs de ses entraînements militaires et la façon dont ses supérieurs avaient toujours cherché à partager leur savoir en donnant eux-mêmes l'exemple plutôt qu'en fournissant des explications verbales. C'était notamment de cette manière qu'ils lui avaient montré la véritable signification du devoir et de l'honneur, et qu'il avait pu, au cours de sa carrière, mettre maintes fois ces deux valeurs en pratique. Sauf, il le réalisait soudain, avec les femmes qui avaient, dans le passé, partagé sa couche. Maintenant, compte tenu de la situation dans laquelle Jane se trouvait par sa faute, il devait corriger son comportement ! Oui, en proposant à la jeune fille de devenir sa maîtresse, il lui avait causé un tort considérable et n'avait à présent plus d'autre choix que celui de l'arracher aux souffrances qui en découlaient. Sinon, les gens de Cherriot Vale la considéreraient à jamais comme une femme déchue, fautive — alors qu'elle était la première victime de cette lamentable affaire —, et elle passerait le reste de sa vie à payer une dette dont elle n'était en aucun cas redevable.

Ce seul fait, ajouté à sa certitude que Jane serait pour lui une parfaite compagne de lit, achevèrent de le décider. En un instant, la situation bascula, et à partir de là, tout alla très vite.

— Non, déclara-t-il en réponse à la question de Jane, vous avez eu raison de me repousser, et je vous prie d'accepter mes excuses pour la détresse que je vous ai causée, à vous et à votre famille. Afin de réparer mes torts, j'accepte que nous nous mariions. Si c'est vraiment le meilleur moyen d'arranger les choses.

— Non ! s'écria Jane, révoltée. Je ne vous épouserai pas ! Je refuse !

Son père lui jeta un regard menaçant.

— Je te prie de te contrôler, ma fille. Tu es par trop impertinente, à la fin. Tu ferais mieux de surveiller tes manières. En acceptant de faire de toi sa femme, le lord emprunte la voie la plus honorable, et je lui donne mon accord. Point final. Tu épouseras le comte de Sinnington pour que toute cette affaire retombe aussi vite que possible.

Jane comprit, désespérée, qu'elle avait perdu la bataille. Il allait falloir plier. Son cœur battait la chamade. Elle aurait voulu crier et se débattre, mais à quoi bon ? Son père, c'était évident, demeurerait inflexible.

Guy tourna son regard glacial vers Simon Lovet.

— Et, bien sûr, vous allez vouloir que les fiançailles soient célébrées le plus rapidement possible...

— Oui, confirma celui-ci avec un grand calme apparent.

Jane vit un petit muscle battre sur la tempe de Guy, qui se garda pourtant de laisser exploser sa colère contre Simon, même lorsque celui-ci demanda à Margaret et à Jane de les laisser seuls afin qu'ils puissent échanger quelques mots en privé.

Sans un mot, Jane tourna alors les talons et se dirigea vers la porte, sa mère dans son sillage.

Lorsque les deux femmes se retrouvèrent seules, et bien qu'elle sût que cela ne servirait à rien, Jane ne put s'empêcher de demander :

— Pourquoi père se comporte-t-il ainsi ? Tout se répète exactement comme avec Richard. Au point que je commence presque à regretter d'avoir annulé mes fiançailles avec lui.

Margaret hocha la tête.

— Tu me vois désolée de tout cela, Jane. Mais au moins, maintenant, la situation est arrangée. Quant à l'insistance de ton père pour que le comte agisse comme il le devait, elle est facile à comprendre. Ce qui s'est passé était en train de devenir un sujet de plaisanterie dans la vallée, et ton père, la risée de tous. Grâce à ton sacrifice pour sauver l'honneur de la famille, ton père est devenu ton débiteur. Tu es la fierté du nom Lovet.

Jane se demanda si elle avait bien entendu et si sa mère n'avait pas mis une certaine emphase sur le mot « sacrifice ». De nouveau, oui, elle était sacrifiée. Pour Richard... Pour Guy... Son cœur se tordit de douleur et d'amertume. Mais il était vrai que jamais son père n'aurait pu reprendre espoir si elle avait refusé d'épouser Guy St. Edmond. L'importance que revêtait cette union était donc indéniable.

Jane considéra sa mère en déglutissant avec difficulté et fut incapable d'empêcher sa voix de trembler quand elle conclut :

— Vous avez raison, il n'existe pour moi d'autre choix que celui d'épouser le comte. Je ferai donc mon devoir pour aider notre famille à sortir de ce marasme. Comment pourrais-je, en effet, autoriser qu'elle devienne indigente alors qu'il est en mon pouvoir d'arranger les choses ?

Sa mère la serra avec solennité dans ses bras et l'embrassa sur les deux joues.

— Merci, Jane. Que Dieu te bénisse. Je sais que tu as toujours songé à nous.

Jane baissa la tête. Sa mère ne se trompait pas. Elle pensait à sa famille. Mais, dans le cas présent, elle pensait surtout à elle…

Avant de partir, Guy St. Edmond demanda à parler à Jane en privé. On la fit quérir. Juste avant qu'elle n'arrive, Simon quitta le salon pour la laisser seule avec le lord. Il lui jeta un coup d'œil lorsqu'ils se croisèrent mais, sans le lui rendre, Jane pénétra dans la pièce et referma la porte derrière elle.

Quand elle entra, le comte de Sinnington ne vint pas vers elle. Une certaine distance les séparait donc, mais son regard ne lui apparaissait pas moins puissant pour autant. Celui que Jane lui retourna fut aussi hardi que le sien. Il avait les traits tirés, ses mâchoires étaient crispées et elle se trouvait tout de même assez près de lui pour sentir les courants contraires qui le traversaient. De la colère semblait aussi transpirer par tous les pores de sa peau, et cette colère était dirigée contre elle.

À l'évidence, il ne souhaitait pas plus l'épouser maintenant qu'il ne le souhaitait quand il lui avait proposé de devenir sa maîtresse. C'était seulement pour se montrer chevaleresque qu'il avait accédé aux sollicitations répétées de Simon. Malgré cela et même s'il se contentait de la sauver d'un scandale dont il était en grande partie responsable, elle était stupéfaite qu'il agît ainsi.

Dans un regard évaluateur, Guy fit glisser ses yeux le long des courbes délicieuses du corps de la jeune fille, depuis la naissance de son cou jusqu'à la discrète plénitude de ses hanches. L'extrême féminité de Jane fit aussitôt naître en lui un désir fou. Son sexe se durcit. Mais Jane était si innocente... Or, cette innocence était pour lui quelque chose de nouveau. Face à elle, il se sentait propre et entier. En même temps, l'innocence de Jane, qui allait de pair avec sa vulnérabilité, était une force contre laquelle il ne possédait aucune arme et ne savait pas se défendre. Oui, pour une fois, son talent dans le maniement de l'épée et la pratique des combats ne lui servait à rien. Par le diable, Jane possédait des connaissances qui lui étaient totalement étrangères et sur lesquelles il n'avait aucune prise. Tout cela provoquait en lui une sensation qui — chose rare — le déconcertait.

— Eh bien, milord, dit Jane avec froideur, êtes-vous vraiment obligé de m'inspecter ainsi que vous le feriez d'une pouliche en vente au marché ?

Elle marqua une légère pause au cours de laquelle elle l'observa avant de reprendre :

— Au moins, à en croire le désir qui se lit dans vos yeux, vous aimez ce que vous voyez.

— Oui, répondit Guy sans dissimulation. En ce qui concerne votre hostilité, en revanche, sachez que je peux très bien m'en passer.

Jane le foudroya du regard.

— Fussé-je un homme que je ne prendrais pas ce petit sourire satisfait, rétorqua-t-elle froidement.

Il haussa un sourcil.

— Fussiez-vous un homme que vous ne vous trouveriez pas dans cette situation.

— Non, admit-elle en détournant les yeux.

— Les choses sont maintenant arrêtées, Jane. Alors, autant que vous l'acceptiez : nous allons nous marier.

— Cela m'en a tout l'air. Mais je n'aime la force en aucune manière. J'en ai même horreur. Malheureusement, il n'est pas en mon pouvoir de dévier le cours des choses. Pour votre part, vous avez d'abord été furieux que mon père ait eu vent de la proposition que vous m'aviez faite de devenir votre maîtresse. À présent, vous l'êtes encore plus de devoir payer les pots cassés de cette situation que vous avez engendrée sans pourtant jamais vous demander ce qu'elle *me* coûterait.

Guy serra les poings.

— Je vous conseillerais de faire attention à ce que vous dites, Jane. Rien ne m'obligeait à venir ici aujourd'hui. C'est votre réputation qui a été mise en morceaux, pas la mienne, qui, comme nous en parlions, n'a plus rien à craindre tant elle est exécrable. Du reste, je reconnais être en partie à l'origine du problème bien que le principal fautif reste évidemment Aniston. De toute façon, puisque nous évoquons ma responsabilité, celle-ci est déjà si effrayante que rien ne pourrait l'abîmer davantage et qu'un scandale comme celui-ci ne changera rien. Néanmoins, si vous aviez accepté de devenir ma maîtresse, vous auriez été bien traitée.

Les lèvres de Jane s'étirèrent dans ce qui s'apparentait plus à un rictus qu'à un sourire.

— Devenir votre maîtresse ! Non, merci. Je me serais tranché la gorge plutôt que d'y consentir.

Le même petit muscle se mit à battre sur la tempe de Guy. Il considéra Jane si longuement que celle-ci resta figée comme un oiseau tétanisé par le regard d'un serpent. Puis Guy baissa légèrement les paupières sur son regard devenu moqueur.

Il reprit la parole :

— Une femme entretenue par un homme est en général plus dorlotée qu'une épouse… Et bien souvent traitée comme une reine. Je me serais montré gentil avec vous, Jane. Et plus que généreux.

— Ce qui signifie qu'à présent vous ne le serez plus…, augura-t-elle non sans ironie.

— Vous comprenez vite, Jane, remarqua-t-il sans la détromper.

Nouveau regard furibond.

— Pourquoi ai-je eu la malchance de vous rencontrer le jour où vous êtes revenu à Cherriot Vale ? Vous êtes… Vous êtes abominable !

Il eut un petit rire.

— Un certain nombre de femmes ne seraient pas d'accord avec vous, mon amour.

— Je ne suis pas votre amour, siffla-t-elle entre ses dents. De plus, connaissant vos origines et sachant que vous aviez prévu d'épouser quelqu'un de votre rang, je trouve vraiment imprudent de votre part d'avoir accepté de vous marier avec moi dans le seul but de calmer mon père.

Les yeux de Jane semblaient plus grands que d'habitude. Elle était à présent très blanche et les petites taches de rousseur qui parsemaient son nez parfait faisaient ressortir sa pâleur.

Ils se regardèrent pendant un long moment. À part les quelques phrases furibondes qu'ils s'étaient échangées un peu plus tôt, ils ne s'étaient pas parlé depuis que Jane était partie après leur confrontation derrière l'église. Et à présent ils se trouvaient de nouveau l'un devant l'autre, au bord d'un avenir très différent de celui qu'ils avaient, chacun de leur côté, envisagé.

Enfin, Guy carra les épaules et marcha vers elle. Les muscles de sa mâchoire étaient serrés, tension qui privait son trop beau visage de toute trace de douceur. Quand il prit la parole, le calme de sa voix n'eut, de fait, rien d'apaisant.

— Je ne me montre jamais imprudent et ne reprends jamais les paroles que j'ai prononcées avec sincérité.

Jane rejeta la tête en arrière.

— Je vous ai dit que je ne voulais pas me marier avec vous et c'est toujours le cas. Sauf que les circonstances ont changé. Malgré tout, je ne puis m'empêcher de penser que l'on m'a négociée comme une chose censée bientôt vous appartenir. Personnellement, je ne représente rien et ne possède rien non plus. De surcroît, j'imagine que vous savez très bien que mon père est à deux doigts de la faillite et donc à quel point un mariage entre vous et moi lui serait profitable.

Il acquiesça de la tête.

— J'en suis bien conscient. À la signature du contrat, j'ai d'ailleurs prévu de vous verser un traitement très important.

Son ton n'aurait pas été plus informatif et factuel s'il s'était agi de n'importe quelle affaire commerciale.

— Je notifierai aussi par écrit, ajouta-t-il, qu'à ma mort vous hériterez d'à peu près tout ce que je possède. En attendant, la richesse dont je dispose me permettra d'aider votre père sur le plan financier.

— Oh ! c'est certain ! répliqua Jane sans se départir de son ironie. Je ne doute pas une seule seconde que vous le ferez.

Sur cette remarque, elle se déplaça pour se poster devant lui, et le regarda tranquillement dans les yeux.

— Songez toutefois à cela, Guy St. Edmond : ma situation est à présent exactement la même que lorsque j'ai accepté d'épouser Richard Aniston. Ce qui signifie que je me marierai avec vous dans le seul but de nous sauver, ma famille et moi, de la ruine. Et qu'il ne faudra pas chercher d'autre raison.

Observant ses joues rougies, Guy lui plaça le doigt sous le menton.

— Vous vous trompez, Jane. Quand vous serez ma femme, ce qui nous liera sera bien différent de ce qui aurait pu vous lier à Aniston.

— Au rythme où vous allez, pourquoi ne pas ajouter tout de suite que je vous donnerai sans le moindre doute des fils exceptionnels ?

Sans paraître saisir l'ironie contenue dans la phrase, Guy répondit avec le plus grand sérieux :

— C'est en tout cas l'un de mes vœux les plus chers. Et, s'ils tiennent de leur mère, je sais qu'ils ne manqueront ni de confiance en eux, ni de santé, ni d'intelligence, ni d'ardeur et de courage. De plus, d'après ce que j'ai constaté en vous observant, je pense que vous serez une bonne mère car vous semblez toujours attentive à ceux qui vous entourent. Or, la capacité de ma future femme à aimer mes enfants est d'ores et déjà pour moi d'une importance capitale.

— En termes concrets, résuma Jane d'un air de défi, je

posséderais donc tous les signes extérieurs laissant entendre que je fais l'affaire. Reste-t-il d'autres attributs de ma personnalité que vous voudriez encore aborder ?

En un autre moment, Guy aurait répondu qu'elle était attentionnée, de taille à affronter les difficultés de la vie, que l'on pouvait compter sur elle, en un mot, qu'elle n'avait rien à voir avec les femmes évaporées — qu'un rien déconcertait — peuplant la cour du roi, tellement inconsistantes qu'elles ne savaient faire qu'une chose devant le danger : défaillir.

Sans doute lui aurait-il dit aussi qu'il était certain qu'elle deviendrait un jour une formidable comtesse capable de s'occuper du domaine quand il partirait au loin, probablement pour de longues périodes, afin de découvrir les parties les plus éloignées de ses terres.

Un petit sourire ironique lui étira les lèvres tandis qu'il revenait au présent. Seigneur, voilà qu'il était en train de transformer Jane en épouse idéale...

— Au bout du compte, reprit Jane devant son silence, il ne serait donc pas impossible que je finisse par vous causer plus de problèmes que je ne le vaux. Dans ces conditions, ne serait-il pas plus raisonnable pour vous de choisir une épouse moins indépendante que moi ? Plus docile ? Une femme qui serait... apprivoisée et qui, loin de se permettre de vous poser des questions, suivrait tous vos préceptes et exécuterait tous vos ordres avec autant de scrupules que s'ils étaient le prolongement de vous-même.

— Si, répondit Guy sans la quitter des yeux, ce serait effectivement plus raisonnable.

— En même temps, reprit-elle aussitôt plus bas mais sur un ton tout aussi railleur, sa compagnie risquerait de vous faire périr d'ennui...

Il la considéra avec sérieux tandis qu'un pli se creusait entre ses sourcils.

— Avant Aniston, y a-t-il eu, dans votre voisinage, un jeune homme auquel vous vous étiez plus particulièrement attachée qu'à un autre ?

La question de Guy la surprit. Elle le fixa en songeant au nombre d'admirateurs sans visage qui avaient regardé dans sa direction, et à tous ces hommes d'âge mûr qui l'avaient convoitée mais qu'elle avait à peine remarqués. Aucun n'avait réussi à enflammer ses sens. Et puis, quand au milieu de toutes ces silhouettes s'était glissée celle de Guy St. Edmond, elle avait senti son âme chavirer avec une douce sauvagerie.

— Non, répondit-elle avec une certaine brusquerie tout en baissant les yeux pour que Guy ne pût lire son trouble.

Le pli entre les yeux disparut. Guy lui effleura la joue de son index replié et sourit.

— Je suis sûr qu'à l'époque bon nombre d'entre eux étaient amoureux de vous...

Elle recula d'un pas, échappant ainsi à son contact troublant.

— Il y en a forcément eu quelques-uns, mais aucun qui ait valu la peine que je m'y attarde.

— Je ne m'inquiète pas pour cela, repartit-il. Votre père devait bien monter la garde.

— Oui, enfin... Jusqu'à ce que vous et votre bande de chevaliers en maraude me croisiez par hasard dans les sous-bois. Vous êtes un diable, Guy St. Edmond.

La colère de Guy remonta immédiatement à la surface.

— Il s'agit là d'une légende qui n'a rien à voir avec celui que je suis vraiment, Jane. Mes ennemis me craignent, mais en ce qui vous concerne vous n'avez pas à avoir peur de moi. Me voyez-vous réellement comme un cruel tyran ?

— Si vous avez prévu de me raconter que vous êtes l'homme le plus adorable du royaume, répondit Jane sur un ton moqueur, sachez que je vais être difficile à convaincre...

— Je vais tout de même essayer, dussé-je vous le répéter jusqu'à ce que vos oreilles vous fassent mal.

— Il se pourrait bien que je n'écoute pas...

— On voit que vous ne m'avez jamais entendu rugir...

Comme elle restait coite, Guy redevint immédiatement sérieux.

— Je ne suis pas un monstre, Jane, et les doutes que vous entretenez à mon sujet me perturbent. La façon dont un homme se comporte avec ses ennemis est une chose, celle dont il traite sa femme en est une tout autre. Si vous vous sentez menacée ou même intimidée par moi, soyez certaine que c'est parce que vous n'avez pas saisi l'importance que j'attache à votre bien-être. Vous pouvez protester comme bon vous semblera, rappelez-vous tout de même que, dès le début, je vous avais prévenue que vous seriez à moi.

— En effet, milord, mais je ne l'aurais pas été de manière honorable. Pas en tant que votre épouse.

— Vous n'ignorez pas que, d'une façon ou d'une autre, vous le serez bientôt, n'est-ce pas ? insista-t-il.

Jane ferma les yeux et hocha la tête. Ainsi, Guy St. Edmond l'avait finalement vaincue, et sûrement le savait-elle depuis leur première rencontre. Inutile de se battre. Du reste, en avait-elle encore envie ? Ce n'était pas sûr. Ouvrant grand les paupières, elle le considéra en réalisant soudain que sa relation avec cet homme si confiant en son propre pouvoir ne faisait que commencer.

— Oui, admit-elle, vous aviez dit cela. À présent, excusez-moi, mais je ne doute pas que vous ayez encore bien des sujets dont discuter avec mon père.

Là-dessus, elle se retourna pour être sûre de ne pas surprendre un sourire railleur au coin de ses lèvres ou de le voir la toiser du haut de son impressionnante taille. Cela ne ferait en effet que compliquer les sentiments déjà très confus qui se bousculaient dans son esprit. L'important était de s'éloigner au plus vite...

Ce fut à ce moment précis qu'elle sentit son souffle lui caresser la base du cou, provoquant en elle un long frémissement qui fila le long de sa colonne vertébrale. Avant qu'elle ait pu se sauver, Guy St. Edmond lui avait recouvert les épaules de ses grandes mains chaudes.

Quand il remonta le long de son cou, elle ferma brièvement

les yeux, stupéfaite qu'une main qui savait donner la mort avec une épée pût se montrer aussi infiniment tendre.

— Ce dont votre père et moi devons encore discuter peut attendre, murmura-t-il, les lèvres tout près, trop près de son oreille. J'ai un sujet beaucoup plus important à aborder avec ma future femme. Sans compter que je dois aussi goûter la douceur de ses lèvres. Ne me privez pas de ce divin plaisir, Jane, je vous en prie.

Malgré sa supplique, elle refusa de se retourner et de le regarder dans les yeux pour ne pas être influencée par ce qu'il voulait qu'elle ressente. Son emprise sur elle devenait si grande qu'elle eut l'envie puérile de fermer les paupières et de se boucher les oreilles avec les mains pour se protéger de son incroyable séduction. L'air entre eux était de plus en plus chargé. Quand, d'une manière merveilleusement tentante, il lui effleura les cheveux de ses lèvres, elle l'entendit soupirer. Sa propre réponse fut immédiate. Un changement, non, un véritable bouleversement se produisit en elle : un tremblement la saisit tandis que le souffle chaud de Guy parcourait sa chair à la naissance de son cou et qu'elle entendait une voix rauque murmurer son prénom tout contre son oreille.

— À propos, chuchota-t-il en la serrant contre son torse, tout à l'heure, lorsque j'ai établi la liste de vos attributs, j'ai omis de rappeler que vous étiez très belle. Mais... Je suppose que, de toute façon, vous le savez déjà.

À sa respiration haletante, elle aurait pu affirmer sans risque de se tromper qu'il rêvait qu'elle pivote à l'intérieur de ses bras pour pouvoir l'embrasser. Elle sentait contre elle son membre dur et entendait presque son corps la supplier de se positionner face à lui. Mais elle n'osait pas. Elle retint sa respiration tandis que le bouleversement se poursuivait et déclenchait en elle un début d'incendie.

Bientôt, ce fut Guy qui, sans lui laisser le choix, la fit pivoter avec douceur mais fermeté entre ses bras. Il la serra ensuite si fort qu'elle en eut presque le souffle coupé. Puis il baissa les yeux vers elle et la contempla sans un mot.

Elle bascula la tête en arrière et lui rendit son regard. Les yeux gris tendaient maintenant vers le noir, un noir aussi magnifique et incandescent qu'une nuit étoilée. Un nouveau et long frémissement la parcourut quand Guy lui glissa la main dans la nuque en chuchotant :

— Un baiser, Jane, pour conclure notre marché. Je refuse de partir avant d'avoir découvert le goût des lèvres de ma future femme.

De ses doigts, il lui effleura la nuque tout en approchant son visage du sien. L'instant d'après, deux lèvres brûlantes s'emparaient des siennes pour lui imposer un baiser de brigand. Hâtif et rude, ce baiser écrasa la chair tendre de sa bouche qui s'offrait. Prise au piège, meurtrie, Jane poussa un petit gémissement plaintif. Aussitôt, le baiser se fit plus doux et beaucoup plus tendre.

Le plaisir se déroula alors en elle comme un papillon qui ouvre ses ailes pour prendre son envol. Jamais, même en rêve, elle n'avait ressenti quelque chose d'aussi transperçant et à la fois d'aussi délicat. Leurs lèvres se mêlèrent en une chaude communion, se dévorèrent. Guy la tenait si serrée qu'elle se sentait presque écrasée. Il avait le visage penché vers le sien comme un assoiffé qui se désaltère à une source jaillissante tandis qu'elle s'agrippait à lui et à ses épaules puissantes. Bien que lui aussi la tînt fermement, elle se sentit intérieurement tomber, tomber d'un point culminant avant de filer, enfin libérée de tout poids, en direction de la terre.

Guy St. Edmond avait gagné, se dit-elle. À présent, elle se trouvait complètement en son pouvoir, et le plaisir qu'elle retirait de sa propre impuissance et de sa vulnérabilité l'inquiétait follement. Son corps était devenu profondément vivant et toutes ses émotions s'intensifiaient au point que rien ne comptait plus pour elle que le contact des lèvres gourmandes sur les siennes. Tout le reste était devenu insignifiant. Elle se délecta de l'odeur de Guy tandis que, doucement, il cherchait à lui entrouvrir les lèvres pour l'obliger à goûter les siennes.

Oh ! comment quelque chose d'aussi simple pouvait-il être source d'un tel plaisir ?

Il l'embrassa éperdument pendant encore plusieurs secondes comme s'il avait oublié qu'il tenait une jeune vierge entre ses bras. Quand, haletant, il mit fin à son étreinte, ce fut pour lui parsemer le visage et la gorge de petits baisers avant de remonter vers son menton et de capturer de nouveau ses lèvres pleines.

Jane se laissa faire, incapable d'offrir la moindre résistance. Enfin, Guy se détacha et laissa aller le front contre le sien.

— Constatez-vous l'étendue de votre pouvoir quand vous l'exercez sur moi ? demanda-t-il.

Elle resta coite. Parce que la réponse était trop évidente et l'effrayait. En même temps, il était excitant de constater que, tout en n'exerçant aucune espèce d'influence sur sa propre vie, elle possédait un pouvoir inattendu sur l'homme qui allait permettre à la famille Lovet de repartir de zéro. Alors, soudain et pour un court instant, Jane se sentit aussi captivante et séduisante qu'Aphrodite en personne.

Le dernier baiser qu'ils échangèrent fut aussi bref qu'intense. À peine fut-il terminé que Jane recula d'un pas en disant :

— Je voudrais m'en aller, à présent. Mes parents attendent pour pouvoir vous parler. Surtout de nos fiançailles, j'imagine. Quand vont-elles se tenir ?

— Dans quelques jours. Pas plus.

Sans rien ajouter, elle s'éloigna, en proie aux mille et une pensées qui tourbillonnaient dans son cerveau. Quoi qu'il pût se passer, elle n'était pas assez stupide pour croire que Guy St. Edmond l'épousait dans un autre but que celui d'avoir des héritiers. Et ce n'était pas parce qu'il lui avait dit qu'il la désirait qu'elle commencerait à se mettre des idées en tête. Du reste, elle savait pertinemment que jamais il ne l'aimerait. Le comte de Sinnington appartenait en effet à cette sorte de gens qui ne se mariaient pas par amour mais pour le bénéfice qu'ils pouvaient retirer de leur union comme, par exemple, celui de fonder une dynastie. Oui, pour lui, le mariage n'était qu'une entreprise comme une autre. À partir du moment où il l’estimait capable de donner naissance à de beaux enfants, il se moquait bien de savoir qui elle était vraiment. Et, comme il avait certainement appris que Margaret Lovet était l’aînée d’une famille de neuf enfants, que Simon avait onze frères et sœurs, et que tout ce petit monde était en bonne santé, il n’avait aucune raison d’hésiter à faire d’elle à la fois sa femme légitime et la mère des enfants qui résulteraient de leur union.

Comblé à l’idée que le puissant comte de Sinnington deviendrait bientôt son beau-fils, Simon Lovet décréta que le jour des fiançailles serait aussi jour de fête. Avec beaucoup de bonne volonté, il alla exposer la situation aux habitants de Cherriot Vale. Nombreux furent ceux qui, n’ayant pas apprécié l’annonce de l’union de mauvais aloi entre Jane Lovet et Richard Aniston, et étant friands de médisances, partagèrent son optimisme. Pourtant, ils avaient été presque aussi nombreux à croire Aniston quand, le cœur apparemment brisé, celui-ci avait affirmé que Jane Lovet s’était fait séduire par Guy St. Edmond, raison pour laquelle le comte se sentait à présent obligé de la demander en mariage.

D’une manière générale, même si les réactions étaient assez diverses, personne ne cachait son étonnement. Comment croire en effet que l’influent comte de Sinnington pût prendre pour épouse la fille sans dot d’un marchand de tissus, dont, en outre, le fils avait soutenu le roi Henry ? Du côté des femmes, on se demandait surtout comment une personne aussi jeune que Jane allait pouvoir s’occuper d’un domaine aussi important, gérer autant de serviteurs tout en s’adaptant à la vie de cour et en s’intégrant aux cercles constitués de lords et de ladies. Du reste, cette même question circulait aussi à l’intérieur du château de Sinnington, en toute discrétion, naturellement, car le simple fait de douter du choix de la future femme du comte aurait pu valoir aux servantes et aux valets un renvoi immédiat.

Pourtant, l’époque où Simon Lovet chantait une chanson bien différente n’était pas si lointaine, et tout le monde, à

Cherriot Vale, s'en souvenait aussi. Le mariage de sa fille avec le comte de Sinnington suffisait-il donc à satisfaire son sens de l'honneur ? Jane pouvait-elle se réconcilier aussi vite avec son propre destin ? Sans doute ne représentait-elle, aux yeux de Guy St. Edmond, que la future mère des enfants qu'il lui ferait. Ce serait en effet son rôle essentiel, porter et élever des enfants. Des fils, évidemment...

Jane, de son côté, avait un grand regret : que John Aniston et sa femme aient aussi mal pris l'annulation des fiançailles de leur fils. Depuis lors, en effet, Master John n'avait pas quitté sa demeure, et sa femme, qui avait été si soulagée que Richard ait enfin trouvé une fiancée, gardait la chambre. En apprenant cette double nouvelle, Jane, qui continuait à s'estimer en partie coupable de la situation, s'était sentie accablée de remords face à ce désastre. Malheureusement, il lui était impossible d'y remédier.

Les fiançailles se préparaient et rien n'aurait pu en arrêter le cours. Leur célébration, à la maison Lovet, serait simple et aurait lieu en présence des membres les plus proches de la famille ainsi que de quelques intimes. Quant au mariage, il se déroulerait un mois plus tard au château de Sinnington. La maison était donc déjà en pleine effervescence. La délicieuse odeur du cochon de lait et de la venaison commençait à se répandre partout.

Si l'idée de devoir épouser Richard avait, en son temps, répugné Jane, celle de se marier bientôt avec Guy lui faisait peur, même si elle savait qu'avec lui elle ne manquerait de rien. En outre, comment nier l'évidence ou lui échapper ? Guy lui faisait éprouver des choses qu'elle aurait préféré ne pas éprouver, et de manière beaucoup trop intense pour qu'elle pût se sentir à l'abri ou se protéger de lui.

Que deviendrait son existence une fois qu'elle serait mariée ? Elle n'en savait rien et essayait avec vaillance de se raccrocher à un certain nombre de repères. Heureusement, se répétait-elle, ses parents ne seraient pas loin. Et surtout, un jour, elle aurait des enfants à aimer et dont elle devrait s'occuper.

Tout en fermant les yeux, elle libéra un soupir douloureux qui relâcha un peu sa tension. Oui, s'occuper d'un enfant était quelque chose qu'elle attendait avec impatience de pouvoir faire. Aussitôt, elle décida de ne s'attacher qu'à cette pensée.

La journée était belle et toute la ville avait le cœur en fête.

Margaret et Kate eurent le privilège d'aider la fiancée à revêtir ses beaux atours. Quant à Blanche, qui, suivant les moments, gloussait ou sautait de joie, elle était, en regardant sa grande sœur s'habiller, bien plus excitée qu'elle. La robe en velours de la fiancée, au corsage ajusté et à la jupe évasée, était aussi verte que ses yeux et laissait entrevoir une doublure de soie scintillante d'un jaune très pâle. Un châle de velours assorti, retenu par une chaîne d'or incrustée d'émeraudes, lui recouvrait les épaules tandis qu'une lourde ceinture d'or ceignait ses hanches en leur milieu. Ses cheveux étaient détachés et retenus par un fin bandeau infiltré de fils d'or.

— Tu es si belle..., lui murmura sa mère tout en s'efforçant de glisser les minuscules boutons des manches de la robe dans leurs boucles de soie. Oui, vraiment, tu es parfaite.

Jane se regarda dans le miroir posé contre le mur d'en face et, dans un choc, découvrit sur son visage un air dur auquel elle ne s'attendait pas. Pour une jeune fille, les fiançailles représentaient normalement un moment heureux de l'existence. Mais pas dans son cas. Au point que même les compliments de sa mère ne la touchaient pas.

Mais soudain vint s'imposer à sa mémoire le beau regard gris perle dont elle avait, de manière indiscutable, troublé la sérénité, tandis que, derrière elle, le reflet de sa mère la contemplait de ses yeux rougis. Margaret venait-elle de pleurer ? C'était probable. Sûrement de joie et de fierté.

Jane vint aussitôt se blottir contre elle.

— Oui, s'efforça-t-elle sagement de répondre. On dirait un tableau.

Vêtue d'une ravissante robe de satin gris ardoise, d'une guimpe blanche vaporeuse qui lui enveloppait le cou ainsi qu'une partie du visage, et d'un voile argenté qui lui recouvrait les épaules, Margaret la fit reculer d'un pas tout en gardant la main posée sur son épaule, et déclara d'un air un peu préoccupé :

— Tu n'as pas bonne mine, ma chérie, et tu sembles nerveuse.

Puis elle se mit à sourire.

— Remarque que, compte tenu de la situation, c'est tout à fait normal. De son côté, j'imagine que le comte est, en ce moment, plutôt agité.

Jane ne dit pas à sa mère qu'elle ne partageait pas son point de vue. Pour Guy, ce mariage ne changerait pas grand-chose. Il continuerait à se réapproprier les plaisirs de la vie, à profiter de son château, et, de temps à autre, à aller faire quelques séjours à la cour du roi. Pour elle, en revanche, la vie allait se transformer du tout au tout et rien ne serait plus jamais comme avant. Dans un mois, on célébrerait son mariage. Ce jour-là serait celui qui la verrait basculer dans l'âge adulte pour se lancer à l'assaut d'une montagne si escarpée et si traître qu'au moindre faux pas elle serait précipitée dans l'abîme.

La soudaine accélération du cœur de Jane quand Guy arriva, escorté de Cédric et de quatre de ses chevaliers, fut presque aussitôt suivie d'un terrible accès de frayeur. Pour des raisons qu'elle ne pouvait nommer, le simple fait de le voir approcher venait de réveiller des pensées qu'elle s'était vaillamment efforcée de repousser. Dans sa tenue écarlate et or, Guy St. Edmond était tout simplement splendide. Pour les convives rassemblés dans la grande salle du château, il produisit l'effet d'un rayon de lumière.

Il adressa un charmant sourire à la ronde tandis que son regard parcourait les invités, qui, après force révérences et saluts, observèrent un respectueux silence, enchantés de pouvoir contempler à loisir ce comte de Sinnington à l'irrésistible beauté et à la virilité dévastatrice.

— Nous sommes profondément honorés, milord, lui dit Simon, le visage rouge de contentement, et trop gonflé d'orgueil pour pouvoir le contenir.

Après les échanges de salutations et de compliments arriva le moment pour les promis de rejoindre le prêtre pour prêter serment. Mais Jane se sentait mal préparée. Bien qu'elle eût accepté d'épouser Guy St. Edmond, elle n'avait que peu songé aux implications d'être mariée à un homme aussi puissant que lui et de résider au château de Sinnington. Cependant, au moment précis où Guy captura son regard, toutes ses pensées et ses craintes s'envolèrent d'un seul coup.

Percevant certainement son agitation, Guy lui tendit l'une de ses mains, dont les longs doigts étaient chargés de bagues en or serties de pierres précieuses.

— Jane, demanda-t-il, voulez-vous bien aller prêter serment ?

Sous les regards posés sur elle, elle saisit la main tendue et laissa Guy la mener vers l'endroit où le prêtre les attendait pour recueillir leurs vœux de fiançailles. Au même instant, le soleil perça les nuages et ses rayons pénétrèrent par la fenêtre ouverte. Pendant quelques secondes, l'étonnement de Jane fut tel qu'elle en oublia ce qu'elle devait dire. À ses pieds, le soleil dessinait un cercle de lumière.

Bon présage..., se dit-elle avec espoir.

Puis elle leva les yeux vers le prêtre :

— Oui. répondit-elle, je prête serment.

Dans la vaste salle, tout le monde respira et la tension se dissipa.

— Je vous prête aussi serment, dit alors Guy. Jane, donnez-moi votre main gauche.

Jane s'exécuta mais elle était si tendue qu'il dut ouvrir lui-même ses doigts crispés. Au contact de la peau chaude de Guy, un long frisson imprévu la parcourut et se propagea le long de son bras jusqu'à son cou. Avec son autre main, Guy sortit un petit écrin de son pourpoint et l'ouvrit. Une merveilleuse émeraude montée sur un anneau d'or reposait sur son lit de velours noir. Jamais Jane n'avait vu un aussi beau bijou. Sans réaliser qu'elle avait cessé de respirer, elle regarda Guy sortir la bague de son écrin et la lui glisser à l'annulaire. Fut-ce à cause de la valeur symbolique de ce bijou ou de la combinaison de douceur et de solennité que contenait le regard gris quand Guy le plongea dans le sien... ? Quoi qu'il en fût, le cœur de Jane se mit à caracoler dans sa poitrine et ses yeux s'embuèrent de larmes.

— Cette bague appartenait à ma grand-mère paternelle, annonça Guy comme si sa fiancée lui en avait demandé la provenance. Je vous veux, Jane. Non en tant que comtesse, non en tant que maîtresse, je vous veux juste en tant que femme... En tant qu'épouse...

D'une manière étrange, les paroles de Guy réchauffèrent Jane. Mais cette tendre déclaration était-elle bien sincère ? N'était-elle pas aussi prononcée à l'attention de la famille et des invités ? Malgré la réponse qui coulait de source, le désir qui envahit Jane pendant quelques minutes fut si grand et si ardent qu'elle eut du mal à respirer.

Comme il aurait été facile de laisser les apparences se substituer à la réalité ! Guy était beau — le plus bel homme qu'elle ait jamais vu — et, même si l'amour était absent de leur relation tout comme les autres sentiments s'y apparentant, ils avaient quand même réussi à se marier. Dans ces conditions, qui pouvait prédire les miracles que l'avenir leur apporterait peut-être ?

— Et maintenant, dit Guy, un baiser pour conclure l'affaire.

Gratifiant Jane de l'un de ces longs regards fascinateurs dont il avait le secret, il l'attira dans ses bras et chercha délibérément ses lèvres. Son baiser fut lent et profond. Le feu la traversa tandis qu'elle étouffait un petit cri et que ses propres lèvres s'entrouvraient. Il l'embrassa alors avec douceur mais insistance, comme s'il avait la volonté farouche de se souvenir de ce moment. Sous le pourpoint écarlate, Jane sentit le corps viril se durcir tandis qu'elle ployait comme une fleur et perdait toutes ses forces.

Quand il la sentit céder, Guy la serra plus fort pour la soutenir. Puis il la libéra en riant.

— Les lèvres de votre fille ont la douceur du miel, Master Lovet, dit-il en se tournant vers Simon.

Et il n'ajouta pas que son impatience d'arriver au jour où il pourrait s'y rassasier était grande.

— Quelle belle mariée elle fera dans un mois ! ajouta-t-il avec le même rire léger qui lui permettait de dissimuler l'émotion troublante qui l'avait saisi lorsque les lèvres de Jane s'étaient entrouvertes contre les siennes.

Bien plus que la surprise qu'il avait ressentie à découvrir son corps si souple, si tendre et si doux, ou que le désir qui en avait découlé, c'était surtout l'impulsion étrange et insolite qu'il avait eue de la protéger et de posséder tout ce qu'elle avait à offrir qui l'émouvait.

— Voici une excellente journée, déclara Simon, sans dissimuler sa satisfaction. Je suis sûr que le mariage sera parfaitement réussi. Que Dieu vous bénisse tous les deux, qu'il vous offre une existence féconde et que votre premier enfant soit un garçon.

Là-dessus, le père de Jane frappa dans ses mains pour que l'on serve du vin afin que l'assistance portât un toast aux futurs mariés et fît le vœu que leur premier-né fût un mâle.

Jane porta son gobelet à ses lèvres, mais ne but pas. Mettre au monde un garçon qui rendrait Guy encore plus confiant qu'il ne l'était déjà n'était pas son espoir à elle.

Elle observa son fiancé, qui, pour sa part, vida son gobelet avec une aisance qui lui valut, de la part de Jane, un coup d'œil désapprobateur. Il la sonda du regard tandis qu'un exaspérant petit sourire narquois naissait sur ses lèvres. Les joues de Jane se teintèrent de rose. Guy se moquait d'elle avec cruauté et bafouait son orgueil. Relevant le menton d'un air hautain et arquant fièrement les sourcils, elle le foudroya du regard avant de détourner les yeux.

Baissant alors la tête vers elle, Guy l'observa avec une ostensible légèreté comme s'il s'amusait de sa détresse, et murmura :

— Nous ne nous racontons pas d'histoires, tous les deux, n'est-ce pas, Jane ? Ni vous ni moi n'avons voulu ni réclamé ce mariage. Mais, maintenant que nous avons échangé nos serments, nous ne pouvons plus y échapper, tout comme *vous* ne pouvez plus m'échapper. J'ai, sachez-le, une nature très possessive. Dans peu de temps, vous serez mienne en tout point. Alors, souriez et montrez à tout le monde l'étendue de votre bonheur.

5

Avec le peu de fierté qui lui restait, Jane prit place à côté de Guy tandis que famille et amis venaient rejoindre les fiancés pour leur présenter leurs enthousiastes félicitations et lever leur verre à leur santé. Bien qu'entre elle et Guy la conversation restât limitée et guindée, le repas fut gai et vivant. On badina, on plaisanta et on commenta beaucoup les derniers tournois ainsi que les fêtes données à la cour du roi.

Quand tout le monde fut rassasié et que les ménestrels commencèrent à jouer, Guy se leva et lui tendit la main.

— M'accorderez-vous cette danse, Jane ?

Elle hésita tandis que, du coin de l'œil, elle remarquait ses trois jolies cousines qui contemplaient, bouche bée, le beau comte de Sinnington. Sans la moindre envie de danser et bien consciente que la demande de Guy n'était motivée que par la nécessité de faire ce que l'on attendait de lui et son envie d'agacer sa fiancée, elle répondit d'une voix feutrée :

— Votre requête m'honore, mais n'apprécieriez-vous pas davantage de danser avec une autre partenaire ?

— Étant donné que je ne connais ici d'autres ladies que vous et votre mère, répondit-il en se mettant au diapason de sa voix, je vous ai fait cette proposition dans l'espoir irraisonné que votre bon cœur aurait pitié d'un soldat maladroit, lui épargnant ainsi de passer pour un lourdaud aux yeux de tous les habitants du domaine.

Elle le regarda de travers. Avec quelle adresse il venait de retourner la situation ! Guy St. Edmond n'était peut-être pas un bon danseur mais son don de persuasion était de tout premier ordre.

— Comme vous êtes habile..., murmura-t-elle. Un diplomate-né...

Pour toute réponse, Guy lui tendit de nouveau la main, ne lui laissant, cette fois, d'autre choix que de la prendre. Dans l'instant, tout ce qui les entourait s'effaça. La seule chose dont Jane garda conscience fut les yeux de son fiancé plongés dans les siens. Sous ce regard, elle sentit son visage s'empourprer et une certaine excitation, qu'elle n'apprécia guère, la gagner. En fait, à son grand dam, rien de ce qui concernait Guy ne semblait pouvoir lui échapper.

Son fiancé la mena vers l'endroit où s'était formé un cercle qui s'élargissait à mesure que des participants de tous âges se rassemblaient pour la danse. Bientôt emportée par la musique et la gaieté ambiante, Jane laissa aller sa joie dans de vifs éclats de rire tandis que ses pieds scandaient le rythme. Guy et elle se séparaient quand la chorégraphie très simple de la danse l'exigeait pour, quelques instants plus tard, se retrouver, joindre leurs mains et se regarder dans les yeux.

Le visage de Jane se détendait et resplendissait à mesure que les danses se succédaient jusqu'à ce qu'elle se retrouvât entraînée dans une joyeuse farandole. Ils se lancèrent ensuite dans une gigue folle, frappant tour à tour le sol de la pointe de leur pied puis de leur talon. Un peu plus tard, attendant sans bouger en compagnie des autres hommes qui dansaient, Guy la regarda sauter et virevolter dans la pièce, effectuant de jolies spirales avant de passer, pour le rejoindre, sous l'arche des mains jointes au bout des bras levés. Pendant tout ce temps, leurs regards ne cessèrent de se chercher et de se trouver.

Guy était fasciné par la légèreté de Jane, dont les cheveux tombaient librement dans le dos, comme le voulait la coutume pour les filles non mariées. Même à distance, ses lèvres roses semblaient exiger des baisers de lui, et sa peau laiteuse, éclatante à la lueur des flambeaux, le suppliait de la caresser. Jamais il n'avait observé une telle réaction en posant juste son regard sur une jeune fille.

À un moment de la danse, il dut soulever sa cavalière haut au-dessus de lui. Son geste lui fut aussi facile que s'il avait porté un oiseau. Au point qu'il fit attention à ne pas appuyer trop fort les doigts autour de son buste délicat. Alors qu'elle planait au bout de ses bras sans le quitter des yeux, il la vit rougir, sentit sa respiration s'arrêter et vécut un troublant moment d'émerveillement.

Lorsque les festivités furent terminées, les convives se firent leurs adieux et se préparèrent à rentrer chez eux. Un long chemin attendait Guy et ses compagnons, qui souhaitèrent bonne nuit à tout le monde pendant que Cédric sortait préparer les chevaux. Guy en profita alors pour saisir la main de Jane et lui faire traverser la vaste salle jusqu'au renfoncement d'une porte où ils se retrouvèrent dissimulés aux regards.

Jane leva les yeux vers son fiancé pour lui dire au revoir. Peut-être à cause du vin qu'elle avait bu ou parce qu'elle se sentait encore un peu étourdie d'avoir trop dansé, toujours est-il qu'elle méjugea la distance qui les séparait et se cogna contre lui. Guy l'encercla aussitôt d'un bras pour la retenir. Il aurait été facile pour elle de reculer, au lieu de quoi elle resta sans bouger, le cœur battant devant le regard gris qui s'était posé sur ses lèvres et qui s'y attarda pendant un interminable moment.

Enfin, Guy se pencha vers elle. Il s'empara de ses lèvres tandis que ses mains glissaient avec audace le long de son dos cambré puis de ses hanches, qu'il serra fort contre lui.

Alors qu'elle était prise de court par cette soudaine ardeur, le premier réflexe de Jane fut de se crisper. Mais presque aussitôt elle entoura de ses bras les épaules de Guy et, s'épanouissant sous ses lèvres, lui rendit son baiser.

Étourdie, elle finit par s'écarter et fut déçue quand Guy la libéra sans tenter de la retenir alors qu'elle sentait déjà son propre corps réclamer, en traître, un second baiser. Incapable de se faire confiance, elle recula d'un pas. Décidément, il fallait qu'elle apprenne d'urgence à combattre ses pulsions insensées et à les mettre sous contrôle car elle ne pouvait pas, ne devait pas prendre le risque d'avoir le cœur brisé. Alors que, sans cesser de la regarder, Guy arquait ses beaux sourcils de jais, elle eut l'impression qu'il devinait toutes les pensées qui l'assaillaient.

En revanche, se dit-elle, celles qu'il abritait devaient être bien différentes... Parce que sa liberté était pour lui de toute première importance et qu'il n'avait sûrement pas de temps à consacrer à des histoires de cœur. Pour lui, un homme qui aimait trop devait forcément être un homme vulnérable.

Les quatre semaines qui suivirent se déroulèrent sans à-coups. Occupé aux affaires de son fief, Guy se montra à peine et Jane ne le vit pas. De son côté, elle se préparait à endosser le nouveau rôle de sa vie, celui de l'épouse d'un homme très puissant. Il y avait beaucoup à apprendre et cela ne l'étonna pas. Ce qui la surprit, en revanche, fut l'importance des responsabilités qui l'attendaient. Guy estimait en effet primordial qu'elle comprît comment se gérait le château et qu'elle fît la connaissance des gens qui y travaillaient. Elle prenait tout cela tant à cœur que, très vite, la panique s'empara d'elle. Mais sa mère se moqua gentiment d'elle, l'assurant qu'elle était bien plus capable qu'elle ne s'autorisait à le croire et que, le temps venu, elle saurait engranger tout ce qu'elle avait besoin de savoir.

Jane espérait éperdument que sa mère eût raison. Son désir était de devenir une bonne épouse pour Guy et une bonne mère pour leurs enfants. Dans la mesure de ses possibilités, son envie allait même jusqu'à vouloir devenir la collaboratrice de son futur mari. En tout cas, il faudrait au minimum qu'elle apprenne à s'occuper du château. Ensuite et avec le temps, songea-t-elle avec mélancolie tout en se brossant les cheveux, peut-être parviendraient-ils à bien s'entendre tous les deux, même s'ils ne se ressemblaient guère. Après tout, beaucoup de couples se lançaient dans la vie avec, en partage, bien moins de points communs qu'elle n'en avait avec Guy. De plus, son fiancé avait le sens des responsabilités. Ne l'avait-il pas prouvé en se portant à son secours pour sauver sa réputation et l'arracher à la honte après le mensonge que Richard avait colporté dans Cherriot Vale ? L'honnêteté faisait aussi partie de ses mérites, de même que son franc-parler, que Jane appréciait à sa juste valeur. Quant à son intelligence, c'était l'une des qualités qu'elle avait remarquées chez lui en premier. Même sa vitalité un peu rude était, aux yeux de Jane, un atout.

En fin de compte, il n'était pas impossible de croire qu'avec des efforts et du travail leur mariage forcé pourrait se transformer en honorable réussite.

Quand Jane eut fini de rassembler ses tresses dans une jolie queue-de-cheval, elle descendit pour retrouver sa mère. Comme elle pénétrait dans le grand hall, le bruit d'un pas léger sur sa gauche la fit se retourner... La haute et longue silhouette de Guy lui apparut alors.

Même dans cette immense pièce, sa présence ne passait pas inaperçue. Comme Jane le considérait, l'expression lugubre qu'il affichait lui rappela aussitôt celle qu'il arborait lorsqu'il avait accepté de l'épouser. Oui, on aurait dit qu'il se dissimulait aujourd'hui derrière le même masque de pierre.

— G... Guy, balbutia-t-elle, très mal à l'aise devant la dureté avec laquelle il la fixait et semblait même l'évaluer.

Il étira les lèvres dans ce qui ne ressemblait que de loin à un sourire et déclara :

— J'imagine que le fait que nous soyons fiancés m'autorise à vous parler en privé.

— Bien sûr. Mon père n'est pas à la maison et ma mère est occupée au sous-sol.

— Je suis venu vous chercher pour vous emmener en mon château. Et je crois qu'il s'agit d'un ordre.

— Oui... Oui, bien entendu.

— Il est temps que vous découvriez l'endroit où vous allez vivre. Et n'ayez pas l'air aussi inquiète. Loin de moi l'intention de vous ravir. Je n'oublie pas que c'est précisément mon envie de vous prendre qui est à l'origine de tout ce gâchis que nous payons aujourd'hui. Et je ne serai pas assez stupide pour réitérer mon erreur.

Comme Jane ne savait que répondre, elle s'excusa et partit informer sa mère de son départ, avant d'ordonner à l'un des valets d'écurie de seller son cheval. Puis elle enfila une cape. La température était fraîche, et le temps, couvert.

Sa conversation avec Guy, pendant le trajet, se réduisit au strict minimum.

Comme ils approchaient du château, la route suivit pendant un certain temps la crête d'une colline.

Bien que l'extérieur du château de Sinnington fût depuis longtemps familier à Jane, qui avait maintes fois chevauché alentour, elle n'avait jamais omis de s'arrêter pour l'admirer lors de chacune de ses promenades. Une fois de plus, elle tira sur les rênes de son cheval et marqua une pause afin de contempler la fière bâtisse.

L'aura de la lumière rose du petit matin perdurait à l'est et, dans le lointain, la silhouette sombre du château offrait un beau contraste avec l'amas de nuages cotonneux qui occupait l'horizon.

Avec ses tourelles, ses épais remparts et les hautes tours qui entouraient la porterie, le château possédait une structure nettement défensive.

Guy arrêta son cheval.

— Nous sommes arrivés, Jane. Voici ce que sera très bientôt votre nouvelle demeure. Qu'en pensez-vous ?

Les yeux de Jane luisaient de plaisir quand elle les tourna vers Guy.

— L'endroit est merveilleux. C'est d'ailleurs loin d'être une découverte pour moi car je l'ai toujours admiré. Et vous ?

Ne vous paraît-il pas étrange d'être de retour après une aussi longue absence ?

— Huit ans ne sont en effet pas rien. Comme vous allez pouvoir le constater vous-même, il y a beaucoup à faire au château. Mais les lézardes des murs ne sont dues qu'à un manque d'entretien et non, Dieu soit loué, à la guerre ! Du reste, ma décision est prise : je ferai effectuer tous les changements qu'il faudra, et cette perspective me ravit. Architectes et constructeurs seront bientôt au rendez-vous pour me prêter main-forte.

Il la considéra avec attention avant de préciser :

— Du reste, je suis sûr que toutes les idées émanant de vous seront hautement appréciées.

Plongée dans l'observation de son profil ciselé, Jane comprit soudain qu'elle ne le connaissait presque pas.

— Je crois malheureusement qu'elles n'apporteraient pas grand-chose. En matière de construction de châteaux, mes connaissances sont inexistantes.

Guy sourit.

— Les miennes aussi. Mais nous pourrons apprendre ensemble après notre mariage.

— Donnera-t-il lieu à une... importante cérémonie ? s'enquit-elle avec l'espoir un peu vain que la cour du roi ne serait pas invitée.

Comme si Guy devinait la raison de son trouble, il secoua la tête. Plus de sourire à présent sur ses lèvres, constata-t-elle. De nouveau, il lui opposait un visage dur et la scrutait d'un regard si sévère que la lumière crue du soleil lui conférait des nuances d'acier. Un pli profond s'était creusé entre ses sourcils, ce qui lui donnait l'air cynique.

— Ne vous inquiétez pas, Jane. Quant à nous deux, ne nous leurrons pas. Ni vous ni moi n'avons désiré ce mariage. Il ne s'agira donc pour tout le monde que d'une petite réjouissance sans histoire. Je n'ai d'ailleurs convié que les amis, le beau monde de Cherriot Vale et votre famille. En ce qui concerne ma propre famille, elle se limite à ma mère.

La surprise de Jane fut vive. C'était la première fois qu'elle entendait parler d'une proche de l'entourage de Guy St. Edmond.

Elle le considéra, sourcils relevés.

— Votre mère ?

— Vous la rencontrerez en temps voulu.

— Assistera-t-elle au mariage ?

— C'est peu probable.

— Pourquoi ?

— Les voyages ne lui réussissent guère. Après la mort de mon père, elle s'est remariée avec Lord Courcy. Rosemead, la demeure de ce gentleman, se trouve près de Londres. Pendant des années, ma mère, qui avait sa place à la cour, allait et venait entre les deux endroits. Un jour, Lord Courcy est mort, et, quelque temps après, elle-même a été victime d'une mauvaise chute de cheval. Depuis, elle n'est plus en mesure de se déplacer. Mais cela ne l'empêche pas, à chaque fête sainte et à chaque jour férié, d'inviter la cour à la rejoindre à Rosemead. Vous voyez, son envie de se divertir ne s'est pas émoussée, elle sait toujours s'entourer d'amis et se distraire de façon très régulière.

— C'est une lady apparemment intéressante. J'ai hâte de la rencontrer.

— Vous la verrez très bientôt, je vous le promets.

— Est-elle au courant pour notre mariage ?

Guy hocha la tête.

— Je lui ai écrit afin de l'en informer. Elle va être heureuse d'apprendre que j'ai enfin décidé de m'installer et de donner un héritier aux St. Edmond.

Ce rappel, lancé négligemment, du rôle que Jane était censée jouer dans sa vie et de ce que l'on attendait d'elle l'abattit. Mais, les yeux toujours rivés sur le château, elle n'en laissa rien paraître.

Étant donné la distance et la réserve qui étaient toujours de rigueur entre elle et Guy et alors même qu'ils entraient, avec une extrême prudence, dans la phase préparatoire de leur vie commune, Jane estimait inutile d'exciter, ainsi qu'elle l'avait déjà fait, la colère de son fiancé contre sa propre personne. En effet, bien qu'elle n'ait eu qu'une seule fois l'occasion de constater l'inflexible ténacité du comte de Sinnington — lors de son affrontement avec Richard dans le bois — ,son impression était qu'il y avait des limites à ce que Guy St. Edmond était capable de tolérer.

— Je n'arrive pas à croire que je vais enfin voir l'intérieur du château..., remarqua-t-elle, et encore moins que j'aille y vivre. On dirait un conte de fées.

— Croyez-moi, Jane, votre vie ne sera pas un conte de fées. Au château, vous trouverez tout ce qu'il faut pour vous occuper et ne pas vous abandonner à de vaines rêveries.

Un simple coup d'œil dans sa direction permit à Jane de noter que les mâchoires de Guy se crispaient à intervalles réguliers et que son regard s'était fait encore plus sévère. Comme un frisson de peur la parcourait, elle tourna en hâte la tête vers le château de peur de commencer à faiblir. La beauté de ce qui allait devenir son nouveau foyer lui redonna heureusement espoir.

Après qu'ils eurent passé la porterie et pénétré dans la cour intérieure du château, Guy descendit de cheval avant de venir assister Jane, qui s'apprêtait à en faire autant.

Elle lui posa ensuite la main sur le bras et il l'escorta vers le grand hall. Après le plein soleil, l'endroit offrait une fraîcheur délicieuse et bienvenue.

Jane s'arrêta sur le pas de la porte en clignant des paupières tant ce qu'elle voyait autour d'elle était impressionnant. L'endroit était immense, avec un toit en bois qui pointait vers le ciel ainsi que des fenêtres disposées en hauteur et équipées de vitraux. Sous le toit, une vaste galerie, qui s'étendait sur trois côtés, était soutenue par des arches en pierre richement ciselées. Le sol en pierre lisse avait été fraîchement balayé, et, près de l'âtre si grand qu'un homme aurait pu y tenir debout somnolaient deux gros chiens.

Une douzaine d'hommes se trouvaient dans la pièce. Certains, accoudés à une fenêtre, buvaient de la bière, d'autres dînaient autour d'une table à tréteaux. En apercevant Jane, tous se dressèrent instantanément et portèrent la main à leur couvre-chef pour l'ôter en signe de respect. Elle leur jeta un regard timide.

De son côté et sans prononcer un mot, Guy se contenta de tourner les yeux dans leur direction. Ils se dispersèrent aussitôt sans précipitation avec de légers sourires entendus.

Pour sa part, Jane trouvait la situation cocasse et plutôt touchante.

— Est-ce qu'il va toujours en être ainsi ? s'enquit-elle. Ces hommes vivent-ils au château ?

— Comme je vous l'ai dit, il y a pas mal de changements à opérer. Et cela ne s'appliquera pas seulement à l'aspect extérieur de la forteresse, mais aussi à son organisation interne. Cela fait en outre longtemps qu'aucune femme n'est venue ici. Depuis ma mère. Vous êtes la première. Cela dit, avec le temps, vous vous habituerez. Les allées et venues sont nombreuses, ici. Chevaliers et écuyers ne cessent d'entrer et sortir. Certains viennent offrir leurs services tandis que d'autres partent chercher l'aventure. De toute façon, le château est assez grand pour loger beaucoup de personnes sans qu'elles se gênent les unes les autres. Mais, en ce qui concerne mes compagnons de chevalerie, j'aurai trouvé un arrangement d'ici le mariage.

— N'en faites rien, je vous en prie ! s'exclama-t-elle. Cette immense salle est idéale pour permettre à vos amis de se rencontrer, d'échanger et de mieux se connaître. À partir du moment où je disposerai de mes quartiers privés pour m'échapper, leur présence ne me dérangera pas du tout.

— Vous échapper ? répéta Guy sur un ton froid tout en haussant les sourcils. J'espère que vous ne ressentirez jamais le besoin de m'échapper, Jane...

Elle se rattrapa très vite.

— Bien sûr que non. C'était juste une façon de parler. De plus, l'idée d'imaginer tous ces gens ici me plaît. Me savoir acceptée... Ce qui, à l'instant, m'a semblé être le cas de la part des chevaliers qui se trouvaient ici est pour moi un immense soulagement !

— Vous êtes plus qu'acceptée : ils vous adorent déjà.

— Mais en ira-t-il de même avec tout le monde ? s'interrogea-t-elle tout haut sur un ton calme tandis que son regard, suite à l'anxiété qu'elle ressentait soudain, se teintait d'inquiétude.

— Que signifie ce regard ?

Jane secoua la tête tandis qu'un long soupir lui échappait.

— Rien, vraiment. Vous allez me croire insensée.

— Essayez toujours, répondit-il aussitôt en remarquant sa brusque tension. Votre tourment concerne-t-il la façon dont vous allez être reçue en tant que femme du lord ou en tant que comtesse de Sinnington ?

— Les deux, je suppose.

Elle hocha la tête avec fermeté et reprit :

— Oui, les deux sont intimement liés. Impossible de prétendre le contraire. J'ai beau me dire que ce que les autres pensent de moi m'indiffère, il me faut... reconnaître que l'espoir d'être acceptée par tous m'habite et me rend très nerveuse. Quoi qu'il arrive, en effet, vos amis et, d'une manière générale, les gens que vous connaissez vont devenir mes proches, mon existence se déroulera au milieu d'eux et je tiens bien sûr à ce qu'ils m'apprécient.

— Essayez de ne pas vous inquiéter, Jane. Tout va bien se passer, je suis sûr qu'ils vous seront très vite acquis.

— Je l'espère, murmura-t-elle avec le regret que Guy ne s'interroge pas davantage sur la manière dont elle devrait s'y prendre. À présent, me ferez-vous visiter votre château ? Je suis si impatiente de voir l'endroit où je vais bientôt vivre !

— Avec plaisir, *my lady*. Par ici, nous allons commencer par le rez-de-chaussée.

Guy l'amena au centre de la salle, qui se ramifiait en couloirs menant à un labyrinthe de pièces. Un certain nombre d'entre elles parurent à Jane plutôt sinistres et déprimantes.

— Comme vous pouvez le constater, dit Guy avec la franchise qui le caractérisait, quelques-unes de ces pièces sont à peine confortables. Vous serez du reste entièrement libre d'y apporter tous les changements que vous voudrez. Les dépenses, ajouta-t-il dans le but évident de la mettre à l'aise, ne posent aucun problème.

Quand ils arrivèrent aux appartements que, précisa Guy, Jane occuperait, elle remarqua qu'ils étaient meublés avec plus de soin et de recherche que les autres pièces. Guy lui expliqua alors qu'ils étaient restés intouchés depuis l'époque de sa mère.

Jane posa sa cape sur le dossier d'une chaise et prit le temps de regarder autour d'elle. Elle le fit avec attention et montra beaucoup d'intérêt pour ce qu'elle découvrit : les salons, la chambre qui serait allouée à sa servante et enfin la sienne, qui bénéficiait d'une vue sur la campagne environnante. Le lit était grand, les couvertures, claires, et les murs, tendus de soies ou de tapisseries aux tons doux, crème et or.

Apercevant une autre porte, Jane avança aussitôt dans sa direction. Guy la suivit d'un regard intense tandis qu'elle l'ouvrait pour se trouver devant une nouvelle chambre dont elle passa le seuil. *La chambre de Guy*, comprit-elle tout de suite. *Le lit de Guy*. Impossible d'en douter tant cette pièce parlait de son propriétaire. Oui, il s'agissait bien de la chambre d'un soldat, dénuée de tout ornement et équipée du strict nécessaire. Le décor aussi se réduisait au minimum : dans le coin le plus reculé de la pièce, un grand lit, gravé des armoiries des St. Edmond, regardait la fenêtre. Celle-ci était ornée de lourds rideaux retenus par des cordons d'or, seules fioritures de la chambre. Quant aux murs de pierre, ils étaient tendus de velours pourpre et de tapisseries représentant des batailles. Quelques meubles parsemaient la pièce : deux coffres sculptés, blottis contre l'un des murs, et, devant la fenêtre, entre deux chaises, une table haute sur laquelle était posé un échiquier d'améthyste et d'argent qui brillait à la lueur des candélabres.

Derrière elle, la voix de Guy interrompit son observation.

— Ces chambres vous plaisent-elles ?

Guy se tenait dans l'embrasure, appuyé contre la porte.

— Si elles me plaisent ? demanda Jane, distraite par la façon dont le regard gris perle avait glissé le long de ses cheveux pour s'arrêter sur l'encolure de sa robe.

D'un geste machinal, elle saisit les deux extrémités de son col et les serra entre ses doigts.

— Oui... Elles me plaisent beaucoup, répondit-elle, soulagée de pouvoir se réfugier dans une conversation.

Puis, tout en évitant avec soin de regarder en direction du lit, elle demanda :

— Me seront-elles allouées ?

— Absolument. Sauf celle-ci.

Il y eut un silence durant lequel un petit sourire effleura les lèvres de Guy.

— Afin de vous éviter une strangulation, dit-il enfin, je ne saurais trop vous conseiller de cesser de tirer sur l'encolure de votre robe. J'ai vu des hommes se balancer au bout de cordes pas tellement plus serrées que celle qui ferme votre col. Détendez-vous, Jane. Aussi tentante que puisse en être l'idée, je ne vais pas abuser de vous, contrairement à Aniston, qui, j'en suis sûr, l'aurait fait dans le bois si je ne m'étais pas trouvé là pour m'interposer. J'ai en outre la ferme intention d'attendre notre nuit de noces pour consommer notre mariage dans le lit qui se trouve en face de nous.

La nuance de regret qui accompagna l'aveu de Guy contribua beaucoup à entamer la résistance de Jane. Sa main se mit à trembler, en partie à cause de l'inexplicable excitation que, depuis le début, la présence de cet homme ne manquait jamais de provoquer en elle, mais peut-être aussi, et avec la même force, parce qu'un soupçon troublant lui soufflait que les subtils stratagèmes de son fiancé parvenaient peu à peu à la faire faiblir.

— L'idée de partager mon lit vous effraie-t-elle ? l'interrogea-t-il en avançant d'un pas.

Jane sentit sa bouche devenir sèche.

— Oui...

Puis elle corrigea très vite :

— Enfin, je veux dire... Toute femme n'appréhende-t-elle pas un peu sa nuit de noces ? Comment pourrais-je être à l'aise avec un homme qui est pour moi un quasi-inconnu ?

— Nous ne serons pas toujours des inconnus l'un pour l'autre, repartit Guy en s'approchant encore un peu d'elle et en lui jetant un regard intense.

— En effet, reconnut-elle dans un chuchotement.

Pourquoi Guy lui paraissait-il soudain immense et physiquement si proche ? Le col ouvert de sa tunique laissait entrevoir sa peau et la veine qui pulsait dans son cou. Son corps dégageait une chaleur intense, aussi intense, se dit confusément Jane, que celle qui gagnait ses propres pommettes. Elle termina dans un souffle :

— Dans une semaine...

— Une semaine, répéta-t-il sur un ton si bizarre que Jane lui jeta un regard scrutateur. Quelque chose, entre eux, lui paraissait soudain mal se passer.

— Vous ne paraissez pas débordé de joie à la perspective de devenir mon époux. Vous... n'avez pas envie que ce mariage ait lieu, c'est cela ?

— J'aurais voulu que rien de tout cela n'ait lieu. Par le diable, je ne veux pas vous épouser.

Jane le fixa, les yeux écarquillés, le visage blême.

— Moi non plus, je ne veux pas vous épouser, repartit-elle, glaciale. Mais, dans ce cas, pourquoi avoir prétendu le contraire ? Vous auriez mieux fait de me laisser me débrouiller toute seule face au scandale. À Cherriot Vale, peut-être serais-je devenue une paria, mais au moins aurais-je profité de la protection des miens et de ma maison où j'aurais été à l'abri des insultes, des railleries et des ricanements. Toujours est-il qu'avoir un barbare en fait de mari est la dernière chose que je souhaite.

Les yeux gris se mirent à luire.

— Un barbare ? Lady..., gronda Guy sans terminer sa phrase mais sur un ton qui la mettait clairement en garde, pas un seul instant je n'ai agi en barbare à votre égard. Simplement, je n'ai pas envie que vous soyez ma femme.

— Dans ce cas, il ne fallait pas céder à mon père qui vous réclamait un mariage avec moi.

— Je sauvais votre réputation.

— Je ne vous demandais rien.

Sans un mot, ils s'évaluèrent du regard pendant un long moment. Ce fut Jane qui rompit le silence :

— Ne me regardez pas ainsi, vous me faites peur.

Il eut un rire moqueur.

— Allez-y, pleurnichez un peu, plaidez donc votre fragilité féminine...

— Comment pourrais-je me battre contre vous ? À côté de moi, vous voyez bien que vous êtes beaucoup plus grand et beaucoup plus fort ! Je pense que vous devriez me raccompagner chez mes parents.

Guy jura en silence. Jane était si jolie et si pure... Et il se sentait réagir à tout ce qu'elle dégageait avec une profondeur qui ne faisait qu'exciter sa propre colère. Comme elle passait devant lui, il l'attrapa par le bras. Lentement, délibérément, il l'attira vers lui.

— Ne me faites pas mal, dit-elle, visiblement effrayée par la pression excessive de ses doigts.

Guy la regarda. Ni l'éruption de colère dans les yeux de Jane ni sa peur ne lui avaient échappé.

— Je ne vous ferai pas mal, Jane. De ma vie, jamais je n'ai fait mal à une femme. Mais vous savez déjà, certainement, que quand nous serons mariés vous devrez accepter toutes mes attentions.

Sur ces mots, il se pencha vers elle, avant de lui lâcher le bras pour lui saisir le menton avec impatience. Dans son geste, il lui frôla le sein sans le vouloir. Une vive rougeur envahit aussitôt le front pâle.

— Voulez-vous que je vous montre comment je ferai valoir les droits que me conférera ma place de mari ?

Stupéfaite, prête à rétorquer, Jane fixa les yeux, si proches, de son vis-à-vis. Mais Guy lui prit soudain le visage en coupe entre ses mains et le fit basculer en arrière tout en approchant ses lèvres. Quand elles la touchèrent, Jane ferma les paupières. Le baiser de Guy fut si parfait et si tendrement invasif, sa chaleur, si communicative, qu'elle resta haletante. Sa vie en eût-elle dépendu qu'en cet instant elle n'aurait pu réprimer le long frisson qui la parcourut.

Quand Guy la libéra enfin, les seins de Jane palpitaient sous l'outrage... Mais aussi sous l'effet d'une sensation autre, une sensation s'apparentant fort au désir.

— Avez-vous apprécié ce que nous venons de faire, Jane ? demanda-t-il non sans provocation tout en lui posant la main dans le cou à l'endroit où pulsait son cœur.

Toujours sous le choc du baiser dévastateur de Guy, Jane entendit à peine la question. Avant qu'elle n'ait eu le temps de recouvrer ses esprits, il lui avait pressé le visage contre le sien.

— Quand vous serez ma femme, vous devrez vous habituer à cela, lui chuchota-t-il à l'oreille tandis que son souffle chaud la faisait frémir. Et être disponible à mon désir chaque fois que je vous voudrai.

Elle le considéra, désarmée, sentant le feu qui avait gagné ses pommettes.

De ses yeux incandescents, Guy lui rendit son regard et reprit en lui effleurant la joue :

— Oui, n'oubliez pas cela : lorsque vous serez devenue ma femme, vous serez à ma disposition et je pourrai vous prendre autant qu'il me plaira.

S'il tentait de saborder sa résistance, songea Jane, c'était réussi. Sa voix venait de prendre une tonalité rauque et se glissait de manière terriblement sensuelle en elle comme la lame chaude d'un couteau dans du beurre tendre. Leurs corps étaient à présent serrés l'un contre l'autre. Tendue comme un arc, Jane oscillait maintenant entre la peur et son désir fou.

Son attitude pétrifiée et silencieuse encouragea Guy à lui prendre de nouveau les lèvres. Pour un baiser très différent, cette fois : subtil et caressant plutôt que possessif et vorace. Tandis qu'il lui effleurait les commissures avec la pointe de sa langue, Jane eut l'impression qu'une flamme s'allumait en elle et l'embrasait peu à peu. Enfin, lorsqu'il lui parsema le cou de petits baisers très doux, elle sentit ses paupières se fermer, et s'abandonna.

— Je vous ferai ceci, par exemple...

Joignant le geste à la parole, Guy lui prit les seins entre ses mains tout en lui caressant les mamelons du bout de ses pouces jusqu'à ce qu'ils pointent sous le tissu de la robe et durcissent. Jane fut à peine consciente du petit cri qui jaillit alors de sa gorge.

— Et aussi ceci..., ajouta-t-il dans un murmure. Je prendrai mon plaisir à loisir et quand je le désirerai.

Un tremblement secoua le corps de Jane. Jamais encore elle n'avait cédé au baiser d'un homme, mais aujourd'hui sa passion et son flambant désir de vierge répondaient à l'appel. Peut-être parce que, cette fois, Guy lui frôlait les lèvres avec une langueur inattendue. Oui, sa caresse dénuée de précipitation et d'avidité ne contenait plus rien de menaçant. Jane se concentra sur les lèvres fermes et douces qui l'enchantaient, et sur cette langue qui, d'instinct, semblait comprendre comment la satisfaire.

Après un langoureux et délicieux baiser, la bouche de Guy descendit le long de son cou comme pour réchauffer le sang qui coulait juste sous sa peau. Jane renversa la tête en arrière pour lui offrir un meilleur accès et, un peu vacillante, s'agrippa à ses épaules afin de se stabiliser.

La tenant fermement par sa taille souple, Guy profita pleinement de ce que lui offrait sa fiancée. Tout en la serrant davantage contre lui, il fit glisser ses lèvres vers les seins gonflés. Elle haleta, libérant un petit cri quand il les pressa plus fort entre ses mains.

Quand il se redressa, ce fut, de nouveau, pour chercher ses lèvres, les trouver et les prendre. Sa langue se faufila entre les lèvres roses et le baiser qu'il donna à Jane fut si intime qu'elle sembla parvenir à peine à en supporter l'extrême puissance.

Mais il tenait les rênes de son propre désir avec une poigne de fer et refusait à ses démons le droit de prendre le moindre contrôle sur lui, bien que son baiser se fît plus profond et qu'il sentît les lèvres souples de Jane contre sa bouche. Bientôt, oui, très bientôt, elle serait à lui. Mais cela se ferait en son temps et il pourrait alors savourer en toute quiétude le délicieux abandon de sa femme. Leur acte en serait d'autant plus doux. Jane était totalement innocente, les mains d'un homme sur sa peau étaient pour elle une sensation inconnue et elle ne savait rien du corps masculin.

Sans cesser de se délecter de la douceur des lèvres qu'elle mêlait aux siennes, il s'appliqua à ce que chacune de ses caresses fût d'une douceur entêtante et prit tout son temps afin qu'elles l'atteignent sans hâte, qu'elles l'imprègnent, restent dormantes en elle et ne la quittent plus jusqu'au moment où il aurait juste besoin de la toucher pour raviver chacune des sensations qui la parcouraient en cet instant.

Au loin, des voix se firent soudain entendre. Guy étouffa un soupir et mit un terme à leur étreinte.

De son côté, Jane ouvrit alors des yeux infiniment troublés et battit des paupières. Son visage était délicieusement rose, ses lèvres étaient douces et gonflées. Guy ne put retenir un sourire carnassier. Ni s'empêcher de lui frôler les lèvres une dernière fois.

— À quoi jouez-vous ? murmura-t-elle tout en sentant que, d'une certaine façon, l'intimité qu'ils venaient de partager avait apaisé sa colère.

— Je ne joue pas. Je vérifie quelque chose.

— Quoi ?

— Vous, répondit-il.

Il sourit alors plus largement et souleva le petit menton pointu du bout du doigt.

— Je sais maintenant que je peux éveiller la passion dans ce beau corps profane et...

Il s'interrompit en réalisant soudain qu'il venait de commettre une erreur. Jamais il n'aurait dû faire allusion à ce qui se passerait entre lui et Jane quand ils seraient mari et femme. Car des images si suggestives passaient à présent devant ses yeux que les battements de son cœur s'accéléraient follement et que son désir décuplait.

En face de lui, Jane le considérait de ses yeux écarquillés, vulnérable, tremblante... et si belle. Oui, par le ciel, elle était belle ! L'envie qu'il avait d'elle était d'une violence qui lui coupait le souffle. Mais elle lui était interdite jusqu'au soir de leurs noces, se rappela-t-il en remettant avec autorité ses pensées en ordre pour regagner un minimum de contrôle sur son corps palpitant de désir.

— N'ayez crainte, dit-il. Ma... prestation de barbare ne se répétera pas. Du moins, pas avant notre nuit de noces.

— Vous allez donc... m'épouser, chuchota Jane tandis qu'une infinité d'émotions contradictoires, colère, humiliation, orgueil blessé, regret, se bousculaient dans sa tête.

Elle avait réellement essayé de tout faire pour que ce mariage boiteux ait une chance de fonctionner. Et à présent, si ses sentiments étaient encore plus nébuleux et chaotiques, il en était tout de même un qui dominait : le désir frustré. À aucun moment, en effet, elle n'avait voulu que Guy cesse de l'étreindre et de l'embrasser. Et en cet instant même, quelque chose en elle brûlait d'envie qu'il recommence.

— Nous avons prononcé nos vœux, répondit Guy. Je tiendrai donc mon serment. Vous êtes très belle, Jane, plus belle que les créatures à la cervelle d'oiseau qui traînent en se pavanant à la cour du roi.

Jane eut un sourire forcé.

— Vous me flattez...

— Non, rétorqua Guy avec gravité avant de s'interrompre comme pour bien choisir les mots qui allaient suivre.

Quelques boucles noires balayaient son front et la lumière provenant de la fenêtre adoucissait les traits de son visage. Quand il reprit la parole, ce fut d'une voix basse et rauque :

— Vous allez émerveiller les gentlemen de la cour. Avec

autant de lords en guise de rivaux, quelle chance reste-t-il à un guerrier ordinaire, à un dur à cuire comme moi ?

Jane refusa de le prendre au sérieux.

— Être élégant ne suffit pas et vous le savez très bien. Ce qui compte vraiment est ce qui sous-tend l'élégance. De plus, vous n'êtes en aucun cas un guerrier ordinaire, puisque vous êtes comte, donc d'un rang élevé.

— En ce qui vous concerne, vous possédez une franchise peu commune chez les femmes.

— Beaucoup d'hommes considèrent le caractère indépendant d'une femme comme une menace, repartit-elle. Mais peu importe. Pour votre part, vous pourriez avoir toutes les ladies de la cour que vous voulez.

— Grâce à mon titre de comte ?

Jane se mordilla la lèvre tout en l'observant tant il avait formulé sa remarque avec sérieux.

— En tout cas, pas grâce à vos manières affables ni à votre charme, répondit-elle avec un sourire insolent tout en inclinant la tête sur le côté d'un air songeur. Cela dit, une femme qui ne verrait en vous que le héros des champs de bataille et l'éclat de votre titre serait une sotte.

Dans les yeux de Guy, la méfiance disparut aussitôt pour laisser place à une chaleur inattendue qui atteignit Jane en plein cœur comme une flèche brûlante.

Aussi le long silence qu'il observa ensuite l'étonna-t-il beaucoup. C'était bien la première fois que le comte St. Edmond semblait à court de mots. Quand il détourna le regard, son expression était indéchiffrable. Mais, quand il le posa de nouveau sur elle, il était admiratif...

— Vous êtes une étrange créature, Jane Lovet. Juste comme je pensais commencer à mieux vous connaître, vous m'étonnez par des propos inattendus.

— Dieu m'épargne de devenir un jour prévisible !

— Je doute que cela vous arrive jamais. C'est notamment ce qui fait votre charme, répliqua-t-il en retrouvant son air dégagé. Mais... Il me revient soudain que vous n'avez pas encore mangé ! Dînons ensemble. C'est votre première visite dans votre nouvelle maison et je ne saurais vous raccompagner chez vous sans vous avoir au moins proposé une collation.

Jane rit alors qu'ils revenaient sur leurs pas.

— Vous n'avez donc pas l'intention de me laisser mourir de faim ?

— Décidément, vous semblez déterminée à me considérer comme un barbare, riposta-t-il avec une curieuse petite moue.

— Tant de gens vous ont décrit de la sorte. Et puis il y a mon…

Guy s'arrêta net, tourna la tête vers elle et lui jeta un regard dur.

— … Votre frère. C'est donc sur des on-dit que vous me condamnez.

Quand il reprit sa marche, il avait retrouvé sa froideur et son air intraitable.

Jane le rejoignit.

— Je ne vous condamne pas, Guy. Les gens racontent ce qu'ils veulent. En ce qui me concerne, j'ai toujours préféré réfléchir par moi-même… Cependant, certaines choses resteront toujours entre nous.

— Exact, lui retourna-t-il sur un ton mordant.

Elle s'efforça de recouvrer un rire léger pour dissiper la gravité de l'instant.

— De toute façon, dit-elle, ne dit-on pas que les femmes sont attirées par les hommes qui dégagent un certain mystère ? À présent, si vous voulez commencer à faire vos preuves d'aimable mari — et à moins que votre intention cachée ne soit vraiment de me laisser mourir de faim —, vous feriez mieux de m'alimenter un peu. Car je suis effectivement affamée.

Sur cette déclaration, elle se baissa pour ramasser à terre sa cape, qu'elle avait mise sur une chaise en arrivant et qui avait glissé. Le regard de Guy se posa aussitôt sur le décolleté qui offrait une vue généreuse sur ses deux seins, qu'elle savait très jolis. En le voyant déglutir avec difficulté et serrer plus fort la poignée de la porte, Jane posa à plat la main à la naissance de sa gorge.

— Par le diable, Jane ! maugréa Guy.

Son absence de sang-froid se remarquait jusqu'au fond de sa voix.

— Comment pourrai-je me retenir jusqu'à notre mariage si mes yeux sont soumis à une telle tentation ? protesta-t-il.

— Se retenir est bénéfique pour l'esprit autant que pour l'âme, *my lord*, rétorqua Jane sur un ton de défi et avec un sourire malicieux.

L'instant suivant, elle lui échappait sur un pas de danse au moment précis où il tentait, une fois encore, de l'attraper.

— Païenne ! lança-t-il dans un rire joyeux avant de la suivre hors de la chambre.

Peu après que Jane et sa mère eurent gagné le château de Sinnington, où se trouvait déjà un petit contingent d'invités venus célébrer le mariage, on mena les futurs époux dans les quartiers qui leur avaient été réservés. La tradition voulait que la mariée demeurât dans le sien jusqu'au début de la cérémonie, prévue pour le lendemain midi. Et qu'elle ne vît évidemment pas son mari avant.

Lorsqu'elle fut couchée, Jane, incapable de fermer l'œil, passa la moitié de la nuit à écouter les voix et les rires monter de la grande salle du rez-de-chaussée. Vers minuit, un bruit plus distinct que les autres se fit entendre derrière la porte de communication avec la chambre d'à côté. Jane tendit l'oreille. Apparemment, quelqu'un venait d'y entrer. Des voix très discrètes lui parvinrent. L'une d'elles était sans erreur possible celle de Guy. Quelques instants après, tout redevint calme, mais un rai de lumière continuait à filtrer par une fente de la porte. Jane écouta avec attention, mais tout s'était tu. Quelques minutes plus tard, ce fut accompagnée par le bruit sourd d'un roulement régulier sur les lattes du parquet de bois qu'elle sombra brusquement dans le sommeil.

Enfin, le jour de la cérémonie arriva. Brillant, ensoleillé et rehaussé d'une brise légère qui faisait voleter les drapeaux accrochés aux tourelles du château. Une servante apporta à Jane du pain et de la viande afin de la sustenter avant la longue journée qui s'annonçait. Mais elle avait si peu faim et l'estomac si serré qu'elle ne put avaler une seule bouchée. Deux hommes arrivèrent ensuite en faisant rouler au sol un gros tonneau en bois réservé au bain. Ils étaient suivis de servantes qui faisaient la chaîne avec des cruches d'eau chaude.

Ce fut ensuite la mère de Jane qui, secondée par Kate, lui lava les cheveux et l'aida à procéder à ses ablutions, à se rincer puis à se sécher. Les deux femmes lui offrirent ensuite leur assistance pour l'habiller et nouer les nombreux cordons de son corsage et de ses jupons sans cesser de louer sa beauté. Quant à la petite Blanche, qui, selon son habitude, hésitait entre rires et criaillements, elle devenait, comme le jour des fiançailles, plus excitée que Jane elle-même à mesure que les minutes passaient. Son énervement ne connut plus de bornes quand la mariée enfila enfin sa robe de couleur bleue, symbole traditionnel de la pureté. Celle-ci était brodée de fleurs marine et comportait sur le devant un pan d'un ton plus pâle assorti à ses ballerines en satin bleu. Quant à sa belle chevelure couleur de miel, elle n'était pas relevée mais se déployait le long de son dos où les mèches les plus longues lui frôlaient la taille.

— Tu es si belle..., déclara sa mère en lui ajustant sur le front et autour de la tête une couronne de fleurs d'oranger. Absolument parfaite.

C'étaient les croisés qui, de retour dans leur pays, avaient rapporté d'outre-mer cette jolie coutume de couronner les jeunes mariées de cet accessoire dont chaque fleur possédait une signification particulière. Enfin, Kate tendit à Jane un petit bouquet d'herbes destiné à lui porter chance et lui assurer la fertilité.

Une expression austère sur le visage, Jane descendit l'escalier, habitée par un étrange sentiment d'irréalité.

Le château lui paraissait soudain si immense qu'elle se sentit minuscule et insignifiante en pénétrant dans la vaste salle du rez-de-chaussée. Étrangement engourdie, elle resta insensible à tout ce qui l'entourait. Enfin, suivie par sa famille, elle posa les yeux sur celui qui, quelques minutes après, deviendrait son mari.

Il se tenait tout près d'elle, grand et solide, vêtu, tel un roi, de velours noir et de blanc immaculé. Beau et impitoyable, il la fit penser à Satan, capable, comme lui, de lui voler son âme sans en éprouver le moindre remords. Si elle en avait eu le courage, elle aurait fait tout de suite demi-tour pour s'enfuir loin de cette folie qu'elle s'apprêtait à accomplir. Car ce mariage leur avait été imposé, à elle tout comme à lui, et elle ne devait jamais oublier que Guy s'y était uniquement plié pour éviter le scandale, et en songeant aux enfants qu'elle lui donnerait.

Alors que les conversations s'arrêtaient, Guy, sentant la présence de sa fiancée, tourna la tête vers l'escalier. Pendant de longues secondes, il demeura une fois encore fasciné par sa beauté. Un sourire plein d'admiration se dessina aussitôt sur ses lèvres tandis que son visage devait refléter le pur ravissement qu'il ressentait. Il ne quitta pas Jane des yeux pendant tout le temps où elle descendit l'escalier, fraîche et sereine, telle une grande prêtresse sur les marches du temple.

S'arrêtant sur la dernière, Jane le fixa à la façon d'une proie fascinée par son prédateur. Guy soutint le regard vert avec intensité, et il ne bougea pas. Désormais, toutes les personnes présentes dans la salle retenaient leur souffle. Très vite, les visages se tendirent tant la mariée le considérait d'étrange façon. Comme si elle se trouvait sur le point de pivoter sur ses talons et de partir en courant... ?

Apparemment sans penser à ce qu'elle faisait et comme si Guy l'avait appelée sans prononcer pourtant le moindre mot, Jane fit un pas vers lui, puis un autre. Réalisant soudain avec retard qu'il obligeait sa future épouse à venir à lui, Guy se porta en hâte à sa rencontre sans cesser de la considérer avec une authentique admiration, conscient aussi de l'effort qu'elle s'imposait et qui marquait ses traits. Oui, il était visible qu'elle n'avait pu arrêter sa décision et que le fait d'avoir accepté de le prendre pour mari la mettait à l'agonie. Toutes les émotions qui se bousculaient en elle se lisaient clairement sur son visage.

— Vous êtes exquise, murmura-t-il en lui attrapant le bout des doigts avant de les porter à ses lèvres. Êtes-vous prête à devenir ma femme, Jane ?

Les yeux gris perle demeuraient fixés sur elle. Avec son visage mat, rasé de près, ses boucles noires ramenées en arrière, Guy irradiait d'un éclat splendide qui mettait en valeur sa virile beauté. *Eh bien,* songea Jane, *je vais donc épouser cet homme...* Et, une fois qu'elle aurait prononcé ses vœux, sa liberté lui serait retirée pour toujours. Un long moment après, elle sentit, curieusement, quelque chose s'adoucir au fond de son cœur.

Elle se rendit :

— Oui, je suis prête.

Guy tendit alors vers elle sa longue main brune et la lui offrit. Quand elle y eut posé la sienne, il l'escorta vers l'endroit où le prêtre les attendait pour démarrer la cérémonie du mariage. Lorsque le couple s'arrêta devant lui, tous les bruits s'étouffèrent en même temps. Un silence complet régna bientôt dans le grand hall, comme si tous deux étaient à présent seuls au monde.

Ils s'agenouillèrent et baissèrent la tête en signe de recueillement. Pendant toute la cérémonie, qui dura une heure, Jane eut l'impression que le temps s'était arrêté. Puis Guy et elle prononcèrent leurs vœux, dont la moitié se trouva être en latin, et demeura donc incompréhensible pour Jane.

Enfin, le prêtre conclut son office. Tout était fini. Jane se releva, tremblante, alors que, de son côté, son mari se dressait de toute sa haute taille. Arquant un sourcil, il baissa les yeux vers elle.

— À ce que je sache, déclara-t-il, la tradition veut que le marié embrasse la mariée.

— Oui, répondit-elle d'une voix tendue.

Il leva alors la main et la lui posa sur le visage avec assez de fermeté pour qu'elle ne puisse détourner la tête. À peine lui eut-il glissé l'autre main autour de la taille qu'il l'attira contre lui. Son étreinte fut sauvage et possessive. Si Jane se sentait troublée par les regards braqués sur elle, Guy, en revanche, ne semblait pas le moins du monde embarrassé. Il paraissait même, d'une certaine façon, les apprécier. Son bras s'était refermé sur le corps délicat de Jane comme un étau de fer. Il la serra contre lui encore plus fort puis, enfin, baissa la tête et posa les lèvres sur les siennes pour lui imposer un baiser passionné.

Torride et exigeant. Au point que Jane le trouva trop intime pour être affiché ainsi en public. Même s'ils étaient maintenant mariés… Elle se sentait à la fois sans défense, excitée et en colère, autant contre elle-même que contre Guy. Cette colère s'aggrava encore quand elle entendit s'élever autour d'eux les acclamations grivoises d'une partie des hommes présents à la cérémonie.

Enfin, Guy desserra son étreinte et Jane put respirer. Ses lèvres tremblantes brûlaient encore du baiser passionné qu'elle venait de recevoir.

Elle se retourna et afficha un sourire timide en direction des convives qui se dirigeaient à présent vers eux pour leur présenter leurs vœux de bonheur.

Avec révérence, Guy posa sa main sur le bras de Jane. Ensemble, ils sortirent alors du château, dépassèrent le mur d'enceinte intérieur et traversèrent l'immense cour qui se trouvait derrière.

Une foule immense d'environ un millier de personnes les attendait. Celle-ci n'était constituée que de gens vivant à Cherriot Vale et qui s'étaient rendus sur place pour guetter la fin de la cérémonie dans le maigre espoir d'entrapercevoir au moins une fois le comte et la comtesse de Sinnington.

Quand, sa femme à son bras, Guy se fut suffisamment avancé, il s'arrêta et prit la parole. Sa voix puissante s'éleva, portant loin à travers la foule, pour présenter officiellement son épouse et réclamer à ses sujets de lui prêter la même allégeance qu'à lui-même. Quand il eut terminé, son regard sévère couvrit la multitude. Le temps d'un battement de cœur, un silence complet lui répondit. Puis, à son grand soulagement, le bruit reprit, d'abord comme une sourde rumeur, avant de monter en puissance... et de devenir presque assourdissant au moment où tous saluèrent la mariée avec un enthousiasme sans complexe, venu du fond du cœur et trop intense pour être retenu.

Non sans cynisme, Guy mit intérieurement cette prévenante manifestation de sympathie sur le compte de la généreuse quantité de bière et de nourriture qu'il avait fait distribuer à tous plutôt que sur celui de l'adoption de la toute nouvelle comtesse de Sinnington par ses sujets. Il vit les yeux de Jane, qui ignorait le raisonnement qu'il venait de se tenir, s'emplir naturellement de larmes de gratitude. Après de longues minutes, Guy la ramena d'un pas tranquille vers le château.

Bien qu'il anticipât déjà la nuit merveilleuse qui allait conclure cette journée, il joua sans relâche son rôle de jeune marié en restant constamment auprès de Jane.

Pour Jane, le reste de la journée se déroula dans une sorte de flou dont elle ne sortit jamais vraiment. Parce que c'était maintenant sa place, elle s'assit à côté de son mari lors du déjeuner de mariage. La bière et le vin, choisis parmi les meilleurs en provenance de France, coulaient à flots. Mais, pour leur part, les mariés n'en consommèrent qu'avec beaucoup de modération. Des tables chargées de victuailles avaient été disposées et dressées dans la gigantesque salle, qui comprenait à présent autant d'invités qu'elle pouvait en contenir. Peu à peu, le bruit se transforma en une véritable cacophonie de voix et de rires tandis que se succédaient chanteurs, ménestrels et bouffons dont les apparitions étaient systématiquement ponctuées, en guise de remerciements, d'interminables toasts portés par tous à la santé des mariés.

Alors que la soirée battait son plein, Guy se leva soudain de sa chaise et, d'un simple regard, intima le silence à l'assistance. Puis il leva son verre pour boire à la santé de Jane. Les acclamations montèrent, chaleureuses, tandis que chacun portait son gobelet à ses lèvres.

Le moment où Jane devrait prendre congé approchait à pas de géant. Son esprit mais aussi son corps tout entier étaient agités par un mélange très complexe de sentiments variés. Le fait d'être maintenant l'épouse du comte de Sinnington et, de fait, la souveraine du château de Sinnington était pour elle un émerveillement. Pourtant, par-dessus tout, elle appréhendait terriblement le sort qui la guettait lorsque, quelques heures plus tard, elle vivrait sa première nuit de femme mariée.

Parce qu'elle savait exactement à quoi s'attendre, ses nerfs étaient à cran. Et pourtant… Quelle femme n'eût voulu accueillir dans son lit le beau Guy St. Edmond ? De plus, quand elle songeait à toutes les fois où les mots et les comportements de Guy l'avaient mise en colère, il lui fallait bien reconnaître qu'à chacune de ces occasions elle s'était en même temps sentie fondre. Pourtant, la première nuit qu'ils allaient partager en tant que mari et femme restait pour elle une source d'anxiété, et son espoir était que Guy fît tout ce qui était en son pouvoir pour que cette nuit lui soit la moins difficile possible.

Déjà, elle se sentait soulagée qu'il eût accepté de renoncer à la « cérémonie du coucher » durant laquelle, moyennant force plaisanteries et farces grossières, les invités de la noce escortaient les nouveaux époux à l'intérieur même de leur chambre. Pour pallier cette concession, un peu plus tôt dans la journée et en présence des parents de Jane, le prêtre avait béni le lit nuptial et considéré sa bénédiction comme suffisante.

Escortée de la fidèle Kate, Margaret l'accompagna dans la chambre nuptiale. Les deux femmes commencèrent par lui ôter les épingles qui retenaient sa couronne de fleurs d'oranger puis brossèrent sa longue chevelure avant de lui retirer ses bijoux et de la débarrasser de ses atours. Dès qu'elles l'eurent enfin laissée seule, Jane, assise devant la fenêtre dans sa chemise de nuit translucide, se glissa dans son peignoir, en referma les deux pans et les resserra autour d'elle comme une armure.

Son regard parcourut ensuite la pièce faiblement éclairée et s'arrêta sur le grand lit. Entourant sa taille de ses bras, elle tenta d'imaginer ce que Guy allait lui faire. Cette pensée suffit à lui amener le rouge au visage car elle avait l'intuition que, lorsqu'il aurait passé la porte, il lui ferait goûter toutes ces choses délicieuses qu'il lui avait déjà fait pressentir et auxquelles elle serait incapable de résister.

De son siège capitonné, elle entendit soudain un bruit à l'extérieur de la chambre. Elle tourna la tête en direction de la porte, puis se défendit contre le frisson qui naquit au creux de ses reins quand celle-ci s'ouvrit et que, vêtu d'un riche peignoir de velours, Guy fit son apparition.

Guy avait tant pensé trouver Jane en train de l'attendre dans leur lit que le fait de la voir assise près de la fenêtre lui coupa presque le souffle. Les cierges projetaient leur doux éclat sur les cheveux couleur de miel qui lui entouraient le visage et retombaient dans un délicieux désordre autour de ses épaules protégées par son peignoir de soie. L'écarlate du vêtement formait un merveilleux contraste avec sa chevelure, créant ainsi une vision majestueuse et d'une beauté au-delà de toute comparaison. Comme une longue caresse, Guy fit glisser sur sa femme un regard qui colora ses joues d'une nuance presque aussi rouge que ce peignoir qui lui allait si bien.

Un large sourire étirait les lèvres de son mari lorsqu'il referma la porte après être entré. Mais la nervosité de Jane était si grande qu'elle se sentit incapable d'y répondre. Les battements de son cœur s'accélérèrent tandis qu'il traversait la pièce sans cesser de la fixer avec une franche admiration. Quand il arriva près d'elle, elle fut frappée de constater combien la lueur des bougies jouait en toute délicatesse sur les traits de son visage pour en adoucir à la fois les contours et les angles.

— J'avais presque pensé que vous seriez couchée et feriez semblant de dormir, remarqua-t-il dans un murmure enroué. M'attendiez-vous ?

— Que pourrais-je faire d'autre ? murmura Jane en réponse.

— Je me demandais aussi..., dit Guy avec franchise, si vous ne seriez pas en fuite.

Avant qu'elle n'ait eu le temps de répondre, il ajouta dans un souffle :

— Je suis content que ce ne soit pas le cas...

Jane rougit de nouveau sous son regard ardent et baissa la tête quand il approcha.

— Je n'arrive pas à croire, dit-il en lui prenant la main, qu'après tout ce qui s'est produit vous êtes maintenant mienne.

Comme il la faisait se mettre debout, elle leva les yeux et les plongea dans les siens.

— Bientôt, déclara-t-elle, si la chance nous sourit, vous atteindrez votre véritable but : avoir un enfant.

Aucune trace d'amertume ne perçait dans sa voix.

— Vous devriez alors être heureux, conclut-elle sur le même ton.

6

Guy baissa la tête. Ses lèvres effleuraient déjà celles de Jane quand il répondit :

— Oui, mon amour, et nous allons commencer dès cette nuit. Je suis le plus heureux des hommes.

Comme il soutenait le regard vert, il remarqua l'appréhension et la peur qu'il contenait avant que Jane ait eu le temps de se forger une contenance. Le pensait-elle donc capable de traîtrise ? Si oui, elle se trompait.

— C'est notre nuit de noces, Jane, mais je ne vous forcerai pas.

— Vous n'aurez pas besoin de le faire, repartit-elle immédiatement.

Guy ressentit aussitôt un immense soulagement.

Il lui effleura la joue de ses doigts repliés et murmura, laissant percer son étonnement :

— Vous tremblez...

Puis un petit rire sortit de sa gorge.

— De quoi s'agit-il, mon amour ? Me prendriez-vous pour une bête prête à vous renverser sur le lit ? Ah, Jane, ce moment dédié à l'amour n'est pas celui de la violence, mais celui du don et du partage.

Il se délectait de sa liberté tandis que ses yeux se régalaient avec gourmandise de la beauté de sa femme et cherchaient en elle tout ce qu'il n'avait pas encore décelé.

— C'est aussi ce que je pense, murmura-t-elle avec douceur.

Mon intention est d'être votre femme à tous les niveaux et quels que soient vos désirs.

À ces mots, les désirs de Guy, contenus depuis si longtemps, se libérèrent d'un coup en lui, étouffant ses doutes et ne laissant qu'une once de soupçon grignoter les abords de sa conscience. Mais il l'étouffa aussi. La nuit qui s'annonçait et toutes celles qui suivraient valaient amplement le risque.

Une fois encore, Guy se pencha pour déposer un baiser sur les lèvres de Jane avant de se redresser et de commencer à desserrer les liens du peignoir écarlate, qu'elle avait pris tant de soin, un peu plus tôt, à nouer le plus étroitement possible. Dans ce qui sembla à Jane un défi sensuel, son mari ne la quittait pas du regard, les sens aiguisés par une trace d'insolence comme pour lui prouver que c'était lui qui menait la danse. De son côté, Jane restait silencieuse, toute au souvenir de ce désir désespéré qui l'avait tenue éveillée pendant tant de nuits.

Un instinct plus profond que la raison elle-même lui intimait de ne pas s'engager dans un combat contre son mari. De toute façon, aurait-il été sage de le contrer alors qu'il l'intimidait et l'enfiévrait d'une manière qu'elle n'osait même pas admettre ? Car, à ce moment précis, la seule chose à laquelle elle pouvait penser était ce qu'il risquait de lui faire et le plaisir qu'elle en retirerait. Oui, en cet instant, son corps se réchauffait à chaque seconde et était parcouru de longs frémissements.

Quand le peignoir eut glissé le long des épaules de Jane, Guy s'en prit à la chemise de nuit, dont il dénoua les cordons. À présent, immense était sa hâte de découvrir chaque partie du corps délicieux de sa femme, de le toucher, de se familiariser avec lui et de le faire sien en laissant ses lèvres se promener à sa guise sur la chair douce et blanche.

Enfin, le vêtement de nuit s'ouvrit, glissa le long des épaules de Jane, de son dos, et tomba à terre.

— Là…, chuchota-t-il dans un souffle tout en lui glissant avec douceur et lenteur ses mains chaudes et fermes dans la nuque.

Puis, sans transition, il la prit dans ses bras et l'attira vers lui. Un souffle sortit des lèvres de Jane tandis qu'avec un empressement qui étonna Guy elle se haussait sur la pointe des pieds, refermait les bras autour de son cou et, dans une étreinte soyeuse, lui effleurait les lèvres.

Sa ferveur le stupéfia. Il avait l'impression que l'idée de se refuser ou même de se brider ne lui était même pas venue à l'esprit. Serrés dans les bras l'un de l'autre, ils étaient maintenant pris au piège de leur désir partagé. Leurs lèvres se mêlaient avec impatience et urgence, leurs baisers, à présent sauvages et farouches, étaient affamés.

Soudain, Guy la lâcha et retira son propre peignoir. Son corps musclé et fort, viril, orgueilleux, sauvage et déterminé, brillait à la douce lueur des bougies. En le surprenant ainsi, Jane éprouva un mélange d'admiration et d'inquiétude. À la lumière de la lampe, la peau brune de Guy semblait être de bronze huilé, les muscles de ses épaules, de ses bras et de ses cuisses, d'une fermeté sans pareille. À présent, lui aussi était complètement nu, et — elle le réalisait avec émerveillement — d'une beauté incomparable. Il se pencha vers elle et la souleva dans ses bras tout en rivant les yeux dans les siens avec une intensité qui lui coupa la respiration. Elle se sentit dévorée tant il se rassasiait avec hardiesse de la vue de sa chair souple et douce.

Puis elle réalisa qu'elle tremblait tandis qu'il la portait jusqu'au grand lit, se penchait vers l'épais matelas tendu d'un drap, et dégageait un bras pour qu'elle fasse glisser ses jambes le long des siennes. Dans ses yeux gris perle, une flamme s'alluma. Il s'empara de ses lèvres et les effleura du bout de la langue dans un petit jeu éminemment provocant. Telle une plume qu'emporte la brise légère, il la poussa ensuite avec douceur vers l'avant pour qu'elle se retrouve étendue sur le lit. Enfin, il se pencha au-dessus d'elle sans attendre et la fit frémir de bonheur en s'attardant, avec les mains, sur la rondeur de ses seins et en lui faisant découvrir sa peau d'homme, pour elle si surprenante et si impressionnante.

Elle leva les yeux vers lui, incapable de supporter l'attention dont il l'entourait, la douce torture qu'il lui infligeait en toute liberté.

— Est-ce donc cela ? l'interrogea-t-elle dans un souffle. Est-ce donc cela, le mariage ?

Un sourire précéda la réponse.

— Écoutez-moi, mon amour, et retenez bien mes paroles...

Il s'approcha encore plus avant de poursuivre :

— Oui, c'est cela. À présent, nous ne jouons plus.

Il murmurait à son oreille d'une voix si basse et rauque qu'elle dut puiser très loin en elle pour dissiper l'engourdissement qui continuait à s'emparer d'elle et à rogner ses défenses. Malgré toute la douceur dont Guy faisait preuve, pour elle, supporter son contact était comme laisser un piège d'acier se refermer sur sa conscience. Troublée par la virilité de son corps fin et musclé pressé contre le sien, elle le sentait, de son côté aussi, faire connaissance avec sa nudité.

Ils se regardèrent au fond des yeux pendant une seconde où le temps se suspendit de manière si parfaite qu'une heure ou davantage auraient aussi bien pu passer. Puis, lentement, de manière presque hésitante, Guy posa de nouveau les lèvres sur les siennes.

Le choc fut aussi brusque pour l'un que pour l'autre, et les lèvres, au départ si douces, de Guy se firent vite exigeantes et voraces. Jane et lui s'enflammaient tandis que leurs besoins grandissaient et prenaient spontanément leur envol. La faim les tenaillait, un désir désespéré s'emparait d'eux et anéantissait le reste. Tout cela advenait à une vitesse folle, les recouvrait avec une précipitation insensée : feux réveillés, désirs affamés, douleur douce-amère de la passion trop longtemps bridée.

Oui, il semblait à Jane que tous deux cherchaient pareillement à unir leurs corps de manière à ne faire plus qu'un comme si, en s'embrassant, ils échangeaient un souffle de vie.

Bien sûr, elle n'aurait pas dû désirer une telle union et elle le savait. Mais elle la voulait quand même. Même si elle devinait le danger qu'un élan aussi effréné pouvait représenter, il ne lui faisait pas peur. Son monde s'était soudain transformé en spirale vertigineuse et, comme s'ils étaient dotés de leur volonté propre, ses bras se refermaient d'eux-mêmes autour du cou de Guy. Les battements fous de son cœur refusaient de se calmer et il lui semblait se voir agir à distance comme si elle ne s'appartenait plus vraiment. Si sa volonté n'avait pas été tenue en échec à ce point, elle aurait pu le repousser mais, pour le moment, tout ce qu'elle parvenait à faire était le serrer encore plus contre elle et entendre le prénom de son mari se murmurer tout seul au fond de sa gorge.

En même temps, elle gardait pleinement conscience du désir qu'il avait d'elle et de son envie de la forcer à lui céder. Leurs corps s'imbriquaient, buste contre buste, hanches contre hanches, cuisses contre cuisses, leurs lèvres se soudaient, caressantes, brûlantes, enveloppantes, leurs langues se frôlaient, se goûtaient.

Jane s'attendait presque à ce qu'un démenti criant surgisse sans qu'elle s'y attende dans un coin reculé et insensible de son esprit. Mais elle se préparait déjà à le repousser. Ce ne fut de toute façon que le silence et le vide qu'elle surprit en elle, comme si sa conscience la regardait se battre contre ses propres doutes, avec une approbation amusée.

Quand les lèvres de Guy se détachèrent des siennes et qu'il déposa une série de baisers fiévreux sur sa gorge offerte et sur ses seins gonflés de désir, elle rejeta la tête en arrière pour lui offrir un accès plus aisé. Paupières closes et souffle court, elle murmura :

— Je vous en prie, arrêtez, à présent. Je ne puis en supporter davantage.

— Si, vous pouvez, repartit-il en descendant le long de ses hanches. Nous venons juste de commencer. Vous êtes plus femme que je ne le pensais, Jane. Je vous apprendrai à me défier... Bientôt, vous me demanderez grâce, vous, fille si belle, fille irrésistible.

À partir de cet instant, elle cessa tout à fait de s'appartenir. Comme elle retrouvait les lèvres dont elle ne pouvait déjà plus se passer, elle se sentit emportée dans le tourbillon de sensations qu'elle avait déjà éprouvé une fois dans les bras de Guy, dont le souvenir était resté incrusté dans sa chair et qui l'embrasait de nouveau. Autour d'elle, tout reprit vie.

Elle sentit les doigts habiles de son mari caresser ses cuisses fuselées, mais son sang bouillonnant réclamait un accomplissement plus profond. Il y avait en son mari une hâte manifeste de la connaître complètement, de toucher chaque partie de son corps et de la déclarer sienne. Après lui avoir posé les mains avec douceur sur le visage, elle l'entoura de ses bras tandis que, de ses lèvres, Guy lui effleurait de nouveau les seins et agaçait leur pointe rose du bout de la langue.

De lumineuses vagues de plaisir se répandirent alors dans son corps comme un feu liquide. Sa tête roulait de droite et de gauche sur l'oreiller et un gémissement étouffé s'échappait de sa gorge tandis que les lèvres de Guy poursuivaient leur chemin. Elles la faisaient frémir et son corps souple tremblait de toute la ferveur qui s'édifiait peu à peu en elle. Redressant la tête, Guy retrouva ses lèvres et les lui embrassa avec la même faim et la même ardeur que celles qu'elle éprouvait pour lui.

Pleine d'une confusion qui faisait rage en elle et de sentiments contradictoires, Jane ferma les yeux. Porté par la promesse d'un épanouissement que rien ne pourrait entraver, son plaisir avait maintenant atteint de tels sommets qu'il lui faisait presque peur. Alors qu'un moment plus tôt elle se trouvait tout près de la reddition, le déploiement de séduction que manifestait Guy lui donnait à présent envie de se rebeller. Dans un mouvement de recul, elle tenta, haletante, d'échapper aux mains dont le moindre geste la faisait boire à une nouvelle source d'extase.

— Oh ! je vous en prie, ne faites pas cela. S'il vous plaît, arrêtez... Je n'ai jamais voulu...

— Non, mon amour, répondit-il, nous sommes allés trop loin pour nous renier, à présent.

Le rire dont Guy fit suivre sa remarque n'eut rien de contrit et, une fois encore, Jane ne put que s'incliner devant une telle force. Son sang se mit à courir plus vite dans ses veines tandis qu'un incontrôlable désir montait en elle et s'étendait à tout son être. Avec une étrangeté haletante, les nouvelles et surprenantes sensations qu'était en train de découvrir son corps et la virilité qu'entre ses cuisses Guy exprimait de plus en plus intensément dissolvaient sa volonté.

Quand, enfin, il la prit, elle se laissa couler sans résistance dans le fleuve de volupté qui l'entraînait. Elle ne réagit pas à la petite douleur qui la traversa tant chaque infime partie de son corps réclamait la domination de son maître. Les yeux ouverts dans la semi-pénombre, elle sentit les vagues de plaisir la transporter d'extase en extase qu'elle n'aurait jamais cru possible d'atteindre. Alors qu'elle avait la tête renversée contre le bord du lit, un doux gémissement plaintif lui parvint aux oreilles. Et soudain elle reconnut sa propre voix.

Avec une inlassable patience, Guy l'appelait à lui, la rendant chaque fois plus réactive, chaude et gémissante, les yeux brillants de fièvre. *Pourquoi le combattre ?* se demanda-t-elle tandis qu'un voile de sensualité tombait sur elle. Tout ce qu'elle pouvait remarquer à présent était l'incroyable douceur de Guy et sa tendresse. Chaque fois qu'il l'embrassait, la seule réponse possible était de l'embrasser en retour. Elle luttait et se rendait tour à tour. Mais, quand l'émotion qu'elle ne parvenait pas à contrôler atteignit son paroxysme, elle se rendit complètement.

Un doigt lui toucha ensuite le menton et le lui souleva jusqu'à ce qu'elle plongeât dans le beau regard gris qui la fixait. Ce regard n'était pas souriant mais d'une telle intensité qu'elle en resta confondue. Après l'avoir aidée à revenir vers le milieu du lit, Guy s'agenouilla près d'elle et contempla sa peau nacrée qui luisait comme une perle.

Il ne fallait pas le laisser se conduire de cette manière, songea Jane, consciente, en même temps, de son manque de conviction. Et encore moins l'autoriser à l'asservir ainsi. Mais déjà il l'enjambait et lui glissait la main entre les cuisses. Elle se cambra comme un arc, surprise par l'abandon avec lequel elle venait à lui, se pressait contre son corps, répondait avec passion à sa passion et perdait toute lucidité tandis que, peu à peu, ses sens reprenaient tout pouvoir sur elle. Le besoin qu'ils s'étaient créé l'un de l'autre les écrasait, les consumait, occultait tout autour d'eux. Étancher cette soif incommensurable demanderait plus qu'une étreinte désespérée de quelques instants. À présent, ils n'avaient plus le choix. Entre eux, le désir s'était fait nécessité. Jane soupira tandis que Guy posait les lèvres sur ses seins ronds et glissait avec encore plus de hardiesse la main à l'intérieur de ses cuisses, près du cœur de son intimité. Il la tenait serrée contre lui, continuait à la caresser avec douceur et à l'exciter. Jusqu'à ce qu'enfin elle entrouvre les lèvres et laisse échapper une longue plainte d'exquise agonie.

Il ne se pressa pas pour la posséder comme il l'avait fait la première fois, mais savoura chaque instant. Cette attente préparait, Jane le sentait, une jouissance qui s'épanouissait en elle, une soif qu'elle ne pouvait ni étancher ni nier. Le temps que Guy prenait pour assouvir leur double désir attaquait sa lucidité tandis que la chaleur palpitante qu'il dégageait la réchauffait. Elle lui rendit ses baisers ardents. La flamme brûlante qui l'enveloppait faisait qu'à chaque seconde qui passait elle appartenait davantage à son mari.

Il lui avait glissé les mains sous le bassin et la soulevait à présent vers lui. Enfin, il la pénétra profondément et lui imposa peu à peu son rythme. En elle parlait quelque chose de païen qu'elle ne connaissait pas. Guy l'emmenait cette nuit-là dans un endroit qu'elle découvrait pour la première fois et dont elle avait, jusqu'ici, ignoré jusqu'à l'existence. Une fois encore, ils goûtèrent la joie absolue de leur union. Les gémissements de Jane montèrent dans la pièce jusqu'à ce que le plaisir les saisisse ensemble avec une puissance inimaginable pour elle comme, apparemment, pour lui.

Pour la seconde fois, Jane appartint à Guy et découvrit la douceur du plaisir suprême.

Quand les effluves de leur passion furent dissipés, Jane s'extirpa de sa semi-somnolence pour se retrouver nichée entre les bras chauds de Guy. Très doucement, elle revint des régions reculées où son esprit s'était réfugié il y avait de cela, lui semblait-il, une éternité. Que lui était-il donc arrivé ? Elle n'en était pas sûre mais le plaisir exquis qu'elle avait éprouvé en faisant l'amour avec lui était une découverte à laquelle elle ne s'attendait pas. La sensation qu'elle en retirait dépassait d'ailleurs le stade purement physique. En même temps, elle sentait néanmoins en Guy une part qu'elle ne pouvait atteindre.

— Vous êtes mienne, à présent, Jane, murmura-t-il en l'embrassant avec douceur sur les cheveux. Vous êtes ma femme dans tous les sens du terme, et à partir de maintenant c'est ainsi qu'il en ira toujours entre nous.

Les paroles de Guy ramenèrent Jane à la conscience. Elle s'écarta un peu de lui et plongea le regard dans le sien avec la sensation troublante qu'il la possédait, en effet, et qu'elle désirait qu'il en soit ainsi.

Mon Dieu, était-il possible qu'elle fût en train de tomber amoureuse de lui ? À peine se fut-elle posé la question qu'elle repoussa l'éventualité d'une réponse positive. Non, elle n'était pas amoureuse de Guy. Car son idéal n'était pas atteint. Aimer n'était pas suffisant. Encore fallait-il être aimée en retour et avec la même force. Se contenter de moins était impensable et inacceptable. Et, de toute façon, elle refusait catégoriquement de tomber amoureuse d'un homme qui la considérait comme une simple poulinière.

Le soleil dardait ses rayons sur le drap blanc quand Guy ouvrit les yeux. À côté de lui, Jane dormait au creux du lit comme au creux d'un nid, enveloppée dans les couvertures, les cheveux emmêlés de part et d'autre de son beau visage. À sa vue, Guy sentit son cœur se serrer. Elle était chaude, douce, et son expression, sereine. Dans la lumière, ses longs cils noirs dessinaient une ombre fine et délicate sur ses joues.

Le souvenir presque douloureux de la manière dont elle avait réagi à ses caresses et la générosité dont elle avait fait preuve pendant tout le temps où ils avaient fait l'amour le touchaient au plus profond de son âme. Bien sûr, succomber aux charmes d'une belle créature était facile. Autant pour lui que pour un homme ordinaire. Cependant, jamais il n'avait ressenti pour une femme ce qu'il commençait à ressentir pour la sienne. Et cet engouement le mettait mal à l'aise. Non sans cynisme, il s'efforça d'ignorer le besoin de la protéger qui naissait en lui. Cela faisait des années qu'aucune femme n'avait fait vibrer cette corde au fond de son cœur. Et cette résurgence réveillait dans sa mémoire une amertume qu'il avait crue effacée depuis longtemps tant il s'était juré de ne plus jamais prêter l'oreille à ce genre de musique... Oui, la trahison d'Isabel lui avait infligé une blessure si grave qu'il n'avait pu la cautériser qu'en se jurant de ne tomber à nouveau amoureux sous aucun prétexte. Et il avait respecté ce serment fait à lui-même... jusqu'à ce que Jane croise son chemin. En ce jour, après une seule nuit passée avec elle, la réserve qu'il s'était imposée s'était envolée, tout comme les contraintes que, depuis des années, il appliquait à sa vie de manière plus générale.

À présent, il se retrouvait pris au piège de cette jeune fille, pourtant saine et dénuée de toute fourberie. Quant à son amour-propre, il semblait s'être enfui. Décidément, songea-t-il, quelque peu alarmé, plus il resterait avec elle, plus l'emprise qu'elle exerçait sur lui s'étendrait. Et, avant même de s'en rendre compte, il serait devenu son esclave, incapable de demeurer son propre maître. Or, c'était une situation qu'il ne pouvait se résoudre à envisager.

L'arrivée du messager du roi lui ordonnant de partir pour Westminster n'aurait pu survenir à un meilleur moment.

Un sourire se glissa sur les lèvres de Jane quand elle parvint en haut des marches et regarda l'immense salle en contrebas. Servantes et valets avaient bien exécuté leur tâche : aucune trace des réjouissances de la veille ne subsistait.

Sur les bancs installés le long des murs s'étaient avachis

plusieurs chevaliers desquels émanaient de tenaces vapeurs d'alcool, qu'ils tentaient apparemment de dissiper... En entendant du bruit, certains levèrent lentement la tête vers elle tandis que d'autres, plus rares encore, parvinrent à ouvrir les yeux au prix d'un immense effort. Mais toutes les expressions demeuraient tendues, et seuls un ou deux réussirent à grimacer un vague sourire.

Secouant la tête avec amusement, Jane descendit l'escalier et traversa la grande salle.

Jane se présenta devant la porte au moment où Guy revenait de la cour intérieure. Son saisissement lorsqu'il la vit fut tel qu'il n'eut pas le temps de le dissimuler. Une demi-heure plus tôt, lorsqu'il avait quitté la chambre, c'était une Jane encore somnolente qu'il avait laissée dans leur lit. Comment pouvait-elle être déjà prête ? Le contraste entre son apparence présente et leurs étreintes de la nuit réveilla aussitôt en lui un intérêt très précis. Son appétit pour elle se révéla même si fort qu'il le choqua un peu. Fasciné, il la considéra d'un air plutôt perplexe.

— Bonjour de nouveau, Jane. Il me semble que vous avez bien dormi...

— Très bien, en effet, répondit-elle d'une voix qui ressemblait à un soupir embarrassé.

Mais ses yeux brillaient et scintillaient quand elle poursuivit :

— Je m'apprêtais à aller faire un tour. Comme vous l'avez peut-être déjà constaté, tout le monde souffre ici des retombées de la noce.

Le coup d'œil que Guy jeta sur ses chevaliers ainsi que le petit sourire crispé qui l'accompagna furent, l'un comme l'autre, dénués de compassion.

— Pas tout le monde, Jane. Eux paient le prix de leur ivrognerie, mais pas moi. En ce qui me concerne, je plaide même la plus complète innocence.

Jane posa sur lui des yeux pleins d'une malicieuse lucidité.

— Si vous n'aviez été autrement engagé vis-à-vis de votre

femme, *my lord*, je ne doute pas que vous vous fussiez enivré comme les autres et que vous eussiez aujourd'hui besoin de vous remettre de vos excès...

Guy la regarda durement :

— En ce moment, il n'est qu'un genre de remède qui m'intéresse, Jane, et je serais extrêmement heureux que vous me l'administriez plus tard. Mais, pour le moment, venez. Permettez-moi de vous escorter dehors, où vous pourrez souhaiter bon voyage à votre mari.

Elle le considéra fixement pendant un court instant, incapable de parler, avant de demander :

— Quel voyage ? Où devriez-vous donc vous rendre avec une telle hâte ?

Guy sortit dans la cour pour échapper au regard vert qui le sondait.

— Je viens de recevoir un message du roi : il me faut partir pour plusieurs jours.

— Partir ! Où cela ? demanda-t-elle en courant pour le rattraper.

— À Londres. À la cour. On a besoin de moi pour prendre part à d'urgentes consultations.

— Londres ! s'exclama Jane en tentant d'ignorer la panique qui, soudain, affolait son cœur. Mais... Et le reste, ici... Et moi ?

— Et vous ?

— Oui... Vous ne pouvez pas vous en aller juste comme cela...

— Pourquoi pas ? demanda Guy avec une politesse glacée.

— Puis-je venir avec vous ?

— Non, vous restez là.

La nouvelle atteignit Jane comme l'aurait atteinte une gifle. L'indignation empourpra ses pommettes.

— Vous avez donc l'intention de m'abandonner dès le lendemain de notre mariage ! De me laisser toute seule ?

— Vous ne serez pas seule. Le château regorge de serviteurs.

— Vous ne pouvez pas faire cela !

— Si, Jane, repartit Guy avec fermeté tandis que son regard se faisait plus dur. Tout va parfaitement bien se passer pour vous. Les serviteurs veilleront sur vous et je suis sûr que vous trouverez quantité de tâches à accomplir pour occuper votre temps.

Elle le dévisagea et demanda :

— La nuit dernière, saviez-vous déjà que vous devriez partir ce matin ?

— Non, répondit Guy en se dirigeant d'un pas vif vers Cédric, qui attendait avec les chevaux. J'ai très peu de temps. Si vous avez quelque chose à dire, merci d'en finir rapidement.

Le dos droit, les épaules raides, les yeux brillants, Jane déclara :

— Après la nuit dernière, je... je pensais que nous... nous...

Sa main s'envola dans un petit geste à peine ébauché tandis que sa phrase aussi demeurait en suspens.

Quand elle reprit la parole, ce fut d'une voix plus ferme :

— Je m'étais trompée sur vos sentiments. Je ne le réalise que maintenant.

Après une imperceptible pause, elle ajouta :

— Vous... allez me manquer.

Le regard qu'il posa sur elle fut étrange, pénétrant.

— Vraiment ?

— Oui, répondit-elle en confirmant de la tête. Et cela bien que je ne comprenne pas du tout pourquoi vous partez. Cela ne fait pas vingt-quatre heures que nous sommes mariés et, déjà, vous vous éloignez...

Elle baissa la tête.

— Vous ne serez même pas là quand je vais avoir le plus besoin de vous.

Comme Guy se détournait avec lenteur, elle aperçut son profil, dur comme un camée, que soulignait et découpait le soleil. Lorsqu'il lui fit de nouveau face, il lui prit le visage entre ses grandes mains et lui embrassa les lèvres. Son geste parut si bref à Jane, et dénué de passion. L'instant d'après, il sautait en selle et saisissait les rênes de son cheval.

— Je serai de retour dans une semaine, déclara-t-il en baissant les yeux vers elle, pas un jour de plus.

Sur ces mots, il lança son cheval au galop, imité par Cédric, et laissant sur place Jane qui le suivit fixement des yeux.

— Ce n'est qu'un soldat égoïste et sans cœur ! laissa-t-elle échapper. Et incapable de reconnaître la vérité. Jamais il ne reviendra...

Chaque jour qui passait était plus long que le précédent. Jane refusait cependant de retourner dans sa famille. De toute manière, le simple fait de songer à la façon dont son père réagirait en apprenant que le mari de sa fille l'avait abandonnée, le lendemain matin de leurs noces, la faisait trembler. Mais pourquoi Guy l'avait-il quittée, au juste ? Qu'est-ce que cela signifiait ?

Le surlendemain, déjà plus détachée, elle commença à s'interroger sur l'intérêt de se poser ces questions.

Enfin, trois jours plus tard, l'esprit clair, et suffisamment d'attaque pour affronter les problèmes l'un après l'autre, elle parvenait à analyser sa situation de manière objective tout en se concentrant sur son avenir. Dépendre seulement d'elle-même était incontournable si elle voulait se sortir de cette tourmente. Et quelle que fût la raison pour laquelle Guy s'était rendu à Londres — pour prendre part aux plaisirs de la cour ? — elle devait à tout prix dissiper la blessure que lui avait causée le traître abandon de son mari. Oui, à présent, elle avait du pain sur la planche.

Depuis la disparition de l'ancien comte, le château était administré par le bailli et dirigé par les domestiques qui y travaillaient depuis toujours. Fort agréablement surprise, Jane constata très vite à quel point les serviteurs se montraient efficaces. Lors de la visite qu'elle avait effectuée au château avant son mariage, certains d'entre eux lui avaient, de plus, manifesté une véritable gentillesse. D'autres, en revanche, l'avaient clairement considérée comme « la fille de Cherriot » sans lui accorder plus d'importance qu'on ne leur en accordait au château. Peu importait. C'était une situation qu'elle était fermement déterminée à rectifier à mesure qu'elle deviendrait maîtresse de sa nouvelle demeure et en assurerait la direction.

Sous l'œil vigilant du bailli, elle reprit donc tout en main depuis le début, refusant de le laisser intervenir dans un domaine où, si elle voulait gagner la confiance et le respect de tous, elle devait être capable de se débrouiller seule.

Après seulement une semaine, durant laquelle Jane s'appliqua sans relâche à se montrer aimable et courtoise mais également déterminée, et à indiquer ses préférences sur les sujets qu'elle connaissait bien, son charme vivace et sa prévenante bienveillance à l'égard de la domesticité vinrent à bout de la réserve des plus réticents. À l'intérieur comme à l'extérieur, servantes et valets s'accordaient à trouver la jeune et belle comtesse de Sinnington à la fois efficace et avisée. Quant à son rire aérien et l'humour dont elle ne se départissait jamais, ils les avaient séduits à l'unanimité. En sa présence, tous avaient l'impression que le soleil brillait plus fort et que le ciel était plus grand. Leurs tâches leur paraissaient plus légères et ils s'en emparaient avec autant de zèle que de détermination à lui plaire. Très vite, le grand château déborda de vie et fonctionna comme jamais il n'avait fonctionné auparavant.

Les jours devinrent des semaines. De plus en plus convaincue que Guy l'avait bel et bien abandonnée, Jane s'efforçait — sans y parvenir — de calmer ses craintes et de repousser ses doutes.

Il lui semblait qu'une éternité s'était écoulée depuis le départ de son mari quand, un soir, il rentra enfin.

La soirée était déjà très avancée. Après avoir traversé la grande salle du rez-de-chaussée désertée, Jane se dirigeait vers l'escalier lorsque, derrière elle, la porte s'ouvrit. Surprise et effrayée, elle pivota brusquement sur ses talons et reconnut tout de suite la haute silhouette familière qui se profilait sur le seuil. Guy commença à avancer vers elle avant de s'arrêter brusquement.

— Vous êtes donc revenu..., dit-elle dans un souffle sans rien manifester de la joie qui flambait soudain en elle. Désolée, mais vous m'avez fait peur.

— Depuis quand êtes-vous du genre nerveux ?

— Depuis que j'ai passé six semaines toute seule.

Elle avait riposté sans élever la voix.

— Je suis de retour, à présent, repartit-il sur un ton étrange, d'une décontraction clairement étudiée.

— Je vois cela.

— Êtes-vous contente de me voir ?

— Vous auriez pu écrire, me faire connaître le moment de votre retour.

— J'aurais dû, en effet. Je suis désolé.

Guy considérait Jane avec intensité, dissimulant sa surprise. La dernière fois qu'il l'avait vue, elle était pâle et angoissée par son départ imminent. Aujourd'hui, ses cheveux lâchés lui recouvrant les épaules et le dos, c'était une autre femme qui se trouvait devant lui, vibrante de santé.

Vêtue d'une robe de chambre vert foncé, elle se tenait parfaitement droite et le fixait fièrement dans les yeux, tandis que lui-même dévorait du regard cette presque inconnue dont il avait encore plus soif que de l'eau d'une source.

— Pourquoi n'êtes-vous pas couchée ?

Sortant de l'ombre, elle approcha de lui. Les flammes des chandelles firent briller ses yeux verts.

— Comme c'est au moment où j'avais le plus besoin de vous que vous m'avez abandonnée, je pensais que vous m'aviez quittée et que je ne vous reverrais plus, repartit-elle sans détour et, de nouveau, sans répondre à sa question. Au début, je dois dire que les gens du château ne se sont guère montrés… coopératifs.

— Mais vous avez survécu.

— Gagner leur confiance a été difficile, dit-elle sans relever son sarcasme.

La surprise de Guy augmenta. Il s'était personnellement beaucoup reproché la manière dont il avait quitté Jane. Quand, le lendemain de leur mariage, le messager du roi était arrivé avec un ordre pour lui, celui de se rendre à la cour royale pour affaire urgente — affaire qui, à son grand dam, ne s'était révélée être que l'inspection de deux chevaux fraîchement reçus de France pour Sa Majesté —, il aurait dû demander à pouvoir différer son départ au lieu de s'empresser de la sorte. D'autant qu'une fois parvenu à Westminster il s'était vu confier de nouvelles responsabilités dont il lui avait alors été impossible de se démettre. Oui, ce qu'il avait fait subir à Jane était d'une injustice d'autant plus criante qu'il aurait facilement pu deviner sa réaction devant un départ aussi précipité qu'inattendu. Comment, en effet, une telle attitude, au lendemain de ses noces, n'aurait-elle pas inquiété une jeune épouse ? De plus, n'était-il pas évident que Jane aurait à affronter — seule — l'hostilité de certaines personnes et que cette situation serait pour elle terriblement humiliante ? Avec une authentique compassion et une bonne dose d'autocritique pour l'avoir quittée à un moment aussi délicat, il avait vite reconnu en son for intérieur que, compte tenu du jeune âge et de l'inexpérience de Jane, celle-ci s'était montrée particulièrement courageuse lors de son départ et qu'il n'aurait pas dû la laisser braver ainsi sans soutien l'animosité de quelques-uns.

Et depuis qu'il était parti, six semaines plus tôt, Jane lui avait manqué. Mais, cela, il était trop entêté pour le reconnaître.

— Je n'aurais pas dû vous laisser seule, admit-il. Comment, en effet, pouviez-vous vous débrouiller alors que vous ne connaissiez même pas le fonctionnement du château ? Rien ni personne ne vous avait préparée à faire face à une telle situation. Il vous a fallu affronter des problèmes que vous n'aviez jamais rencontrés et contre lesquels vous n'aviez aucun moyen d'agir. Autant de choses que je n'ai pas voulu regarder en face...

— C'est vrai, répondit-elle avec un détachement un peu faux, mais... comme vous le disiez, j'ai *survécu*.

— Êtes-vous contente de me voir, Jane ?

C'était la seconde fois que Guy lui posait la question. Elle répondit avec calme :

— Bien sûr.

— Vous avez une drôle de façon de le manifester.

— J'ai mal à la tête, je suis perturbée et extrêmement fatiguée. Désolée, donc, de ne pas me montrer aussi enthousiaste que vous l'auriez sans doute voulu. De votre côté, vous n'auriez pas dû arriver de cette manière imprévue. M'avertir aurait été le minimum.

Sans répondre, Guy lui jeta un regard étrange qu'elle ne comprit pas bien. Un regard mesuré qui semblait vouloir la sonder, comme pour découvrir quelle sorte de changement profond s'était, en l'espace de six semaines, opéré en elle. Cette curieuse inspection la mit mal à l'aise.

— Je partais me coucher quand vous êtes arrivé. Désirez-vous quelque chose de spécial avant que je ne m'en aille ?

Guy secoua la tête.

— Non, vous pouvez y aller, je ne vous dérangerai pas. Nous reprendrons cette discussion demain matin.

— Merci. Bonne nuit, Guy.

Sur ces mots, Jane s'éloigna sans se retourner, mais intérieurement troublée par le dernier et si particulier regard qu'il lui avait accordé. Entre eux, quelque chose avait changé, c'était évident. En fait, tout se déroulait comme s'ils étaient maintenant séparés par un mur invisible.

Les jours suivants, Guy garda ses distances vis-à-vis d'elle. Certes, il se montrait poli et prévenant mais, pour elle, ce comportement était bien plus dur à supporter que l'auraient été des mots rudes ou rageurs.

Dehors dès le matin, Guy passait le plus clair de son temps à la chasse, à la fauconnerie ou à s'occuper d'affaires concernant le domaine.

Jane et lui ne partageaient pas le même lit et ne faisaient donc pas l'amour. Pour Jane, toute cette tension était si insupportable qu'elle n'hésita pas, lorsque Guy lui proposa de se joindre à la prochaine chasse au faucon, à accepter avec joie son invitation.

Ce fut avec Cédric qu'elle accomplit le trajet à cheval sur une route sinueuse et pleine d'ornières. À un moment, comme la brise repoussait en arrière la capuche de sa cape, les simples cordelettes qui retenaient ses cheveux ne résistèrent pas et ceux-ci se libérèrent le long de son dos en vagues chatoyantes.

Enfin, les bois s'ouvrirent devant eux. Une clairière et des champs apparurent. La plus grande partie des hommes de Guy avaient déjà investi l'endroit, allant et venant avec leur faucon sur leur cheval. La journée était belle, et l'endroit, parfait pour ce qu'ils allaient entreprendre. Les collines doucement vallonnées promettaient de beaux et rapides galops, les prairies, de nombreux lapins, et les bois, de beaux oiseaux.

À la vue de Guy, Jane dirigea sa monture vers lui. Il portait une tunique et un pantalon de cuir, et devisait sur un ton de plaisanterie avec ses hommes. Sur son grand étalon, il paraissait si détendu et s'exprimait avec tant de paresse et de bonne humeur qu'elle eut peine à reconnaître le séducteur qui s'était obstiné auprès d'elle et avait fini par demander sa main. Oui, devant ce spectacle, elle avait l'impression que Guy était deux personnes à la fois : l'une qu'elle pouvait parfois beaucoup aimer et l'autre qu'elle craignait et dont elle se méfiait. Cette méfiance paraissait du reste légitime, compte tenu d'une part de la réputation de soldat sans pitié qu'il avait acquise au fil des ans, et d'autre part de la façon dont il l'avait négligée dès le lendemain de leur mariage et qu'elle trouvait difficile de lui pardonner.

Guy la regardait approcher sur sa jument d'un sombre gris

pommelé. Il sembla apprécier aussitôt sa tenue d'équitation d'un jaune doré brillant et sa large jupe qui ondoyait sur les flancs de sa monture.

— Comment pouvez-vous être aussi ravissante de si bon matin ? demanda-t-il en plongeant les yeux dans les siens pour sonder son regard tandis que les commissures de ses lèvres s'étiraient en un sourire discrètement équivoque.

Sur cette question qui n'attendait pas de réponse, il se pencha en avant et tendit la main pour prendre la sienne avant de la porter à ses lèvres.

— Êtes-vous prête pour votre première leçon de fauconnerie ? demanda-t-il.

Incapable de retenir le petit sourire qui lui venait, Jane lui jeta un regard timide. Comment nier la façon dont ses émotions abordaient des sommets vertigineux quand Guy se trouvait près d'elle ?

— Absolument. Bien que je ne doute pas de me ridiculiser et tout faire de travers.

— Non. J'ai totalement confiance en vous… De plus, John, mon fauconnier, et moi-même vous expliquerons tout au fur et à mesure.

Comme la jument poussait un petit hennissement, les oreilles de l'étalon de Guy frétillèrent. Glissant de sa selle, celui-ci fit signe à John d'approcher. Le fauconnier portait, perché sur son avant-bras, un faucon émerillon dont la tête était recouverte d'un petit capuchon de cuir. Les minuscules clochettes qui baguaient sa patte tintinnabulèrent de manière harmonieuse lorsque John approcha de son maître. Jane se sentit un peu perdue, mais déjà Guy l'aidait à descendre de sa monture.

Il prit l'oiseau au fauconnier et le lui présenta :

— Je voudrais que vous fassiez connaissance avec cet émerillon, Jane. C'est une femelle qui a pour nom Melody. Elle est adorable. Vous pourrez vous en rendre compte quand nous l'aurons débarrassée de son capuchon.

Il tendit ensuite un gant très épais à Jane en lui demandant de l'enfiler. Quand elle se fut exécutée, il lui posa l'émerillon sur le gant et dit :

— Lorsque, tout à l'heure, je libérerai Melody de son capuchon, il ne faudra pas battre des paupières car elle pourrait prendre cela comme une incitation à l'attaque. Vous ne devrez pas non plus la tenir trop éloignée de vous. Elle ferait alors aller ses ailes pour que vous la rapprochiez. M'avez-vous compris ?

— Bien sûr. Je me demande juste comment je vais pouvoir arrêter de battre des paupières.

— Je suis sûr que vous y arriverez.

Comme l'émerillon bougeait, Jane replia son bras pour regarder cette oiselle magnifique et puissante, dotée d'un si joli panache de plumes bleu et or. Adorable, certes. Du reste, avec ses clochettes et le petit capuchon de cuir souple qui lui recouvrait encore la tête, on aurait pu la prendre pour le plus charmant des animaux de compagnie. Mais ses griffes, son bec acéré et ses ailes puissantes étaient là pour rappeler sa véritable nature.

— Je crois qu'elle vous apprécie, nota Guy.

Il sourit avant d'ajouter :

— Cela dit, quel oiseau sain d'esprit ne voudrait pas se retrouver perché sur le bras de la belle comtesse de Sinnington ?

Le compliment, exprimé d'un air dégagé et d'une voix douce, aida Jane à se détendre.

— Comtesse ou non, reprit-elle avec la même légèreté, je doute que mon bras se révèle assez fort pour porter cet émerillon lorsque je serai remontée à cheval.

— Aucun problème, repartit Guy, qui lui reprit l'oiselle et la tendit au fauconnier. John va s'en occuper. Je vous rendrai ce bel animal quand nous serons arrivés dans la prairie. C'est un peu loin, mais, par ici, la campagne doit vous être familière...

Elle eut un rire amusé.

— Vous voulez dire que je la connais par cœur ! Petite, c'est dans ces bois que j'ai appris à grimper aux arbres avec mon frère ou à chercher des champignons. Et c'est dans ces champs que je cueillais des fleurs sauvages.

— Un jour, nous irons ramasser des champignons ensemble. Je trouve cela délicieux.

Jane l'observa d'un air surpris.

— Excusez-moi, mais je ne puis vous imaginer en train de vous adonner à une occupation aussi prosaïque que celle de la cueillette des champignons.

— Si je vous énumérais mes occupations, un bon nombre d'entre elles vous surprendraient, répliqua-t-il dans un rire franc.

Quand Jane fut remontée en selle, ils se dirigèrent ensemble vers les champs à la suite des autres chasseurs qu'entouraient déjà les chiens. Elle jeta un regard furtif vers Guy. Rien qu'à la façon dont il se tenait sur sa monture, on repérait le cavalier-né. Attiré par la jument, l'étalon de Guy avait beau tendre à dévier sa trajectoire, c'était sans effort que son maître contrôlait l'animal, sans même sembler y penser, juste au moyen de ses jambes, de son tronc et de ses mains. Tout cela avec la même fluidité et la même tranquillité que celles de son cheval.

Après avoir longé une haie, ils s'apprêtaient à pénétrer dans la prairie quand Jane entendit un gémissement non loin d'elle. Tournant la tête vers la haie, quelle ne fut pas sa surprise d'apercevoir un quadrupède dont l'une des pattes postérieures semblait prise au piège d'un collet. Sans attendre, elle arrêta sa jument et se laissa glisser de sa selle. Guy se retourna pour comprendre ce qui se passait et fit demi-tour en constatant qu'elle s'était arrêtée et avait quitté sa monture.

Comme il approchait du piège, Jane s'aperçut qu'il reconnaissait tout de suite l'un des chiens de la meute. L'animal léchait sa patte et faisait couler son sang chaque fois qu'il tentait de se libérer. La situation n'était pas à son avantage.

— Assis..., lui commanda Guy avec douceur. Là... Bravo, le chien...

Il s'accroupit ensuite sans se hâter puis, sans cesser de s'exprimer sur un ton apaisant, tendit sa main à l'animal pour qu'il la renifle.

— Du calme... Promis, je ne te ferai pas de mal.

Tout en grondant, le chien l'observait avec méfiance. Mais,

à mesure que Guy s'adressait gentiment à lui, son grondement s'atténuait. Enfin, il laissa l'homme examiner sa patte blessée.

— Va-t-il s'en sortir ? demanda Jane, qui s'était accroupie à côté de Guy.

— Le fil de fer du collet lui a traversé la chair, mais pas assez profondément, c'est heureux, pour atteindre le tendon. Malgré tout, je vais devoir le débarrasser très vite de ce fil pour lui éviter une infirmité.

Sans délai, ses longs doigts se mirent à l'œuvre et finirent par attraper le fil avant d'en libérer l'animal, arrêtant ainsi sa douleur. Tout heureux, le chien se releva immédiatement en frétillant de la queue. Mais il replia aussitôt sa patte blessée avec une petite plainte, pour qu'elle ne s'appuie plus par terre. Guy lui caressa les oreilles. Il allait se redresser quand le chien lui lécha la joue.

— Merci pour lui ! s'écria alors Jane. Grâce à votre rapide intervention, vous lui avez probablement évité de devenir infirme !

Guy venait de se relever quand deux de ses hommes arrivèrent. Interloqués par la subite disparition du chevalier, ils avaient fait demi-tour pour comprendre ce qui se passait.

— Ramenez-le au château, leur ordonna-t-il en faisant à l'animal une dernière et affectueuse petite caresse sur la tête. Et faites soigner sa patte. C'est un fin limier qui devrait pouvoir recouvrer sa place au sein de la meute en un rien de temps.

Là-dessus, Guy et Jane se remirent en selle et se dirigèrent vers la prairie où se préparait la fauconnerie.

— Il ne m'a pas échappé, Jane, dit-il après quelques minutes tout en tournant la tête vers elle, que, depuis notre mariage, vous vous êtes très peu rendue au village. Pourquoi cela ?

— Il m'est difficile d'y retourner, répondit-elle, je le confesse. Étant petite, je connaissais tout le monde au village. Tout le monde me connaissait et m'acceptait pour ce que j'étais. Depuis mon mariage avec vous, en revanche, les choses ont, en ce qui me concerne, sensiblement changé. En particulier l'attitude des gens à mon égard. Oh ! ils sont polis et m'appellent

« comtesse » ou « milady », mais leur comportement n'est pas exempt d'une certaine réserve ni, je le soupçonne, d'une once de ressentiment. En résumé, je ne suis plus « l'une des leurs». À leurs yeux, je suis quasiment devenue une étrangère et, à ce titre, traitée comme telle. Oui, ma propre classe me rejette et…

Elle s'interrompit pour pivoter le buste vers Guy et chercher son regard avant de reprendre le fil de sa réflexion :

— … Je doute très fort qu'en face les vôtres m'acceptent davantage ou avec plus de facilité. Même si j'ai réussi à gagner les serviteurs à ma cause, cela ne suffit pas, c'est certain. Depuis que vous et moi sommes mariés, pas un seul de vos amis n'est venu me rendre visite ni ne m'a conviée dans sa demeure. Personnellement, cela ne m'atteint en rien. C'est plutôt pour vous que la situation m'inquiète.

— Il ne faut pas. Je suis désolé pour vous si, dans la vallée, s'exprime maintenant du ressentiment à votre égard. Pour ma part, je puis seulement entretenir l'espoir qu'à l'avenir les choses évoluent. Déjà, au château, j'ai constaté que les servantes et les valets étaient plus à l'aise et manifestaient plus d'entrain. Et je sais que c'est grâce à vous. En même temps, je sais aussi qu'à la cour du roi ou bien chez nos voisins nobles notre mariage a fait quelque peu scandale. Cela n'a d'ailleurs rien d'étonnant tant ces privilégiés se croient les seuls élus en ce monde. Pour autant, je ne suis pas inquiet. Comme je l'ai déjà dit, nous les acquerrons à notre cause. Sans compter que…

Un petit sourire se dessina sur ses lèvres.

— … En vous voyant, il ne fait aucun doute qu'ils ne pourront que succomber à votre beauté et à votre charme. En outre, j'ai prévu que nous allions bientôt voir ma mère ensemble. Nous nous rendrons à la prochaine de ces rencontres qu'elle aime organiser au fil des saisons et auxquelles la cour ne manque jamais de se rendre.

— Si ses invités savent que j'y suis attendue, certains pourraient refuser de s'y montrer.

— Ils y assisteront, vous pouvez me croire. Ne serait-ce que par curiosité. Et, une fois sur place, ils trouveront que la comtesse de Sinnington est un enchantement. À mon avis, il ne faudra ensuite pas longtemps pour qu'ils vous accueillent à bras ouverts dans leurs rangs.

Jane entretenait de sérieux doutes sur le sujet, mais elle se garda bien d'en parler.

La prairie ne se trouvait plus très loin. Ils parcoururent en silence le reste du chemin. Une fois qu'ils furent arrivés et descendus de cheval, la fauconnerie put commencer. Ce fut Cédric qui, le premier, repéra un lièvre et lâcha son faucon sur le petit animal. La mise à mort fut nette et sans bavure.

De son côté, John rendit à Jane l'émerillon tout en lui donnant un certain nombre de recommandations, qu'elle écouta avec attention. Quand, enfin, elle débarrassa la tête de Melody de son petit capuchon, elle resta pétrifiée. L'oiseau possédait un regard si sauvage et si perçant que, l'espace d'un instant, elle ne parvint plus à respirer ni à remuer ; comme si le faucon lui avait ordonné de respecter une parfaite immobilité pendant le long examen qu'il lui imposa. Par une sorte de miracle, Jane se débrouilla pour ne pas battre du tout des paupières.

Au moment où le fauconnier déclara à haute et intelligible voix qu'ils étaient maintenant prêts, Jane dut légèrement bouger son bras car Melody battit des ailes avec irritation. Mais sa mauvaise humeur disparut dès que Jane redonna à son bras sa position initiale.

Guy lui montra ensuite comment desserrer les petites attaches qui maintenaient les griffes du faucon. À peine Jane se fut-elle acquittée de cette tâche que Melody décolla à la poursuite d'un petit oiseau. La grâce du faucon en vol stupéfia Jane et la mit totalement sous le charme. Ce fut ensuite la soudaineté et la précision de l'attaque féroce du rapace, puis son retour à sa place, sur le gant où pendait un appât de viande, qui la sidéra.

Avec un rire de joie pure, elle tourna la tête vers Guy. Il hocha alors la tête en signe d'approbation avant de lui adresser un tendre sourire admiratif qui lui gonfla le cœur. Puis il demeura longtemps à la contempler, alors qu'elle était campée sur sa jument, le faucon sur le bras et la cape rabattue en arrière.

— Vous vous êtes très bien débrouillée, Jane, déclara-t-il d'une voix légèrement étranglée. Vous avez déjà l'air d'une fauconnière avertie. Fussé-je roi et vous soldat que je vous anoblirais ici même, sur cette prairie. Votre père serait fier de la prouesse que vous venez d'accomplir.

— Non, mon père ne serait pas le moins du monde enthousiaste, répondit-elle sans manifester de rancœur particulière, tandis qu'ils se mettaient en route pour rejoindre les autres. L'adresse de mon frère à la fauconnerie faisait l'orgueil de ma famille... Mais l'accès à cette chasse m'a été refusé. Parce que j'étais une fille... Voilà pourquoi, au lieu de m'anoblir, mon père me châtierait plutôt pour avoir osé interférer dans ce qu'il considère comme un sport réservé aux hommes.

— Auriez-vous aimé participer à d'autres sortes de chasse ?

— Oh oui ! Hélas, je n'ai pas pu.

— Votre frère ne vous a-t-il pas soutenue ?

— Pas vraiment...

Comme si la loyauté lui interdisait de dépeindre son frère décédé de manière peu flatteuse, elle fit un sourire radieux et déclara d'une voix résolument rassurante :

— Il n'était pas au courant. Les frères ignorent souvent beaucoup de choses concernant leur jeune sœur. Et puis... Son envie de devenir soldat lui occupait trop l'esprit pour qu'il remarquât un tel détail.

— J'en suis désolé, repartit Guy d'une voix qui lui sembla sincère, à la fois tendre et bourrue.

Jane le considéra avec attention tandis qu'une découverte stupéfiante s'imposait lentement à son esprit. En cet instant précis, l'homme que les gens traitaient tous de barbare brutal et sans pitié se révélait quelqu'un de tout à fait différent. Oui, à la place du sauvage destructeur tant décrié, elle voyait un homme capable de manifester une immense gentillesse, de venir en aide à un chien blessé ou d'éprouver une sympathie manifeste pour une petite jeune fille déçue dans ses attentes. Impossible de se tromper car tout cela s'inscrivait avec netteté sur les traits mêmes de son visage. Fascinée, Jane fit, sans s'en rendre compte, tranquillement avancer sa monture vers lui. Les yeux rivés sur Guy, elle ne voyait plus que son visage, ne sentait plus que l'odeur de son cheval, celle du cuir de sa selle et son parfum à la fois épicé et doux.

Alors qu'elle le regardait bien en face, elle sentit un sourire bienveillant lui étirer les lèvres.

— Je commence à croire, murmura-t-elle en captant son regard quand il tourna la tête vers elle, que la légende qui circule sur vous est fausse.

— Qu'est-ce qui vous faire dire cela ?

Jane haussa les épaules.

— Toutes ces choses que les gens vous accusent d'avoir commises... Je pense qu'elles ne sont pas vraies.

Les beaux yeux verts de Jane le dévisageaient à présent comme s'ils cherchaient à voir le fond de son âme.

Le visage de Guy se ferma aussitôt.

— Elles le sont, riposta-t-il avec une certaine sécheresse dans la voix tandis que les visions des innombrables et sanglants combats auxquels il avait participé défilaient devant ses yeux dans toute leur lugubre laideur, ainsi que les champs de bataille jonchés des cadavres de ses hommes comme de ceux de ses ennemis.

Jamais il n'avait cherché à apporter des démentis aux accusations dont on l'accablait ni à se défendre contre sa mauvaise réputation. Peut-être parce que celle-ci était sa première arme contre ses ennemis. Pour sa part, Jane ignorait tout des sinistres souvenirs qu'il avait engrangés et, parce qu'elle avait le cœur tendre, refusait de le laisser s'autoproclamer coupable. Peut-être parce que, pour la première fois, elle se faisait une idée différente de l'homme qu'il était et qui venait de manifester une empathie si touchante envers la petite jeune fille qu'elle avait été, trop désireuse de participer aux fauconneries tout comme son frère aîné...

— Je ne vous crois pas, murmura-t-elle.

— Vous le devez ! riposta-t-il à nouveau.

S'il désirait Jane, Guy savait que c'était en partie parce que, quand il la touchait, elle ne lui faisait pas endosser le rôle d'un conquérant bestial. En même temps, il était hors de question qu'il la laisse lui attribuer le rôle, tout aussi trompeur, du chevalier pur à l'armure étincelante.

— Presque tout est vrai, insista-t-il sur le même ton catégorique.

Elle approcha davantage de lui, jusqu'à ce que leurs montures se touchent presque et qu'ils se trouvent genou contre genou. Puis elle posa la main sur la sienne et le regarda dans les yeux.

— Ne parlons pas de cela maintenant. Cédric vous fait signe. Venez, la chasse au faucon n'est pas encore finie.

Relevant le menton, Guy tira légèrement sur les rênes de son cheval et reprit le cours de la chasse comme si de rien n'était.

Quand la fauconnerie fut terminée, Jane regagna le château en compagnie de Cédric.

Absorbée par ses pensées, par les souvenirs de la chasse et par la confusion qu'avaient provoqué, dans son esprit, les déclarations de Guy, elle était contente de pouvoir chevaucher en silence.

Ce ne fut que lorsqu'ils se trouvèrent au beau milieu des bois qu'elle tourna la tête vers le géant blond qui l'escortait.

— D'après ce que j'ai compris, vous accompagnez Guy depuis de nombreuses années.

Cédric acquiesça de la tête.

— Depuis qu'il est devenu soldat.

— Vous le connaissez donc mieux que personne.

— C'est ce que j'aime à croire, répondit-il avec un petit sourire, mais en fait je ne pense pas que quiconque sache ce qui se passe vraiment à l'intérieur de sa tête.

— Pouvez-vous me parler de lui ?

— Cela dépend de ce que vous voulez savoir.

— À peu près tout ce que je sais le concernant provient de

rumeurs, de ouï-dire. Impossible donc pour moi de faire la part du vrai et du faux. J'avais à peine dix ans que, à Cherriot, Guy était déjà une légende. On disait de lui qu'il remportait toutes les victoires et n'avait jamais perdu une bataille, pas même une simple escarmouche. On racontait aussi que c'était un soldat brutal et sans pitié, n'accordant jamais la grâce à ses prisonniers. En fait, on l'accusait d'être la progéniture du diable.

Cédric roula de gros yeux avant de libérer le rire homérique qui lui montait à la gorge.

— La progéniture du diable ! Admettons qu'il puisse faire cet effet-là... Mais cette réputation s'apparente plutôt aux ragots et aux rêveries de rien du tout. À mon avis, elle vient surtout du fait qu'il a toujours été un soldat coriace, habile à la guerre et courageux sur les champs de bataille.

— Je veux bien vous croire...

— Peu d'hommes se soucient des accusations portées par les ignorants. Je veux parler de ceux qui oublient ce que la guerre comporte de cruel et ce que, partout, elle engendre comme massacres. De plus, il n'est pas rare que l'on cite aussi Sinnington comme exemple même du gentilhomme. Quoi qu'il en soit, il est hélas plus difficile de démentir une rumeur qu'une accusation clairement portée. Enfin, dans l'esprit des soldats ordinaires, le supérieur qui réglemente leur existence au temps des batailles est automatiquement tenu pour responsable du meilleur comme du pire, de la victoire la plus retentissante jusqu'à la plus humble défaite.

— Diriez-vous que la mauvaise réputation de Guy est exagérée ? Disproportionnée ?

— Il me serait agréable de vous répondre que toutes les légendes que vous avez entendues circuler sur son compte sont mensongères, mais c'est plus compliqué que cela. En tout état de cause, il est faux de déclarer qu'il a massacré des prisonniers avec une brutalité aveugle. De toute façon, le sort des prisonniers ne s'est jamais trouvé entre ses mains. Ces hommes étaient désignés aux émissaires de leur roi et c'était sur place qu'était scellé leur destin. De ce point de vue, on peut dire que, pour sa part, Sinnington a su se montrer équitable et juste. Il savait ce qu'il faisait et ne s'est jamais révélé cruel. Enfin..., ajouta Cédric en jetant à Jane un regard en coin tandis qu'un petit sourire lui étirait les lèvres, il est doux avec les femmes.

— De votre côté, Cédric, repartit Jane, vous faites montre d'une scrupuleuse loyauté en ne parlant de lui qu'en termes élogieux. Mais fussiez-vous son ennemi que vous le dépeindriez autrement.

— C'est certain.

— En tout cas, Guy doit être un grand dirigeant pour inspirer un tel dévouement chez un si grand nombre de ses hommes.

— Je vous l'ai dit, lui et moi faisons équipe depuis longtemps.

— Il a de la chance de vous avoir.

— Je me contente de faire mon devoir.

— Je crois pour ma part qu'il s'agit de plus que cela, rétorqua Jane, certaine que les qualités de Cédric valaient aussi par son irréprochable dévouement.

Ce fut le moment que Guy choisit pour les rejoindre. Les yeux intensément fixés sur un petit groupe de cavaliers qui arrivait en sens inverse, il menait sa monture au trot. Le voyant soudain se tendre et froncer les sourcils, Jane tourna la tête pour suivre son regard.

— Guy ? interrogea-t-elle d'un ton inquiet. Que se passe-t-il ? Quelque chose ne va pas ?

— Je crois, répondit-il avec froideur, que nous allons incessamment être confrontés à Aniston.

7

Bien qu'elle n'en laissât rien paraître, un courant glacial traversa Jane.

— Richard ? Eh bien... Il fallait bien que nous le croisions à un moment ou à un autre. Je prie juste pour qu'il ne résulte aucun ennui de cette rencontre. S'il vous plaît, Guy, ne le laissez pas vous provoquer.

— La seule chose qui pourrait m'exaspérer, répliqua Guy, serait de me sentir blessé dans mon orgueil si je devais m'écarter pour le laisser passer.

Jane lui décocha un regard irrité.

— Lorsque j'étais sa promise, vous n'avez eu que faire de *son* orgueil. Comment pensez-vous que lui et ses parents aient pris cela ? Je sais que la situation les a fait, et les fait encore, terriblement souffrir. Voilà pourquoi je ne souhaite pas renchérir et vous supplie, pour moi, d'oublier un instant votre orgueil et de ne pas laisser Richard vous provoquer. Il va passer et poursuivre tout simplement son chemin.

— Si vous pensez vraiment ce que vous venez de dire, Jane, c'est que vous êtes une sotte, gronda Guy sans perdre un seul instant des yeux les cavaliers qui approchaient. Quant à Aniston, s'il tente quoi que ce soit, cela prouvera qu'il est encore plus sot.

La repartie de Jane fusa :

— Si notre rencontre se déroule de manière pacifique, je serai heureuse d'avoir été sotte. Quoi qu'il en soit, je vous demande de nouveau de ne pas lui faire de mal. S'il vous plaît, donnez-moi votre parole.

Guy rencontra son regard et hocha la tête.

— D'accord, déclara-t-il d'une voix rassurante. Je vous donne ma parole que je ne lui ferai pas de mal.

— Merci.

Ayant reconnu Sinnington et Jane de loin dès le moment où il s'apprêtait à quitter Cherriot Vale avec ses compagnons pour rejoindre John Neville au nord, Richard dirigea sa monture vers eux avec l'arrogance et l'assurance d'un homme indifférent à tout le monde sauf à lui-même.

Avant d'arriver à leur hauteur, il tira sur les rênes de son cheval, qui s'arrêta dans un nuage de poussière. Ses lèvres étaient tendues dans un sourire obscène, mais ses yeux, braqués sur Jane, aussi froids que la pierre.

— Permettez-moi, dit-il sur un ton insidieusement moqueur et avec une légère inclinaison de la tête, de présenter mes respects à la comtesse de Sinnington.

Ses yeux brillaient avec insolence quand il les tourna vers le comte, qui le fixait d'un regard mauvais. Pas un seul instant Richard ne lui manifesta la déférence que le rang de Guy St. Edmond aurait exigé qu'il lui exprime. Cette provocation, il le vit bien, ne réussit qu'à exacerber la colère du comte.

L'air moqueur de Richard et de ses compagnons n'échappa pas à Jane. Pendant un moment, elle étudia l'homme qu'elle avait failli devoir épouser avec la même tranquillité que s'il eût été pour elle un parfait inconnu. Depuis qu'elle lui avait déclaré ne pas vouloir lui accorder sa main, c'était la première fois qu'elle posait les yeux sur lui. Et elle réalisait combien les choses avaient changé. Quelque temps plus tôt, elle était encore une jeune fille promise au sacrifice, l'impuissante victime d'un père sans cœur et sans scrupule. Aujourd'hui, elle pouvait compter sur la force de Guy et sur sa protection.

Ce fut elle qui répondit :

— Vous pouvez.

Compte tenu de la tourmente qui l'habitait, elle trouva sa voix curieusement calme. Sans ciller, ses yeux fiers et dédaigneux rencontrèrent ceux de Richard tandis qu'elle découvrait avec un ineffable plaisir que le fait de se trouver en face de lui ne lui causait plus la moindre peur. Oui, la vague de terreur qui était tant de fois venue la hanter depuis leur dernière rencontre s'était évanouie.

— À moins que vous n'ayez pas envie de me parler, continua Richard, ou encore que le simple soldat que je suis devenu vous encombre et que vous ayez envie de vous débarrasser de moi comme on se débarrasse d'une mouche ennuyeuse. Bien que — si je me rappelle bien — le temps où vous m'étiez toute dévouée ne soit pas si lointain.

Guy St. Edmond en avait apparemment assez entendu.

— C'est assez, coupa-t-il sur un ton cassant. Vous êtes d'une impertinence inimaginable, Aniston. Auriez-vous oublié les circonstances de notre dernière rencontre… ? Lorsque vous avez eu l'audace de tenter de vous emparer par la force de ce qu'une lady n'offre qu'à son mari le soir de leur nuit de noces ?

Richard haussa les épaules avec ennui, mais ses yeux évitèrent avec soin le regard du comte quand il répondit :

— Si Jane ne s'était pas montrée aussi stupide et aussi naïve, les choses se seraient arrêtées là. C'est elle qui en a fait ensuite toute une tragédie.

Le comte le gratifia d'un regard glacial.

— Et moi je pense que vous vous rappelez parfaitement que, malgré les objections très claires de ma femme, c'est mon intervention qui vous a finalement arrêté.

Les compagnons de Richard se retenaient, leurs chevaux

piaffaient. En un instant, l'atmosphère s'était tendue et chargée d'une hostilité mal contenue.

— Pour ma part, grommela Richard, j'appellerais plutôt cela votre *intrusion*.

— En cette occasion particulière où ma femme a dû s'évertuer à repousser vos assauts, sa capacité de discernement a pu s'en trouver amoindrie, Aniston. Voilà sans doute pourquoi elle a cru que vous pourriez vous amender sans éprouver ensuite de rancœur ou de rancune. Mais ma nature est moins confiante que la sienne. Pour de bonnes raisons, d'ailleurs, puisque vous semblez trouver normal de tenter de déflorer les jeunes filles chastes. À présent, si vous vous poussez, nous poursuivrons notre chemin.

Richard essaya de rire, mais le son dénué de joie qui sortit de sa gorge sonna comme celui d'une épée se plantant dans de la glace.

— Je vois, sir, que vous nourrissez contre moi un certain nombre de préjugés, repartit-il avec le courage inhabituel que lui conférait son rôle tout récent de soldat.

Il haussa les épaules avant de reprendre :

— Et, sur ma vie, je ne parviens pas à comprendre pourquoi. À moins qu'une relation commune vous ait raconté des mensonges à mon sujet. Mais, ne vous en déplaise, je ne suis pas une canaille.

— Ce que je pense n'a rien à voir avec tout ce que vous êtes en train de raconter, rétorqua sèchement Guy. La seule chose que je sais est que rien dans votre comportement ne justifie que je change d'avis à votre sujet.

— Vous avez raconté que vous étiez devenu soldat, Richard, intervint alors Jane. Que vouliez-vous dire exactement ? Je... croyais que vous vous disposiez à partir pour l'Italie.

Il lui jeta un regard railleur.

— À l'inverse de mon père et de mon frère, je ne suis pas un marchand de tissus et ne le serai jamais. Avec mes compagnons ici présents, je vais prendre les armes. Les lancastriens ont beau avoir subi une mauvaise défaite à Towton, il subsiste toujours de farouches et dangereuses poches de résistance dans le Nord-Est. En ce qui me concerne, je pars rejoindre John Neville, et il est hautement probable que nous menions une nouvelle bataille.

— Il vaut en effet beaucoup mieux, rétorqua sèchement le comte, que vous canalisiez votre agressivité au combat qu'en essayant de ravir les jeunes filles. Comme vous le savez, la relation commune que vous évoquiez il y a un instant est aujourd'hui décédée. Mais avant de mourir cet homme voulait régler des comptes avec vous, de sérieux comptes, et qu'il avait l'intention de vous faire payer le prix fort.

— Dans ce cas, je remercie Dieu qu'il soit mort. Du même coup, cela fait tomber sa menace.

Aussi durs que du silex, les yeux gris de Guy St. Edmond se plissèrent de manière dangereuse.

— Méfiez-vous de ce que vous dites, Aniston, car Lord Lambert a deux fils chez Neville. Ils ont la mémoire longue et n'oublient jamais une offense.

Richard sentit tout l'impact de la menace contenue dans la phrase de Sinnington. Pas question, pour autant, de la relever. Il avait tout intérêt à ne pas faire remonter à la surface un sujet relégué dans le passé. Pourtant, le fait qu'en cet instant précis Sinnington ressorte cette histoire dans le but évident de le railler et de le provoquer le faisait brûler d'une rage incandescente.

Blanc comme un linge, il se tourna vers ses compagnons :

— Venez, poursuivons notre route.

Curieusement dérangée par les mots de Guy, Jane jeta à son mari un coup d'œil incisif. Ce n'était pas la première fois qu'elle soupçonnait Richard de s'être, par le passé, rendu coupable d'un acte que Guy connaissait mais qu'elle continuait à ignorer, d'un acte lugubre se rapportant à l'époque où Richard était écuyer chez Lord Lambert. Cependant, et dans la mesure où elle était aujourd'hui l'épouse d'un autre homme, tout ceci ne la regardait plus. Quoi qu'il en fût, la décision de Richard de redevenir soldat contribuait largement à expliquer ses manières arrogantes et son outrecuidance, ainsi que l'excitation qu'elle lisait dans ses yeux. Pour lui, il était évident qu'avoir la chance de se distinguer lors d'une bataille afin de devenir chevalier valait bien davantage que tout l'or qu'il aurait pu amasser à Londres.

Le regard de Jane passa du visage torturé de Richard à celui de Guy, qui semblait, au contraire, transformé en granit.

Dans le but de mettre fin à cette déplaisante rencontre et de dépasser Richard, elle avança la première sur son cheval, auquel elle fit faire un pas de côté. Elle se trouvait déjà à deux longueurs de son ancien promis quand le cri de l'un de ses compagnons lui glaça le sang.

— Espèce de salaud ! Vous l'avez tué !

Les battements fous de son cœur couvrirent alors tous les autres sons. Elle se retourna à la vitesse de l'éclair. Richard était affalé sur sa selle. Du sang suintait de son pourpoint.

Sur le point de vomir, elle ferma les poings et les porta à sa bouche pour contenir le cri qui naissait dans sa gorge. Très vite, les cavaliers resserrèrent les rangs autour de Richard pour le soutenir. Dans un sanglot, Jane prononça son prénom d'une voix cassée puis posa un regard terrible sur son mari. Ses yeux verts avisèrent immédiatement la dague ensanglantée qu'il tenait à la main, sa lame brillante et son manche taillé en forme de tête de bélier.

— Jane...

La voix de Guy lui parut étrange, comme si elle provenait de loin.

Avec un frisson, elle tourna la tête vers le blessé. Mais avant qu'elle n'ait pu l'approcher l'un de ses compagnons la repoussait.

— Laissez-le... *my lady*, siffla-t-il en détachant ces deux derniers mots de manière clairement insultante. Nous allons nous occuper de lui. Vous et votre mari, ne lui avez-vous pas déjà fait assez de mal ?

— Vous avez vu mon mari faire cela... ?

— Oui. Sortir sa dague contre un homme sans défense, c'est ce qu'il a fait... Richard n'avait pas une seule chance.

Comme l'un des autres compagnons de Richard s'apprêtait à se jeter sur Guy, Cédric le ceintura avant de le repousser sans douceur. Enfin, tous refluèrent. Jane fit reculer sa monture en les regardant s'éloigner et soutenir sur sa selle un Richard qui, semblait-il, n'atteindrait jamais sa demeure.

— Jane…, tenta de nouveau Guy en serrant son cheval contre la jument.

La jeune femme posa une nouvelle fois ses yeux verts sur la lame de la dague avant de les relever vers le visage de son mari. Bien décidée à conserver sa maîtrise, elle s'efforça de réguler sa respiration en inspirant puis expirant lentement. Mais en même temps tous les doutes, les avertissements et les indices accumulés depuis tant de jours se cristallisaient dans son esprit. Sans parler de la preuve que représentait cette dague que Guy tenait encore dans sa main. Alors, un froid glacial s'insinua en elle et engourdit son corps tout entier, et jusqu'à sa douleur. Guy avait été son amant. Oui, elle s'était blottie entre les bras d'un homme capable de commettre un acte pareil.

Elle le foudroya du regard, les yeux pleins de souffrance, le visage blême.

— *Vous* avez fait cela ! s'écria-t-elle. *Vous !* Par le ciel, Guy, pour quelle raison ? Si Richard meurt de votre main, vous l'aurez *assassiné*. Et je ne vous le pardonnerai jamais. Jamais !

Les yeux rivés dans ceux de Jane, Guy essuya avec calme la dague sur ses hauts-de-chausses avant de la glisser sur le côté de l'une de ses bottes en cuir.

— Écoutez-moi, Jane…

— Vous écouter ? répéta-t-elle, écrasée de chagrin et de tourment. Plus jamais je ne vous écouterai ! Vous m'aviez promis de ne pas faire de mal à Richard et, comme une idiote, je vous ai cru ! Vous *êtes* un démon… un animal. Tout ce qui se colporte sur vous est vrai ! Vous êtes un… un barbare !

Le regard que lui jeta Guy la transperça comme une lance, la maintint prisonnière.

— Taisez-vous et écoutez-moi, ordonna-t-il avec dureté.

Comme elle allait s'éloigner sans répondre, il anticipa son

geste et la rattrapa par le poignet. Elle lui jeta alors un regard plein de haine et de larmes qu'elle s'interdisait de verser.

— Vous écouter ! rétorqua-t-elle sans ciller. Ne vous ai-je pas dit à l'instant que jamais plus je ne vous écouterais ?

Son regard glacial et son empressement à le déclarer coupable sans même lui donner la possibilité de se défendre décuplèrent la colère de Guy.

— Et ne me dites pas que vous n'avez rien fait, reprit-elle en s'enflammant, car je ne vous croirai pas et vous traiterai de menteur. Une chance pour la civilisation, je ne partage pas votre penchant pour la boucherie !

Le bras qui s'enroula brusquement autour d'elle comme un serpent qui attaque lui arracha un cri d'effroi. Elle s'arrêta de respirer tandis que Guy l'attirait contre lui.

— Ne me parlez plus jamais sur ce ton ! commanda-t-il d'une voix terrible. Et n'utilisez plus jamais ce genre de mots pour vous adresser à moi !

Son interdiction n'eut pas le moindre effet sur Jane. Il fallait qu'elle se débarrasse de Guy avant qu'il ne la fasse glisser à terre.

— Et pourquoi ? Oseriez-vous contester l'exactitude de ceux que je viens de prononcer ?

— Je conteste, répondit-il, glacial, en lui collant sa bouche contre l'oreille, votre accusation de boucherie.

— Je ne me serais jamais doutée que vous étiez aussi sensible, repartit-elle, sardonique. À vrai dire, j'avais plutôt tendance à penser que vous aimiez verser le sang de vos ennemis, comme vous l'avez fait avec celui de mon frère. Moi qui commençais à croire que vous ne pouviez avoir perpétré un forfait aussi ignoble, maintenant que j'ai vu de quoi vous étiez capable, je n'en suis plus aussi sûre. À partir de maintenant, je ne croirai plus rien de ce que vous pourrez me raconter !

— C'est votre prérogative, répondit Guy sur un ton mordant tout en lui lâchant le poignet.

Elle recouvra immédiatement sa place sur sa selle.

— Sachez que je pense ce que je viens de vous dire, ajouta-t-elle avec dédain sans le quitter des yeux. Vous m'aviez donné votre parole que vous ne feriez pas de mal à Richard. Or, vous avez choisi le moment précis où il se retirait pour... agir. N'avez-vous pas songé à la détresse de ses parents ?

— Non, répondit-il, les mâchoires serrées, je ne peux franchement pas dire cela.

— Votre réponse ne me surprend guère, répliqua Jane tandis que ses yeux lui décochaient des flèches de feu.

Sur cette repartie, elle frappa de ses talons les flancs de sa monture et, comme un derviche, la fit tourner sur elle-même. La seconde d'après, elle partait au grand galop.

Guy la regarda s'éloigner. Ce ne fut que lorsqu'elle eut disparu de son champ de vision qu'il se tourna vers Cédric.

— As-tu vu ce qui s'est passé tout à l'heure ? lui demanda-t-il.

L'écuyer acquiesça de la tête.

— Tout est arrivé très vite, mais je l'ai vu. Aniston a sorti sa dague.

— En effet...

Libérant un long soupir, Guy dit, comme s'il se parlait à lui-même :

— Mais comment en convaincre ma femme ?

— Je vais lui parler, répondit Cédric. Lui raconter ce que j'ai vu.

— Non, dit aussitôt Guy.

Il carra en même temps les épaules, tâchant de garder sa colère sous contrôle.

— Non, ne fais pas cela. Jane m'a traité de boucher et de menteur. Or, comme tu le sais, la vérité et le sens de l'honneur sont primordiaux pour moi. Elle doit apprendre à me faire confiance. De mon côté, je dois apprendre à me contrôler afin de lui prouver que je suis innocent des crimes dont elle m'accuse. Suis la piste d'Aniston, Cédric, et rapporte-moi des nouvelles.

Ce fut épuisée et tremblante que Jane rentra au château et rejoignit ses quartiers. À peine eut-elle fermé la porte de sa chambre que tous ses doutes resurgirent. À l'idée insupportable que son vaillant et beau mari ait pu tuer un homme de sang-froid — qui plus est, le frère qu'elle avait tant aimé — venait s'ajouter ce qu'elle avait vu de ses propres yeux : Guy tenant la dague ensanglantée qui, selon toute vraisemblance, venait de tuer Richard. Comment évacuer cette atroce vision de sa mémoire ? Comment oublier qu'en son mari d'impénétrables ténèbres réclamaient vengeance ?

Son visage se convulsa. Les émotions qui la déchiraient et le flot de larmes qui jaillit de ses yeux n'y purent rien changer. Guy était son mari. Il lui avait ouvert les portes d'un monde privilégié, fait découvrir le bonheur matrimonial et atteindre son épanouissement de femme. Cependant, en cet instant précis, elle avait la pénible impression de ne pas le connaître.

Un bruit se fit soudain entendre derrière la porte. La seconde d'après, celle-ci s'ouvrait sur Guy.

— Allez-vous-en, s'il vous plaît, demanda-t-elle d'une voix étranglée en quittant sa chaise dès qu'il pénétra dans la pièce.

Fronçant les sourcils de manière menaçante, il marcha vers elle.

— Jane ?

— Ne me touchez pas !

La voix de sa chambrière parvint alors du seuil.

— Est-ce que quelque chose ne va pas, milady ?

Tout en parlant, la domestique avait bravé avec vaillance le regard de Guy.

— Sortez ! répondit-il avec fureur à sa place. Et fermez cette fichue porte derrière vous !

— Non, laissez-la ouverte ! corrigea Jane.

La courageuse domestique se retira après avoir suivi préférentiellement les ordres de sa maîtresse.

En quatre enjambées, Guy avait atteint la porte. Il la claqua avec une telle force qu'on entendit le cadre craquer. Jane se mit à trembler de terreur. Comme Guy tournait les talons et venait la rejoindre, elle se mit à reculer... Jusqu'à ce qu'un tapis la fît trébucher et l'obligeât à s'immobiliser.

La peur que Guy dut alors lire au fond de ses yeux était si grande qu'il s'arrêta net à quelques pas d'elle. Jane tressaillit en le voyant soudain lever la main. Mais elle fut soulagée quand, Guy avisant sans doute les larmes contenues qui faisaient briller son regard, elle vit qu'il faisait tout son possible pour s'exprimer avec calme.

— Je suis en train de comprendre que vous avez subi un choc terrible. Pour autant, vous n'avez aucune raison d'avoir peur de moi.

Cette voix... Cette belle voix de baryton donna à Jane envie de venir pleurer aux pieds de Guy. Et ce visage... Ce visage qu'elle adorait et qui paraissait à présent contraint, ces lèvres réduites à une simple ligne horizontale, ces yeux qu'ombrait d'étrange manière une émotion qu'elle n'y avait encore jamais décelée. Elle le fixa comme s'il était un inconnu qu'elle venait de rencontrer. Puis ses yeux se détournèrent d'eux-mêmes de peur de plonger dans le magnifique regard gris, ce regard qui avait la force de lui déchirer l'âme et par lequel Guy la suppliait d'écouter ce qu'il avait à dire et de croire en lui.

— Voulez-vous bien sortir d'ici, s'il vous plaît ? demanda-t-elle. J'ai besoin d'extraire toute cette affaire de mon esprit et de revenir doucement du choc que j'ai, en effet, subi. Sans doute pourrai-je y voir plus clair après m'être accordé un peu de calme et de temps...

Guy leva la main pour inciter de nouveau Jane à l'écouter. Mais, la voyant soudain ouvrir grand ses paupières sur des yeux terrifiés, il suivit son regard et baissa sa main en toute hâte. Le bout de ses doigts était couvert de sang séché...

Découragé, il laissa un long soupir s'échapper de ses lèvres. Au point où il en était, tenter de parler à Jane et de la raisonner n'avait plus aucun sens. Pivotant alors sur ses talons, il battit en retraite, traversa la pièce et sortit, laissant sa femme juger toute seule de son innocence ou de sa culpabilité.

Malgré les excuses qu'il lui avait présentées, Jane comprit vite que Guy ne regrettait pas vraiment ce qui s'était passé. De son côté, sa situation n'était guère plus glorieuse : bien qu'elle eût en apparence accepté les excuses de son mari, la confiance qu'elle lui avait accordée jusque-là avait été ébranlée et le comportement qu'elle adopta envers lui à partir de ce moment, plus froid, en fut la conséquence. Oui, sa blessure demanderait du temps pour disparaître. Impossible de l'oublier aussi rapidement. Mais elle se sentait quand même stupide d'avoir tant donné à Guy sans songer à elle-même, sans se protéger. Tout cela parce qu'elle avait bêtement cru que lui aussi se donnerait sans compter. Hélas, la tournure des événements lui avait prouvé qu'il n'en était rien.

De surcroît, Guy ne la traitait pas en égale comme elle avait cru qu'il le ferait, mais la considérait plutôt comme une possession, comme la femme qui porterait ses enfants. Rien de plus. Et même si, avant de l'épouser, elle avait déjà deviné qu'il en serait ainsi, le fait de réaliser qu'effectivement il limitait à cela le rôle qu'elle tiendrait dans son existence l'atteignait profondément.

Cette situation, à laquelle elle réfléchissait et qu'elle ressassait au sein même de sa douleur, la laissait intérieurement meurtrie. Peut-être parce qu'en réalité jamais Guy ne lui avait fourni d'explication rationnelle à la haine tenace qu'il éprouvait envers Richard et qu'il n'avait pas davantage tenté de lui expliquer de manière claire la façon dont Andrew était mort après avoir été fait prisonnier à la bataille de Towton.

Deux semaines plus tard, Guy songea que faire l'amour avec Jane pourrait aider à réparer la brèche qui s'était formée dans sa relation avec elle. Oui, la passion amènerait peut-être sa femme à revenir vers lui. Mais, à chaque fois qu'il tenta de l'approcher, elle ne le laissa pas la toucher. Sans le repousser avec dureté ni l'accuser de quoi que ce soit, elle se contentait de se détourner et de lui demander de la laisser seule. À son attitude, il comprit tout de suite qu'elle n'essayait ni de lui donner une leçon ni de le punir. Il en était même sûr. Pour elle, il ne s'agissait pas d'un simulacre. Tout se passait comme si, en détériorant sa confiance en lui, la blessure qu'il lui avait infligée avait ensuite inhibé ses élans et ses capacités de réaction.

Chaque jour, Guy et Jane prenaient leurs repas ensemble tout en conversant avec la politesse et la courtoisie de mise entre deux étrangers. Mais Jane continuait de se refuser à lui. Au château, tout le monde avait pris conscience du fossé qui les séparait maintenant et s'efforçait de dissimuler la tension régnante sous une jovialité de façade.

Plus le temps passait, plus Guy perdait patience. Il laissa de plus en plus libre cours à sa colère, sans hésiter à confronter Jane au problème qui les opposait ou à l'accuser de froideur. Tout cela dans l'unique but de réussir, en utilisant la fureur, là où il avait échoué par le raisonnement. Mais, trop faible et déprimée pour supporter ses attaques, Jane se détourna bientôt tout à fait de lui.

Le sentiment de frustration de Guy ne connut alors plus de bornes et son questionnement non plus. Que faire ? Comment sortir de cette impasse ? Bon sang, cela faisait des semaines qu'Aniston s'était remis de sa blessure et dirigé vers le nord afin d'atteindre le résultat qu'il s'était fixé. Guy se rendait compte que cette dispute avec Jane venait accaparer ses pensées au moment où ils auraient dû commencer à édifier ensemble leur vie commune. Il avait besoin d'elle, de cette belle compagne douée pour le bonheur, riante et aimante, et de retrouver la magie qu'ils avaient découverte ensemble pendant leur nuit de noces. Car l'absence de ces instants de bonheur parfait le contrariait chaque jour davantage, maintenant qu'il n'ignorait plus les changements que de tels moments pouvaient apporter dans la vie d'un homme. Il savait en outre qu'il devait octroyer à Jane tout le soutien qu'un homme doit à sa femme quand elle traverse une difficile période d'incertitude et qu'il serait fou de sa part d'essayer de la contraindre en profitant de la domination que son statut de mari l'autorisait à exercer sur elle. Sans le moindre doute, la coercition était une pratique résolument contraire à ses principes. Le problème était plutôt que, en donnant à Jane le temps de recouvrer la confiance qu'elle avait eue en lui, il s'apprêtait de son côté à endurer une interminable abstinence.

Arriva un moment où leur coexistence de plus en plus froide lui devint insupportable. Son besoin impérieux de s'arracher au vide qui le grignotait peu à peu l'emporta. Un beau matin, il ordonna que l'on préparât sans délai les chevaux. C'était décidé : il allait partir rendre visite à sa mère avec Jane. Dans l'espoir que ce temps passé ensemble loin de Cherriot leur permît de se retrouver et de résoudre leurs différends.

Rosemead était une demeure aussi belle que l'était son nom. Situé en aval de Londres, ce vaste manoir de pierre s'élevait au bord des eaux chatoyantes de la Tamise où se bousculaient bachots, chalands magnifiquement ornés et galères chargées de vin en provenance de France. L'éclat du soleil du soir se miroitant sur la surface parfaitement lisse de la rivière stupéfia Jane.

Si ce fut avec une certaine appréhension qu'elle foula le sol de la maison, sa splendeur l'émerveilla tout de suite.

Suivi par une armée de serviteurs, Guy l'escorta le long d'un couloir couvert d'épaisses tentures et éclairé par des torches d'argent. Au bout du corridor, le grand hall s'ouvrit devant eux. Après l'avoir traversé, Jane et Guy pénétrèrent dans une chambre, spacieuse et aérée, baignée par les rayons du couchant. Ses murs, blanchis à la chaux, étaient décorés de fleurs peintes et tendus de riches tapisseries en laine.

Parée d'une impressionnante étole de soie bleu pâle incrustée de joyaux, la mère de Guy, la douairière Lady Cecilia Courcy, était installée dans un grand fauteuil capitonné. Un collier de saphir lui ornait le cou et elle arborait une coiffe à cornes tandis que sa chevelure, divisée en deux par le milieu, était retenue, de chaque côté de son visage, par un filet. Comme elle paraissait en outre très grande, on eût réellement dit une reine assise sur son trône. Son visage était lisse, rose et souriant, mais son regard bleu-gris, aigu comme celui d'un faucon. Et pénétrant comme celui de son fils.

— Ah... Vous voilà enfin, dit-elle en tendant une main lourde de bagues.

Sa voix était basse et bien timbrée.

— Guy, quel plaisir de te voir !

Les yeux fixés sur son fils, elle se mit aussitôt à rayonner d'une adoration non dissimulée. Guy s'inclina devant elle et déposa avec une exquise légèreté un baiser sur la joue qu'elle lui tendait.

— Qu'est-ce qui t'a retenu ? lui demanda-t-elle.

— Mon mariage... Eussiez-vous été présente qu'il eût été du reste encore plus réussi.

— Y assister aurait été mon vœu le plus cher, mais je sais que tu connais la raison de mon absence. Et surtout tu es là, à présent ! C'est si gentil de ta part d'être venu aussi vite. J'avais tellement hâte de voir ta jeune épouse !

Sur ces mots, Lady Cecilia laissa glisser son regard vers Jane, qui se tenait à quelques pas de Guy, pleine d'appréhension.

— Vous êtes Jane..., dit-elle avec un gracieux sourire. Soyez la bienvenue à Rosemead.

Jane lui adressa une profonde révérence.

— Je suis heureuse de vous rencontrer enfin, Lady Cecilia.

— Venez ici, ma chère, et laissez-moi vous contempler. J'étais si impatiente de faire votre connaissance !

La douairière enveloppa Jane d'un regard bref mais attentif.

— Vous êtes très jolie, déclara-t-elle à la suite de son examen. Et je comprends maintenant ce qui a poussé Guy à vous épouser avec tant de hâte. Sachez que je suis ravie de vous accueillir au sein de la famille et que j'espère que nous deviendrons de grandes amies, vous et moi.

Son sourire devint malicieux lorsqu'elle ajouta :

— Je suppose que Guy a totalement négligé de vous raconter quoi que ce soit à mon propos...

— Guy ?

Jane jeta à son mari un regard confus avant de répondre :

— Il semblerait qu'il ait oublié de me dire beaucoup de choses.

— Vous devez lui pardonner, ma chère, repartit aussitôt Lady Cecilia avec un petit rire. Sa conduite a sûrement été affectée par l'enchantement qu'il éprouve à vous avoir à présent auprès de lui.

Lui prenant la main, elle la tapota avec gentillesse avant de poursuivre :

— Et, par la même occasion, pardonnez-*moi* de ne pas me lever. À mon avis, parmi le peu de choses qu'il vous a relatées sur ma personne doit se trouver le fait que je ne suis plus aussi agile qu'avant... Un cheval m'a désarçonnée un jour où j'essayais de le forcer à franchir une haie assez haute.

Un nouveau petit rire lui échappa.

— Mais comment l'en blâmer ? À sa place, j'aurais tout aussi catégoriquement refusé de sauter cette misérable haie.

— Je suis vraiment désolée, dit Jane avec gravité. Ne plus pouvoir exercer une activité que vous aimiez doit être difficile pour vous.

— Ça l'est, confirma la douairière, le regard soudain empli de regret, tout en délivrant un gros soupir. Monter à cheval me manque plus que je ne saurais le dire mais... C'est ainsi. Ce qui est fait est fait. Et vous, Jane, montez-vous ?

— Oui.

— Et récemment, ajouta Guy, elle s'est familiarisée avec la fauconnerie, où elle s'est montrée tout aussi douée.

Lady Cecilia la gratifia d'un sourire d'une beauté à couper le souffle qui illumina son regard et dissipa de ses yeux toute trace de tristesse.

— Dans ce cas, déclara-t-elle, vous devriez accompagner Guy, demain matin, quand il partira à la chasse. Un tour à cheval à l'aube vous changera les idées après le long voyage que vous avez entrepris pour arriver jusqu'ici. Il me plaît qu'une femme apprécie les activités de la campagne, Jane. Si je pouvais me joindre à vous... Mais hélas...

Avec un haussement d'épaules, elle enchaîna très vite :

— Une chambre a été préparée pour vous et vous attend. Demain, un certain nombre d'invités vont passer nous voir. Aussi l'hébergement va-t-il être quelque peu restreint pendant ce court laps de temps. Cependant, je suis sûre que vous serez ravis de pouvoir vous serrer l'un contre l'autre, tous les deux.

Jane s'empêcha de tourner la tête vers son mari, mais imagina sans peine son sourire satisfait.

Jamais Jane n'avait vu chambre aussi jolie. Spacieuse et garnie de meubles somptueux, dont un grand lit sculpté couvert de coussins rouges et or garnis de duvet, la pièce était parsemée de chaises et autres sièges, dont un grand nombre avaient été disposés devant la fenêtre afin d'apporter aux occupants un maximum d'aisance et de confort. Du reste, la taille de la fenêtre donnait tout de suite envie de s'asseoir devant pour contempler à son aise la rivière et les champs. Près de l'âtre était installée une grande baignoire de bois avec, non loin, un paravent finement sculpté ayant pour rôle de protéger des courants d'air la personne en train de prendre son bain.

Après avoir aperçu le lit, Jane jeta, non sans un certain désarroi, un coup d'œil à son mari. Les yeux posés sur elle, il la considérait avec attention comme s'il essayait de deviner ses pensées. Cependant, son visage demeura impassible quand leurs regards se croisèrent.

Jane déglutit dans l'espoir de faire disparaître le nœud qui s'était formé dans sa gorge. Quand, deux jours plus tôt, elle avait quitté Cherriot Vale, la situation entre eux la rendait encore extrêmement confuse. Mais à présent qu'elle se trouvait dans la chambre qui allait être à la fois la sienne et celle de son mari, en n'ayant nulle part où aller pour se protéger de lui, ses craintes prenaient une tout autre tournure et devenaient beaucoup plus compliquées.

Guy sentit évidemment son appréhension.

— Ne vous inquiétez pas, Jane...

Malgré leur côté rassurant, les mots avaient été dits avec une certaine sécheresse.

— ... Vous êtes en sécurité, termina-t-il.

— Mais... Où allez-vous dormir ?

— Avec ma femme, répondit-il non sans froideur. Je n'ai pas l'intention de passer la nuit sur une chaise pour vous laisser le lit. Vous devrez donc soit vous satisfaire de ma présence, soit dormir vous-même sur une chaise.

— Vous n'êtes guère chevaleresque, remarqua-t-elle d'une voix sourde.

— Je n'ose en effet imaginer que vous considériez comme un geste galant le fait de vous avoir autorisée à m'écarter de votre lit parce que j'avais empêché Aniston de me tuer, rétorqua-t-il avec la même froideur. Mais sachez tout de suite que je ne laisserai pas cette situation se réitérer. J'ai décidé que nous partagerions le même lit et nous le partagerons, un point c'est tout.

— Allez-vous me forcer... ?

— Grands dieux, femme, non ! cria-t-il. Mais je ne vous permettrai pas pour autant de me renvoyer de notre chambre ni de vous enfuir dans une autre pièce. Aussi longtemps que vous vous trouverez sous mon toit — ou, en l'occurrence, sous celui de ma mère —, vous partagerez mon lit !

— La facilité avec laquelle vous oubliez les conditions dans lesquelles nous en sommes arrivés là me déconcerte beaucoup ! riposta Jane avec passion.

— Et vous ne perdez jamais une occasion de me le rappeler ! De mon côté, comme je suis sensible à ce que vous éprouvez, je vous ai jusqu'à présent laissée faire. Cependant, je ne suis pas un pantin attendant que vous tiriez sur ses ficelles pour danser comme vous l'entendez. Je ne serai jamais à la disposition d'une femme, fût-elle la mienne. Soit vous vous conformez au mariage que nous avons contracté, soit il n'y aura plus de mariage.

Les yeux gris étaient devenus d'une froideur si terrible que Jane recula. Peut-être, songea-t-elle follement, Richard avait-il vu la même chose avant de se faire poignarder par Guy ? Une froideur d'une telle intensité qu'elle aurait pu, cela ne faisait aucun doute, trancher la roche.

— Bien… Où en êtes-vous ? demanda Guy après un court instant. Refusez-vous toujours de partager le même lit que votre époux ?

Jane baissa la tête de manière pensive en comprenant soudain qu'elle avait stupidement poussé son mari à se mettre en colère. Or, cet homme dont, depuis leur mariage, elle avait pu mesurer la douceur et la considération à son égard n'était malgré tout pas du genre à se laisser contrarier. Il disposait de ses idées à lui, de sa volonté propre et ne courbait l'échine devant personne.

— Pas du tout, répondit-elle, à condition que vous restiez de votre côté du lit.

— Vous pouvez y compter. Mais au moins nous ne donnerons pas aux servantes et aux laquais une bonne raison de cancaner. Je ne souhaite pas que ma mère comprenne qu'il y a un problème entre nous. Bien… À présent, je tiens absolument à prendre un bain. Voilà deux jours que je prends la poussière et je n'ai pas envie de me coucher dans cet état.

Il lui décocha un regard aigu.

— Une objection à cela… *my lady* ?

— Je doute que le spectacle puisse me choquer outre mesure, repartit-elle en secouant la tête juste avant de la détourner.

— Peut-être serait-ce le cas si vous y portiez l'attention nécessaire, la railla-t-il sans douceur. Car, en ce qui me concerne, je me sens toujours l'appétit d'un homme qui vient de se marier.

— Ne vous inquiétez pas. Si cela vous dérange, je ne regarderai pas.

— Cela ne me dérange pas, Jane. Rien ne pourrait mieux exprimer ce que je ressens que mon excitation.

— Alors même que vous êtes fâché ?

— Même ainsi, oui. En outre, je n'imagine pas être un jour assez fâché contre vous pour ignorer votre présence. Un seul regard de votre part dans ma direction et me voilà à la hauteur.

L'allusion fit virer Jane à l'écarlate.

— Disposez le paravent autour de la baignoire, dit-elle. C'est à cela qu'il sert.

— J'ai toujours eu du mal à me laver le dos. Pourriez-vous me... ?

La réponse ne se fit pas attendre.

— Non.

Ce n'était pas le moment d'accepter de faire quelque chose d'aussi intime. Sans le moindre doute, les défenses qu'elle avait érigées autour d'elle avec tant de soin depuis plusieurs semaines s'écrouleraient tout de suite.

— Je vais m'asseoir devant la fenêtre jusqu'à ce que vous ayez terminé, reprit-elle d'une voix posée.

Quel autre choix avait-elle ?

— Dois-je comprendre que vous restez ? demanda Guy. Que vous n'avez plus peur de moi ?

Jane s'éloigna un peu pour être sûre de ne pas rencontrer son regard, et répondit à côté de la question :

— Je reste prudente.

— Et, par le ciel, vous l'êtes !

La déception qu'elle venait de surprendre dans la voix de Guy fit, malgré elle, naître un pâle sourire sur ses lèvres. Aussitôt, elle songea à le cacher. Mais Guy s'était déjà éloigné.

Leur échange s'arrêta lorsque deux valets se présentèrent avec des cruches d'eau fumante. Après avoir rempli la baignoire, ils disposèrent des serviettes de lin devant la cheminée et prirent congé. Quand ils furent sortis, Guy commença tout de suite à se déshabiller.

Jane tourna brièvement la tête sur le côté dans sa direction avant de reprendre en hâte sa contemplation du paysage par la fenêtre. Toutes les nuits, elle restait un long moment les yeux ouverts dans le noir, repoussant son envie pressante d'aller trouver Guy pour qu'il apaise la douleur à présent nichée au fond de son cœur. Mais à quoi bon ? Et surtout quelle drôle d'idée de demander à la personne même qui lui avait causé cette douleur de la soigner...

Le nouveau regard qu'elle jeta à Guy lui fit, dans l'instant, oublier la peine qui la rongeait. Il lui tournait à présent presque complètement le dos et sa haute silhouette se découpait devant le feu qui flambait. Le torse déjà débarrassé de ses vêtements, il venait de retirer ses hauts-de-chausses. Jane sentit ses joues s'empourprer devant la témérité dont elle faisait preuve en l'épiant ainsi en douce. Le spectacle qu'il lui offrait était, à n'en pas douter, plus révélateur que tout ce qu'elle avait vu jusqu'à présent, tant les flammes qui dansaient dans l'âtre définissaient clairement ce qu'il y avait en lui de plus viril.

Lançant ses hauts-de-chausses sur une chaise, il se tourna vers elle et lui fit face.

— On dirait que vous venez de découvrir un certain intérêt pour mes parties les plus... élémentaires, Jane..., la taquina-t-il en surprenant son regard. Il me semble pourtant me rappeler que, lors des conversations très explicites que nous avons eues quand nous avons fait l'amour pendant notre nuit de noces ou lorsque nous avons abordé des sujets très intimes ce même soir, vous n'aviez pas manifesté la moindre timidité...

— C'était une autre nuit, rétorqua-t-elle en détournant aussitôt les yeux.

Comme elle aurait aimé qu'il n'ait pas dit cela ! Car sa simple évocation avait suffi à raviver la si déconcertante manière dont, cette nuit-là, Guy l'avait instruite sur ce qui lui plaisait, ou dont il lui avait demandé quels endroits de son corps étaient les plus sensibles aux «stimuli ».

Elle eut le temps de voir son sourire entendu alors qu'elle reportait ostensiblement son regard vers la fenêtre. Faisant ensuite fi de sa nudité et inconscient du nouveau regard qu'elle lui jetait malgré elle, Guy pénétra dans la baignoire.

Jane resta abasourdie par sa propre réaction. Même après ce qu'il avait fait, la simple vue de son beau corps élancé lui donnait une envie terrible de courir vers lui. Décidément, plutôt que de rester là, il fallait absolument qu'elle profite de l'occasion pour aller se préparer pour la nuit. Elle traversa la chambre à toute vitesse, tira le paravent vers la baignoire et l'en entoura. Jamais de sa vie elle n'avait retiré ses vêtements ni ne s'était glissée dans sa chemise de nuit avec une telle célérité !

Lorsqu'un quart d'heure plus tard Guy eut terminé son bain, il noua l'une des grandes serviettes de lin autour de ses reins et en attrapa une autre pour se sécher les cheveux. En découvrant Jane assise devant le miroir de la coiffeuse, en train de brosser sa longue chevelure, il s'arrêta net. Le vêtement de nuit qui enveloppait le corps de sa femme était si léger et si fin qu'il rendait celui-ci encore plus attirant et suggestif que si elle avait été nue. Un ruban fermait sa chemise autour de sa taille mais le reste du vêtement demeurait fendu de haut en bas, révélant, de profil, l'un des seins de Jane et l'une de ses jambes. Elle était si belle qu'il ne se lassait pas de la contempler.

Pour Jane, le plus dur, en cet instant, était de demeurer assise devant son mari sans bouger et de le laisser l'observer comme il était en train de le faire.

— Vous êtes très belle, Jane, déclara-t-il d'une voix rauque en avançant d'un pas vers elle.

Ses yeux ressemblaient à deux flammes qui la brûlèrent dans l'instant. Mais soudain l'expression de Guy se durcit.

— Allez vous coucher, à présent, dit-il. La journée a été longue et celle de demain le sera sûrement encore plus. À moins, bien sûr, que vous ne décidiez de mettre enfin terme à cette comédie.

Après une imperceptible pause, il ajouta :

— Maintenant que vous êtes seule, cela vous aiderait-il à apaiser vos craintes si je vous disais quelque chose que vous pourriez croire ?

Jane secoua la tête.

— Je crois juste ce que j'ai vu, à savoir que vous avez été au cœur de cette scène sanglante et que...

— Épargnez-moi vos déclarations répétitives, ma chère, l'interrompit-il en levant la main. D'autant que je sais parfaitement ce que vous avez vu puisque je me trouvais moi-même présent. Vous vous rappelez... ?

La pique n'atteignit pas Jane, qui rétorqua aussitôt :

— Ce jour-là, je n'avais réellement aucune envie de me désolidariser de vous. Mais, depuis que j'ai assisté à la scène que nous évoquons, je ne cesse de vous revoir avec cette dague ensanglantée dans la main et suis incapable d'oublier ce moment. En même temps, impossible pour moi de croire que vous ayez vraiment voulu tuer Richard... Ni Andrew, d'ailleurs.

À peine eut-elle terminé sa phrase que la scène sanglante lui revint en mémoire et qu'elle recula dans une involontaire réaction de répulsion. Le vaillant chevalier qui était devenu son mari n'était en fin de compte peut-être pas plus qu'une projection de son imagination de jeune fille. Trop beau, trop noble et bien trop admirable pour être vrai. Pourtant, en dépit de ce qui s'était passé, en dépit de tout, elle sentait son cœur protester très fort et lui assurer que Guy était bien tout cela, plus encore, même, et qu'elle avait bien tort de douter de lui.

L'expression de Guy se fit amère.

— Quand vous aurez réglé votre conflit intérieur, Jane, vous me direz où vous en êtes... En ce qui me concerne, de toute façon, tous ceux qui auraient pu avoir un peu foi en moi me considéraient déjà, avant même de me connaître, comme un abominable personnage...

Jane regarda au loin, incapable de se débarrasser du nœud qui s'était formé dans sa gorge, et cligna vivement des paupières pour chasser les larmes qui troublaient sa vision. Quelques instants plus tard, grâce à sa volonté, elle avait recouvré un semblant de contenance.

Guy laissa échapper un soupir pensif.

— Je suis un guerrier, Jane. Sur un champ de bataille, la seule vérité qui vaille est de tuer ou d'être tué. Mais cette dualité s'arrête dès que l'on s'éloigne du champ de bataille. Voilà pourquoi je ne puis supporter d'être considéré, au sein même du domaine qui est le mien, comme un meurtrier en puissance. Surtout par celle qui devrait me faire le plus confiance.

— Je ne voudrais pas paraître déloyale, commença-t-elle, seulement…

Incapable de poursuivre, elle se mordit la lèvre et détourna la tête.

— Alors, répondit-il avec dureté en lançant sur une chaise la serviette de lin mouillée qui lui ceignait les reins, allons nous coucher.

Elle n'eut pas besoin de se le faire dire deux fois. Ce fut même avec une hâte extrême qu'elle se dirigea vers le lit et remonta les couvertures jusqu'à son menton en considérant son mari avec méfiance.

— Vous allez bien rester de votre côté du lit, n'est-ce pas ? demanda-t-elle.

Le petit muscle qui fit battre le haut de la joue de Guy lui indiqua que sa question avait éveillé la colère de son mari.

Il tourna vers elle un regard glacial :

— Vous pouvez dormir tranquille. À moins que vous ne m'y invitiez, je ne vous importunerai pas de mes attentions déplacées. Et, pour répondre de manière plus directe à votre question : non, Jane, je ne vais pas vous violer.

Sur ces mots, il se glissa d'un air irrité à l'extrême gauche du lit.

Sans attendre, Jane lui tourna le dos. Il ne fallut pas longtemps pour que la lassitude qu'elle avait accumulée au cours des dernières quarante-huit heures s'abatte sur elle et lui fasse tout oublier. Quelques instants plus tard, elle sombrait dans le sommeil.

À l'écoute des bruits de la maison que la tombée de la nuit avait mis en sourdine, Guy reposait à gauche du grand lit. À côté de lui, Jane dormait d'un sommeil troublé. Aucun des soupirs qu'elle poussait ni des mots qu'elle murmurait dans ses rêves ne lui échappait. Visiblement, elle était toujours enfermée dans le même tourment cauchemardesque qui l'avait fait fuir au grand galop dans les bois, lors de ce jour fatal.

Un sentiment de terreur s'abattit sur lui. Il avait vraiment l'impression que, dans cette sinistre fable, Jane lui avait une fois pour toutes attribué le rôle du méchant. Oui, car malgré tous ses efforts, il ne parvenait pas à trouver le moyen d'apaiser ses craintes ni de la convaincre qu'il avait attaqué Aniston en état de légitime défense. Or, tourmentée comme elle l'était, jamais elle ne retrouverait le chemin de ses bras s'il ne la délivrait pas des démons qui la hantaient et ne lui prouvait pas son innocence.

À l'horizon, le soleil venait de se lever et ses rayons teintaient progressivement le ciel de longues traînées rouges. Servantes et valets s'affairaient déjà à recevoir les invités qui commençaient à arriver, formant dans la cour un groupe enjoué bourdonnant comme une ruche et impatient de vivre la joyeuse journée qui se préparait. Des serviteurs anxieux transportaient en hâte les tranchoirs lourdement chargés qu'ils devraient poser plus tard devant les chasseurs, tandis que les chiens de chasse créaient, par leurs gémissements et leurs aboiements, une incroyable cacophonie en se disputant le moindre morceau de viande tombé des planches qui débordaient de nourriture.

Un peu à l'écart, quelques chasseurs qui prenaient leur activité très au sérieux et avaient en eux-mêmes une confiance sans bornes examinaient tranquillement leurs arcs et aiguisaient leurs lances jusqu'à ce qu'elles soient parfaitement affûtées. Non loin, des gentilshommes fort bien habillés et montant d'impressionnants chevaux se trouvaient sur le départ, prêts à vivre une matinée de chasse avec leurs faucons pèlerins à la tête encapuchonnée, pour l'instant perchés sur leur manche, bien au calme dans leur obscurité forcée. Tout ce petit monde piaffait d'impatience et avait grand hâte de partir.

Vêtue de velours vert foncé, le cœur étrangement léger, Jane observa le remue-ménage autour d'elle. Sa respiration s'arrêta quand son regard tomba sur Guy. Il avait quitté leur chambre au petit matin pendant qu'elle dormait encore, les privant ainsi de toute possibilité d'échange. Malgré cela, Jane était de bonne humeur et elle avait hâte de gagner les bois sur sa monture.

Les larges épaules de son mari et sa haute silhouette se découpaient sur les champs verts et les forêts qui s'étalaient au-delà du parvis du château. Quand elle l'aperçut, il finissait de resserrer la bride de son plus gros cheval, une bête forte et puissante venant des écuries royales, et que le roi en personne lui avait offerte en gage de son amitié.

Ce fut à cet instant que Guy se tourna et capta le regard appréciateur de Jane. En voyant son beau visage s'animer, elle sentit son cœur faire un bond dans sa poitrine.

Laissant son cheval sur place, Guy marcha vers elle, s'arrêta à sa hauteur, les yeux rivés sur son visage, l'air à la fois sérieux et interrogateur.

— Bonjour, Jane, avez-vous bien dormi ? s'enquit-il d'une voix posée.

— Oui, merci, répondit-elle sans reconnaître que, réveillée au milieu de la nuit, elle avait regretté de l'avoir assigné à sa partie du lit.

Tandis qu'il faisait durer son regard appréciateur, Jane se sentit enveloppée par la chaleur de ses yeux gris. Enfin, ceux-ci naviguèrent en toute tranquillité le long des courbes de son corps.

— Vous êtes magnifique, ce matin, lui glissa-t-il à l'oreille tandis que ses yeux, bien plus éloquents que n'importe quelle déclaration, se posaient sur ses lèvres. J'étais en train de penser à vous, poursuivit-il, toujours pour elle seule.

— Je ne comprends pas pourquoi, repartit-elle en sentant son visage s'empourprer tandis que lui revenaient en mémoire les mots durs qu'ils avaient échangés la veille au soir.

Décidément, il lui devenait de plus en plus difficile de rester sereine et de paraître indifférente aux problèmes sur lesquels butait leur mariage.

— Suis-je en retard ? l'interrogea-t-elle.

— Non, mais je commençais à me demander si vous n'aviez pas changé d'avis à propos de la fauconnerie de ce matin.

— Pas du tout. J'avais, au contraire, hâte de chevaucher à nouveau, même si je ne connais pas cette région.

— N'ayez crainte. Vous ne risquez rien.

— Vous... avez dû vous lever tôt.

— Je suis un vieux campagnard, répondit Guy avec un sourire. Dès que le jour pointe, j'ai du mal à rester couché. De plus, ajouta-t-il d'une voix plus claire, la lady qui partageait mon lit m'avait, dès la veille, expliqué de manière rien moins que catégorique que ma présence auprès d'elle n'était pas la bienvenue.

Puis, jetant un rapide coup d'œil autour de lui et avant que Jane n'ait trouvé une repartie, il reprit :

— Je crois que la chasse va commencer. Êtes-vous prête ?

— Oui, mais mon cheval ne fera probablement pas l'affaire.

— Je vous en ai choisi un autre. Venez voir.

Avec la grâce et la souplesse d'un animal, il se glissa près d'elle et la prit par le bras. Il la guida ensuite vers l'endroit où un valet d'écurie l'attendait, tenant par la bride un beau hongre gris. Sa robe était à ce point splendide que, dans le soleil, on l'aurait dite d'argent. Ses oreilles bougeaient d'avant en arrière avec une sympathique agilité.

À présent, tous les participants avaient les yeux posés sur Jane et sur son mari et essayaient avec plus ou moins de discrétion de surprendre leur conversation. Le couple s'en rendit compte en entendant un certain nombre de leurs commentaires. Manifestement, plusieurs invités les admiraient sans songer à le cacher, tandis que d'autres paraissaient critiques et amers. Jane fit de son mieux pour ignorer ces derniers car l'indésirable attention qu'elle retenait malgré elle la mettait extrêmement mal à l'aise. Ce ne fut pourtant pas chose aisée et elle comprit alors que si, le temps passant, les personnes qui semblaient lui en vouloir ne changeaient pas d'attitude à son égard, la situation lui deviendrait rapidement intolérable.

Guy saisit les rênes du cheval. Il s'était visiblement rendu compte du désarroi qui habitait Jane car, dès que le garçon d'écurie se fut éloigné, il lui glissa à l'oreille :

— Ne soyez pas dépitée, Jane. L'état d'esprit de ces gens changera quand ils auront appris à vous connaître. Maintenant, permettez-moi plutôt de vous présenter Joy, votre cheval pour la journée.

Jane passa la main sur le flanc bien lustré de Joy avant de le contourner et de s'arrêter devant lui pour plonger le regard au fond de ses magnifiques yeux sombres. Puis elle considéra son beau museau et sa crinière argentée.

— Joy..., dit-elle avec douceur. Quel joli nom... A-t-il des spécificités ou des habitudes que je devrais connaître pour ne pas risquer ma vie ou me rompre les os ?

Guy secoua lentement la tête.

— Aucune. Il est docile comme un agneau.

— Pas trop docile, j'espère ! Bien sûr, je détesterais me donner en spectacle en me faisant éjecter de ma selle, mais il ne faudrait...

Elle s'interrompit et reprit d'un air pensif :

— Remarquez... Cela fournirait au moins aux invités un véritable sujet de conversation...

— Non-sens ! rétorqua Guy sans rire. Vous êtes une cavalière émérite et il n'y a aucun risque pour que ce genre de choses vous arrive. À présent, je vais vous aider à vous installer.

Jane baissa les yeux sans un mot pour enfiler ses gants, puis, sans perdre conscience de la présence de Guy derrière elle, s'apprêta à monter sur son cheval. Guy se tenait si près que la chaleur de son corps l'irradiait.

Au lieu de tendre les mains vers son pied pour l'aider à se hisser sur le cheval comme elle s'y attendait, il les lui posa, fermes et stables, autour de la taille et la souleva sans effort pour qu'elle prenne place sur sa selle. Par ce simple geste, il lui redonnait pleinement conscience de sa force et de sa virilité. Et elle se demanda s'il avait agi sciemment.

Une fois en selle, Jane arrangea sa jupe autour d'elle pour que les deux pans du vêtement dissimulent ses hautes bottes de cuir et retombent symétriquement de chaque côté des flancs de l'animal. Puis elle regarda Guy glisser son pied dans son propre étrier et se soulever avec une aisance remarquable.

Joy commençait à manifester une certaine nervosité, mais

Jane le contrôla sans effort. Cependant, son appréhension restait manifestement présente.

Guy lui sourit.

— Ne vous inquiétez pas. Il n'y a rien de tel qu'une chevauchée au petit matin sur un cheval courageux et intrépide au sein d'une meute. La chasse est l'une des plus anciennes activités de l'être humain. Elle date précisément du moment où il a commencé à poursuivre les animaux pour se nourrir. Je pense qu'elle fait ressortir en nous nos instincts primitifs. C'est là que réside précisément notre excitation, elle-même précédant l'euphorie de la capture finale et de la soumission de la proie.

Jane le considéra fixement, les pommettes écarlates.

— En vous écoutant, j'ai la nette impression que vous ne parlez ni du renard ni du cerf mais de moi.

Elle garda le regard posé sur lui, totalement consternée de constater que sa remarque n'élevait chez lui aucune protestation. Ainsi que cela s'était déjà produit plus d'une fois en sa présence, elle se sentit perdre le contrôle d'elle-même comme si un ouragan soufflait dans son cœur. Un long et profond frisson la parcourut. Après tout, elle était un être de chair et de sang, et sans immunité particulière contre le magnétisme sexuel qu'exerçait sur elle son mari.

Guy lui jeta un regard intense en comprenant qu'elle avait interprété ce qu'il venait de dire exactement comme il avait pensé qu'elle le ferait. À l'évidence, il avait réussi à créer en elle une véritable confusion. Le sourire qu'il lui adressa alors n'eut rien de contrit tant le résultat qu'il venait d'obtenir le satisfaisait. Grâce à cela, les choses ne semblaient plus aussi mornes que la veille au soir.

Cette avancée l'encouragea à déployer toute sa patience et tout son savoir-faire pour abattre les barricades que Jane avait élevées entre eux dans le seul but de le maintenir loin d'elle.

8

Le corniste souffla dans son instrument. Aussitôt, une excitation débordante s'empara de tous les participants. Munis de leur arbalète et de leur épée, les chasseurs s'élancèrent au galop hors de la cour intérieure du manoir et se déversèrent dans la campagne à la suite des chiens avec la fluidité d'une rivière qui déborde, arrachant dans leur sillage touffes d'herbe et mottes de terre. Bien que, de son côté, Jane ait décidé de ne pas prendre part à la chasse de manière active, elle rejoignit ceux des cavaliers qui suivaient la meute.

L'exaltation produite par la vitesse et par l'air qui sifflait à ses oreilles lui fit monter le rouge aux joues. Au pied des arbres, le soleil créait des ombres sur la terre toute mousseuse de rosée.

Très vite, Jane repéra Guy qui chevauchait devant en compagnie des invités de son rang, ne faisant qu'un avec son cheval, franchissant haies et fossés avec une confiance absolue en lui.

Bientôt, les chiens reniflèrent un cerf majestueux qui, les ayant certainement entendus, s'enfuyait dans la forêt. Avec les chevaux, ils se lancèrent à sa poursuite. Excité par le son du cor, le hongre de Jane se cabra, mais elle parvint sans peine à le maîtriser… et à le retenir car elle n'avait aucune envie de participer à la mise à mort du grand cerf.

Lorsqu'ils eurent tué leur proie, les chasseurs émergèrent de la forêt avec leur butin. Après les efforts de la poursuite, heureux et calmés, ils commencèrent à refluer vers Rosemead. Alors que Jane se préparait, elle aussi, au retour, elle aperçut Guy, à l'arrêt sur son cheval en lisière de forêt. Comme s'il sentait qu'elle l'observait, il regarda soudain par-dessus son épaule. Leurs yeux se croisèrent. Il était tête nue et sa chevelure d'un noir de jais était tout emmêlée par les galops. Une violente envie de glisser les doigts dans ses boucles s'empara alors de Jane tandis qu'il faisait demi-tour pour la rejoindre.

— Je pense qu'il est temps de rentrer, déclara-t-il en tirant sur ses rênes pour arrêter sa monture quand il arriva près d'elle. La chasse a été réussie et tout le monde est content. Venez, nous allons parcourir le chemin ensemble. Je sais combien vous avez à cœur de paraître sous votre meilleur jour lors du divertissement qui va suivre. La chasse a pris plus de temps que je ne l'avais prévu et, maintenant, le temps presse un peu. Mais je connais, dans les bois, un raccourci que nous pouvons emprunter.

Jane lui jeta un regard circonspect et le surprit en train de considérer ses lèvres. Sur son beau visage, la dérive de ses pensées était parfaitement lisible. Bien qu'elle sentît les battements de son cœur s'accélérer, Jane lui octroya un sourire détaché et un peu forcé.

— J'aimerais répondre que je préférerais tenter ma chance toute seule, car je crois que ce serait plus sûr pour moi, mais, puisque nous allons tous les deux dans la même direction, il serait grossier de ma part de refuser.

— Je suis d'accord avec vous, renchérit-il, ce serait fort grossier. Et de toute façon vous serez en sécurité avec moi, je vous en donne l'assurance.

Elle lui jeta un nouveau regard méfiant.

— Vous ne m'en voyez guère convaincue. C'est lorsque je suis la plus vulnérable que vous essayez en général de profiter de moi.

Les yeux gris se mirent à scintiller.

— Est-ce ce que l'on appelle la prérogative du mari ? En fait, mon amour, ma seule envie serait de profiter de vous ici et tout de suite. Mais je m'abstiendrai de le faire tant que je n'aurai pas obtenu la certitude d'être vraiment... le bienvenu.

Jane lui accorda un sourire timide tout en détournant les yeux. Combien de temps resterait-elle capable de lui tenir tête ? Oui, combien de temps s'écoulerait avant qu'elle ne renonce à la bataille qu'elle avait commencé à mener dans le lit dont elle l'avait éloigné ? Les feux que Guy y avait allumés étaient si difficiles à éteindre !

— Ce serait plus judicieux, en effet, dit-elle d'une voix légèrement rauque.

Après avoir goûté à l'apaisement qu'apportait la passion partagée, elle était à présent pleinement consciente de ce dont elle se languissait.

Guy fixa de nouveau ses lèvres avant de la guider vers le sentier qui, à travers bois, allait les mener plus rapidement à Rosemead.

— Il m'est impossible de laisser cette situation perdurer indéfiniment, Jane. Surtout quand vous savez à quel point mon envie de vous me fait souffrir.

— *Souffrir !* répéta-t-elle sur un ton de faux reproche tandis qu'un sourire moqueur lui relevait les commissures des lèvres. Vous êtes juste avide et affamé. Voilà comment je vois votre état.

Sa repartie le fit éclater de rire.

— Je ne chercherai pas à argumenter...

Ils empruntèrent le sentier en silence. Après l'avoir regardée évoluer sur son cheval, Guy reprit la parole :

— Vous montez bien, Jane. Et ce n'est pas la première fois que je le remarque. Puis-je vous demander qui vous a instruite en la matière ? Quelque séduisant prétendant, peut-être... ?

La réponse tomba comme un couperet.

— Essentiellement mon frère.

Jane vit que Guy s'efforçait de ne pas réagir, lui qui venait sans le vouloir d'amener la conversation sur ce sujet qu'il savait douloureux pour elle.

— Ah, dans ce cas, il l'a bien fait.

— Andrew était un excellent cavalier, reprit-elle en déglutissant pour faire passer le nœud qui s'était formé dans sa gorge à l'évocation de son frère. Il n'y en avait pas de meilleur.

Prenant ensuite son courage à deux mains, elle demanda sans transition :

— Avez-vous ap... appris quelque chose sur Richard ?

Le fait de mentionner Richard, Jane ne l'ignorait pas, allait sûrement déplaire à Guy, mais le problème qui subsistait entre eux et qui était à l'origine de leur mésentente actuelle ne pouvait rester éternellement tu.

Les lèvres de Guy se pincèrent d'inquiétante manière.

— Après s'être remis de sa blessure, Aniston est parti vers le nord. Il se trouvait avec John Neville quand, en mai, ils ont mis les lancastriens en déroute à Hexham.

— Où est-il, à présent ?

— Est-ce si important pour vous de le savoir, Jane ? demanda Guy en tournant la tête vers elle.

— Je ne puis oublier que lui et moi devions nous marier. Ni que je ferme depuis trop longtemps les yeux sur le problème qu'il y a entre vous.

Guy posa le regard sur le sentier qui filait vers Rosemead.

— Aniston se trouve toujours au nord. Après la bataille, la plupart des chefs rebelles ont été exécutés. Seules quelques poches de résistance et quelques châteaux demeurent entre les mains des lancastriens. Leur chute semble n'être plus qu'une question de temps. En outre, vous savez sûrement qu'Aniston sera bientôt fait chevalier en hommage à son courage et à son audace.

Jane ignorait la nouvelle et fut surprise de l'apprendre. Cela dit, l'annonce de l'anoblissement de Richard ne lui procurait aucune joie.

— Je vois, répondit-elle sans regarder Guy. Si cela se confirme, il aura donc réalisé le désir qu'il gardait en son cœur.

Quelques instants après, elle se tourna vers Guy et le fixa avec intensité.

— M’expliquerez-vous... ?

Tournant à son tour la tête vers elle, il ne fut pas sans remarquer son air grave.

— Si je peux...

— Vous connaissiez Richard avant de revenir à Cherriot Vale, n’est-ce pas ?

Guy acquiesça de la tête. Son expression était sévère.

— L’inimitié que vous lui portez, poursuivit Jane, date-t-elle de l’époque où il était l’écuyer de Lord Lambert ?

— Disons que ce qui s’est passé alors ne m’a guère encouragé à l’apprécier.

— Que s’est-il passé, justement ? Je me rappelle que vous m’avez révélé que Lord Lambert avait une fille qui s’était noyée. Mais encore ?

— Lucy était l’unique fille de Lord et Lady Lambert, et la benjamine de la famille. Le couple, ainsi que les deux frères de cette jeune fille, l’adoraient. Le médecin légiste a déclaré qu’elle était morte par noyade et que cette noyade était accidentelle. Cependant, les circonstances dans lesquelles on a retrouvé son corps dans le lac ont paru suspectes à sa famille.

— Pour quelle raison ?

— Il était visible que Lucy avait reçu un coup contondant sur le haut de la tête. Et cela sans mentionner le fait que, par peur de l’eau, elle ne se promenait jamais seule près du lac. Sa famille ne s’est donc pas expliqué sa présence à cet endroit. À l’époque, son décès a d’ailleurs provoqué un scandale. Très vite, et en dépit du résultat de l’enquête, Richard Aniston a été largement soupçonné d’avoir orchestré la mort de Lucy, point de vue partagé par la famille, et qui explique son renvoi en tant qu’écuyer chez les Lambert.

— Mais pourquoi ? Si Richard est vraiment responsable de la mort de Lucy, quelle raison avait-il de la tuer ?

— L’un des compagnons d’Aniston a laissé entendre qu’ils s’étaient épris l’un de l’autre, se voyaient en secret et qu’elle attendait un bébé de lui. Mais, évidemment, rien n’est certain car on ne peut plus rien prouver.

— Et *vous*, pensez-vous que Richard ait pu l'assassiner ? Qu'il soit capable de commettre un crime pareil sur une jeune fille ?

Tandis qu'elle posait la question, son ventre se crispa de terrible manière.

— Ce n'est pas impossible, répondit Guy. Et cela explique non seulement une partie de mon inquiétude quand j'ai découvert que vous deviez l'épouser, mais aussi pourquoi j'ai voulu vous protéger.

Il marqua une légère pause avant d'ajouter :

— Pour être tout à fait honnête, je dois aussi reconnaître que je vous ai voulue dès l'instant où je vous ai vue.

Sa voix était devenue basse et rauque.

— Je n'en ai d'ailleurs jamais fait un secret...

Ses yeux gris perle avaient pris une teinte anthracite, de la couleur des eaux de la Tamise quand elle était soumise aux plus terribles tempêtes.

Relevant la tête, Jane posa son regard dans le lointain.

— M'avez-vous autant voulue que vous avez voulu un enfant ?

— Ce n'est pas pareil et vous le savez, gronda-t-il.

Cette fois, elle le regarda bien en face.

— M'avez-vous raconté la vérité à propos de ce dont Lord Lambert et sa famille soupçonnent Richard, Guy ? Les choses se sont-elles vraiment passées ainsi ?

La réponse qu'elle lut dans ses yeux était si affirmative qu'elle se passait de mots.

— Dans ce cas, reprit-elle, pourquoi ne pas m'avoir dit, ou, du moins, n'avoir pas prévenu mon père que Lord Lambert soupçonnait Richard d'être, d'une manière ou d'une autre, lié à la mort de sa fille ?

— Je l'ai fait... en même temps que je lui ai appris les rumeurs qu'Aniston commençait à colporter sur vous et moi.

— Il ne m'en a jamais parlé.

— Probablement pour ne pas vous perturber.

— Probablement...

— Si Lord Lambert et ses fils avaient eu la moindre certitude qu'Aniston profitait de la jeune Lucy, ils l'auraient battu jusqu'au sang, et la folle ambition qu'entretenait Aniston de devenir chevalier serait vite devenue un rêve perdu.

— Rêve qu'il a quand même réalisé en montant vers le nord pour rejoindre Neville et grâce auquel il a réussi — par quel miracle ? — à se distinguer. Pauvre Lucy...

— Lord Lambert brûlait d'envie d'aller trouver Aniston pour lui arracher des aveux sur ce qu'il avait exactement fait à Lucy, mais hélas, il ne *savait* rien. Il n'entretenait que des soupçons. C'était un noble très respecté, un homme bien, ni hâbleur ni tricheur. Jamais il ne se serait permis d'invectiver Aniston sans posséder des preuves solides lui permettant de soutenir ses accusations. Un comportement aussi impétueux aurait du reste immédiatement engendré une avalanche de ragots. Sans parler du scandale, ou plutôt des deux scandales qui auraient éclaté : d'abord sur place, à Wiltshire, puis lors du procès à la cour, ce qu'il n'aurait pu tolérer.

— Malgré cela, si quelqu'un a mis fin aux jours de Lucy, elle mérite que justice soit faite.

— C'est vrai, mais Aniston n'ira pas se confesser de lui-même. Or, sans preuves, je serais étonné que justice soit rendue à Lucy.

— J'en ai peur aussi..., murmura Jane.

L'histoire de la fille de Lord et Lady Lambert l'affectait terriblement. Richard avait-il effectivement assassiné Lucy ? Si oui, Jane réalisait à quel point elle avait personnellement eu de la chance de ne pas tomber entre ses griffes. Mais cela la ramenait aussi à Guy, aux accusations qu'elle avait portées contre lui et aux débats qu'elle avait menés avec elle-même à propos de la culpabilité ou de l'innocence présumées de son mari concernant son coup de dague contre Richard. Un homme qui s'était montré aussi attentionné et aussi tendre avec elle lors de leur nuit de noces avait-il pu, de sang-froid, tenter de commettre un meurtre en sa présence ?

La question tournoyait dans sa tête, comme pour lui reprocher d'avoir, de manière arbitraire, accusé et condamné son mari. Si Guy était réellement capable d'agissements aussi monstrueux et si quelque démon se dissimulait derrière sa séduisante apparence, la méchanceté qui se cachait au plus profond de lui ne se serait-elle pas déjà manifestée au grand jour ? Et, en ce qui la concernait, n'aurait-elle pas déjà capté, aux moments où Guy ne se trouvait pas sous contrôle, les preuves de sa malveillance ?

Sans doute conscient des préoccupations qui la minaient, son mari la considéra avec attention.

— À présent que vous en savez plus, Jane, est-ce que cela change quelque chose entre nous ?

Un faible soupir lui échappa alors qu'elle réfléchissait à la question.

— En tout cas, cela ne change rien à ce que vous avez fait. En ce qui concerne Richard, comme vous l'avez exprimé vous-même, il n'existe aucune preuve permettant d'affirmer qu'il a assassiné Lucy. J'avoue avoir beaucoup de mal à imaginer un homme tel que lui capable de commettre de sang-froid un acte aussi ignoble que le meurtre d'une jeune fille.

— Votre réponse signifie-t-elle que vous entretenez malgré tout des doutes sur ma culpabilité ?

La franchise de la question lui fit venir les larmes aux yeux. Hésitante, elle chercha le regard de Guy.

— Je n'ai pu aboutir à une conclusion concernant ce qui s'est passé ce jour-là, si c'est ce que vous voulez savoir. Parfois, il me semble parfaitement ridicule de vous soupçonner d'avoir pu commettre un acte pareil. Cependant, je suis victime d'un cauchemar récurrent au cours duquel vous changez d'apparence et où le démon que vous devenez me fait peur.

— Mais il ne s'agit que d'un cauchemar qui ne vous rend sûre de rien, remarqua Guy sur un ton neutre. N'oublions pas en outre que ma mauvaise réputation joue contre moi et ne vous facilite pas les choses.

Il la fixa avec intensité.

— Ne croyez pas tout ce que vous entendez, Jane. Et, en ce qui concerne l'affaire qui nous préoccupe, ne vous fiez pas non plus à ces moments parcellaires et décousus que vous avez pu surprendre.

Apparemment désireux de ne pas continuer à remuer les blessures du passé, il changea brusquement de conversation :

— J'imagine que vous attendez avec impatience le banquet et le divertissement de cet après-midi.

— Oui. Bien qu'il fasse naître aussi en moi quelque appréhension.

— Il faut que je vous dise que le roi et la reine sont attendus. Leur visite sera brève. On pense qu'ils partiront après le repas.

— Lady Cecilia m'a appris la nouvelle ce matin au moment où je quittais le manoir. L'arrivée plus ou moins imminente du couple royal l'exaltait beaucoup. Aussi ai-je également hâte de le voir !

— De leur côté, le roi et la reine ont pareillement hâte de vous voir, Jane.

— Dans ce cas, je dois m'assurer d'être la plus élégante possible ! De fait, je vous suis reconnaissante de nous avoir fait emprunter ce raccourci pour rentrer. Je disposerai ainsi de plus de temps pour me préparer.

— Que racontez-vous ? Comme d'habitude, vous serez on ne peut plus belle !

Lorsqu'ils approchèrent de Rosemead, Jane continua à regarder droit devant elle comme si le nombre impressionnant de courtisans qui s'égaillaient déjà dans la cour du manoir retenait toute son attention et la fascinait. Mais en fait c'était Guy qu'elle aurait voulu regarder... dans les yeux. Or, elle ne le pouvait pas car, ce faisant, elle aurait été incapable de maîtriser les émotions trop intenses qui la traversaient.

Midi vit arriver les bachots qui transportaient les invités et les déposaient sur la berge de la rivière s'étendant devant le manoir, cependant que la grande cour intérieure s'emplissait de chevaux, et résonnait à la fois de leurs hennissements et du brouhaha créé par les convives volubiles et gais. On avait l'impression que le Tout-Londres s'était fixé rendez-vous à Rosemead. Il y avait des gens partout, et Jane trouva certains courtisans et certaines courtisanes d'une beauté à couper le souffle. Une intense frivolité s'emparait d'elle, la laissant à la fois effrayée, ravie et follement désireuse d'être acceptée dans ce monde qu'elle ne connaissait pas.

Après avoir pris un bain, elle s'était vêtue d'une robe d'un vert profond piqué de roux qui rappelait les teintes de la forêt. La chasse l'avait épuisée, ce qui la surprenait tant elle s'était toujours maintenue au meilleur niveau. Quoi qu'il en fût, un peu de repos lui aurait fait le plus grand bien, mais l'arrivée du bachot royal sur la rivière avait été annoncée. Le roi et la reine risquaient donc d'apparaître d'un moment à l'autre !

Jane surprit son reflet dans le miroir et eut le sentiment étrange de découvrir une idole entièrement constituée de matériaux précieux. Du reste, la richesse trop ostensible de sa robe la choquait jusqu'au plus profond d'elle-même. Pourtant, il ne s'agissait que d'une robe parmi toutes celles qu'elle avait acquises depuis qu'en la faisant comtesse son mariage l'avait élevée au rang de la noblesse.

L'instant d'après, elle voyait, dans le miroir, Guy arriver et s'arrêter derrière elle.

— Vous êtes très belle, Jane, dit-il en cherchant son regard dans la glace. Il est certain que vous attirerez l'attention de tout le monde. Après ce qui s'est produit, sachez que mon désir le plus cher est que vous rendiez le passé au passé et tourniez maintenant vos yeux vers l'avenir.

Tout en lissant sa jupe du plat de la main, Jane lui jeta un regard posé.

— Ne vous inquiétez pas pour moi. Le futur que j'imaginais si morne vient sûrement de prendre meilleure tournure...

Lorsque la comtesse de Sinnington quitta la lumière tamisée du couloir pour pénétrer dans la grande salle au côté de son mari, dont la haute silhouette était mise en valeur par le velours noir et écarlate de son habit émaillé de pierres précieuses, elle fit naître un éclat envieux au fond du regard de toutes les femmes présentes et des hommes qui les escortaient.

Néanmoins, dans le comportement de cette stupéfiante créature qui venait de se mêler à eux se lisait une sorte de distance. Oui, Jane ressemblait à une remarquable statue. Au point qu'aucun des hommes qui gardaient les yeux rivés sur elle alors qu'elle avançait à pas lents dans le doux froufrou de ses jupes d'un vert couleur de forêt n'aurait pu dire s'il admirait davantage la finesse de sa silhouette, la perfection de ses yeux, la tendre courbe de ses lèvres ou celle de son irrésistible sourire.

L'attention de Jane fut immédiatement attirée par les somptueuses tenues de cour des ladies et des gentlemen, tous ruisselant de bijoux d'une inestimable valeur. L'appréhension la faisait trembler, et la conscience aiguë qu'elle prit soudain de l'écart entre son statut et celui de l'élite rassemblée en ce lieu pesa sur elle de tout son poids. De la même façon, son envie de rencontrer le couple royal allait de pair avec son appréhension secrète, qu'elle dissimulait de toutes ses forces. Du reste, sans doute n'était-elle pas la seule car dans le grand salon régnait une excitation extrême. Les vassaux vaquaient à leurs affaires avec fébrilité tandis que lords et ladies vérifiaient leur toilette. Pour parvenir à ce résultat, Lady Cecilia avait, c'était certain, consenti à de nombreux efforts et d'énormes dépenses.

Annoncés par le garde royal, entourés d'une nuée de laquais, de lords et de ladies de la cour, le roi Edward et la reine Elizabeth firent leur entrée. Le comte de Sinnington et Lady Cecilia leur souhaitèrent la bienvenue à Rosemead.

— Oh ! regardez-les..., chuchota alors, à côté de Jane, une lady, bouche bée devant l'étincelant couple royal qui venait de s'arrêter pour effectuer un examen attentif de l'assemblée réunie devant lui.

Comme elle, tout le monde gardait les yeux rivés sur le roi et la reine, réellement stupéfiants à regarder, qui poursuivaient maintenant leur progression dans le grand salon.

La reine évoluait d'une démarche souple et coulée au côté de son séduisant époux. Sa façon de glisser sur le sol comme si elle le frôlait à peine fascina Jane. Élégante dans ses manières et dotée d'une beauté qu'illuminait un sourire magnifique, elle était resplendissante dans sa robe bleu pâle garnie d'or et de perles. À l'approche du couple, tout le monde se recula pour lui ouvrir le passage.

Jane étudia avec attention cette grande et mince jeune femme qui était déjà veuve et mère de deux fils quand elle avait épousé le roi, en grand secret, au cours du printemps précédent. Feu son mari, sir John Gray, mort à la bataille de St. Albans, s'était même battu contre le roi ! Sans compter qu'à l'époque Edward était censé épouser une princesse de l'un des pays d'Europe, et que son mariage avec Elizabeth avait alors fait grand bruit et causé beaucoup de fureur.

En se déplaçant pour rejoindre Jane, Guy jeta un regard appréciateur sur son corps, qu'elle savait mis en valeur par sa robe d'un vert aussi profond que celui de ses yeux.

— Comme d'habitude, vous êtes inouïe, mon amour, dit-il avec un sourire confiant et possessif.

Un coup d'œil d'avertissement fut la réponse qu'elle apporta à l'impudente déclaration de son mari. Mais il n'eut pas le temps de répliquer car, à cet instant, le roi apparut devant eux.

— Ah, Sinnington ! Comment s'est déroulée cette chasse ? Productive, j'espère !

— Elle s'est passée on ne peut mieux, Votre Grâce, repartit Guy, à l'aise avec le monarque. Vous avez manqué un moment très agréable. Deux beaux cerfs et un sanglier.

— Je vous aurais accompagnés si je n'avais pas eu à m'occuper des affaires de l'État.

Sur ces mots, il posa son regard sur Jane, qui se tenait à quelques pas.

— Qui est-ce, je vous prie ? demanda-t-il à Guy.

Guy prit Jane par la main et l'attira dans leur direction.

— Cette belle lady est ma femme, la comtesse de Sinnington !

— Je m'en doutais.

— Comment ?

— Disons seulement qu'il s'agissait d'une heureuse hypothèse..., répondit tranquillement le monarque.

Le roi Edward était aimé par son peuple pour sa gentillesse. Du haut de son mètre quatre-vingt-cinq, il observait Jane d'un air amusé comme s'il connaissait un secret qu'il ne pouvait attendre de lui révéler.

— Lady St. Edmond, Sinnington parle si souvent de vous que je suis heureux de vous rencontrer enfin ! Je réalise en outre que ce qu'il affirme à propos de votre beauté n'est en rien exagéré. Vous êtes aussi superbe qu'il le prétend.

Malgré ses jambes tremblantes, Jane réussit à effectuer une profonde révérence. Sentant ses pommettes rendues écarlates par le compliment du roi, elle garda le regard rivé sur lui, incapable de l'en détacher.

— Votre Grâce se montre à mon égard d'une amabilité dont je la remercie humblement, dit-elle. Mais je crains que mon mari n'ait tout de même une certaine propension à exagérer.

Le roi eut un petit rire.

— Votre femme est aussi sensible qu'elle est belle, Sinnington.

— Ne vous y fiez pas, sire. Elle a un cœur de guerrier.

— Dans ce cas, c'est une personne selon mon cœur, murmura alors la reine en examinant Jane avec attention. Je suis heureuse de vous rencontrer enfin, Lady St. Edmond. Après avoir beaucoup entendu parler de vous, j'aimerais vous connaître mieux. Venez vous asseoir près de moi à l'issue du repas. Nous pourrons discuter.

— Oui, Votre Grâce, réussit-elle à répondre tout en s'inclinant profondément.

Tétanisée et complètement abasourdie, elle se demanda de quoi Jane Lovet pourrait bien s'entretenir avec une reine...

Quand le temps fut venu de prendre place autour du banquet dressé pour une bonne centaine de personnes, on commença par aider Lady Cecilia à s'asseoir devant la table principale, ornée d'une grosse guirlande de fleurs. Les invités prirent ensuite la place qui leur avait été assignée. À la gauche de Jane se tenait Guy, tandis que le couple royal, au centre de la table, se trouvait à sa droite. C'était avec toutes les fibres de son corps que Jane sentait la présence de son mari et sa chaleur réconfortante irradier en elle. Il était puissamment viril et plus attirant que tous les hommes réunis dans cette immense salle. Doté d'une indéniable et impressionnante personnalité, il attirait bien des regards. Étourdissant, beau et charmant, c'était un homme dont n'importe quelle femme pouvait s'éprendre dans l'instant.

Selon leur préférence, les invités se virent offrir des gobelets de vin ou des chopes de bière. Un quatuor commença immédiatement à jouer tandis qu'un nombre incalculable de plats en tous genres se mirent à circuler, viandes diverses, fruits confits, sucreries, huîtres, sans oublier des vins de provenances et de couleurs variées, depuis le rouge foncé presque noir jusqu'au blanc le plus transparent. La fête était d'une extravagance inouïe, dépassant tout ce que Jane avait pu voir. Elle se sentait tellement ailleurs que, très vite, elle n'écouta plus les conversations autour d'elle que d'une oreille. Le banquet se déroulait dans une atmosphère délicieuse, à la fois conviviale et détendue.

De son côté, Guy voyait ses instincts de guerrier ravivés par la profondeur de sa passion pour sa jeune femme. Son désir de la posséder et de retrouver ce qu'ils avaient vécu la nuit de leur mariage était à présent plus fort que jamais. Décidément, il n'était pas impossible que la bataille qu'il menait pour reconquérir Jane devînt la bataille la plus acharnée et la plus importante de son existence. Et il la remporterait. Quel qu'en fût le prix.

À l'issue du banquet, un laquais vint chercher Jane pour la conduire auprès de la reine. Sa Majesté souhaitait s'entretenir avec elle.

Jane trouva la souveraine courtoise et agréable. Les deux

femmes parlèrent de la cour, des deux petits princes, de la mode et de l'expérience passée de Jane, toutes choses que des femmes bien accordées se plaisent à évoquer quand elles partagent un instant de détente. Néanmoins, pendant tout ce temps, Jane resta pleinement consciente de la présence de Guy, tout près d'elle. Du reste, à peine eut-elle pris place à côté d'Elizabeth qu'il chercha son regard et qu'en le trouvant ses yeux gris perle se mirent à briller comme deux étoiles d'argent.

À l'issue de leur conversation à deux, la reine se leva.

— Ainsi que nous avons déjà eu l'occasion de vous le dire, déclara-t-elle, Sinnington parle souvent de vous en termes fort élogieux. En outre, bien que vous ne connaissiez Lady Cecilia que depuis peu, celle-ci dit également du bien de vous. Tout comme Sinnington, elle pense que je gagnerais à vous avoir dans mon entourage.

Jane la fixa, presque amusée malgré elle.

— Dans votre entourage, Votre Grâce ?

— Oui, vous seriez l'une de mes dames de compagnie. Comme vous le savez, je suis entourée de quelques ladies qui remplissent pour moi un certain nombre de fonctions. Or je suis sûre que vous sauriez parfaitement tenir un tel rôle.

— Mais... Votre Grâce, je suis la fille d'un négociant, précisa-t-elle comme si elle voulait s'assurer qu'Elizabeth était bien au courant et lui faire comprendre que son offre n'était donc pas envisageable. À part quelques visites faites à Londres en compagnie de mon père, je n'ai jamais quitté Cherriot. Votre proposition est pour moi un grand honneur. Jamais je n'aurais imaginé que vous me feriez une suggestion aussi flatteuse, mais... J'ignore tout des habitudes de la cour et manque totalement de l'expérience requise pour vous servir.

— Je ne vois rien de mal à ce que nobles et négociants se mêlent. Après tout, n'est-il pas primordial que chacun de nous acquière une meilleure connaissance de l'autre ?

Sans attendre la réponse, la reine se leva et lui tendit la main avec un doux sourire.

— Je serai enchantée de vous accueillir à Westminster, Lady

St. Edmond. Je suis aussi certaine que nous n'aurons toutes deux qu'à nous féliciter de cet arrangement.

L'entretien était terminé. Jane fit la révérence et se retira, tandis qu'à sa crainte et à sa stupéfaction venait s'ajouter une émotion plus grande qui lui coupait presque la respiration : sa colère contre les ententes clandestines et les arrangements secrets que Guy avait menés derrière son dos.

— Eh bien ? lui demanda Lady Cecilia, manifestement débordante d'espoir, lorsqu'elle eut regagné sa place, de quoi avez-vous discuté avec notre souveraine ?

— Sa Majesté m'a convoquée... pour me proposer de devenir l'une de ses dames de compagnie. Et je ne sais réellement que répondre. Quant à mes parents... Ils vont être tellement étonnés !

— Vous n'avez qu'à leur écrire, Jane. La décision de la reine est un grand honneur et c'est ainsi qu'ils verront les choses. Songez ! Vous allez vivre au palais de Westminster et pouvoir approcher le couple royal. N'est-ce pas merveilleux ?

— Mais pourquoi ne m'a-t-on pas prévenue assez tôt pour me permettre de me préparer à cet événement ? La moindre des choses aurait été que Guy en discute avec moi auparavant !

Comme les festivités se poursuivaient, Jane s'efforça de garder le sourire et de sembler s'amuser. Mais elle estimait avoir été manipulée par son mari, et cette sensation décuplait sa colère et son amertume. Elle le vit, assis à la table principale, au milieu d'autres hommes, en train de parler, de boire et de rire avec le roi. Et, quand une servante s'approcha avec un grand bol d'eau chaude pour que tous puissent se laver les mains, elle eut envie de s'emparer du récipient pour en renverser le contenu sur la tête de l'arrogant personnage qu'était Guy. Car la confiance en soi qu'il lui avait fallu pour organiser toute cette machination derrière son dos était insupportable. Cela prouvait trop sa morgue et l'absolue certitude qu'il avait de pouvoir la dominer et décider à sa place de sa façon de mener sa vie, sans la consulter en aucune manière. Oui, ce comportement plongeait Jane dans une colère de tous les diables.

Jongleurs, baladins et acrobates égayèrent ensuite le banquet avant que des clowns viennent danser et se donner en spectacle sur des musiques merveilleusement entraînantes. Guy se renversa contre le dossier de son siège en poursuivant sa paresseuse conversation avec les autres chevaliers. Mais, si son sourire et ses paroles s'adressaient à eux, la lueur chaude au fond de son regard était pour Jane. Il la chercha des yeux et la trouva au moment où elle penchait la tête vers Lady Cecilia pour mieux l'entendre. La bouche délicieuse de sa femme retint tout de suite son attention, le doux renflement de sa lèvre inférieure, un peu boudeuse, et l'arc délicat de sa lèvre supérieure… L'envie furieuse d'y presser les siennes et d'en suivre les contours du bout de la langue le submergea.

Son sang, tout à coup, lui brûla les veines. Son sexe se durcit. Malgré sa tunique, il n'aurait osé se lever de peur que l'on remarquât son état. Ses mâchoires se serrèrent. Quelle folie ! Pourquoi se tourmenter ainsi ? Attrapant son gobelet, il but goulûment pour tenter de chasser toutes les sensations qui se bousculaient en lui. Le coup d'œil morose qu'il jeta aux joyeux courtisans qui l'entouraient ne lui apprit rien : dans cette salle se trouvaient quantité d'autres très belles femmes qu'il pourrait séduire s'il le voulait. Que se passait-il donc avec Jane — qui ne croyait même pas en sa loyauté — pour qu'elle le rendît ainsi indifférent à toutes les autres ?

Il but une nouvelle gorgée de vin. Comme il reposait son gobelet, il réalisa que Jane le regardait. Bien qu'elle se trouvât assise à une autre table, il remarqua tout de suite que ses beaux yeux verts étaient tout sauf amicaux. Or, comme elle venait de quitter la reine, la raison de son mécontentement n'était pas difficile à deviner : l'idée d'aller s'installer au palais de Westminster et de devenir l'une des dames de compagnie d'Elizabeth ne lui plaisait pas autant qu'il l'aurait cru, tant s'en faut. Comme elle continuait à le fixer, des flammes au fond des yeux, il leva son gobelet vers elle. Combien de temps faudrait-il pour transformer la colère de Jane en désir haletant ?

Il y avait des moments où il aurait voulu ne jamais avoir posé le regard sur son beau visage, tant ses pensées étaient maintenant tournées vers elle. Mais avait-il vraiment envie de songer à autre chose ? Elle était là, assise à quelques pas de lui dans sa robe couleur de forêt qui rappelait si étrangement celle de ses yeux, et il savait que cesser de penser à elle était à présent pour lui aussi impossible que cesser de respirer. Il la désirait de toutes ses forces, voulait lui faire l'amour autant de fois qu'il le pourrait, et cet élan démesuré était complètement étranger à la prudence qu'il avait instaurée, depuis Isabel, dans son rapport avec les femmes.

À cet instant, un invité la prit par la main et l'entraîna dans le cercle de danse qu'étaient en train de constituer des couples de tous âges. Les pas étaient assez simples, et la chorégraphie, facile à suivre. Au sein de cette gigue endiablée, Jane montra sans peine ses talents et son aptitude à suivre le tempo, à frapper alternativement de la pointe et du talon, à parfaitement s'intégrer à la farandole des danseurs qui s'étirait sans fin. Le sourire radieux qu'elle affichait montrait, comme une évidence, qu'elle savourait pleinement son plaisir.

Marmonnant un juron, Guy commanda du vin à un vassal qui passait et réajusta sa tunique. Tout cela était décidément ridicule ! Il se comportait comme un valet amoureux dont toutes les pensées ne concernaient que son désir.

L'heure était déjà avancée quand Leurs Majestés prirent congé. Tous ceux qui s'étaient laissés aller à penser que le banquet se déroulerait dans une ambiance solennelle furent ravis qu'il se fût révélé aussi vivant. De toute évidence, cette atmosphère détendue était celle que préféraient les deux monarques. Leur départ ne marqua pas la fin de la fête, qui se poursuivit avec les divertissements.

Si c'était avec le sourire que Jane acceptait les différentes invitations à danser, elle ne cessait, depuis le début des festivités, de sentir Guy la considérer d'un air très absorbé. Et, dans la mesure où sa colère contre lui n'était pas retombée, elle se sentait fort soulagée qu'il ne l'invite pas à danser. Un refus pur et simple en public aurait jeté le déshonneur sur elle comme sur lui. Cependant... N'était-ce justement pas le geste que son farouche orgueil rêvait de lui faire accomplir ? Soudain, Guy fut devant elle. Il s'inclina dans un petit salut courtois pour l'inviter à se joindre à lui dans la danse traditionnelle qui venait de commencer. À sa grande surprise et malgré la réflexion qu'elle venait de se faire, Jane lui offrit sa main et se leva.

Pendant quelques instants, Guy la fit évoluer en cercles de plus en plus larges, la laissant se mêler aux autres danseurs avant de revenir vers lui. Quand la chorégraphie fut terminée, Jane le considéra avec attention.

— Je trouve audacieux de votre part, Guy, de vous être présenté devant tout le monde pour faire valoir vos droits sur moi.

Comme il ne réagissait pas, elle ajouta, dans l'espoir de l'entendre évoquer la fonction que la reine venait de lui attribuer :

— Avez-vous quelque chose de particulier à me dire ?

Mais sa tentative ne réussit qu'à lui faire découvrir qu'il avait autre chose en tête.

Arquant les sourcils, il répondit avec un petit sourire :

— Non, je voulais tout simplement danser avec ma femme. Je suis donc loin de trouver mon attitude très « audacieuse ». À vrai dire, je l'estime même plutôt...

Il s'interrompit et leva la tête pour balayer d'un regard pensif les autres danseurs qui les observaient avec curiosité, avant de lancer d'un air décidé :

— ... sensée.

Derrière ses longs cils noirs, Jane lui jeta un regard se situant quelque part entre le doute et l'amusement. Sous le charme, Guy sentit son sourire s'élargir. L'idée de laisser sa femme se poser des questions sur la façon dont il trouvait « sensé » d'exercer ses prérogatives conjugales ne lui paraissait pas incongrue. Il éprouva quand même un peu d'incertitude en la voyant rejeter la tête en arrière pour le considérer avec la détermination qui la caractérisait et qu'il commençait à bien connaître.

— Jane, mon amour, dit-il aussitôt, je ne suis pas d'une jalousie débordante quand je vois ma femme danser avec d'autres hommes, mais j'attends tout de même avec impatience le moment où nous pourrons enfin être seuls.

Et il poursuivit en lui glissant à l'oreille de si sensuelles suggestions qu'elle devint aussi écarlate que la jeune mariée qu'elle était encore.

Si les propositions de Guy purent paraître piquantes à Jane, elles le furent aussi pour lui, tant la perspective de se retrouver plus tard en toute intimité avec sa femme l'enchantait.

Il sentit Jane suspendre sa respiration en entendant les mots qu'il lui soufflait dans le creux de l'oreille d'une voix chaude. L'instant d'après, un soupir tremblé lui échappa tandis qu'elle se détachait légèrement pour le regarder.

— Vous me susurrez les choses les plus douces, Guy, mais ce n'est pas le moment. De plus, les autres convives se trouvent si près de nous que cela me gêne. Plus tard, quand nous serons seuls, vous et moi, j'aurai moi-même un certain nombre de choses à vous dire. Mais autant vous prévenir tout de suite : mes propres paroles seront loin d'être aussi douces que les vôtres...

Jane était couchée depuis longtemps quand, beaucoup plus tard, Guy rejoignit leur chambre après avoir continué à riboter avec les autres chevaliers. Bien qu'il fût réputé pour supporter correctement le vin, il se sentait malgré tout un peu dans le brouillard et avait la tête qui tournait. Le regard qu'il posa sur le lit trouva le haut de la tête de Jane qui seul dépassait des couvertures. Apparemment, le sommeil l'avait vite emportée.

Tout en s'efforçant d'être le plus silencieux possible, il commença à se défaire de ses chausses noires et de sa chemise.

Il s'apprêtait à les retirer quand Jane bougea et se redressa brusquement. Elle battit des paupières comme pour chasser le sommeil de ses yeux mais ne dit rien.

— Jane !

Guy n'avait pu retenir sa surprise en la voyant soudain s'asseoir. Mais il se reprit aussitôt et sourit un peu de travers tandis que son regard fasciné allait et venait sur elle. Ses longs cheveux couleur de miel tombaient sur ses épaules en magnifiques vagues de boucles désordonnées, encadrant un visage d'une beauté poignante.

— Pardonnez-moi, mon amour. Je ne voulais pas vous déranger.

Son regard balaya d'un air un peu triste les vêtements qu'il venait d'ôter.

— Comme vous pouvez le voir, je me préparais à entrer dans le lit.

Jane ne répondit pas. Il la regarda repousser les couvertures, pivoter sur son séant et faire basculer ses jambes sur le bord du lit. Dans la douce lumière tamisée, les yeux verts cherchèrent les siens. Fierté et courage se lisaient sur chaque trait du visage de sa femme, de ses pommettes hautes à son menton pointu en passant par son nez têtu. Et pourtant ses lèvres restaient douces et vulnérables, aussi douces que les seins ronds sous la chemise de nuit, qui paraissaient réclamer qu'il les touchât. Mais c'étaient d'abord ses lèvres qu'il voulait goûter.

— Vous semblez en colère, mon amour. Y a-t-il quelque chose qui ne va pas ?

Elle lui jeta un regard furieux.

— Quelque chose ne va pas, cela va sans dire...

— Hélas...

Il avait laissé échapper ce mot dans un soupir presque désespéré. S'approchant d'elle, il se pencha vers son visage pour dégager une petite mèche de cheveux de sa joue.

— Me voilà de nouveau à la torture, dit-il. Rien qu'à vous regarder, j'endure déjà mille souffrances.

— Contrôlez votre désir, repartit-elle en repoussant sa main et en se rapprochant du mur. Je ne veux pas que l'on me touche.

— Dans ce cas, peut-être qu'un peu de vin...

Sa voix se faisait cajoleuse.

— ... vous calmerait les nerfs.

— Mes nerfs ?

Jane paraissait stupéfaite et, plus encore, agacée.

— Ce sont plutôt les vôtres dont il faudrait que vous vous occupiez. De plus, en ce qui concerne le vin, il est clair que *vous* n'en avez pas besoin. La quantité que vous avez absorbée suffirait à faire flotter une barge sur la rivière. Où étiez-vous ? J'ai plusieurs choses à vous dire qui ne peuvent attendre demain matin.

— Vous me maltraitez, Jane.

Il haussa les épaules.

— De mon côté, je ne fais que reconnaître mes désirs et chercher à les exprimer.

Sur ces mots, il voulut la prendre dans ses bras pour l'y envelopper et l'embrasser, mais elle se dégagea dans la seconde. L'instant d'après, elle avait quitté le lit et se mettait à arpenter la pièce comme une guerrière se préparant à la bataille. Sa chevelure, libérée de la coiffe conique qu'elle avait portée durant le banquet, flottait dans son dos en une épaisse masse soyeuse. Dans ses yeux plus verts que jamais, les petites taches brunes ressortaient de manière splendide. À cet instant, Guy songea que jamais de sa vie il n'avait rencontré créature plus magnifique.

Comme Jane continuait à marcher de long en large dans la chambre, il voulut lui faire ralentir la cadence. Mais elle repoussa la main qu'il tendait vers elle avec une telle violence qu'il trébucha, et, tandis que la colère cumulée en elle depuis des semaines n'en finissait plus de monter, la sienne prenait forme. Il voulait cette femme plus que tout au monde, tandis que tout ce qu'elle attendait de lui était de discuter... du rôle à la cour qu'il lui avait assuré sans lui en parler auparavant, il était certain de cela. En tout état de cause, s'il la laissait évacuer sa colère à ce propos, elle lancerait de plus contre lui une nouvelle attaque au sujet d'Aniston ! Pour Jane, il était évident que ces débats revêtaient une importance primordiale, alors qu'il estimait de son côté pouvoir les différer. Son arrogance et la certitude d'avoir raison, que l'on avait ancrées en lui dès l'enfance parce qu'au cours d'une bataille elles étaient les seuls leviers nécessaires au futur combattant que ses parents voyaient en lui, reprenaient la première place.

Bras croisés, il se percha sur un coin de la table et, les yeux un peu plissés, regarda Jane aller et venir tout en repoussant, à chaque demi-tour, les pans de sa chemise de nuit d'un geste furieux. Il était clair qu'elle ne savait par où commencer tant elle nourrissait de griefs contre lui et tant elle avait de choses sur le cœur. Ce n'était vraiment pas le moment d'essayer de la toucher... Aussi décida-t-il de prendre son mal en patience. L'attitude de Jane le surprenait beaucoup, et son tempérament explosif, encore davantage. Elle crépitait littéralement de rage. S'il l'avait approchée, songea-t-il, il aurait, cela ne faisait aucun doute, vu et senti des étincelles.

Enfin, elle s'arrêta et se tourna vers lui, les mains sur les hanches, la respiration précipitée et irrégulière.

— Allez-vous finalement vous décider à m'interroger sur les raisons de ma colère ?

— J'attendais avec espoir que vous cessiez d'arpenter la chambre et que vous restiez tranquille assez longtemps pour me les dire, répondit-il.

Cette fois, les brumes de l'alcool s'étaient tout à fait dissipées de son cerveau et il avait l'esprit parfaitement clair. Immobile, posé sur son coin de table, le visage sans doute aussi blanc que celui de Jane, il n'était pourtant pas aussi calme qu'il le paraissait.

Comme Jane rejetait la tête en arrière, il la fixa, inquiet. Sur le visage de sa femme se lisait non seulement la rage qu'elle avait jusqu'ici réussi tant bien que mal à dominer, mais aussi quelque chose qui ressemblait à un curieux mélange de mépris et d'angoisse.

— Vous entretenez vraiment une très haute opinion de

vous-même, n'est-ce pas, Guy ? Comment avez-vous pu oser parler de moi à la reine de cette façon ? Comment avez-vous pu oser vous emparer ainsi des rênes de mon existence ?

— Quoi ?

Décroisant les bras, il se déploya de toute sa haute taille.

— Puis-je vous demander, reprit-il, ce que la reine a à voir avec votre mauvaise humeur ?

Mais il regretta aussitôt sa question et son manque de finesse.

— Ma mauvaise humeur ? répéta Jane en dardant son regard vert dans le sien. Et vous ? Vous est-il seulement venu à l'esprit que vous pourriez vous interroger sur vos manières d'agir ? Vous savez d'autant mieux que la reine a requis ma présence à la cour... que c'est vous qui lui avez mis cette idée en tête.

Elle eut un rire amer.

— Sans doute suis-je parfois naïve car je n'y ai pas songé tout de suite. Mais à présent j'en suis certaine.

Le petit muscle de la joue de Guy commençait à tressaillir. Jane savait ce que cela signifiait. Mais tant pis. Elle n'en avait pas terminé avec son mari. Et de toute façon sa fureur l'empêchait de s'inquiéter de l'humeur de Guy, même si, apparemment, celle-ci s'assombrissait de minute en minute.

— Comment avez-vous pu intervenir sur un sujet aussi important sans en discuter d'abord avec moi ?

— Votre colère est-elle censée me faire comprendre que vous entretenez quelque objection à devenir l'une des dames de compagnie de la reine ?

Jane le fixa d'un air incrédule avant d'écarter les bras en signe d'impuissance et de recommencer à faire les cent pas dans la chambre.

— Je n'arrive pas à croire ce que je viens d'entendre. Bien sûr, que j'ai des objections ! Quand arrêterez-vous donc d'interférer dans mon existence ?

— Interférer ? Est-ce ainsi que vous voyez les choses ? Je suis votre mari, *madame*, et j'ai le droit absolu d'agir de la façon que je considère comme la meilleure pour vous.

— Non, pour vous ! corrigea-t-elle. Au lieu de me manipuler, il fallait me faire part de votre intention. Cela m'aurait permis de me préparer.

— Vous préparer ? Regardez ce qui se passe maintenant, Jane ! Si je vous en avais parlé, vous auriez résisté.

— Et alors ? N'est-ce pas mon droit le plus strict ? Or, non content de le dénier, vous trichez pour mieux me museler. Décidément, ces manières sournoises n'ont rien à voir avec ce que je pensais pouvoir attendre de vous.

— Pour l'amour du ciel, Jane, qu'est-ce que cela vous coûte ?

Elle pivota sur ses talons, les yeux étincelants.

— Parce que vous pensez que j'ai un prix... Un collier de diamants, par exemple ? Un château plus grand ? Est-ce ainsi que vous procédez ? En tarifant ce qu'il y a entre nous ?

Guy la dévisagea pendant de longues secondes.

— Eh bien... Il semblerait que je me sois effectivement trouvé une petite guerrière...

Ce disant, il se pencha en avant jusqu'à ce que leurs deux visages se trouvent au même niveau, et plongea profondément les yeux dans les siens.

— Avez-vous donc si peur de moi, Jane ?

Baissant les paupières, Jane secoua la tête et tenta de chasser l'image qui venait de surgir à son esprit : celle de son père lorsqu'avait éclaté sa plus violente colère contre Andrew en apprenant que son fils soutenait les lancastriens. Elle avait été témoin de cette scène — comme du nombre incalculable de celles qui l'avaient précédée —, et avait affiché ce jour-là une expression vide pendant toute la durée du terrible échange entre son père et son frère.

Mais elle n'avait rien oublié.

— Bien sûr que non, répondit-elle, je n'ai pas peur de vous.

Elle ne mentait pas. Oui, quels qu'aient été les actes que Guy avait pu commettre en tant que soldat, au plus profond d'elle-même, elle savait que jamais il ne lui ferait de mal.

— Je sais..., dit-il alors avec douceur. C'est l'une des raisons pour lesquelles j'ai voulu vous épouser.

Jane sourit avec finesse.

— Sûrement, *my lord*, mais je crois que ce qui a prédominé a été votre volonté d'avoir des héritiers.

Se redressant complètement, Guy passa une main nerveuse dans son épaisse chevelure.

— Je ne le nie pas. Avoir un héritier qui reprendra le flambeau après moi me semble important. Mais vous me plaisez, Jane. Vous savez d'ailleurs tout ce que je ressens pour vous. Ne vous l'ai-je pas assez répété ? Je veux pouvoir veiller sur votre personne et m'assurer qu'il ne vous arrive aucun mal. Et ne me regardez pas ainsi. Oui, par tous les saints, vous me scrutez comme si je venais de vous insulter.

— C'est, ni plus ni moins, ce que vous avez fait en suggérant à la reine ce stupide arrangement. Chaque fois que vous m'approchez, vous me portez préjudice. Et, chaque fois que vous tentez de réparer le préjudice, vous aggravez la situation. La possibilité que je n'aie pas envie de me retrouver à la cour royale n'a-t-elle donc jamais effleuré votre esprit borné ? Si ce qui se passe ce soir est un avant-goût de ce que je devrai subir à Westminster, alors, je préfère ne pas faire partie de cette élite.

— Il n'en ira pas toujours ainsi, repartit-il en s'éloignant d'elle.

Furieux, il se pencha en avant et posa les mains à plat sur la table. En tant qu'homme habitué à ce que la plupart des choses se déroulent selon sa volonté — la plus récente étant son mariage avec Jane —, il s'imaginait, à tort, que cette volonté était juste et représentait la seule voie possible.

— Arrêtez, Jane. Pourquoi vous battez-vous ainsi contre moi ?

— Vous le savez très bien ! s'écria-t-elle.

Aniston, évidemment... Guy essaya de conserver son calme mais bouillait intérieurement. Comme il aurait voulu que le moment où il avait blessé Aniston de sa dague n'ait jamais eu lieu !

— Nous avons déjà parlé de tout cela, remarqua-t-il. Et, de toute façon, ce qui est fait est fait. Nul ne peut changer le cours du passé. Je vous en supplie, Jane, croyez-moi, je suis sincère avec vous.

Jane l'écoutait, remuée, malgré sa colère, par la vérité contenue dans les mots qu'il venait de prononcer. Guy avait raison : rien ni personne ne pouvait revenir en arrière. Bien qu'il demeurât calme, elle avait l'impression que ses larges épaules s'étaient affaissées comme sous un poids trop lourd.

— Dieu du ciel, Jane, vous n'êtes guère indulgente envers moi. Ni envers vous-même... Ne voyez-vous pas que je ne suis pas votre ennemi ? Que je ne désire rien d'autre que vivre en harmonie avec vous ?

— Dans ce cas, dites-moi comment vous comptez y parvenir quand je résiderai à la cour pendant que vous demeurerez à Cherriot Vale...

— Si cela peut apaiser vos craintes, je vous répondrai que nous ne serons pas séparés l'un de l'autre. J'ai moi-même été convoqué à la cour dans le but d'organiser un tournoi à Windsor. Pour que nous puissions rester ensemble, j'ai donc suggéré à la reine de vous choisir comme dame de compagnie. Était-ce vraiment si mal agir ?

Jane pivota sur elle-même, touchée qu'après tout il ait songé à elle.

— Je dis, répondit-elle sur un ton moins dur, que votre ingérence m'a coûté cher. Quand j'ai chassé Richard de ma vie, c'était parce que je voulais décider des choses par moi-même et être maîtresse de mon existence. Mais je réalise maintenant que je poursuivais un rêve impossible. Pour une femme mariée, il est à l'évidence illusoire de penser pouvoir échapper à l'intrusion permanente d'un mari qui, de son côté, s'imagine avoir le droit de la contrôler et de la diriger selon sa seule volonté jusqu'à ce qu'elle devienne une personne sans réalité propre et reste anonyme jusqu'à la fin de ses jours.

Il tourna vers elle un regard sauvage.

— Avez-vous vraiment cru qu'en m'épousant vous perdriez le droit de prendre vos décisions comme vous l'entendiez ? Est-ce cela que vous croyiez ?

Jane pâlit.

— Qu'étais-je censée penser d'autre ?

— Vous mettre sous contrôle est la dernière chose à laquelle j'aspire. Il y a longtemps que j'ai compris que vous étiez un esprit libre, une femme qui s'épanouit quand elle peut agir comme elle l'entend. Le ciel me vienne en aide si j'usais un jour de ma prérogative de mari pour vous priver de ce droit !

Jane fut touchée par sa déclaration, mais, à part son regard, qu'elle sentit s'adoucir, elle tenta de ne pas changer son expression, qui demeura ferme. Non, Guy ne s'en tirerait pas à si bon compte.

— Parfait. J'irai donc à la cour et deviendrai ce que la reine — et vous — voulez que je devienne. Après tout, vous êtes mon mari et, il y a quelques minutes, tout en m'affirmant que vous respectiez ma liberté, vous n'avez pas manqué de me rappeler que je vous appartenais. Je n'ai donc même pas le droit de me garder de vous. Et, de toute façon, pour vous, une femme doit juste posséder les mêmes qualités qu'un bon destrier.

Guy la considéra, visiblement stupéfait.

— Vous imaginez que, parce que vous avez un beau visage et un bel esprit, j'ai pensé que vous serviriez mes aspirations comme je l'entendais ? Entre autres comme partenaire de lit et mère de mes enfants ? Mais, par le ciel, femme, je ne vous ai pas épousée pour cela !

Sa sincérité n'empêchait pas Guy d'avoir l'esprit et les sens captivés par l'apparence de Jane, la délicatesse et la blancheur de son teint, l'éclat des flammes qui jouait dans sa chevelure, ses boucles qui s'étalaient, éparses, sur ses épaules, dans son dos, et attrapaient si joliment la lumière. Il remarqua la façon gracieuse dont ses fins sourcils noirs s'arquaient au-dessus de son regard vert, qui flambait tandis qu'elle le regardait, depuis l'autre côté de la pièce.

Comme il avançait dans sa direction, elle écarquilla les yeux telle une biche médusée et pivota sur ses talons, semblant décidée à lui échapper en augmentant la distance qui les séparait.

— Ne vous éloignez pas de moi, Jane, commanda-t-il aussitôt en usant d'un ton inquiétant, conscient de ce qu'elle s'apprêtait à faire.

— Et pourquoi pas ? répliqua-t-elle, indignée, en s'immobilisant sans se retourner. J'ai dit tout ce que j'avais à dire pour cette nuit.

— Pas moi..., murmura-t-il, en se serrant contre son dos.

Un désir lancinant lui irradiait à présent les reins. Jusqu'à cet instant, c'était avec patience qu'il avait attendu. Mais tout cela était en train de céder face au tumulte de ses passions. De la même façon, le souci qu'il avait commencé par manifester devant la timidité de Jane commençait à décliner.

Lui dégageant le visage de ses boucles au parfum sucré, il posa les lèvres contre l'oreille de cette tentatrice qui s'ignorait. Il devait s'assurer qu'elle avait saisi l'importance de ce qui se passait entre eux.

— J'ai beaucoup de choses à vous dire, chuchota-t-il, mais cela attendra. Quoi qu'il en soit, vous devriez vous montrer plus gentille avec moi, Jane. Jouer un rôle auprès de la reine est une position enviable, ne vous en déplaise.

Elle virevolta sur elle-même, visiblement furieuse. Guy s'aperçut alors que la chemise de nuit de Jane ne dissimulait presque rien à sa vue, et son sang ne fit qu'un tour. Le tissu léger moulait les seins pleins et ronds de la jeune femme, et leurs délicats tétons qui pointaient de manière si impudente, comme s'ils voulaient attirer Guy pour qu'il les caresse. Il sentit son souffle se bloquer au fond de sa gorge. La beauté du corps délicieux de son épouse ne lui était pas inconnue. Il savait que Jane était le rêve incarné de n'importe quel homme. Aussi se réjouissait-il de pouvoir contempler ce remarquable tableau vivant et d'y chercher avec avidité tout ce qu'il n'y avait pas encore découvert.

Mais il vit bien que Jane était sur la défensive.

— N'essayez pas de me toucher, siffla-t-elle entre ses dents. Je n'ai pas l'intention de me faire molester. Et, si tel était votre désir, je suis sûre que vous trouveriez à l'assouvir près de la rivière. Il est là-bas des femmes que l'on peut acheter pour pas cher, *my lord*. Mais en ce qui me concerne je ne suis pas à vendre.

Il eut un rire de dérision.

— Ce n'est pas un problème de coût, Jane, mais une affaire de désir. Or, vous comblez les miens plus qu'aucune autre femme que j'ai pu connaître.

Cette fois, la provocation dépassait apparemment les bornes. Quand Jane leva le bras pour le repousser, Guy eut l'impression qu'elle avait besoin de libérer sa rage non seulement par des mots mais aussi d'une manière plus physique. Il emprisonna sa taille fine et l'attira vers lui pour qu'elle ne pût poursuivre son geste, voire, peut-être, le gifler.

Pendant quelques instants, il sentit Jane cesser de respirer. Puis elle se reprit.

— Lâchez-moi ! La façon dont vous vous pressez contre mon corps dépasse les limites de la décence.

— C'est vrai, Jane, vous avez raison, mais écoutez-moi, mon amour, écoutez bien ces trois mots : fini de jouer.

Sa voix était si basse et si rauque que Jane dut puiser loin dans ce qui lui restait de volonté pour réveiller ses défenses, qui s'engourdissaient. Guy la rendait à la fois rebelle et sans volonté. Elle posa les yeux autour d'elle afin d'échapper au regard follement libre qu'il lui lançait. Bien que, contre son corps, la pression de ses mains restât légère, il lui semblait qu'elle était prise dans une gangue d'acier. Ce fut à ce moment qu'elle commença à douter d'avoir bien fait en provoquant une confrontation au moment où Guy était rentré. Sans doute aurait-elle eu mieux fait, quand il l'avait réveillée, d'essayer de se rendormir tout de suite et d'attendre le lendemain matin pour les longues explications.

Sous la chemise blanche déjà ouverte, elle sentit le torse nu et chaud ainsi que le long corps viril qui se pressait contre elle. Elle leva lentement les yeux pour observer le beau visage de son mari. Aussitôt, son corps se mit à trembler au souvenir des lèvres qui s'étaient posées sur ses seins et des mains chaudes sur sa peau nue.

Pourquoi continuer à me retenir ? se demanda-t-elle brusquement. La scène qui se déroulait en ce moment n'était-elle pas celle qu'elle avait voulue si fort, celle dont elle se languissait tant ? Son orgueil devait-il vraiment les déchirer, jusqu'à les empêcher de partager ce qu'ils avaient, l'un comme l'autre, tant envie d'échanger ?

Ils s'observèrent tandis que, pendant une seconde, le temps se suspendait. Une seconde ? Une heure ? Davantage ? Elle n'aurait su le dire. Puis, lentement, presque avec hésitation, Guy pencha le visage vers le sien.

Il sembla à Guy qu'il s'était passé une éternité depuis qu'il avait goûté les lèvres de Jane pour la dernière fois. Et ce n'était pas le manque de désir qui expliquait cette longue séparation. Au contraire ! Combien de fois s'était-il retrouvé en train d'arpenter le salon du château en tâchant de se remémorer ses ambitions, et de convoquer sa volonté pour lutter contre le désir écrasant qu'il avait de retrouver sa femme au creux de ses bras ? Au départ, c'était pourtant sciemment qu'il avait décidé de garder vis-à-vis d'elle une certaine distance pendant un temps indéterminé. En agissant ainsi, il avait espéré que Jane pourrait à la fois découvrir qu'il était innocent du crime dont elle l'accusait et réaliser qu'elle éprouvait pour lui de véritables sentiments. Mais, dans le même temps, il avait eu conscience qu'il jouait un jeu dangereux au cours duquel il risquait de la perdre pour toujours. À force de volonté, il s'était quand même tenu à sa résolution... Jusqu'à ce qu'il jugeât l'attente trop longue et renonçât finalement à son plan.

C'était pour tout cela que, cette nuit-là, il embrassait Jane avec la folle passion qu'il avait si soigneusement bridée depuis que cette femme qui était la sienne lui avait tourné le dos. Car, maintenant, il réalisait la véritable agonie que lui avait infligée leur séparation. Ses lèvres la cherchaient avec une tendresse sauvage. Quand Jane commença à lui rendre ses baisers, ceux-ci se firent encore plus éperdus. Du bout de la langue, il lui entrouvrit les lèvres, la pressant de lui répondre. L'intimité de leur contact la faisait trembler. Pourtant, au lieu de le repousser, ainsi que Guy s'y attendait, elle se serra contre lui et se cala au plus près contre son corps, aussi affolée que lui par la passion contenue dans leur étreinte. Puis elle glissa la langue contre la sienne et toutes deux commencèrent, dans leurs bouches réunies, une danse lente et sensuelle.

Quand la chemise de nuit, pourtant si légère, commença à devenir entre eux un obstacle gênant, Jane la releva le long de ses jambes et de son buste, avant de la faire passer au-dessus de sa tête et de la lancer au loin dans un large geste de la main.

— C'est beaucoup mieux ainsi, murmura-t-il contre sa gorge en la renversant sur les couvertures toutes douces.

Il se débarrassa ensuite des vêtements qui lui restaient et, du bord du lit où il se tenait à présent nu, s'abandonna au spectacle du corps de Jane qu'illuminait maintenant l'éclat capricieux des chandelles. Comme devant un banquet offrant tant qu'il en offrait trop, il se demandait par où commencer exactement, sans posséder le moindre élément de réponse à sa question.

Posant un genou sur le lit, il s'étendit ensuite sur le côté et considéra sa femme, qui l'observait sous ses longs cils et dont il vit la respiration s'accélérer quand il s'approcha d'elle. Au prix d'un gros effort, il demeura un long moment sans la toucher, se contentant d'admirer les traits de son visage et ses lèvres délicatement entrouvertes. Bientôt, cependant, la tentation se fit plus forte que sa résistance. Avec la légèreté d'une plume, il effleura Jane de ses lèvres jusqu'à ce qu'elle commence à lui répondre.

Tandis qu'il descendait le long de son cou, elle lui faufila une main dans la nuque et il l'entendit pousser un petit cri étouffé lorsqu'il saisit un téton entre ses lèvres. Affamé, il se régala de son goût de doux nectar, faisant naître chez Jane de longs frissons. Elle cambra les reins tandis que tout son corps incitait Guy à continuer. Il s'exécuta avec un dévouement fervent jusqu'à ce qu'elle halète, s'abandonnant enfin au plaisir de sa douce offensive.

— Ne me demandez pas d'arrêter, Jane, car je crains de ne pas en être capable, murmura-t-il en levant la tête pendant un court instant. Je vous ai tant désirée, j'ai eu si faim de vous que je ne peux plus attendre.

— N'arrêtez pas..., répondit-elle alors sans se retenir en se pressant, vulnérable, contre lui. Moi aussi, je vous veux.

Guy vint boire ses mots à la surface de ses lèvres et, serrant son corps souple entre ses bras, fit rouler Jane avec lui sur le lit.

Sous ses mains qui exploraient chaque recoin de sa peau nacrée, elle gémissait doucement et s'agrippait à son torse tout en se livrant totalement à la passion qui le guidait.

Était-elle en train de rêver ? Ce fut la question que Jane se posa jusqu'au moment où Guy lui entrouvrit doucement les cuisses pour une exploration plus urgente. Son cœur s'envola dans un heureux soulagement tandis qu'avec une douceur et une lenteur terribles Guy caressait la chair tendre qui s'offrait à lui. Elle le sentit contre elle, dans toute sa virilité, qui la cherchait, jusqu'à ce qu'il la pénètre enfin, profondément. Ses bras se refermèrent autour de lui et elle pressa ses seins gonflés contre le torse de son mari. Quand il lui prit les lèvres, ce fut pour un baiser affamé et sans réserve. Il commença à bouger en elle sans hâte. Mais la violence de leur passion les dévorait et, très vite, ils s'oublièrent l'un et l'autre dans la tempête qui les entraînait. Et ce fut ensemble qu'ils atteignirent l'extase, comme s'ils se consumaient dans un feu qui mit longtemps à s'éteindre.

9

La flamme des bougies vacillait dans la brise agréable qui faisait onduler les rideaux aux fenêtres et créait des ombres mystérieuses sur les murs et le plafond. Enveloppée dans les bras de Guy, les jambes mêlées aux siennes, Jane reposait, ses longs cheveux épars sur l'oreiller. Ses lèvres et sa chair tendre brûlaient encore des baisers et des caresses de son mari.

Les yeux ouverts dans la semi-pénombre, elle se rassasiait de la vue du long corps élégant étendu sur le lit. De même, elle se rappelait la manière irrésistible dont Guy était venu à elle. Il lui avait alors été impossible de le repousser et de dissimuler le désir ardent qui montait dans ses veines et que son regard avait dû trop clairement exprimer. Puis tout s'était embrasé, son corps était devenu brûlant et son cœur était parti au grand galop.

Prise au piège de la passion qu'ils avaient ensemble ravivée entre eux, elle ne pouvait nier l'importance de ce qui venait de se passer. Sa seule envie était même de se rappeler tous les détails de leur nuit. Oui, elle voulait y penser, s'y attarder, fermer les paupières pour prolonger son plaisir en se remémorant les moments fabuleux qu'ils avaient partagés en faisant l'amour, et s'arrêter sur chacun.

Avec le sentiment étrange d'être désincarnée et de flotter sur un nuage, elle ouvrit les yeux et battit des paupières. Sur le haut de sa cuisse, son mari traçait un chemin du bout des doigts. Elle le regarda tandis qu'un sourire de pur ravissement se dessinait sur ses lèvres.

Avec un soupir, elle inclina la tête sur son oreiller pour observer Guy avec intensité. Une certaine gêne la gagna. Oui, d'étrange façon, il lui semblait que, même après ce qui s'était passé entre eux, une partie importante de son mari lui échappait et qu'elle ne pouvait l'atteindre parce qu'il ne le voulait pas.

Parce que son cœur était ailleurs... ?

— Quel temps précieux nous avons perdu, murmura-t-elle en repoussant ses pensées importunes.

Même si Guy gardait un secret en lui, elle conservait l'espoir que le problème se réglerait en son temps.

Comme, avec un petit sourire, il faisait remonter ses doigts le long de son buste, elle sourit en retour quand il effleura l'aréole de ses seins.

— Rappelez-vous, repartit-il, vous m'avez détesté après l'histoire de la dague...

Jane secoua la tête.

— Détesté ? répéta-t-elle. Non. Je me souviens juste que votre acte m'a tant effrayée que je n'ai pas pu le supporter.

— J'admets m'être conduit de manière cruelle ce jour-là, mais cela s'est passé ainsi et je ne puis revenir en arrière même si c'est ce que je rêverais de pouvoir faire ! Vous permettre ensuite de vous éloigner de moi n'a d'ailleurs pas non plus été une bonne idée, mais je pensais que vous ne tolériez plus mon contact et que vous me repousseriez si j'essayais de vous toucher. Il est étrange de constater combien, parfois, notre esprit nous fait agir à notre propre détriment. En fin de compte, nous aurions tous deux tellement mieux fait de nous rapprocher l'un l'autre, comme nous le dictait notre instinct !

Sur ces mots, il pressa ses lèvres contre la gorge de Jane et ajouta dans un chuchotement :

— Nous nous serions retrouvés tellement plus vite !

Jane eut l'impression de se réchauffer à ses mots comme au feu dans l'âtre. Aussi longtemps qu'elle vivrait, le contact de son mari l'enchanterait. D'ailleurs, comment lui résister quand il la caressait ? Il lui semblait que son âme lui appartenait et que son corps répondait mieux à la volonté de Guy qu'à la sienne propre.

Néanmoins, tant que le problème concernant Richard ne serait pas résolu et qu'elle ne saurait pas ce qui s'était vraiment passé ce jour-là, lui était-il possible de prétendre en toute franchise qu'elle appartenait sans réserve à Guy ?

Jusqu'à ce qu'arrive sa convocation à la cour, Jane demeura à Rosemead. Compte tenu des faveurs et du luxe qui régnaient à la cour, elle supposait que presque tout le monde aurait rêvé de s'y retrouver un jour. Quoi qu'il en fût, en tant que fille d'un modeste négociant en tissu, ces privilèges lui avaient toujours paru au-delà de ceux auxquels elle pouvait prétendre.

Pour leur part, comme l'avait prédit Lady Cecilia, ses parents se montrèrent ravis par la soudaine promotion de leur fille au rang de dame de la famille royale. En outre, avec les pertes que les affaires de son père avaient subies dans le passé et leur amélioration très conséquente depuis son mariage avec l'illustre comte de Sinnington, Jane commençait à deviner tout ce que sa famille allait pouvoir retirer des relations qu'elle entretenait depuis peu.

Soucieux qu'elle se montrât sous son meilleur jour lorsqu'elle prendrait ses fonctions auprès de la reine, Guy pria Simon Lovet de lui composer un assortiment de ses plus beaux tissus pour que Jane puisse y tailler ses futures robes.

Avec l'aide des deux couturières les plus douées de Lady Cecilia et de celle-ci en personne, Jane se mit au travail. Pour s'assurer qu'elle arrivât à Westminster parfaitement préparée à sa nouvelle existence, et parce qu'elle avait tout à apprendre sur les droits et les devoirs d'une courtisane, sa belle-mère lui expliqua ce que l'on attendrait d'elle là-bas, à quelles activités quotidiennes elle devrait s'adonner ainsi que les fonctions sociales qu'elle aurait à exercer. Tranquillement, Lady Cecilia l'amenait à comprendre à quel point sa vie allait changer.

Le désir et la volonté de Jane d'en savoir le plus possible sur le monde qu'elle aborderait bientôt étaient immenses. Néanmoins, plus son savoir s'affinait, plus elle se sentait dépassée et plus elle réalisait à quel point elle était trop peu préparée et inadaptée à l'existence qui l'attendait.

Lorsque la convocation de la reine arriva enfin et que Jane dut partir pour le palais de Westminster, Lady Cecilia l'embrassa gentiment et lui souhaita tout le meilleur en dépit de la servitude qui serait la sienne. Elle lui conseilla aussi de se laisser guider par les personnes les plus aimables avec lesquelles elle aurait à travailler là-bas.

Ce fut ensuite sous la protection d'une escorte armée, diligentée par la reine, que Jane quitta Rosemead. Guy avait prévu de l'accompagner, mais il était lui-même déjà parti pour Windsor la semaine précédente afin de démarrer les préparatifs du tournoi qui devait s'y dérouler environ un mois plus tard. La journée était fraîche et Jane frissonnait quand ils traversèrent le pays en direction de Charing Cross et du tentaculaire palais de Westminster où logeaient non seulement la cour mais aussi le gouvernement au grand complet.

Dès ce moment, son avenir prit pour elle une signification complètement différente. Son anxiété à l'idée de s'aventurer dans une vie dont tous les repères lui demeuraient étrangers devint extrême. De plus, un autre point la préoccupait, une question qu'elle n'avait abordée avec personne depuis son arrivée à Rosemead. Oui, Jane avait quelque raison de croire qu'elle attendait un enfant, un bébé conçu la nuit même de ses noces.

Le palais était un endroit trépidant où tout le monde s'affairait. Jane fut ébahie par sa grandeur et son opulence. Hommes en armes, serviteurs et têtes couronnées se mêlaient dans un brouhaha qui ne retombait jamais. Un peu perdue, elle se demanda si elle arriverait un jour à s'y retrouver, au milieu de cette cohue. Sans parler de l'intérieur du palais et du stupéfiant dédale de couloirs, de pièces diverses et de chambres où il était impossible, pour quelqu'un étant là depuis peu, de s'orienter sans aide.

Sa propre chambre se trouvait en haut du palais. Elle la partageait avec une jeune femme du nom d'Ann Rowland, une fort aimable fille de comte. Devant la nervosité que Jane avait laissé paraître quand elle se trouvait parmi les autres dames de compagnie, et en dépit de son titre de comtesse, Ann lui avait manifesté tout de suite une grande gentillesse. Ce qui n'avait pas été le cas de certaines suivantes de la reine, qui la considéraient comme une vulgaire roturière n'ayant pas sa place à leur côté.

Dès le premier jour, Ann lui avait pris la main et lui avait souri.

— N'ayez donc pas l'air aussi inquiète, Jane. Tout va bien se passer. Je vais m'occuper de vous.

La sincérité contenue dans la voix de la jeune femme était si évidente que Jane s'était détendue dans l'instant.

— Au début, avait repris Ann, le fait de rencontrer toutes ces personnes que vous n'avez jamais vues va sûrement vous déconcerter un peu. Mais vous vous y habituerez rapidement.

En fait, Jane se sentait submergée par l'étrangeté de la vie à la cour et très confuse face à ses nombreux rituels.

Peu à peu, heureusement, son existence prit un rythme plus régulier. Ses tâches se multiplièrent et se diversifièrent, sans se révéler pour autant aussi ardues ni aussi exigeantes que ce à quoi elle s'attendait.

Avec d'autres ladies, elle s'occupait d'escorter la reine lors de ses promenades, de lui servir ses rafraîchissements et de l'accompagner à la chapelle. Mais sa responsabilité consistait plus particulièrement à lui préparer vêtements et bijoux convenant à ses différentes activités, à raccommoder, nettoyer et broder ses robes.

Heureusement, les moments réservés aux distractions ne manquaient pas, notamment à l'occasion de déclamations de poèmes ou lorsque se déroulaient des concerts de luth interprétés par les musiciens préférés de la reine et au cours desquels Jane avait tout loisir de chanter.

Quand la température baissa de manière plus sensible, les excursions sur la rivière et les chevauchées dans la campagne ne s'interrompirent pas pour autant. Quant à Jane, quelle que fût la situation, son comportement demeurait modeste et approprié. À mesure que les jours passaient, l'adaptation à son environnement — qu'elle avait tant appelée de ses vœux — se réalisait tranquillement.

En tant que comtesse de Sinnington, Jane n'arborait que les tenues les plus élégantes taillées dans les tissus les plus fins : velours, soie et fil d'or, hermine et zibeline que Guy lui avait achetés. Aussi, lorsqu'elle ne se trouvait ni avec la reine ni en train d'effectuer une tâche, était-elle entourée d'une nuée de fervents admirateurs. Profitant de l'absence du redoutable Guy St. Edmond, ces fringants chevaliers rivalisaient en effet d'imagination pour se montrer en compagnie de *la comtesse de Sinnington*. Pourtant, quelque chose, au fond de leur regard, ne donnait pas à Jane envie de leur accorder sa confiance. De la même façon, leurs sourires lisses et outrecuidants à la fois la mettaient mal à l'aise. Mais elle acceptait leurs attentions en riant, sans voir de mal à participer à leur petit jeu.

Quelque temps plus tard, par une belle journée, la reine et ses dames de compagnie rentraient à Westminster après avoir passé l'après-midi à faire de la voile sur la rivière. Magnifique procession pleine de couleurs. Dans chaque barge se trouvaient les courtisanes et les courtisans favoris de la reine. Lorsque arriva le moment de débarquer devant les marches du palais, tout le monde était fatigué mais content, et ce fut de très bonne humeur que tous s'égaillèrent dans les jardins qui regardaient l'embouchure de la rivière.

Comme d'habitude, il régnait une intense activité dans la cour du palais, principalement due aux chevaux que l'on était en train de préparer. Le regard de Jane fut bientôt attiré par un homme à l'importante carrure en train de s'occuper d'un beau destrier noir doté d'une crinière soyeuse. L'homme était tête nue et ses cheveux roux ne pouvaient appartenir qu'à... Cédric, le fidèle écuyer de Guy.

Ce fut au prix d'un terrible effort que Jane parvint à contrôler son émotion. Malgré cela, la main qu'elle avait posée sur son col pour maintenir sa cape fermée se mit à trembler. Si Cédric se trouvait là, c'était que Guy n'était pas loin.

— Jane !

La voix venait de derrière elle. Lentement, elle pivota sur ses talons. Pas d'erreur possible. C'était bien la haute silhouette de Guy, enveloppée dans un manteau de zibeline lie de vin, qui se tenait devant elle. Pourquoi ne lui avait-il pas dépêché un message pour l'informer qu'il se rendait à Westminster ? Elle leva les yeux vers le visage masculin aux traits presque trop parfaits et à l'expression presque trop calme. Ses pommettes, elle le sentit, rougirent, tandis que ses yeux brillaient pour lui souhaiter la bienvenue et qu'un large sourire lui étirait les lèvres... Mais celui-ci disparut presque aussitôt devant l'air grave et les lèvres serrées du comte. Soudain, elle eut l'impression de se trouver devant un inconnu, quelqu'un qui ne l'aurait jamais tenue entre ses bras.

— *My lord*..., murmura-t-elle.

Compte tenu de son émoi intérieur, Jane fut étonnée du calme de sa propre voix. Quant à ses yeux, elle les sentait baignés de lumière.

Depuis que Guy avait quitté Rosemead pour se rendre à Windsor, Jane s'était interdit de trop s'attarder sur le souvenir des nuits qu'ils avaient tous deux partagées. Mais, à présent qu'il était devant elle, les souvenirs affluaient tout seuls à sa mémoire et elle se sentait impuissante à les arrêter. En quelques secondes, elle retrouva la sensation presque douloureuse de ses seins pressés contre le torse invincible, la chaleur du souffle de Guy contre sa joue et l'urgence contenue dans les yeux gris perle lorsqu'il se penchait au-dessus d'elle pour l'embrasser. Les mots tendres qu'il lui avait murmurés au cours de leurs ébats passionnés lui revinrent à l'oreille, ainsi que l'atroce douleur lancinante qui l'avait saisie à la gorge à mesure qu'elle avait compris combien il lui avait manqué.

— Quelle chance de nous rencontrer ici, Jane, dit-il. C'est bon de vous revoir !

Sur ces mots, il la prit par le bras et l'entraîna à l'écart, laissant les autres ladies se diriger sans elle vers les appartements royaux.

Dès que Guy avait aperçu Jane en train de traverser la grande cour du palais, son regard s'était rivé sur elle. Dans l'instant, sa magnifique silhouette avait eu sur lui l'effet dévastateur d'un rocher roulant sur sa poitrine. Jamais elle n'avait été d'une beauté à la fois aussi radieuse et aussi sereine. Au cours des trois semaines qui venaient de s'écouler, elle lui avait manqué plus qu'il n'aurait jamais cru cela possible. Et, depuis qu'il se trouvait de nouveau à côté d'elle, chaque muscle de son corps se tendait à l'extrême pour parvenir à endurer la torture que lui infligeait sa présence. Une torture qu'il accueillait de tout son cœur, un supplice dont il ne voulait pas être épargné.

Pendant longtemps, il avait fait partie de ces hommes qui, après avoir pris une décision, changeaient rarement d'avis. Tous ses projets prenaient forme suivant le même et incontournable processus : logique, précision et efficacité. Mais tant de choses avaient changé depuis qu'il avait fait de Jane sa femme... Jamais il n'aurait pu anticiper l'importance qu'elle prendrait pour lui. Et aussi vite. Pourtant, c'était toute son existence qui s'était modifiée. Au point qu'à présent son ancien système de pensée n'avait plus guère de sens. En même temps, le fait de constater que Jane ne parvenait toujours pas à lui faire totalement confiance, malgré les nuits qu'ils avaient passées à Rosemead dans les bras l'un de l'autre, le peinait terriblement.

Quand il posa les yeux sur Jane, ceux-ci n'exprimèrent pourtant rien des pensées qui l'agitaient. Il s'attacha à ce que son visage conserve une expression dure dans le crépuscule naissant.

— J'espère que votre santé est bonne, Jane, dit-il.

— Oui, oui..., répondit-elle, semblant un peu gênée. Mais

vous me prenez vraiment par surprise. Je... Je ne m'attendais pas du tout à vous voir ici.

Tout en parlant, elle cherchait, Guy s'en rendit compte, quelque indice — même minuscule — sur ses traits lui indiquant, par exemple, qu'elle lui avait manqué. Elle ne pouvait en trouver aucun, comme il cachait si bien ses sentiments derrière son masque de froideur.

— Qu'est-ce qui vous amène à Westminster ? reprit-elle.

L'une des raisons qui avaient conduit Guy à Londres, c'étaient les rumeurs selon lesquelles sa jeune épouse jouissait d'une popularité sans pareille auprès des gentlemen de la cour et ne comptait plus ses admirateurs. Ces affirmations avaient déclenché sa colère, et un nombre incalculable d'émotions l'avaient englouti tandis que les éperons de la jalousie l'aiguillonnaient jusqu'à ce qu'il en ressentît une profonde et très intense douleur.

Jane n'avait rien d'une courtisane avertie. Elle était même trop innocente pour avoir compris ce qui se tramait dans la tête de ces scélérats qui la pistaient jour et nuit dans le seul but de la mettre dans leur lit dès que le comte de Sinnington aurait le dos tourné.

La réponse de Guy fut directe :

— Je suis venu à Westminster pour vous voir. Il faut que nous parlions.

— Maintenant ! s'écria Jane tandis que son cœur partait au galop.

Tout en lui confirmant de la tête, Guy la saisit par le coude et la guida ensuite très vite à l'intérieur du palais, longeant d'abord un long couloir avant de la faire entrer dans une petite pièce lambrissée qui regardait la rivière.

— Personne ne viendra nous déranger ici, observa-t-il en refermant la porte derrière lui.

Il garda ensuite le silence jusqu'à ce que Jane se fût installée sur l'une des deux chaises disposées devant le petit bureau sur le bord duquel il avait pris appui. Puis il croisa les bras et haussa l'un de ses beaux sourcils bien dessinés tout en commençant à l'étudier. L'une de ses jambes était si près de celle de Jane qu'elle la touchait presque. Quant à l'expression de son visage, elle demeurait tout aussi implacable.

Jane le fixa, pleine de tourmente et d'une inquiétude grandissante qu'elle tentait de repousser.

— Guy… De quoi s'agit-il ? Est-ce que quelque chose ne va pas ?

Le regard aussi dur que du silex, il baissa les yeux vers son visage désorienté.

— Quelque chose ne va pas, vous pouvez le dire, en effet. Et il s'agit de votre comportement, Jane. Des rumeurs me sont parvenues propageant le bruit que, lorsque vous n'êtes pas en train de servir la reine, vous passez votre temps entourée d'admirateurs. Apparemment, non seulement ceux-ci exécutent le moindre de vos caprices, mais vous encouragez toutes les attentions qu'ils vous portent.

Jane laissa échapper un petit cri, atterrée par ce qu'elle venait d'entendre et par ce que les accusations de Guy impliquaient.

— Mais… C'est complètement ridicule !

— Vraiment ? Pourtant, à Windsor, j'ai entendu plusieurs de mes chevaliers relater des histoires advenues à la cour. Et je dois dire qu'en maintes occasions — plus nombreuses que je ne l'aurais voulu — votre nom a été mentionné. À en croire mes acolytes, il semblerait que votre statut de comtesse de Sinnington vous autorise à agir comme bon vous semble et en toute impunité.

Il marqua une très légère pause avant de reprendre :

— Pour résumer, il paraîtrait que tout ce que la cour compte d'éléments masculins cultive avec ma femme d'intimes relations amicales.

Cette fois, Jane le considéra fixement, résistant à son envie urgente… d'éclater de rire. Ce n'était pas le moment de le contrarier. Cependant, depuis qu'elle servait la reine et ne quittait plus la cour, elle avait oublié que Guy pouvait avoir cet étrange regard qui était en ce moment le sien et qui la surprenait tant.

— Grands dieux ! s'écria-t-elle, est-ce tout ? Est-ce vraiment pour cela que vous êtes revenu à Westminster ?

— Pouvez-vous m'expliquer ? insista-t-il avec froideur en guise de réponse, visiblement contrarié qu'elle pût traiter un tel sujet avec tant de désinvolture.

Dans la seconde, le comportement de Jane changea du tout au tout.

— Si je comprends bien, répliqua-t-elle avec la même froideur que lui tandis que la gagnait une colère si bienvenue qu'elle la fit se lever comme un ressort, vous me demandez de fournir des éléments pour *ma* défense ! Jamais, même dans mes rêves les plus fous, je n'aurais imaginé que vous auriez l'audace de critiquer mon comportement. À côté de l'existence que vous avez menée, je suis en effet aussi innocente qu'un nourrisson !

Elle prit une profonde inspiration et commença avec fureur :

— Tous les ignobles, hypocrites et arrogants personnages qui...

Mais elle s'interrompit brusquement et, au prix d'un terrible effort, reprit le contrôle de la situation en même temps que de sa colère déchaînée. Levant le menton, elle plongea au fond des énigmatiques yeux gris perle et déclara d'une voix coupante :

— Très bien... Je plaide coupable... Coupable de tous les incidents grossièrement exagérés — et en vérité aussi insignifiants qu'inoffensifs — dont vous m'accusez ! Cela dit, je n'ai rien fait dont je puisse avoir honte ou qui soit susceptible de vous rendre honteux pour moi. Vous ne *pouvez pas* croire les rumeurs que vous avez entendues. En tout cas, si vous le faisiez, c'est *votre* comportement qui serait indigne de vous et insultant à mon égard. N'attendez en outre pas que je prenne ces affronts, outrageants à mon encontre, pour la preuve de l'attachement que vous prétendez me porter. Ils prouveraient plutôt que le véritable objet de votre préoccupation est le risque que je puisse déshonorer votre nom...

Guy observa la beauté tempétueuse qui se tenait maintenant debout devant lui, avec ses yeux en colère, aussi brillants que deux émeraudes, ses seins qui se soulevaient et s'abaissaient très vite malgré son ton et son air calmes. L'attitude de sa femme forçait tant son respect que, malgré lui, sa colère fit place à de l'admiration pour l'honnêteté et la franchise dont elle faisait preuve.

— Je ne veux pas être un mari trompé, Jane, finit-il par dire.

Cette insinuation sembla la sidérer, la blesser au plus profond de son cœur.

— Comment osez-vous me croire capable d'une chose pareille ? Jamais je ne pourrais vous trahir.

— Je ne doute pas que vous soyez aujourd'hui sincère. Cela dit, le fait de passer encore quelque temps seule à la cour aurait pu donner à la belle et jeune créature que vous êtes le sentiment d'être négligée et, de fait, l'envie de chercher de la compagnie ailleurs.

Il vit Jane serrer les mâchoires tandis que son air blessé se transformait en moue furieuse et pleine de défiance.

— Comment pouvez-vous penser cela de moi ? Si vous m'avez épousée sans m'accorder votre confiance, alors notre mariage n'est qu'une farce !

Les lèvres de Guy s'étirèrent en un sourire plein de cynisme.

— Confiance ? Venant de vous, le mot ne manque pas de saveur...

Jane eut la grâce d'adopter un air contrit. Reconnaissant sans doute que, malgré le temps qu'ils avaient passé à s'aimer, elle aussi avait vu sa confiance en lui vaciller, ce fameux jour où il avait poignardé Richard.

Guy continuait à l'observer. Si la voix emplie d'amertume de sa femme lui était bien parvenue aux oreilles et l'avait touché, il continuait néanmoins à y rester sourd à cause du choc qu'il avait éprouvé quand la rumeur circulant sur elle l'avait atteint.

— Si vous n'accordez pas d'intérêt aux attentions de vos admirateurs, pourquoi les encouragez-vous ? s'enquit-il.

De plus en plus dédaigneux, le regard vert ne le quittait plus.

— Votre question est très déplacée, rétorqua Jane. Je n'ai rien encouragé, jamais. Dois-je encourir le blâme parce que certains mâles d'un zèle excessif ne me laissent pas un seul moment de répit ? Si vous ne supportez pas que d'autres hommes me regardent, alors peut-être devriez-vous me ramener dans votre château et m'enfermer, hors de la vue de tout le monde, dans votre cachot le plus profond ?

— Ne soyez pas ridicule, répliqua-t-il en se redressant de toute sa haute taille. Cela a assez duré. Il ne faut pas que nous en venions à ce genre d'échanges amers, Jane. Pour ma part, et au cas où vous ne l'auriez pas remarqué, j'essaie de vous prouver mon attachement et...

— Il me serait difficile de ne rien remarquer, railla-t-elle sans le laisser terminer. Je possède à présent assez de bijoux pour orner le cou et les doigts de chaque lady de la cour et doute que la reine elle-même possède quelque chose de comparable. Du reste, je vous remercie pour tous ces beaux cadeaux.

Guy accueillit sa phrase d'un air si dur qu'il la vit ébaucher un geste de recul.

— Vous me remerciez ? repartit-il. Et pourquoi ? Oubliez-vous que vous êtes l'épouse du comte de Sinnington ? Et que, de ce fait, vous devez être, à la cour, la lady la plus magnifiquement parée ? Ne vous considérez donc pas comme obligée de me remercier...

Jane accusa l'offense en relevant davantage le menton.

— Dans ce cas, je reprends mes remerciements. De toute façon, j'avais osé espérer qu'il s'agissait de cadeaux offerts par un mari à sa femme, et non de bijoux de famille qui me parvenaient seulement parce que la tradition le voulait ainsi.

Il lui jeta un regard furieux.

— Je commence à penser que vous me cherchez et que cela vous plaît. En tout cas, vous le faites mieux que toutes les personnes de ma connaissance.

— Non, je ne vous cherche pas, Guy. Jamais je n'ai joué avec vos sentiments.

Passant une main nerveuse dans ses cheveux, Guy se dirigea

vers un flacon de vin chaud demeuré près du feu et s'en versa une petite rasade dans un gobelet. Puis, se tournant vers Jane, il l'étudia en silence. Après un temps, il déclara sur un ton calme et presque contrit qui sembla la stupéfier :

— C'est vrai.

Comme elle restait coite et le considérait d'un air à la fois abasourdi et légèrement méfiant, il ajouta avec un soupir irrité :

— Je vous présente mes excuses pour tout ce qui, jusqu'ici, a pu vous contrarier dans notre relation. Et si je vous ai fait du mal... personne ne peut plus rien y changer. Soyez en tout cas certaine que cela n'a jamais procédé, de ma part, d'une volonté délibérée de vous nuire. Si nous voulons que notre mariage fonctionne, nous devons créer entre nous un rapport harmonieux.

— Comment voulez-vous y parvenir alors que la méfiance règne entre nous ?

Le regard dur, Guy lui rappela sans attendre :

— C'est de votre côté que la méfiance s'est d'abord installée, pas du mien. J'ai besoin de vous... Nous avons besoin l'un de l'autre. Mais si vous...

Il vit Jane blêmir tout à coup.

— Pourriez-vous me quitter, Guy ? demanda-t-elle très vite sans se soucier de l'interrompre.

La question le déséquilibra, tant elle était hors de propos. Songer à une existence sans Jane était comme contempler un abysse. Cette vision se révélait même si vaste et terrifiante qu'elle lui fit fermer les yeux et se détourner au plus vite. Oui, impossible d'imaginer la vie si Jane ne se trouvait pas à son côté.

— Non, répondit-il en reposant son gobelet presque intouché.

Au cours des mois qui s'étaient écoulés depuis sa rencontre avec Jane, il avait vu peu à peu disparaître l'innocence qui l'avait tellement touché dans les grands yeux verts, tandis qu'une certaine désillusion prenait sa place. Ces yeux si confiants et si doux quand, à l'époque, il y plongeait les siens...

— Je vous connais à peine, Jane, murmura-t-il, et ne suis

pas sûr que vous vous connaissiez vous-même. Mais vous êtes en train de changer…

Il marqua un léger silence avant de reprendre plus bas :

— J'aimais tant votre façon d'être quand je vous ai rencontrée pour la première fois dans ce sous-bois. Vous ne ressembliez à personne. Vous étiez unique. Totalement unique…

La nuance de regret contenue dans sa voix sembla émouvoir Jane.

— Je suis restée la même. Je n'ai pas changé.

— Si, affirma-t-il en lui prenant, avec une sorte d'urgence, le visage entre ses mains.

— Mais…

— Mais rien du tout…, riposta-t-il, plein d'une sauvagerie inattendue. Cessez de me punir, Jane ! Ne pouvez-vous donc pas m'accorder une fois — une seule fois — le bénéfice du doute ?

Comme elle ne répondait pas, il tenta de mieux se faire comprendre.

— Vous m'avez tout de suite attribué le rôle du méchant. Mais je ne mérite pas cela ! Je n'ai rien à voir avec ce personnage ! Et je n'ai pas non plus envie de perdre mon temps à attendre le moment où vous aurez mûri contre moi une nouvelle raison de m'en vouloir. Que puis-je donc faire de plus ? Dites-le-moi !

Jane secoua la tête et s'écria :

— Je ne sais pas. J'aimerais pouvoir vous répondre, j'aimerais vraiment… Mais… Je ne sais pas !

— Alors, je vais vous dire, moi : vous m'appartenez, Jane. Et j'ai l'intention de conserver ce qui m'appartient. Personne ne vous possédera à part moi. Je suis votre mari et, à ce titre, vous êtes mon dû. Je serai le seul à goûter aux plaisirs que procure votre corps. Si je claque des doigts, vous viendrez.

Le considérant d'un air glacial, Jane répliqua, comme il pouvait s'y attendre :

— Et vous imaginez que, telle une femme soumise, je vous obéirai ? Est-il autre chose que vous désiriez me dire ? La reine va avoir besoin de moi.

— Je n'ai pas terminé.

Guy avait mis une tonalité urgente dans le son de sa voix. Tout à coup, en effet, l'autre raison qui l'avait amené à Westminster se rappelait à lui. Se rapprochant de sa femme, il l'observa avec une intense gravité.

— Vous ne devez pas rester ici, Jane. Non, ne dites rien..., ajouta-t-il en la voyant sur le point de l'interrompre. Je parle en connaissance de cause.

— Vous voulez que je quitte la cour ? Puis-je vous demander pour quelle raison, vous qui avez tant insisté pour m'y faire venir ? Par la même occasion, me direz-vous aussi où vous comptez m'envoyer ?

Tout en parlant, Jane se sentait peu à peu, et malgré elle, capturée par le regard gris perle, tel un moineau hypnotisé par un oiseau de proie et qui, rivé à son regard étincelant, n'ose plus bouger. Il lui semblait que, si un seul mot de plus sortait à cet instant de sa bouche, quelque chose de rare et de précieux entre eux serait détruit. Sans plus du tout remuer, elle continua donc à le fixer en silence.

Ce fut Guy qui, en libérant un soupir, reprit la parole.

— Je veux que vous rentriez à Cherriot... Au château. Rester à la cour ne serait pas sain pour vous. Mes raisons de le croire sont réelles.

Une brusque sensation de froid se propagea dans le corps de Jane.

— Quelles sont donc ces raisons qui vous font croire que je suis en danger ?

Après un moment intense où le regard gris sembla se perdre dans le sien, Guy répondit enfin, comme à contrecœur :

— Parce que Aniston est ici... à Westminster. Sa compagnie a été dissoute et est rentrée à Londres. Je pense qu'il vous recherche. Voilà pourquoi je suis certain que vous serez plus en sécurité à Cherriot Vale.

Jane pâlit.

— Richard ! Il est ici ?

Elle jeta un regard circulaire à la pièce comme si son ancien fiancé pouvait subitement s'y matérialiser.

— Oui, répondit Guy avec un hochement de tête. Et je ne saurais trop vous recommander de ne pas rester seule. Il vous garde rancune de ce qui s'est passé entre nous.

— Est-ce à moi qu'il veut du mal... Ou à vous ?

— Personne ne peut répondre à cette question ni deviner ce qu'il a en tête. Stimulé par sa prochaine nomination au rang de chevalier, il croit que l'on peut venir à bout de tout et que rien n'est inaccessible.

— Je vois. Merci de m'avoir prévenue. Cela dit, je n'ai pas l'intention de fuir devant Richard, riposta Jane, emplie d'orgueil et de colère. Il est même hors de question pour moi de lui apporter cette satisfaction. De plus, vous oubliez que la reine me protège.

Elle vit la chaude lumière contenue dans les yeux de Guy disparaître instantanément.

— N'avez-vous donc rien compris ? lança-t-il d'un air sombre. Comment la reine pourra-t-elle vous protéger quand vous serez seule, la nuit, dans votre lit ?

— Je ne dors pas seule, rétorqua-t-elle. Je partage une chambre avec une autre dame de compagnie de la reine.

Guy hocha la tête.

— Oui, Ann Rowland... qui s'apprête à quitter la cour pour un certain temps afin d'aller rendre visite à sa famille dans le Kent.

— Comment le savez-vous ? demanda Jane, presque choquée.

— Parce que j'ai cherché à le savoir.

Puis, après avoir marqué une petite pause, Guy reprit :

— Réalisez-vous, Jane, que je pourrais vous ordonner de rentrer à Cherriot séance tenante ?

Elle le fixa d'un air sûr et tranquille.

— M'ordonner, *my lord* ? Vous pourriez *m'ordonner...* ?

Guy soupira, semblant chercher le moyen de la persuader.

— Je prends votre intérêt très à cœur, Jane, croyez-moi. Allez-vous donc faire ce que je vous demande et rentrer à Cherriot ?

— Comme Ann doit partir voir sa famille, il est peu probable que la reine me laisse partir.

— Elle le fera si elle vous sait en grand danger au palais.

— Si je le suis, c'est entièrement votre faute, assena Jane avec brusquerie en se détournant de lui.

— Ce qui signifie ?

— Vous n'avez vraiment pas compris ? demanda-t-elle tandis qu'elle sentait des larmes lui venir aux yeux. N'eussiez-vous attaqué Richard qu'il ne chercherait pas à assouvir sa vengeance sur moi... Je...

— Jane...

Il avait prononcé son nom avec douceur. Aussi s'interrompit-elle et, lentement, se tourna-t-elle de nouveau vers lui pour le regarder en face, à l'écoute de ce qu'il voulait lui expliquer.

— Venez ici, poursuivit-il sur le même ton.

Mais à peine se fut-elle exécutée qu'il tendit brusquement le bras vers elle et l'attrapa par le poignet. Furieuse, elle essaya de se libérer. Ses tentatives pour y parvenir restèrent vaines. Les longs doigts l'emprisonnaient trop solidement. Impossible de les faire s'ouvrir.

Comprenant qu'elle ne pourrait se dégager qu'au prix d'une bataille indigne d'elle, Jane cessa de se débattre. Mais son courroux demeurait entier.

— Vous ne partirez pas d'ici tant que je ne vous aurai pas dit tout ce que j'ai à vous dire, déclara Guy sur un ton moins rude, visiblement touché par ses larmes. En ce qui me concerne, je dois retourner pour un bref séjour à Windsor. Il est donc très important que, de votre côté, en tant que dame de compagnie de la reine, vous veilliez à ce qu'aucun scandale ne s'attache à vous ni à moi. Comprenez-vous ce que je suis en train de vous dire ?

Une fois de plus, Jane dut lutter pour dissimuler la déception qui s'abattait sur elle. Pourquoi, se demanda-t-elle, prendre la situation tellement à cœur ? Qu'avait-elle donc imaginé ? Que Guy se déclarerait inquiet de la quitter parce qu'elle représentait vraiment quelque chose pour lui ? Qu'il lui dirait qu'il l'aimait ?

Enfantillages... Son seul souci concernait la réputation attachée à son nom.

Elle lui adressa, sans le regarder, un bref hochement de tête.

— Je comprends. Savez-vous où se trouve Richard en ce moment ?

Quand Guy lui libéra le poignet, Jane ramena immédiatement son avant-bras contre elle et le recouvrit de son autre main comme pour en reprendre possession tandis que sa respiration se faisait irrégulière et plus rapide.

— Aniston est malade, répondit-il, mais pas dans le sens que l'on l'entend d'habitude par ce mot.

— Que voulez-vous dire exactement ?

— Je veux dire, répliqua-t-il sur un ton brusque annonçant qu'il allait livrer la vérité sans détours, que l'ivrogne et le dépravé qu'il est souffrent du contrecoup de ses débauches. Quand je l'ai aperçu à la maison de la bière locale, il n'arrivait même pas à se tenir debout.

— Vous l'avez vu...

— Très furtivement.

Comme Jane demeurait immobile, les yeux largement ouverts et pleins d'effroi, Guy réalisa une fois encore la fulgurance de la douleur qui la traversait. Mais il devait rester ferme.

— Maintenant que vous savez tout, poursuivit-il sur un ton sévère, peut-être comprendrez-vous pourquoi je veux que vous regagniez Cherriot sans perdre de temps.

Elle secoua la tête.

— Pas question pour moi de prendre la fuite. Je me suis rendue à la cour pour devenir dame de compagnie de la reine et je resterai à la cour !

— Pour l'amour du ciel, Jane, regardez donc les choses en face au lieu de refuser d'agir avec bon sens !

Il la vit sursauter comme s'il l'avait frappée. Alors, sans ajouter un mot, il pivota sur lui-même et la quitta à longues enjambées, sa cape flottant derrière lui comme les voiles d'un navire.

Ce soir-là, Jane se retira tôt dans sa chambre et s'endormit tout de suite. Minuit était passé depuis longtemps quand elle s'éveilla en sursaut. Avec le sentiment étrange d'être parfaitement réveillée, elle demeura étendue sur le dos sans bouger, les yeux grands ouverts dans le noir, l'oreille tendue vers la respiration régulière d'Ann. L'instant d'après, elle comprenait ce qui l'avait arrachée à son sommeil : sa rencontre avec Guy et le fait de le savoir non loin d'elle.

Elle ne lui avait pas révélé qu'elle attendait un enfant. L'idée lui était pourtant venue à ce moment où elle avait cru, tout en blêmissant, qu'il pourrait envisager de la quitter. Mais elle ne l'avait pas fait, peut-être parce que, maintenant qu'elle connaissait la chaleur de son corps serré contre elle, la douceur de leurs lèvres qui se cherchaient, la ferveur de leurs bras qui se serraient si fort et sa virilité qui l'avait si délicieusement pénétrée, l'idée d'une nouvelle séparation lui était insupportable. Or, si elle livrait son état à Guy, ce serait avec encore plus d'insistance que celle dont il avait usé plus tôt qu'il tenterait de l'éloigner de la cour ! Qu'à cela ne tienne... Elle allait juste garder son secret pour elle un peu plus longtemps.

Encore étourdie par le souvenir de ce qu'elle avait vécu avec Guy, elle comprit que sa confusion provenait de l'incroyable plaisir qu'elle avait découvert entre ses bras, qui l'avait submergée et qui, à présent, la hantait. Quel sort lui avait donc jeté cet homme, son mari, pour qu'elle le désirât aussi ardemment ? Jamais elle ne s'était sentie aussi femme que lorsqu'elle avait partagé son lit.

— Il n'est pourtant qu'un homme, chuchota-t-elle dans le noir. Sans rien de plus que les autres hommes.

Mais dans ce cas pourquoi l'avoir placé ainsi au-dessus du lot ?

Quand, un peu plus tard, elle parvint à se rendormir, ce

ne fut pas d'un sommeil aussi paisible que lorsqu'elle s'était couchée quelques heures plus tôt.

Après leur rencontre au palais, un certain malaise s'établit entre Jane et Guy. La journée suivante fut d'ailleurs d'un calme assez équivoque. La défiance de Jane avait mis Guy sur les nerfs. Sans compter que le refus réitéré de sa femme de regagner le château de Sinnington compliquait beaucoup la situation. Décidément, la seule façon pour lui de s'assurer qu'il ne pouvait rien arriver à Jane était de garder lui-même un œil sur elle.

Alors qu'il accompagnait le roi lors de l'une de ses visites à la reine, Guy aperçut Jane assise près d'une fenêtre, derrière un grand cadre à broder. Sous leurs longs cils, les yeux verts fixaient sans le voir un point en face d'elle. D'un simple regard, il enveloppa le cou d'une blancheur de lait ainsi que le doux sillon entre les seins mis en valeur par le corsage moulant d'une tenue aussi bariolée que le plumage d'un superbe oiseau exotique. Depuis son arrivée à la cour, Jane semblait avoir gagné en volupté, en sensualité et en provocation. Rien d'étonnant, songea-t-il alors avec colère, à ce que, dans ces conditions, les gentlemen de la cour ne pussent détacher les yeux d'elle.

Il délivra un long soupir pour essayer de reprendre le contrôle de ses émotions. Dès qu'il y fut parvenu, force lui fut de convenir qu'après avoir accusé Jane il était en train de la condamner. Mais sur quelles bases ? Sur de vulgaires ragots et autant de commérages... Non, vraiment, il n'avait aucun argument solide. Heureusement pour leur couple, Jane avait su s'élever vigoureusement contre ses conclusions hâtives et organiser une défense digne d'elle.

La tentation de l'installer dans sa propre chambre lui était venue, mais celle-ci était petite et manquait du confort que devaient offrir celles qui accueillaient les femmes. De plus, il savait que ses compagnons se présentaient le plus souvent sans avoir prévenu ni reçu d'invitation. Impossible d'imposer cela à Jane. D'autant que lui revenaient souvent en pensée les nuits qu'ils avaient partagées à Rosemead. La délicatesse du long corps chaud qui ployait entre ses bras ne le quittait pas, ni la façon dont, pendant un long moment, fondant contre lui, Jane était devenue une part de lui-même tandis que chacune de ses respirations et chacun de ses battements de cœur lui avaient donné l'impression d'être les siens propres.

Ce souvenir était si prégnant que, même après tant de semaines, Guy avait l'étrange sentiment de le vivre une seconde fois. Jane était à la fois aimante, sensuelle et ardente. Elle était aussi pleine de fougue, vive et rebelle. De plus, si elle avait appris la ténacité, jamais, pour autant, elle ne s'était montrée froide, cruelle ou sans cœur à son égard.

Après deux jours de pluies incessantes, le temps devint chaud et ensoleillé. Profitant de l'occasion pour aller faire une longue promenade, la reine et sa suite de ladies s'égaillèrent sur les terres du château. Le groupe, détendu, entourait sa souveraine, resplendissante de bijoux somptueux, couverte d'hermine et délivrant une délicieuse senteur de jasmin.

Comme Jane jetait un coup d'œil à la volée de marches en pierre qui menait à la cour bruissante d'activité, son attention fut attirée par un petit groupe d'hommes au nombre de cinq. Elle ne baissa pas les yeux quand elle passa devant celui qui se tenait le plus près des marches. Il avait le regard fixé sur elle.

Richard.

En la reconnaissant, celui-ci s'écarta du mur et s'approcha davantage des marches. Puis il demeura sans bouger ni détourner la tête, mais sans avancer non plus d'un pas. Malgré ses efforts pour surmonter le malaise qui la gagnait, Jane ne parvint pas à s'en débarrasser. Son ancien fiancé la dévorait des yeux d'un air si affamé qu'elle eut envie de prendre la fuite. Mais elle ne pouvait se permettre de causer la moindre scène devant la reine. Les petits yeux bleus de Richard étaient injectés de sang et son visage avait gonflé. À l'évidence, il avait bu beaucoup plus que de raison. Les bras croisés sur le torse, il la scrutait, une expression dure et sinistre sur le visage, qui ne laissait rien deviner du cheminement de ses pensées. Jane sentait cependant peser sur elle son regard implacable aussi sûrement que s'il lui avait posé la main sur l'épaule.

Sans un mot, elle lui tourna le dos en toute hâte et rejoignit l'escorte de la reine.

Le soir même, quand la reine, qui n'avait plus besoin de ses dames de compagnie, se retira pour la nuit, Jane quitta les appartements royaux avec l'intention de regagner sa chambre pour y trouver le repos. Malgré les appliques allumées, le couloir qui conduisait à l'escalier menant à l'étage était peuplé d'ombres et, par les petites croisées ouvertes, l'air frais se glissait à l'intérieur. Au moment où Jane atteignait la longue volée de marches en pierre, Richard sortit de l'ombre avec la vitesse et la sournoiserie d'un serpent.

— Richard ! s'écria-t-elle.

Il fit un pas vers elle et lança en articulant à peine :

— Vous ai-je fait peur, comtesse ?

— Non, vous m'avez... Disons que vous m'avez surprise.

Il était soûl. Si soûl qu'il tenait à peine debout.

— Quelle est la raison de votre présence ici ? l'interrogea-t-elle. Que voulez-vous ?

— Vous parler. C'est ce que font les vieux amis, non ?

Et, sans attendre la réponse, il lui saisit la main. À moitié chancelant, il la lui serra entre ses doigts brûlants, la porta à ses lèvres charnues et y planta un brusque baiser humide et alcoolisé.

Jane frémit de dégoût. Loin d'être léger et galant, ce baiser était aussi avide que ceux que Richard lui avait déjà fait subir. Ce souvenir, qu'elle avait cru enfoui et presque oublié, lui inspira, en jaillissant à sa mémoire, une profonde répulsion. Sa tentative désespérée pour reprendre sa main ne servit à rien. Richard la tenait fermement entre ses doigts et ne cessait de l'embrasser, imposant à la peau douce et fraîche le contact d'une bouche chaude et molle. Quand il redressa enfin la tête pour la regarder, ses yeux étaient aussi voraces que ses lèvres venaient de l'être.

La respiration sifflante et le souffle inégal, Richard la considéra longuement. Ses joues étaient à présent marbrées et ses yeux brillaient d'une excitation que Jane trouva aussi incompréhensible que terrifiante. Elle sentit son corps se recroqueviller et se refroidir brutalement tandis qu'une peur primitive l'envahissait et qu'autour d'elle semblait monter un brouillard épais. La passion qu'elle avait soulevée en Richard la dépassait et elle n'exerçait plus sur lui aucun contrôle.

Lorsqu'il l'avait embrassée dans le bois, le choc qu'elle avait éprouvé avait été à la mesure de sa répugnance. Mais elle n'avait pas eu peur. Probablement parce que la scène se déroulait alors en plein jour et que Guy s'était vite porté à son secours. Dans l'obscurité du soir, en revanche, la peur l'étreignait tellement que, pendant un effroyable moment, elle craignit de ne pas résister à la douleur qui lui tenaillait le ventre.

Arrivant du labyrinthe des couloirs, des voix et des rires se firent soudain entendre. Aussitôt, Richard lui lâcha la main et disparut en un clin d'œil. Jane ne laissa pas passer l'occasion. L'instant d'après, elle gravissait l'étage aussi vite qu'elle le pouvait. Sitôt arrivée dans sa chambre, elle referma la porte et s'y plaqua pour lui faire supporter tout son poids, épouvantée à l'idée que Richard pût la suivre. Une bougie avait été allumée et, à la clarté des rayons de lune qui pénétraient par la fenêtre, elle put voir l'intérieur de la pièce. Son cœur battait la chamade et le froid la faisait claquer des dents. De ses mains tremblantes, elle tâtonna contre la porte à la recherche du verrou, mais ne le trouva pas. Lui revint alors en mémoire que, le jour de son arrivée à la cour, elle avait remarqué qu'il n'y en avait pas. Mais cela ne l'avait pas préoccupée. À partir du moment où Ann partageait sa chambre et aucune menace ne pesait sur sa personne, elle n'avait aucune raison de vouloir s'enfermer.

Glacée d'épouvante, elle fixa la porte de bois tout en reculant. Quelqu'un arrivait… Richard montait l'escalier en trébuchant à chaque marche. Plus que quelques instants et il serait là, avec des intentions qui la terrorisaient. À présent, il ne s'agissait plus de se battre contre un démon plus ou moins nébuleux, mais contre un ennemi bien défini. Comme la panique la gagnait, elle tenta de la dominer. Mais que faire ? Elle n'avait nulle part où aller.

La lourde porte s'ouvrit sur Richard qui entra en titubant et la claqua derrière lui, créant un courant d'air qui fit vaciller la flamme de la bougie, danser les ombres sur les murs et gonfler les longues tentures du lit. L'homme ivre dévisagea Jane qui se tenait de l'autre côté de la table. Comme s'il dégustait à l'avance une succulente sucrerie, il passa lentement la langue sur ses lèvres charnues. Écœurée, Jane croisa son regard lascif. Maintenant qu'il se trouvait dans sa chambre, il était évident qu'il ne pensait plus qu'à prendre son plaisir, et d'ailleurs il se dirigeait déjà vers elle. Chancelant, il réussit tout de même à lui bloquer le passage, prévenant ainsi toute tentative de fuite de sa part.

Ce fut alors que l'engourdissement de Jane la quitta enfin, cédant la place à un regain de panique et à un pur sentiment d'horreur. Cet homme… Cet ivrogne brutal et repoussant s'apprêtait à lui imposer sa volonté et à abuser d'elle. C'était la seconde fois, après sa première tentative dans le bois, qu'elle surprenait la bête qui sommeillait en Richard. Et celle-ci revenait en force sans manifester la moindre envie de battre en retraite ni de regagner sa cachette à l'intérieur du cœur sauvage de son propriétaire.

Jane se mordit la lèvre inférieure, affolée à l'idée de n'être peut-être pas capable de survivre à ce qui se préparait.

Ne pas céder à la panique…

— Allez-vous-en, Richard. Vous n'avez pas le droit d'être ici, dit-elle en contrôlant l'effroi qui était le sien pour ne pas risquer d'exciter davantage le visiteur importun.

— Tu as envie de te coucher ? riposta-t-il. Bonne idée. Mets-toi au lit, je ne te ferai pas attendre.

Là-dessus, il partit d'un fracassant éclat de rire avant de se calmer brusquement et de hocher la tête avec l'outrance d'un homme ivre.

— Allez, inutile de faire la timide… Pas après avoir appartenu à ce Sinnington ! Ce soir, ma jolie, tu vas enfin savoir ce que cela signifie d'appartenir à un homme, un vrai ! Et, quand j'en aurai fini, sois bien certaine que je te ferai regretter de m'avoir rejeté ! Aucune femme ne peut prendre le dessus sur moi, Jane.

— Pas même Lucy Lambert ?

La question de Jane avait fusé, prenant Richard de court. Il se raidit tandis que ses yeux s'écarquillaient et qu'il paraissait revenir légèrement de son ivresse. Mais, ouvrant soudain grand la bouche, il laissa échapper un rire gras et sans joie.

— Ah oui, Lucy… La délectable petite Lucy…

Puis, agitant un doigt sous le nez de Jane, il déclara :

— Toi, tu as écouté Sinnington. Autrement, comment aurais-tu entendu parler de Lucy ?

— La rumeur a circulé que vous aviez eu une liaison avec elle. L'avez-vous tuée, Richard ?

L'expression de l'homme se durcit. Il secoua la tête comme pour chasser l'image de la jeune fille morte.

— Cette stupide gamine s'est retrouvée enceinte, grommela-t-il. Son père et ses satanés frères m'auraient percé la peau s'ils l'avaient découvert.

— Et c'est pourquoi vous l'avez tuée. Pour la faire taire définitivement, c'est bien cela ?

— Quand je lui ai fait remarquer que rien ne pourrait sortir d'une situation pareille, elle a commencé à crier et à me secouer. Alors je l'ai repoussée et assommée. Mais elle ne se relevait pas et j'ai constaté qu'elle était morte.

— Vous l'avez alors jetée dans le lac en vous débrouillant pour faire croire qu'elle s'était elle-même donné la mort, poursuivit Jane, qui pouvait à présent presque lire la vérité dans les yeux de Richard.

Elle frissonna.

— Vous avez été d'une lâcheté et d'une ignominie sans nom. Vous me dégoûtez, Richard. Votre acte se situe au-delà même du mépris. Et ne parlons même pas de cette méchante rumeur que vous avez colportée partout en racontant à tout le monde que c'était vous qui aviez rompu nos fiançailles parce que je m'étais donnée à Guy. Guy... Parlons de lui, justement... Quand nous vous avons rencontré à cheval, ce jour-là, avec vos compagnons, vous avez essayé de le poignarder, n'est-ce pas ? Quand il vous a rendu la pareille, il s'agissait donc de sa part de légitime défense. Malgré cela, vous l'avez accusé pour lui faire endosser seul toute la responsabilité de son geste.

Richard retroussa les lèvres. Son regard flamba quand il siffla entre ses dents :

— Absolument. À cause de l'arrogance qu'il venait de manifester envers moi, il méritait la mort !

Jane le considéra, les yeux enfin dessillés. Ainsi, c'était Richard qui avait tenté d'assassiner Guy et non le contraire. De son côté, Guy l'avait frappé de sa dague dans le seul but d'éviter de se faire tuer. Il n'avait pas menti...

Jane déglutit avec peine tandis que la douleur de l'avoir presque trahi commençait à lui marteler la tête. La pensée de tout ce qu'il avait dû subir et traverser depuis ce jour était déjà pour elle un châtiment. La honte lui serra le cœur. L'occasion de prouver à Guy sa loyauté et sa confiance avait été à portée de sa main, mais elle n'avait su la saisir. Réaliser tout cela la brisait.

— Vous êtes abject, Richard. Guy ne faisait que se défendre quand il s'en est pris à vous. Je ne veux plus jamais vous revoir. Allez-vous-en immédiatement avant que quelqu'un n'arrive. Je partage cette chambre avec une autre lady qui va venir se coucher d'un moment à l'autre.

— Ah, mais Lady Ann est partie en visite dans sa famille... Nous ne serons donc pas dérangés. Par le ciel, Jane, vous êtes une vraie beauté. Sinnington a de la chance de vous avoir !

La voix pâteuse contenait une nuance d'admiration, ce qui n'empêcha pas Richard, juste après avoir fini sa phrase, de tendre brusquement la main vers les longues tresses de Jane et d'en saisir une.

Jane se sentit bouillir et paniquer en même temps. Son

engourdissement disparut définitivement, laissant place à un nouvel élan de fureur. Elle repoussa la main de Richard en criant :

— Ne me touchez pas ! Je vous interdis de me toucher !

Sa voix rauque contenait toute la répugnance qu'elle éprouvait pour cet homme.

Oscillant toujours un peu, celui-ci baissa vers elle ses yeux rougis par l'alcool et luisants de concupiscence. Un rire d'homme ivre lui échappa tandis qu'il opinait de la tête.

— Dieu, que vous êtes alléchante !

Sur ces mots, il se jeta sur elle. Ses mains plongèrent dans les longs cheveux, s'y agrippèrent et tirèrent brutalement dessus avant d'attirer Jane vers lui avec une avidité effrayante. Ses petits yeux bleus la transperçaient et elle avait l'impression qu'ils se consumaient dans les siens tandis que Richard se mettait à respirer de plus en plus bruyamment. Bientôt, il commença à haleter devant elle comme un chien affamé devant un os.

Jane hurla et se tendit à s'en faire mal. Bras repliés, pointes des coudes dirigées contre le torse qui cherchait à l'écraser, elle repoussa Richard de toutes ses forces en serrant les dents. Mais il était puissant et ses pauvres manœuvres ne réussirent qu'à le faire rire. Il la pressait contre lui, l'amenant à se cambrer pour l'éviter autant qu'elle le pouvait en détournant la tête. Et il en profitait alors pour lui couvrir le cou de baisers écœurants.

Ils s'effondrèrent tous deux sur le lit. La panique de Jane et son instinct la guidaient, l'aidaient à puiser dans des réserves d'énergie insoupçonnées pour se libérer. Hélas, sa robe qui entravait ses mouvements et le corps transpirant de Richard collé au sien ne jouaient pas en sa faveur. Pourtant, elle ne cédait pas. La sinistre éventualité de se retrouver la victime de cet assassin lubrique décuplait ses forces, lui offrait les moyens de les rassembler pour parvenir à se défendre. Et, même si ces moyens étaient limités, il était hors de question pour elle de se rendre à cet obscène débauché. Elle lui griffa le visage. Comme elle se détournait de lui, il lui enfonça les doigts sous la mâchoire, lui arrachant un cri de douleur.

— Tais-toi, petite idiote ! ordonna-t-il en la scrutant de ses horribles yeux luisants. Si tu as la moindre idée de ce qui est bon pour toi, tu te couches et tu ne...

Richard ne termina jamais sa phrase. Ou du moins ses derniers mots se perdirent-ils dans le vacarme qui emplit soudain la pièce quand la porte s'ouvrit brutalement en déchirant l'air. Jane fut libérée aussi vite qu'elle avait été jetée sur le lit quelques minutes plus tôt. Bouleversée, l'esprit en déroute, elle leva la tête et trouva devant elle les yeux gris perle qu'elle connaissait trop bien. Guy était là, près d'elle... Enfin... Lui glissant les mains sous les bras, il l'aida immédiatement à se redresser.

— Sinnington ! Sale chien ! gronda alors Richard de sa voix pâteuse.

Sa respiration était sifflante car l'effort que Jane venait de l'obliger à fournir pour tenter de la soumettre avait atteint les limites que son corps, gorgé d'alcool, ne pouvait dépasser. Son visage congestionné semblait encore plus bouffi qu'avant. Fermant les poings, il les agita d'un air menaçant sous les yeux de Guy.

— Depuis un moment, vous intervenez décidément beaucoup dans mes affaires... Mais cette fois vous avez dépassé les bornes !

Là-dessus, il lança son poing en direction du visage de Guy. Sans la moindre difficulté, celui-ci le détourna d'un simple coup de coude.

— Dehors, Aniston ! commanda-t-il dans un petit ricanement dédaigneux. Ma femme vous a assez clairement exprimé qu'elle ne voulait pas de vous. Si vous posez de nouveau un seul doigt sur elle, vous êtes un homme mort !

Il examina Aniston, le regard débordant de mépris.

— Tout l'alcool que vous avez bu aurait dû vous assommer ! Comment pouvez-vous tenir encore debout après avoir passé la journée à engloutir des litres de bière ? Allez-vous-en ! Trouvez une femme qui conviendra mieux à vos... sordides penchants et laissez la mienne tranquille !

Sous l'affront, les yeux de Richard semblèrent prêts à sortir de leurs orbites. Sa rage montait.

Derrière les deux hommes, Jane, à court d'énergie, contemplait la scène, désespérant qu'une telle confrontation pût jamais connaître une issue heureuse. Bien sûr, pour le moment, Richard ne songeait plus à elle, mais, tant qu'il restait ici, le danger n'était pas écarté.

Ce n'était pas le fruit du hasard si Guy avait entendu les cris de Jane. Prévoyant qu'une situation de ce genre risquait de se produire, cela faisait plusieurs jours qu'il gardait un œil sur Aniston. Jane était en effet trop vulnérable, trop innocente et trop certaine de pouvoir se débrouiller seule pour, justement, qu'il l'abandonnât à elle-même et à ce monstre d'Aniston.

Il fallait le mettre à la porte tout de suite, l'empêcher de nuire. Après l'avoir saisi par le bras, Guy le mena vers l'entrée de la chambre et le poussa dans le couloir au moment précis où Cédric, qui cherchait son compagnon d'armes, apparaissait en haut de l'escalier.

Un juron échappa à l'écuyer lorsqu'il vit Aniston, que Guy tenait avec fermeté, fermer ses doigts comme des pinces en le fixant méchamment. Mais Guy surveillait de près son adversaire.

— Sale mendiant ! gronda l'homme ivre en tournant brusquement la tête vers lui. Je vais t'apprendre à me voler ce qui devait me revenir !

Quand le poing d'Aniston partit, Guy, ayant anticipé son geste, avait déjà fait un pas de côté. Un cri perçant s'échappa de la gorge de Richard quand il aperçut l'escalier devant lui. Il tendit une main affolée vers la rampe de fer pour s'y retenir tout en s'efforçant de rendre à ses jambes un semblant de force et de souplesse. En vain. La seconde d'après, il versait vers l'avant comme au bord du gouffre, battant l'air de ses bras dans une tentative désespérée pour s'immobiliser. Constatant son impuissance à rétablir son équilibre, Guy se précipita alors vers lui pour le retenir par sa tunique. Sans succès. Il ne fallut qu'un dixième de seconde pour que Richard enjambât le ravin qui sépare la vie de la mort incapable qu'il fut de trouver le moindre appui, le moindre endroit où se retenir. Son corps replet bascula dans l'escalier et roula sur lui-même tandis que des grognements sourds s'échappaient de sa gorge. Sa tête heurta le mur.

Entraîné par son poids, son corps continua à dégringoler les marches. Mais déjà plus aucun son ne sortait de sa gorge.

10

Jane, Guy et Cédric baissèrent les yeux vers l'endroit où Richard gisait dans une position grotesque.

— Restez ici, dit Guy à Jane sans la regarder.

— Soyez prudent, je vous en prie, murmura-t-elle en retour, bien sûr terriblement choquée par les épreuves qu'elle venait d'endurer, Guy n'avait pas besoin de lever les yeux sur elle pour le deviner.

— S'il en a les moyens, ajouta-t-elle dans un souffle, il vous tuera…

Elle avait raison, songea Guy, il subsistait le risque que Richard gardât une dague cachée dans sa ceinture et attendît qu'il s'approche de lui pour le poignarder. Mis en garde, il descendit l'escalier et s'arrêta sur la dernière marche, au-dessus du corps d'Aniston. Une mare de sang se répandait sous la tête de Richard et son cou formait avec sa tête un angle impossible. Il était mort, cela était presque certain. Afin de se protéger d'une ruse toujours possible, Guy se pencha au-dessus de lui et lui posa deux doigts sur le côté du cou, à la recherche des pulsations de son cœur. Il n'en trouva pas.

Quand, quelques instants plus tard, il revint vers Jane, il la trouva livide, en état de choc.

— Est-il… mort ? demanda-t-elle d'une voix blanche.

— Absolument, répondit Guy sans état d'âme. Venez, à présent.

Tournant la tête vers Cédric, il ajouta :

— Veille à ce que les gardes remontent le corps, veux-tu ? J'expliquerai plus tard les circonstances de sa mort à ceux qui viendront enquêter.

Entourant de son bras les épaules tremblantes de Jane, Guy la fit alors remonter à sa chambre dont il ferma la porte. Chancelante, Jane se dirigea vers le lit et, la main posée sur ses lèvres, s'y laissa choir, aussi inerte qu'une poupée de chiffon. La jeune femme tremblait de tous ses membres et semblait éprouver des difficultés pour respirer.

— Que vais-je faire, maintenant ? demanda-t-elle dans un soupir désespéré. Comment expliquer tout cela ? Comment raconter autour de moi ce qui s'est passé ? Tout le monde va me croire coupable et me jeter l'anathème. Du reste, comment les gens pourraient-ils envisager autre chose quand Richard est mort au pied de l'escalier même menant à ma chambre ?

La voir habitée par une telle détresse déchira le cœur de Guy. Heureusement, il avait déjà évalué la situation.

— Vous n'allez rien faire du tout, répondit-il d'une voix ferme, de même que vous n'aurez pas besoin d'expliquer quoi que ce soit à quiconque. C'est moi qui vais m'en charger.

Elle leva les yeux vers lui.

— Pour que tous pensent que c'est vous et moi qui avons tué Richard de concert... ?

— Nous connaissons tous deux la vérité : Aniston est tombé dans l'escalier.

— Oui, mais il n'y a pas de témoins. À part vous, Cédric et moi, personne n'a assisté à la scène. Les autres pourront donc très bien ne pas nous croire.

Dévastée, Jane parlait très bas, sans doute pour empêcher sa voix de trembler. Repliant les genoux, elle les entoura de ses bras tout en clignant des paupières pour se débarrasser des larmes que Guy voyait perler dans ses yeux.

Il s'assit près d'elle, chercha ses mains crispées et les prit dans les siennes. La flamme de la bougie vacilla, illuminant son beau visage. La douleur qu'il lut dans le regard vert lui serra le cœur.

— Cessez de penser à tout cela, Jane, et écoutez-moi : nous allons rester ici ensemble jusqu'à demain matin. Avec moi, vous serez en sécurité.

— Oui mais... Richard est mort.

Il lui pressa la main.

— Faites-moi confiance, Jane, tout va bien se passer.

Tout en la regardant mordiller sa lèvre inférieure qui tremblait, il poursuivit :

— Compte tenu de la quantité d'alcool qu'il avait ingurgitée tout au long de la journée et de l'état dans lequel il se trouvait en quittant ses compagnons, tout le monde conclura à juste titre que c'est sa propre ébriété qui l'a mené à la mort et l'enquête s'arrêtera là. Vous n'avez pas commis d'acte répréhensible, Jane. Pas plus que moi.

— Si je n'ai rien fait de mal, pourquoi ai-je tant l'impression d'être coupable ?

— Cette sensation est due au choc et elle passera. De mon côté, quand Aniston a perdu l'équilibre, j'ai tenté de lui venir en aide, mais cela s'est révélé impossible. Comprenez-vous ce que j'essaie de vous dire, Jane ? C'était un accident !

Jane hocha la tête. Les mots de Guy faisaient sens dans son esprit. Néanmoins, sa propre frayeur l'abattait sans qu'elle ne pût rien y changer.

— J'étais tellement terrorisée...

— Et vous aviez toutes les raisons de l'être ! Aniston était un ignoble monstre qui ne vous voulait que du mal.

Elle le regarda. C'était la première fois qu'elle posait vraiment les yeux sur lui depuis qu'il était entré dans sa chambre pour lui porter secours.

— Vous saviez depuis longtemps qu'il était un monstre..., murmura-t-elle. Pour ma part, je sais maintenant que, ce jour-là, dans les bois, il a tenté de vous tuer... Il... Il me l'a dit... À moi qui me suis pourtant montrée si prompte à vous accuser... Je suis tellement désolée, Guy. Pardonnez-moi.

Il l'attira dans ses bras.

— Chut, mon amour, il n'y a rien à pardonner. Aniston a dit la vérité : au moment où il a sorti sa dague, je jure que c'était pour me tuer. Aussi ma réaction a-t-elle été instinctive. Si j'avais pris le temps de réfléchir… Ou s'il y avait eu moins de distance entre lui et moi, je serais…

— Vous êtes un soldat entraîné à vous protéger vous-même et à protéger les autres, Guy. Aussi votre instinct a-t-il guidé votre bras vers votre propre dague. Je… Je suis heureuse que vous l'ayez fait. Dans le cas contraire, Richard aurait pu me priver de mon mari. Quoi qu'il en soit, après ce triste épisode, j'aurais dû croire en votre innocence. Mais j'étais hors de moi, si confuse, et prise dans un maelström d'émotions si inextricables que je ne comprenais ni ne maîtrisais plus rien. En fait, l'éventualité que vous ne soyez pas aussi magnanime ou honorable que vous le paraissiez me hantait. Et pourtant… Pendant que je perdais mon temps à me poser les mauvaises questions, il…

Elle s'interrompit, laissa échapper un soupir tremblé et reprit, les yeux brillants :

— Richard m'a aussi révélé la vérité à propos de la mort de Lucy Lambert. Comme vous le pressentiez, il ne s'agissait pas d'un accident, Guy ! Richard m'a avoué avoir tué cette jeune fille… Le père de Lucy avait raison de le soupçonner du meurtre de sa fille.

Guy la considéra, les yeux élargis par la stupéfaction.

— *Lucy…* ? Aniston et vous avez parlé ensemble de Lucy ?

— Cela m'est venu comme une évidence… Ou peut-être parce que je voulais gagner du temps et cherchais tout ce qui pourrait empêcher Richard de m'agresser.

— Aniston a reconnu devant vous avoir assassiné Lucy ?

— Il… a dit qu'elle attendait un enfant, qu'il l'avait poussée en apprenant la nouvelle et qu'elle était tombée. D'après lui, c'est lors de sa chute que Lucy est morte. En se cognant la tête…

Afin de dissiper les soupçons, Richard aurait alors immergé son corps dans le lac.

— Quel acte répugnant... ! déclara Guy, indigné. Et bien digne du lâche qu'il était... Aniston méritait de mourir. Pour ma part, je vais informer les frères de Lucy de ce qui s'est passé. Ce que ce lamentable personnage vous a révélé est exactement ce que la mort de leur sœur leur avait tout de suite inspiré.

Il y eut un silence. Puis Jane reprit :

— Mais je ne comprends pas ce que vous faisiez ici ce soir. Comment saviez-vous que Richard se rendrait dans ma chambre ?

— Disons que je le soupçonnais de vouloir entreprendre quelque chose comme cela. Aussi gardais-je un œil sur lui. Et ce qui s'est passé m'a donné raison.

— Allez-vous rester avec moi cette nuit ?

Lisant dans ses yeux verts à quel point Jane était vulnérable, sachant combien il lui serait difficile d'aborder la nuit qui commençait et n'ayant pas envie de la quitter, Guy la serra contre lui.

— Toute la nuit, répondit-il.

Le décès de Richard fut attribué à un accident dont la responsabilité ne pouvait être imputée à personne en particulier.

Dès son arrivée à Londres, Aniston n'avait pas tardé à se bâtir une réputation d'arrogant personnage et d'ivrogne. Lors de ses beuveries, il racontait à qui voulait l'entendre qu'avant le mariage de Jane avec le comte de Sinnington il se trouvait lui-même sur le point de se fiancer avec elle. Aussi, quand les gardes avaient relevé son corps échoué au bas des marches menant à la chambre de la comtesse, la conclusion s'était imposée d'elle-même : après avoir consommé des quantités inconsidérées d'alcool, Richard Aniston avait essayé de se hisser jusqu'à la chambre de la dame de compagnie de la reine. Ce faisant, il avait trébuché dans l'escalier, s'était cogné la tête et brisé le cou.

Tout le monde était alors tombé d'accord pour reconnaître qu'il s'en était plutôt tiré à bon compte.

Cette version, très proche de la vérité, eut le mérite d'offrir un résumé bienvenu à une situation particulièrement scabreuse. De son côté, fidèle à sa parole, Guy écrivit sans tarder aux frères de Lucy pour les informer de la confession d'Aniston. Celui-ci avait directement causé la mort de la jeune fille, ainsi que leur père et eux l'avaient tout de suite soupçonné.

Richard Aniston ne représentant plus de menace pour Jane, Guy la quitta dès qu'elle eut réintégré ses tâches quotidiennes afin de poursuivre les siennes afférentes au tournoi. Jane détesta le voir repartir aussi vite pour Windsor. Son seul désir était maintenant que ce tournoi appartînt au passé pour qu'ils pussent tous deux reprendre leur vie commune. En fait, Guy lui manquait de terrible manière. Il était à présent devenu tout à la fois son amant, son mari, son ami, et elle se languissait de se retrouver de nouveau entre ses bras.

Désolation, solitude et désespoir s'étaient glissés en elle. Après des jours d'abstinence, son corps réclamait Guy de toutes ses forces. Chaque nuit, seule au creux de son lit, elle s'agitait et se retournait, passant la main sur sa peau, en proie à un besoin insatiable. Oui, sa seule envie était de laisser Guy lui offrir de nouveau tout ce qu'il lui avait fait découvrir lors de leur brûlante nuit de noces.

De plus, lorsqu'elle se rappelait la façon dont Guy lui avait reproché de lui faire endosser le rôle du méchant, son cœur se serrait. Guy n'avait rien d'un méchant personnage, même si, par le passé, elle l'avait à plusieurs reprises comparé à un démon, voire au diable en personne... Pourquoi n'avait-elle pas réfléchi à deux fois et ne s'était-elle pas efforcée de le connaître mieux avant d'oser porter des accusations aussi graves à son encontre ? Maintenant, en tout cas, après la panique dont elle avait été la proie depuis tant de semaines, elle voulait rétablir la rationalité dans son esprit.

Pour cela, la première chose à faire était de regarder les choses en face. Son désir d'être avec Guy l'habitait avec une telle force qu'elle en était complètement bouleversée. Elle aimait cet homme de tout son cœur et de toute son âme. Parce qu'il était fort, scrupuleux et passionné. Cela avait dû être insupportable pour lui de se voir accusé par elle d'avoir essayé de tuer sournoisement Richard alors qu'il avait en fait failli en être la victime. En perdurant, cette situation avait ensuite créé entre eux un obstacle majeur à toute évolution possible de leur relation.

En fait, Guy connaissait depuis longtemps la véritable personnalité de Richard et avait tout de suite deviné l'existence horrible qu'il aurait imposée à la femme qui serait devenue la sienne. Grâce à l'intérêt qu'il lui avait porté, Jane n'ignorait pas qu'il l'avait arrachée à ce funeste destin. Oui, elle savait maintenant que, tout en demeurant en retrait et sans beaucoup s'exprimer, Guy avait toujours été là pour elle. Après avoir commencé par l'emmener à Rosemead, il l'avait introduite à la cour royale tout en restant disponible pour elle, compréhensif et prêt à l'aider en n'importe quelle occasion. Jamais il ne l'avait laissée tomber, et surtout pas au cours de cette atroce soirée où Richard était mort. Ce soir-là, Guy avait même plus que jamais été présent, l'avait apaisée et prise en charge. C'étaient ses bras forts qui l'avaient tenue, redressée, relevée, c'était contre son torse puissant qu'elle s'était serrée et dans son cou qu'elle avait enfoui la tête. C'était Guy qui avait su la comprendre dans les moindres détails et analyser la situation. Parce qu'il savait regarder la vérité en face sans se voiler les yeux.

Or, aucun homme ne pouvait agir de la sorte pour une femme à moins de l'aimer. Depuis qu'elle avait rencontré Guy, elle vivait sans le savoir à l'intérieur du cercle protecteur de son amour. Pour quelle raison n'avait-elle pas compris plus tôt qu'il l'aimait alors que cela lui sautait aujourd'hui aux yeux ?

Comme elle avait été stupide... Guy était sa vie. Mais, de son côté, ne lui avait-il pas fait comprendre combien il craignait de la perdre ? Ou plutôt d'être en train de perdre cette jeune fille rencontrée dans le petit sous-bois, à laquelle il s'était tant attaché et qu'il tenait absolument à retrouver ?

Oh ! Guy, si tu savais… Cette jeune fille et moi ne faisons toujours qu'une. Je suis restée la même !

À présent, une seule chose importait : aller retrouver Guy à Windsor pour lui exprimer tout ce que contenait son cœur et ne pas tolérer qu'ils en restent là. Oui, elle voulait lui dire la force de son amour, lui faire comprendre à quel point elle était désolée. Mais, pour cela, il lui faudrait prendre son mal en patience et attendre que le tournoi soit terminé.

Trois barges quittèrent le palais de Westminster pour remonter la rivière jusqu'au château de Windsor où allait se dérouler le tournoi. Cette perspective suscitait une vive agitation chez les ladies et les gentlemen de la cour. Les hérauts avaient porté la nouvelle haut et loin, invitant les valeureux chevaliers à fêter l'événement en prenant part aux combats d'agrément, aux joutes et, bien sûr, à la mêlée finale où seraient conviés tous les participants.

L'automne s'installait. Il faisait frais mais sec. Assise au fond de la barge, portant son attention sur le bruissement de la rivière et le mouvement régulier des avirons qui, à intervalles réguliers, plongeaient dans le courant avant d'en ressortir, Jane se sentit fort soulagée lorsque l'embarcation accosta enfin à Windsor. Les gens du peuple se trouvaient déjà présents, venus assister en masse à la procession royale qui partirait bientôt vers le magnifique château s'élevant sur la plus haute colline, au-dessus des prairies et de la ville.

Escortés de leur femme, et secondés par leur écuyer, de nombreux chevaliers étaient arrivés quelques jours plus tôt. Leurs tentes, installées à l'aplomb des murs de la cour intérieure, offraient un joyeux assortiment de couleurs. Des feux allumés partout paraient de reflets scintillants armures et boucliers, leur donnant l'apparence de l'or. L'atmosphère était festive au sein de la foule rassemblée où se côtoyaient pêle-mêle, dans un tableau très vivant, mimes, mendiants, enfants et vendeurs ambulants. L'odeur de la viande en train de rôtir sur les feux de charbon de bois parfumait l'air alentour et les chopes de bière se remplissaient sans discontinuer aux barils.

Bientôt, la procession royale passa la grille du château. La foule se pressa pour la contempler.

À cause des rafales de vent qui soulevaient sa cape avant de la rabattre brusquement contre son corps, Jane avait un peu de mal à avancer. Si son regard vif se posait avec curiosité sur tout ce qui l'entourait et qu'elle songeait en même temps que le château ressemblait à une petite ville en pleine effervescence, c'était surtout les visages qu'elle observait... et un qu'elle cherchait en particulier. Mais la journée se termina sans qu'elle eût vu Guy, et sa déception fut grande qu'il ne fût pas venu lui souhaiter la bienvenue ni la rejoindre pour la nuit.

Ce ne fut pas avant le lendemain matin, alors que Jane avançait vers l'endroit où allaient se tenir les joutes, qu'elle aperçut Guy, au milieu d'autres chevaliers, en train de boire du vin épicé de Malvoisie.

Il la regardait avec des yeux admiratifs. Sa tenue bariolée, jupon vert clair et large jupe turquoise que libérait la ceinture dorée nouée à sa taille, la mettait effectivement en valeur. À sa haute coiffe conique était fixé un voile couleur d'or, et de magnifiques broderies réalisées au fil d'or couvraient ses amples manches triangulaires. Ses pieds étaient chaussés de souliers plats en cuir cramoisi.

Elle vit Guy s'excuser à la ronde et quitter ses compagnons.

Puis il s'avança vers elle. Leurs yeux se croisèrent et se retinrent durant un moment qui lui sembla durer une éternité. Pendant tout ce temps, elle sentit son cœur résonner à ses oreilles tant il lui semblait que Guy arrivait à sonder le fond de son âme. Quelques semaines plus tôt, elle parvenait encore à s'interdire de tomber amoureuse de lui. Maintenant, elle n'avait plus le choix. Et surtout ses propres émotions lui paraissaient moins cryptées, plus compréhensibles. Quand son amour pour Guy avait-il commencé à éclore ? Elle n'aurait pu l'affirmer avec certitude, mais il lui paraissait évident que cela faisait longtemps, même si, à l'époque, elle ignorait encore ce qui se passait en elle.

Ce fut alors qu'un remords intense la traversa.

Il a besoin de moi, songea-t-elle. *Quant à moi, j'ai atrocement besoin de lui.*

Décidément, il était grand temps pour elle de dépasser les réticences qu'elle avait manifestées au début de leur relation et qui, à présent, ne pouvaient qu'en entraver l'éclosion harmonieuse.

Sentant le changement qui s'était produit en elle et captant le regard qui lui donnait de nouvelles raisons d'espérer, Guy prit la main de Jane et l'entraîna à l'écart pour que personne ne pût les observer.

— Je suis content que vous soyez là, déclara-t-il en la couvrant d'un regard brûlant. Je voulais justement vous parler avant que débute le tournoi.

Après avoir posé sur elle et sa tenue un regard hautement appréciateur, il poursuivit, le sourire aux lèvres :

— Vous êtes, comme d'habitude, très belle. À votre vue, n'importe quel chevalier présent aujourd'hui voudra obtenir votre faveur.

Jane rougit légèrement et lui retourna son sourire.

— Dans ce cas, répondit-elle, ils seront déçus car ma faveur sera réservée à mon mari.

Guy sentit qu'elle voulait ajouter quelque chose mais, malgré l'exaltation dont elle semblait habitée, ce ne fut qu'après quelques secondes qu'elle reprit :

— Guy, je voulais vous dire que... Que j'étais désolée.

Il la fixa. Saisi par la sincérité que contenait son regard, il lui pressa la main entre les siennes et demanda :

— Pour quelle raison, Jane ?

— Pour vous avoir traité de méchant homme, de diable et vous avoir accusé de méfaits que…

— Ma douce, l'interrompit-il, quand je songe à tout ce que vous avez enduré, c'est moi qui devrais vous présenter mes excuses…

Et, après avoir délivré un long soupir, il ajouta :

— Ai-je été fou de faire de vous ma femme, Jane ?

Celle-ci secoua négativement la tête.

— Si notre relation n'a pu s'épanouir, c'est parce que je ne lui ai jamais vraiment donné sa chance. Me pardonnerez-vous de m'être montrée aussi aveugle, aussi stupide et aussi… orgueilleuse ?

— Ma chérie…

Il eut un sourire tendre.

— … Vous avez éclairé mon existence comme personne d'autre ne l'a jamais fait. Comment pourrais-je vous en vouloir ? Et de quoi ? Je ne puis au contraire que me sentir heureux que vous partagiez ma vie et espérer de toute mon âme que cela continuera jusqu'à ce que nous soyons tous les deux bien vieux.

— C'est aussi mon intention et mon souhait le plus cher. Vous ne pouvez imaginer à quel point vous m'avez manqué ces derniers temps. Depuis notre séparation, je ne crois pas qu'il se soit passé une seule nuit sans que je ne m'endorme en pleurant à la pensée de tout ce que nous avions traversé.

— Tout doux, mon amour… Nous les avons passées, ces épreuves. Elles sont à présent derrière nous. Le cauchemar est terminé.

— J'ai quand même honte de ce que je vous ai fait subir. Notamment en ce qui concerne ce coup de dague à Richard. Ce jour-là, au lieu de me fier aux apparences et de vous condamner, j'aurais dû vous écouter pour que vous ayez envie de me fournir les explications nécessaires. Mais je vous ai rejeté et… méprisé.

— Et moi, après le choc épouvantable que vous aviez subi, j'aurais dû me montrer plus ouvert et tout vous expliquer au lieu de vous obliger à me croire sur parole.

— Comme vous venez de le dire, tout cela est heureusement derrière nous, à présent.

Les yeux verts de Jane brillaient. Sa voix se fit plus basse lorsqu'elle ajouta :

— Je suis vôtre, Guy, de tout mon cœur.

Son regard pénétra doucement dans le regard vert lorsqu'il demanda :

— Pourquoi, Jane ? Pourquoi me donnez-vous tout ce bonheur, à présent ? Dites-le-moi...

Jane comprit qu'elle devait maintenant aller jusqu'au bout de ce qu'elle avait entrepris et donner à Guy tout ce qu'il attendait d'elle. Des larmes de joie et de soulagement glissèrent de ses yeux. Elle inspira profondément avant de répondre d'une voix douce :

— Parce que je vous aime, Guy. Plus que la vie même.

La seconde d'après, il l'attirait contre lui et la serrait avec passion entre ses bras.

— Que le ciel vous vienne en aide si vous ne pensez pas vraiment ce que vous dites, déclara-t-il avec une sauvage possessivité, car je vous jure, mon amour, que je ne vous laisserai jamais me quitter.

Elle plongea les yeux dans les siens et demanda, délivrée de toute honte :

— Et vous, pensez-vous vraiment ce que vous venez de dire ?

Il la considéra, les sourcils froncés.

— Pourquoi cette question ?

— Parce qu'il y a eu des moments, même lorsque vous me faisiez l'amour, où j'ai eu le sentiment de ne pas vous posséder entièrement. Je me suis alors dit qu'il n'était pas impossible que, dans le passé, une femme vous ait fait terriblement souffrir.

Les traits du visage de Guy se tendirent.

— Allez-vous me demander de qui il s'agissait et quel forfait elle avait pu commettre ? Les femmes veulent souvent tout savoir...

— Si vous avez envie de me le dire, vous serez capable de le faire de vous-même. Pour ma part, je ne réclame rien. L'existence que vous avez menée a été rude et difficile. Aussi votre légère réticence à vous ouvrir tout à fait à moi m'a-t-elle amenée à une conclusion peut-être un peu hâtive dont je détesterais vous accabler. L'indiscrétion ne fait pas partie de mes défauts.

Il secoua la tête.

— Vous n'êtes pas indiscrète.

Le ton de Guy, Jane le remarqua, contenait une note amère, mais celle-ci n'était pas tournée contre elle.

— Il y a quelques années..., reprit-il, certaines femmes de la cour étaient réputées pour être les plus belles, les plus impitoyables et les plus ambitieuses d'Europe.

— Et celle dont vous êtes tombé amoureux était belle, impitoyable et ambitieuse...

Ce n'était pas une question. Guy hocha la tête.

— Isabel était en effet tout cela à la fois. C'était aussi une traîtresse. Elle ne pouvait s'épanouir que dans la duplicité et le mensonge.

La dureté de la voix de Guy fit immédiatement comprendre à Jane qu'il avait conservé des cicatrices de ce qui s'était passé à l'époque. Et elle se demanda quelle trahison avait pu lui infliger cette femme pour lui avoir durci le cœur à ce point, et ce que cette femme avait accompli de si terrible...

— Je l'adorais, reprit-il. Respectueux de son innocence, je lui ai demandé sa main... Pour découvrir qu'elle n'était pas du tout innocente. Enceinte de trois mois, elle venait d'être quittée par son amant. Le jeune naïf que j'étais l'aurait tout de même épousée, mais son amant a brusquement réapparu et m'a clairement fait comprendre que c'était lui — et non moi — qu'elle voulait dans son lit.

Comme Guy s'arrêtait de parler et laissait son regard errer dans le vide, Jane lui posa la main sur le bras tout en contenant le mépris qu'elle éprouvait pour la femme qui l'avait tant fait souffrir. Il baissa les yeux vers sa main et la recouvrit de la sienne avant de continuer :

— Pour résumer cette longue histoire, disons que je me suis alors éloigné d'elle en me promettant de ne plus jamais laisser mes émotions pour une femme l'emporter sur le reste... Jusqu'à ce que je vous rencontre dans la clairière du petit bois.

— Je n'avais pas du tout imaginé ce genre de choses, Guy, et je comprends maintenant mieux d'où venait le cynisme que vous aimiez parfois afficher. Mais cette ancienne histoire ne change rien entre nous.

— Vous avez raison, répondit-il en la caressant des yeux. Heureusement, vous n'êtes pas Isabel.

— Efforçons-nous de garder en nous les souvenirs qui nous lient et partageons de la plus belle manière le temps qui nous reste imparti.

— Pour ce faire, toute une vie nous attend, mon amour. Malgré cela, même si je devais passer avec vous chaque moment qu'il me reste à vivre, il n'y en aurait jamais assez pour moi. Je vous aime tant, Jane ! Aucun homme au monde ne devrait avoir le droit d'éprouver un tel bonheur.

Jane rit, merveilleusement touchée par ce qu'elle entendait.

— Pour ma part, je serai toujours heureuse de vous prouver mon amour en toute occasion. Et pour terminer..., ajouta-t-elle, presque timide, il est autre chose que je voudrais vous dire.

— Oui ?

— J'attends un enfant, Guy. Nous allons avoir un bébé.

Les yeux gris semblèrent aussitôt fondre de tendresse. Guy lui attrapa la main avec une retenue inhabituelle qui la fit rire.

— Vous pouvez néanmoins me toucher normalement, vous savez. Je ne vais pas me briser en mille morceaux...

Après une imperceptible hésitation, elle ajouta :

— À dire vrai, j'aimerais même beaucoup que vous me preniez contre vous...

La seconde suivante, il l'emprisonnait entre ses bras.

— Êtes-vous heureux ? s'enquit-elle d'une voix douce en se lovant contre lui.

— Je suis inondé de bonheur, répondit-il dans un murmure.

Comment vous dire ce que cette nouvelle représente pour moi ? Depuis combien de temps le savez-vous ?

— Environ deux mois.

— Deux mois !

Il l'écarta légèrement de lui avec un air de reproche, tout en posant les deux mains sur ses épaules.

— Grands dieux, femme ! Si je l'avais su lorsque Aniston est arrivé à Londres, je vous aurais immédiatement ramenée à Cherriot. De gré ou de force.

— Raison précise pour laquelle je ne vous ai rien dit. L'idée de me retrouver de nouveau loin de vous m'était insupportable. Vous savoir à Windsor n'était certes pas extraordinaire non plus, mais rentrer à Cherriot aurait été dix fois pire. Je n'ignorais pas à quel point vous désiriez des enfants, et...

Il lui prit le visage entre les mains et repartit avec un regard sauvage :

— Pas n'importe quels enfants, Jane. Vous êtes tout pour moi. Ce sont des enfants de vous que je veux...

Les yeux de Jane s'emplirent de larmes.

— Merci, murmura-t-elle. Vous n'imaginez pas à quel point vos paroles me touchent.

Comme la passion faisait virer les yeux de Guy au noir et qu'il penchait la tête vers elle, elle se haussa sur la pointe des pieds pour poser les lèvres sur les siennes et l'embrasser avec tout l'amour qui lui emplissait l'âme et le corps. Et, lorsqu'il lui rendit son baiser, elle sentit son cœur partir au galop.

Ce fut Guy qui rompit le premier leur étreinte. Il l'éloigna un peu de lui et Jane le vit caresser des yeux les courbes de son corps.

— Vous me le prouverez plus tard, dit-il en plongeant le regard dans le sien. Car je vais me trouver en besoin urgent de votre compagnie...

Elle sourit.

— Vous ne serez pas déçu.

Il continua à l'observer comme si tout ce dont il pouvait avoir envie ou besoin se nichait à l'intérieur de ses yeux. Puis il demeura silencieux pendant un long moment.

— Vous ne m'avez jamais déçu, dit-il enfin avec douceur. Je vous aime, Jane. De tout mon cœur.

Malgré la tentative qu'elle fit pour sourire, Jane sentit des larmes perler dans ses yeux et s'arrêter à la lisière de ses cils. Ses pommettes devinrent brûlantes.

— Pourquoi ces larmes, mon amour ?

— Parce que, jusqu'à cet instant, j'ai toujours pensé que jamais vous ne me diriez cela, répondit-elle d'une voix cassée.

— Croyez-vous vraiment que je me serais risqué dans une situation aussi conflictuelle si je ne vous avais pas chérie ? Je vous aime comme un honorable chevalier peut aimer sa dame mais aussi avec toute la passion dont un homme est capable lorsqu'il aime une femme.

À ces mots, Jane se sentit parcourue d'un courant brûlant qui lui réchauffa le cœur et lui coula dans les veines. Un radieux sourire s'afficha sans qu'elle le voulût sur son visage, qui, elle le sentit aussi, rayonnait à présent de bonheur. Guy disait la vérité, cela ne faisait aucun doute. Il l'aimait et l'avait toujours aimée. Du reste, jamais il n'avait cessé de la protéger ni de la garder en sécurité. Et elle aussi l'aimait.

— Je pense même que je suis tombé amoureux de vous dès la première minute, ajouta-t-il dans un murmure, lors de notre rencontre inopinée dans le petit sous-bois. Oui, à cet instant, vous m'aviez déjà ensorcelé. Et j'ai continué à vous aimer même lorsque vous m'avez traité de scélérat et d'odieux sournois.

Le cœur de Jane bondissait de bonheur. Elle sourit quand, la tête inclinée sur le côté, elle reconnut avec sincérité :

— À ce moment-là, j'avoue que je pensais ce que je disais.

— Avez-vous changé d'avis depuis ?

— Vous n'avez rien du personnage que j'ai dépeint ce jour-là. Maintenant, je le sais. Êtes-vous heureux, *my lord* ?

Il éclata de rire et lui déposa un rapide petit baiser sur les lèvres avant de la reprendre dans ses bras.

— Heureux ? Oui, mon amour, et c'est à vous que je le dois !

— Alors, allons-y, à présent. Vous devez vous tenir prêt pour le tournoi avant que le roi ne soit obligé d'envoyer quérir son chevalier errant.

Lorsque les chevaliers eurent juré allégeance et fidélité au roi, les joutes qui devaient précéder le tournoi purent commencer. Tout en faisant le bonheur des foules, ce spectacle bariolé et exaltant était, pour les participants, le meilleur moyen de s'entraîner à toutes sortes de combats. Sans compter que ces joutes leur permettaient de donner le meilleur d'eux-mêmes et de se maintenir dans une condition physique idéale pour assumer leur rôle au mieux en période de guerre.

Prise dans l'excitation générale et devant la marée de bannières de toutes couleurs et de tous motifs qui s'agitaient partout, Jane se sentait un peu perdue. Soudain, son cœur fit un bond dans sa poitrine. Elle venait d'apercevoir la haute silhouette de son mari, qui pénétrait sur le terrain en compagnie de son adversaire. Paré de ses atours royaux à l'emblème du tournoi, il était magnifique. Son puissant cheval de guerre, équipé d'une selle d'argent, était orné de glands rouges et or en velours et en soie rappelant les couleurs du blason de son maître. L'armure de Guy, parfaitement polie, brillait comme l'argent de sa selle. Il était encore tête nue et ses cheveux noirs luisaient dans le soleil. Il était si incroyablement beau que le seul fait de le regarder donna à Jane envie de crier son nom.

Elle se rendit compte que Guy l'avait immédiatement repérée dans sa tenue haute en couleur. Elle se trouvait dans les tribunes de l'enceinte royale protégée par un auvent doré, où on lui avait réservé une place d'honneur près de la reine, qui, en cet instant précis, était en grande conversation avec d'autres de ses suivantes, tout aussi somptueusement parées qu'elle.

Très vite, chaque chevalier approcha la dame de son cœur pour lui réclamer sa faveur. Ce fut avec une joie indicible que Jane vit Guy se diriger vers elle. Tous les sentiments qu'elle éprouvait pour lui et qu'elle gardait depuis si longtemps au fond de son cœur s'épanouirent aussitôt en elle comme s'ils n'avaient attendu que ce moment pour s'exprimer pleinement.

Leurs regards se croisèrent, se soudèrent.

Guy arrêta sa monture à l'aplomb de l'endroit où se trouvait Jane et pointa sa lance vers elle tout en lui adressant un large sourire langoureux.

— Jane, dit-il en inclinant sa tête brune, ferez-vous à votre mari l'honneur de l'autoriser à porter vos couleurs ?

Le cœur de Jane se gonfla de fierté. Guy était beau à se damner avec sa chevelure emmêlée par le vent et la lueur espiègle habitant ses yeux gris perle qui ne se détournaient jamais des siens. Mais se voir ainsi distinguée et sous le feu de tant de regards lui fit monter le sang au visage, et elle se mit à rougir.

— Allons, Jane, l'encouragea-t-il. Je ne vous demande qu'une faveur. Cette simple écharpe qui vous entoure le cou pourrait faire très joliment l'affaire.

Délivrée de sa timidité, Jane ôta son écharpe avec un rire joyeux et se leva. Mais son audace ne dura guère, et jamais elle ne se sentit aussi fragile que lorsqu'elle pressa entre ses mains le fin tissu avant de le porter à ses lèvres puis de le lancer avec adresse en direction de Guy. L'écharpe s'accrocha sur le bout de la lance que Guy ramena vers lui avec gravité. Certes, ce geste contenait beaucoup de promesses et Jane eut l'impression, en le considérant, que son mari avait à moitié oublié où il était, le jour, l'heure et le tournoi qui allait se dérouler. Mais, lorsqu'elle lui adressa un sourire provocant comme pour se moquer gentiment du regard mélancolique qu'il posait sur elle, il se reprit et éperonna les flancs de son destrier, sur lequel il s'éloigna.

Retenant sa respiration, Jane le vit prendre de la distance tout en attachant à son casque l'écharpe qui se mit à osciller dans la brise. Les rayons du soleil glissaient sur son armure étincelante et ricochaient sur sa lance. Le physique majestueux de Guy était merveilleusement inspirant.

Bientôt, les joutes commencèrent. Jane avait retrouvé sa place dans l'enceinte royale et ne bougeait plus, percluse d'admiration pour la splendeur de cet homme et son adresse légendaire. Ce fut rivée à son siège qu'elle le regarda délivrer, avec sa lance, des coups d'une force extraordinaire, rapides, précis et impitoyables qui désarçonnaient chacun de ses adversaires.

Il était midi quand le fracas de la foule fut couvert par le son strident des trompettes et des clairons que les gardes levèrent et dans lesquels ils soufflèrent en même temps pour annoncer que le tournoi final allait commencer.

Précédés par les hérauts, soixante chevaliers se ruèrent alors sur le terrain. Le soleil miroitait sur leurs armures et sur leurs lances. Jane plissa les yeux tandis que cottes d'armes et boucliers ornés d'armoiries passaient au-dessous d'elle.

C'était la première fois qu'elle assistait à un tournoi et elle en appréciait chaque instant à sa juste valeur. Quand le combat eut démarré, elle réalisa combien les assaillants devaient se montrer habiles et se comporter en cavaliers parfaits pour ne pas se retrouver à terre suite à un coup de lance ou d'épée de leur adversaire. Retenant sa respiration sans s'en rendre compte, elle observait tout avec un intérêt exacerbé. Certains combattants avaient été désarçonnés. D'autres, plus nombreux, avaient perdu leur casque. Au milieu du terrain, lances tenues à l'horizontale, deux chevaliers étaient en train de s'opposer avec férocité tout en se déplaçant à une vitesse vertigineuse.

— Dieu du ciel ! s'écria-t-elle, à peine capable de suivre tout ce qui se passait tant le champ s'emplissait de chevaux gémissants, de boucliers et de lances brisées, ils vont s'entre-tuer !

Devant son ignorance, Ann rit d'un air compréhensif.

— Non, Jane… Cette mêlée est un simulacre. Les pointes des lances utilisées ont préalablement été embouties, et les épées, émoussées par des feuilles de plomb. Évidemment, le danger demeure que l'un des participants se blesse en glissant de son cheval. Mais, si vous regardez avec attention, vous constaterez que votre mari se trouve toujours bien en selle !

Et en effet un coup d'œil en direction de Guy rassura Jane. Monté sur son grand destrier, mince, puissant, magnifiquement entraîné et semblant dominer la mêlée, le chevalier le plus accompli de la cour était en train de désarçonner deux combattants à la fois. Elle retint néanmoins sa respiration quand, après s'être débarrassé de ses deux adversaires, il fit pivoter sa monture et repartit au grand galop vers l'autre côté du champ pour défier un nouvel attaquant. Curieusement alarmée, elle sentit aussitôt son excitation la quitter et faire place à une terreur intense. Affolée à l'idée que Guy puisse glisser de sa selle et se blesser, elle se dressa.

Rendu à moitié aveugle par la sueur qui coulait de son front, Guy vit néanmoins, par la visière de son casque, un nouvel assaillant arriver vers lui au galop. Mais au même moment un éclair turquoise capta son attention vers la gauche. Distrait l'espace d'une demi-seconde, il fit quelque chose qu'il ne s'était encore jamais permis de faire : détourner le regard de sa cible. Il n'en fallut pas plus pour que la lance de son adversaire glisse aussitôt sur son bouclier et, dans un son retentissant, aille se loger sous la rondelle de fer qui lui protégeait l'épaule. Le choc du bois contre le métal provoqua un bruit assourdissant tandis que des étincelles jaillissaient de l'armure de Guy. Il grimaça sous la terrible douleur qui le traversait. Bien qu'il tentât de résister à l'assaut, le coup de lance de son adversaire l'arracha à sa selle.

Il perdit conscience avant d'avoir touché le sol.

Un cri de stupéfaction monta de la foule, presque immédiatement suivi d'un étrange silence, puis d'un tonnerre d'applaudissements en l'honneur du chevalier vainqueur. Renverser le favori du roi, c'était un événement auquel personne ne s'attendait !

Déjà debout, Jane suivait la scène, les yeux écarquillés d'effroi, tandis que l'adversaire de Guy soulevait la visière de son casque pour tourner un visage triomphant en direction de l'enceinte royale... Juste avant qu'un autre chevalier pointe son épée vers lui, le désarçonne et le fasse tomber à son tour. Mais Jane ne vit rien de tout cela. Incapable de détacher son regard du corps inerte de Guy, elle sentit les battements de son cœur s'accélérer de manière folle. Pourquoi son mari ne se redressait-il pas ? Pourquoi ne bougeait-il plus ?

Mon Dieu, je vous en prie, faites que son destrier ne le piétine pas ! Que Guy ne se fasse pas écraser sous les sabots de cet énorme animal !

Terrifiée, elle attendit encore pendant quelques secondes, portée par le fol espoir de voir Guy se relever. En vain. Le comte de Sinnington demeurait complètement immobile. Au même instant, secondé par un aide, Cédric bondit sur les lieux. Jane regarda les deux hommes soulever le corps de son mari et l'emporter vers l'une des tentes.

— Il est blessé, dit-elle à Ann, qui se tournait vers elle d'un air anxieux. J'y vais.

— Oui... Je comprends, répondit sa compagne de chambre, mais je pense que vous allez le trouver juste assommé.

— Oh ! Ann, je souhaite de tout mon cœur qu'il n'ait rien de plus grave !

Sur ces mots, Jane s'éloigna très vite tout en s'efforçant de repousser ses craintes, de s'exhorter au calme et d'appeler sa sagesse à la rescousse.

Soulevant le bas de sa robe de ses mains tremblantes, elle descendit l'escalier de l'enceinte royale en toute hâte et courut droit vers l'endroit où Cédric et son aide avaient emmené son mari. Elle pénétra dans la tente sans avoir repris son souffle.

Penché au-dessus de Guy, qui reposait sur un lit de camp, Cédric avait débarrassé son maître de son casque et s'apprêtait à en faire autant de son armure. La soudaine arrivée de Jane lui fit lever les yeux.

Sans rien voir autour d'elle, le regard rivé sur son mari, Jane s'approcha de lui. Un petit cri d'effroi lui échappa lorsqu'elle se trouva assez près pour distinguer son visage. Il avait la peau moite, de larges cernes soulignaient ses yeux fermés et tout son visage était empreint d'un calme presque inquiétant qu'elle ne lui connaissait pas.

La panique guettait. Jane le sentit et la repoussa de toutes ses forces. Si Guy reprenait brusquement conscience, il ne fallait à aucun prix qu'il la surprît sous l'emprise de la peur. Cela pourrait avoir sur lui un effet néfaste.

— Ses blessures sont-elles graves ? demanda-t-elle à Cédric d'une voix qu'elle espéra ferme.

Celui-ci la considéra avec la confiance qu'il semblait avoir acquise, depuis tout ce temps où il était le bras droit du comte Guy St. Edmond.

— Cela a été pire à la bataille de Towton, répondit-il. Il vivra. Il n'a rien de plus qu'un bras cassé et une contusion à la tête... auxquels il faudra ajouter, quand il reprendra conscience, une véritable blessure d'amour-propre. C'est en effet la première fois qu'il se fait désarçonner au cours d'une mêlée par un chevalier d'une force et d'une expérience moindres que la sienne.

En apprenant que la vie de Guy n'était pas en danger, Jane éprouva un tel soulagement que les larmes qu'elle avait jusqu'ici vaillamment refoulées se libérèrent d'un seul coup.

— La blessure faite à son orgueil est le cadet de mes soucis, Cédric, répondit-elle. En revanche, un bras cassé est long à se remettre et lui demandera une patience... qu'il n'a pas. Cette convalescence risque donc d'être très pénible pour lui.

Son regard se fit plus intense lorsqu'elle le fit glisser vers l'écuyer pour lui demander :

— Guy a été blessé à Towton ?

Cédric acquiesça de la tête.

— Il s'est cassé une jambe en tombant de cheval. Il lui a fallu beaucoup de temps pour retrouver son agilité.

— Étiez-vous présent ?

— J'ai assisté à toute la bataille. La pire que j'aie jamais vue...

— À l'époque, des bruits circulaient à Cherriot Vale racontant que les lancastriens avaient énormément souffert. Vous savez que mon frère se trouvait là-bas... et qu'il a été fait prisonnier.

Cédric secoua la tête.

— Avant le combat, l'ordre avait été donné des deux côtés de ne pas faire de quartier. Après la déroute des lancastriens, votre frère n'était qu'une des quelque mille personnes à vouloir gagner le Nord par la rivière Wharfe. Alors qu'il tentait de la traverser, Guy l'a vu et reconnu au moment précis où, visé par un archer, votre frère a été atteint et blessé. Immédiatement emporté par le courant, il s'est très vite noyé et Guy n'a rien pu faire. Du reste, il n'y avait rien à faire pour aucune de ces pauvres âmes.

Jane le considéra, incrédule.

— Mais... Je croyais qu'Andrew avait été fait prisonnier... Qu'il avait été exécuté...

Cédric secoua la tête.

— Non, tout s'est passé comme je viens de vous le raconter. Votre frère a été tué en tentant de fuir.

— Guy a donc assisté à la scène...

Nouveau hochement de tête de l'écuyer.

— Dans ce cas, pourquoi ne m'en a-t-il rien dit ? insista-t-elle.

Cédric leva les yeux dans sa direction.

— Je suppose qu'il avait ses raisons.

— Oh ! regardez..., dit-elle alors en voyant les paupières de Guy trembler. Je crois qu'il commence à bouger.

La douleur vint traverser le bras de Guy en même temps qu'il reprenait conscience. Des doigts frais lui couraient le long du cou tandis qu'une étrange humidité se répandait sur son visage. Puis il lui sembla que quelqu'un, très loin, prononçait son nom. Il ouvrit lentement les yeux tandis que le bruit qui lui parvenait tout près lui rappelait où il se trouvait tout en lui indiquant que la mêlée n'était pas terminée. Au pied du lit, Cédric tentait de lui débarrasser les jambes de l'armure qui les protégeait. Quand il tourna la tête, il reconnut, dans le brillant halo des rayons du soleil réchauffant la tente, Jane, dont le beau visage semblait planer au-dessus de lui.

Dès que Jane eut constaté que Guy avait ouvert les yeux, elle sentit les siens se voiler de larmes et une telle tendresse l'envahir que son visage s'éclaira d'un sourire radieux.

— Vous voilà enfin de retour..., chuchota-t-elle. Soyez le bienvenu, *my lord*. Nous nous sommes fait du souci jusqu'à ce que vous repreniez connaissance.

Ce disant, elle repoussa de petites boucles brunes qui lui balayaient le front.

Guy soupira au contact de ses doigts.

— Jane ? Est-ce vraiment vous ou bien suis-je en train de faire un songe ?

Comme pour pouvoir répondre lui-même à sa question, il lui posa la main sur le poignet et l'approcha de ses lèvres.

Puis, tout en l'embrassant, il murmura :

— La dame de mes rêves ne pourrait avoir goût plus exquis. Embrassez-moi. Que je sois sûr de ne pas être l'objet d'une hallucination due à mes blessures.

Il s'interrompit tandis que ses yeux se faisaient si brillants que Jane se sentit vaciller. Sans plus attendre, elle se pencha en avant et l'effleura de ses lèvres tremblantes. Son baiser fut d'une douceur si tranquille que, l'espace de quelques instants, le temps se suspendit.

— Après votre chute, chuchota-t-elle en se dégageant légèrement, j'ai cru vous avoir perdu.

À présent, elle était sûre que le choix d'aimer Guy ne lui appartenait plus. Leur amour s'imposait à elle.

Quand il lui posa son bras indemne sur le genou et lui effleura les lèvres, elle sourit :

— Votre sourire semble si heureux, remarqua-t-il.

— Parce que votre baiser est plus empreint de passion que de douleur.

— Quelle douleur, mon amour ?

— Vous avez un bras cassé, n'est-ce pas ?

Il fit une petite grimace.

— C'est donc cela, cette douleur qui...

Sa phrase s'interrompit tandis que sa grimace se transformait en sourire.

— Inutile de nous inquiéter pour cela, remarqua-t-il en lui posant la main sur la joue. Avec le temps, ce bras finira bien par se remettre.

— Il va aussi falloir le cercler.

La voix de Cédric venait de s'élever derrière eux. Après avoir fini de délivrer Guy de son armure, il venait lui poser les fixations qui protégeraient son bras blessé.

Jane lui adressa un gentil sourire.

— Je confie mon mari à vos mains expertes, Cédric.

Puis, se penchant vers Guy pour lui effleurer une dernière fois les lèvres, elle murmura pour lui tout seul :

— Je reviendrai vous voir dès que possible.

Il était tard quand, enfin délivrée de ses devoirs envers la reine, Jane put venir retrouver Guy dans sa chambre. Choquée, elle le trouva couché, plongé dans le sommeil de l'homme épuisé qu'il était, son bras cassé replié et fixé contre son torse.

Avec, aux lèvres, le sourire d'une épouse passionnément éprise, Jane souffla les chandelles. Quand ne subsista plus que la lueur du feu dans l'âtre, elle retira ses vêtements et se glissa dans le lit. Sans se réveiller et aussi nu qu'elle l'était, Guy se tourna vers elle dans son sommeil. Elle remonta alors le gros édredon sur eux, se serra contre son mari et faufila la main autour de sa taille. Bientôt, elle s'abîmait dans un profond et paisible sommeil.

Réveillé avant l'aube, Guy réalisa tout de suite qu'il n'était pas seul. Une douce chaleur émanait du délicieux corps de sa femme, lové contre le sien, les cuisses contre les siennes, les mollets enroulés autour des siens. Ouvrant les yeux, il vit qu'elle avait enfoui la tête contre son épaule et que ses longs cheveux s'étalaient sur l'oreiller.

Comme si elle avait senti son regard posé sur elle, Jane ouvrit brusquement les paupières.

— Jane ? dit-il aussitôt, je suis désolé… Hier soir, quand vous êtes venue vous coucher, je n'ai pas pu vous accueillir comme je l'aurais voulu, mon amour. Cédric m'avait fait boire un breuvage contre la douleur qui a eu pour autre effet de complètement m'assommer.

— Chut…, murmura Jane avec douceur en se rapprochant de lui pour chercher ses lèvres. À présent, vous êtes bel et bien réveillé. Cela dit, nous allons devoir prendre votre blessure en considération. Surtout si, comme je le disais hier, je décide de vous prouver mon amour ainsi que j'ai envie de le faire…

Sur ces mots, elle lui posa les mains sur le torse. À son contact, Guy se mit à gémir doucement. Avec son bras intact, il la serra contre lui.

— Je vous veux, Jane, murmura-t-il entre deux baisers profonds.

— Moi aussi, je vous veux.

Elle lui prit le visage entre ses mains avant d'ajouter :

— Plus que vous ne le réaliserez jamais.

Avec un tendre sourire, il se tourna pour la serrer plus fort contre lui. Même si son geste lui arracha une petite grimace de souffrance, cela ne le dissuada pas de poursuivre. De sa main libre, plein d'un désir qui s'affirmait de plus en plus, il explora le long corps délié qui s'offrait et en embrassa chaque parcelle comme s'il l'avait oublié et souhaitait le réapprendre du bout des doigts. Il sentit Jane trembler contre lui et, lorsqu'il vint en elle, l'entendit pousser un gémissement, leur union parfaite semblant la combler. Ce fut un rapprochement, un mélange, une fusion totale et idéale. Bientôt, il n'y eut plus que deux corps entraînés dans une pure félicité, se donnant entièrement l'un à l'autre et recevant en retour plus encore.

— Debout, Jane, murmura une voix joyeuse contre son oreille. Le petit déjeuner de ma lady est servi.

La réalité venait de s'immiscer dans les rêves de Jane. Déjà, la lumière de l'aube s'infiltrait dans la chambre par la croisée. Jane la devinait sous ses paupières closes.

La voix rauque se fit de nouveau entendre :

— Il y a un peu de jambon fraîchement tranché... ainsi que du bon pain.

L'odeur du jambon mêlée à celle du pain chaud vint lui chatouiller les narines. Comme les yeux de Jane s'ouvraient à la douce lueur rosée du matin, son regard se retrouva face à celui qui symbolisait la terreur des forces armées du roi. Et cette terreur la contemplait avec un tendre sourire aux lèvres et une ineffable expression d'adoration sur son beau visage.

— Je n'en mangerai que si vous m'accompagnez, répondit-elle d'une voix encore un peu endormie.

Avec un petit rire, il s'installa contre elle et lui entoura les épaules de son bras valide.

— Pas encore, mon amour, dit-il entre deux baisers. Restez étendue près de moi. Pour ma part, c'est la faim de vous qui me torture avant tout.

— Et moi, c'est de vous que j'ai soif, mon amour... mon mari, murmura-t-elle en se régalant du mot délicieux qui venait de franchir ses lèvres.

Elle plongea son regard dans les yeux gris perle.

— Vous ne pouvez pas savoir comme je me sens comblée de pouvoir maintenant le reconnaître en toute liberté.

— Et vous, vous ne pouvez pas savoir comme il est bon pour moi de l'entendre. En fait, ajouta-t-il en laissant sa main errer avec audace sur les courbes voluptueuses, c'est presque aussi bon que de...

Dans un éclat de rire provocateur, Jane recula par jeu. Mais il la saisit aussitôt par le poignet et la ramena contre lui.

— Faites-moi confiance.

— Je vous fais confiance, assura-t-elle très bas.

Guy laissa échapper un soupir qui exprimait à la fois son soulagement et sa reconnaissance.

— Enfin… Mon cœur est si heureux de vous l'entendre dire… Merci, Jane. Merci beaucoup.

— Tout le plaisir est pour moi, répliqua-t-elle en repoussant une boucle rebelle du front de son mari.

Sa main se glissa ensuite dans l'épaisse chevelure brune.

— Pourquoi ne m'avez-vous pas dit ce qui s'était passé à Towton et ce qui était réellement arrivé à Andrew, Guy ? Pourquoi m'avoir laissé croire que vous aviez bel et bien donné l'ordre d'exécuter mon frère ?

Guy ne cacha pas sa surprise.

— Qui vous a raconté ?

— Cédric. C'est moi qui l'ai interrogé. Après la bataille, quand la nouvelle de la mort d'Andrew est arrivée jusqu'à Cherriot Vale, on nous l'a cité comme étant l'un des nombreux prisonniers que vous aviez fait condamner à mort. Mais la version de Cédric ne corrobore pas ces dires. D'après lui, c'est un archer qui a tué Andrew alors qu'il tentait de traverser la rivière Wharfe… Il m'a aussi raconté que vous aviez assisté à la scène.

Avec un soupir, Guy fit basculer sa tête en arrière.

— C'est la vérité, mais j'étais moi-même blessé et occupé avec d'autres, à l'incontournable tâche de rassembler les prisonniers. Je ne suis pas fier de ce que j'ai fait ce jour-là, Jane, mais Towton était devenu l'enfer sur la terre. Un champ de bataille d'une férocité effrayante, pris dans un vacarme comme jamais vous n'en avez entendu de semblable… Tous ces corps…

Jane fronça les sourcils.

— Pourquoi ne pas m'avoir narré tout cela au lieu de m'avoir laissé croire le pire vous concernant ?

— Parce que, si votre frère n'avait pas été tué par cet archer, j'aurais très bien pu finir par ordonner qu'il fût exécuté. Sans absolument rien pouvoir faire d'autre.

Jane laissa aller sa tête sur le torse de Guy tandis qu'une petite plainte lui échappait.

— S'il fallait de toute façon qu'il meure, alors, je suis contente que cela ait été par cette flèche.

Puis, se redressant, elle considéra Guy avec amour.

— Je vous aime, Guy. Vous êtes le cœur de ma vie, même si... dans quelque temps, j'en aurai un autre à chérir.

Elle posa les mains sur son ventre et continua :

— Mais pour le moment je vous appartiens entièrement, j'ai confiance en vous et je vous crois de tout mon cœur. Dans l'avenir, n'ayez jamais la mauvaise idée de vous éloigner de moi car, si vous faisiez cela, je jure que je vous suivrais comme votre ombre.

Jamais Guy n'aurait imaginé possible de tomber plus profondément amoureux de Jane qu'il ne l'était déjà. Et pourtant... L'engagement inconditionnel et sans artifice de cette femme qui était la sienne faisait de lui son esclave.

— Le simple fait de me trouver avec vous me nourrit l'âme, déclara-t-il. J'aimerais tant que nous soyons déjà de retour à Cherriot ! Là-bas, au moins, je vous aurai entièrement pour moi sans devoir vous partager avec la reine et tous les courtisans.

Son empressement la fit rire.

— Nous venons seulement d'arriver à la cour, Guy ! Pour ma part, j'ai accepté l'idée que notre présence au sein de la famille royale devienne, dans l'avenir, une part importante de mon existence comme de la vôtre puisque vous êtes l'un des conseillers les plus avisés et les plus loyaux du roi. Nous devons aussi garder en mémoire que le roi est au cœur de tous les parrainages et que, bientôt...

Jane s'interrompit pour lui adresser un adorable petit sourire avant de reprendre :

— ... Nous aurons peut-être la joie d'avoir une jolie petite fille qui devra plus tard conclure un beau mariage.

Guy la considéra d'un air un peu surpris pour découvrir, au fond de ses yeux, un scintillement taquin que renforçait le sourire osé en train de naître à la commissure de ses lèvres.

Arquant un sourcil, il lui rendit son regard taquin.

— Juste ciel ! Tout compte fait, ne semblerait-il pas que j'aie épousé une ambitieuse ?

— Je peux l'être quand c'est nécessaire. Mais je me sens heureuse au château de Sinnington et ne voudrais certainement pas passer tout mon temps au palais de Westminster en tant que courtisane.

Le petit Thomas Edward St. Edmond naquit au début de l'été au château de Sinnington. Jane le mit au monde rapidement et sans souffrance. Près d'elle se tenaient sa mère et Kate, qui la rassurèrent et la réchauffèrent de leur présence aimante.

Parfait de la tête aux pieds, le petit Thomas avait les joues roses, les cheveux noirs et était doté d'un appétit d'ogre. Ses parents l'adorèrent dès l'instant où ils posèrent les yeux sur lui et, tout de suite, il fut au centre de leur vie.

— Comme je m'en étais douté, vous êtes une mère exemplaire, dit Guy à Jane d'un air enchanté tout en la regardant s'occuper de son enfant.

Et il l'embrassa avec tendresse avant de la contempler, le regard sérieux tout à coup.

— Mais n'oubliez pas, ajouta-t-il d'une voix plus basse, de demeurer toujours la femme, l'épouse et l'amante qui me rend si heureux. Car, sans elle, je ne serais plus qu'un pauvre homme misérable et oublié.

Jane savait que Guy plaisantait. Depuis la naissance de Thomas, elle le trouvait encore plus heureux qu'avant. Aussi accueillit-elle sa remarque avec un sourire calme et serein, emplie de la reconnaissance et de l'amour qui faisaient briller son regard. Mais cette lueur promettait également quelque chose de bien différent qui se révélerait de soi-même plus tard, lorsque la nuit, complice, les envelopperait.

— Je serai toujours telle que vous m'avez tout de suite aimée et tiendrai jusqu'à la fin les rôles que je tiens aujourd'hui dans votre existence, répliqua-t-elle en le regardant droit dans les yeux. Vous savez à quel point je vous aime...

Elle posa le bébé dans son couffin avant de s'approcher de Guy, de lui saisir les mains et de les poser contre son propre cœur.

— Et vous ? s'enquit-elle. À quel point m'aimez-vous ?

— Je vous aime plus que la vie même, répondit-il en plongeant profondément les yeux dans les siens.

Ils se considérèrent pendant de longues secondes. Puis Guy lui demanda :

— Si vous deviez attribuer une valeur, une somme à ce que nous vivons, quelle serait-elle ?

— Sachant que vous êtes ma joie, mon amour et ma vie, ce ne serait pas moins qu'une immense fortune. Une fortune qui serait, oui, rien de moins qu'une *rançon de roi*.